[俄] 尤里·波利亚科夫 著 谷兴亚 译

羊奶煮羊羔

КОЗЛЁНОК В МОЛОКЕ

ЮРИЙ ПОЛЯКОВ

Козлёнок в молоке (Kozlenok v moloke) by Yuri Polyakov
Copyright © 1995 by Yuri Polyakov

著作权合同登记图字：09-2023-0701 号

图书在版编目（CIP）数据

羊奶煮羊羔/（俄罗斯）尤里·波利亚科夫著；谷兴亚译.-- 上海：上海三联书店，2024.11（2025.4 重印）
ISBN 978-7-5426-8215-4

Ⅰ.①羊… Ⅱ.①尤… ②谷… Ⅲ.长篇小说—俄罗斯—现代 Ⅳ.① I512.45

中国国家版本馆 CIP 数据核字（2023）第 158810 号

羊奶煮羊羔

［俄］尤里·波利亚科夫 著　谷兴亚 译

责任编辑／宋寅悦
策划编辑／邹景岚　刘　君
特约编辑／刘　君
装帧设计／杨和唐
内文制作／李会影
责任校对／张大伟
责任印制／姚　军

出版发行／上海三联书店
　　　　　（200041）中国上海市静安区威海路 755 号 30 楼
邮　　箱／sdxsanlian@sina.com
联系电话／编辑部：021-22895517
　　　　　发行部：021-22895559
印　　刷／天津中印联印务有限公司
版　　次／2024 年 11 月第 1 版
印　　次／2025 年 4 月第 3 次印刷
开　　本／880mm×1194mm　1/32
字　　数／296 千字
印　　张／11
书　　号／ISBN 978-7-5426-8215-4/I·1826
定　　价／69.80 元

如发现印装质量问题，影响阅读，请与印刷厂联系：0534-2671216

俄罗斯文坛的一朵奇葩
（代译本序）

《羊奶煮羊羔》是一部奇书。

第一，书名奇。它出自《圣经·旧约·出埃及记》第二十三章第十九节中的一句话"不可用母羊的奶煮羊羔"，是耶和华吩咐摩西要遵守的戒律内容之一，显然是要求人们不得做违背人性、过分残忍的事。作者说："几年来我们似乎在生活的所有层面都打破了这一禁忌。""难道我们向大自然开战的时候，不是在用母羊的奶煮羊羔吗？难道，先是把俄罗斯人民投入棍棒社会主义，等他们用自己的血肉之躯适应了这个制度并使之软化之后，又用同一根棍棒把他们赶入野蛮的资本主义制度——这不是在用母羊的奶煮羊羔？一个文化工作者，不去'为被打倒的人们请求宽恕'，而是号召"压扁那些被'改革'洗劫一空的'虫豸'——难道他就不是在用母羊的奶煮羊羔？'""如果扩展开来讲，我的小说讲述的是我们如何从苏联人变成了后苏联人，并承受由此产生的一切可笑可怕的后果。"

第二，内容奇。主要情节是主人公"我"与一位书商打赌，要在两三个月内把一个对文学一窍不通的半文盲变成著名作家。经过一番离奇荒诞的包装、炒作、公关运作，他居然成功了，这个傻乎乎的半文盲竟荣获举世瞩目的国际文学大奖。围绕这一事件，如同果戈理在《钦差大臣》中那样，波利亚科夫把当代俄罗斯文坛的一切丑恶现象集中起来，给予辛辣的嘲讽。这部长篇小说因此被人称作揭露"伪文学"的百科全书。其实，作家揭露的何止文坛的"怪现状"呢，展现在读者眼前的，是苏联解体前后社会转型期光怪陆离的现实，以及作者对这一重大历史事件的回味与思考。

第三，方法奇。现实主义的描写，辅以适当的后现代派表现手法，宛如在炖肉上撒上了适量的茴香粉。作者认为："作家无权写得枯燥乏味，趣味性是一个文学家有礼貌的表现。"作者在小说中适当地使用了颠倒时空、夸张变形、黑色幽默、潜意识等手法，使读者在欣赏过程中有耳目一新的感觉。

小说在俄罗斯获得了令人难以置信的奇异成功。它首次发表于1995年，到2004年已经再版二十次。1996年小说被搬上舞台，至2004年已演出二百场。有评论家说："在书店为畅销书，进剧院场场爆满。"究其原因，一是雅俗共赏。有人说："文学说到底，不是让人'知道'是什么，而是让人'感觉'是什么。"《羊奶煮羊羔》道出了亿万俄罗斯人在灾难性变革中的"感觉"、感受，道出了他们心中积郁多年而无法说出的心声，因而被公众广泛接受，在他们心灵深处引起了共鸣。据报道，维捷克在话剧舞台上宣称，他要竞选总统："既然你们能把我这个傻瓜捧成大作家，难道就不能把我推上总统宝座吗？！"这时，台下的掌声由雷鸣转为经久不息的暴风雨。小说中没有这个情节，它是话剧编导根据小说的潜台词所做的发挥。这一发挥迎合了接受者的心理，因而大受欢迎。原因之二是敌友同赞。波利亚科夫继承俄罗斯文学从果戈理到布尔加科夫的讽刺传统，夸张而不出格，辛辣而具理性。小说中的主人公"我"是这个国际级文学闹剧的组织者，他无名无姓无面目，是一个不很光彩的角色。作者认为，并以事实表明，在国家的可悲现实中，每个俄罗斯人，特别是知识分子，包括作家本人在内，在不同程度上都难辞其咎。"我们生活在一个人人都可能成为英雄的对立面的时代。"作者说。

也许，正因为如此，虽然小说似乎骂遍了所有作家，但文学界对它却好评如潮，一些人将波利亚科夫比作当代的布尔加科夫。读者，其中也包括中国读者，可以不同意作者书中表达的某些观点，但却不能否定他态度的真诚。

有人说："凡是真正出色的文学作品，都具有一定的抗理论分析力，任何自认为深邃、精彩的理论都会在它们面前显得干瘪而又捉襟见肘。"我觉得，《羊奶煮羊羔》正是一部这样的作品。

尤里·米哈伊洛维奇·波利亚科夫生于1954年，在20世纪70年代开始发表作品。1985年发表的小说《区里的非常事件》使他成为一位公认的重要作家。现在他是俄罗斯作家协会主席之一，《文学报》主编。

相信这部《羊奶煮羊羔》会给中国读者带来全新的感受。

谷兴亚
2006年3月

尊敬的约瑟夫·维萨里奥诺维奇：

做一个反映现实生活的作家，这一愿望在我心里越来越强烈。同时我也看到，在描写现实生活的时候，绝不可能保持崇高而宁静的心境。而这种心境在创作鸿篇巨制的时候又是必不可少的。现实生活太活跃，太多变，太富刺激性，作家的笔会情不自禁地滑向讽刺……

米·阿·布尔加科夫

摘自米·阿·布尔加科夫于1931年5月30日给约·维·斯大林的信。

目 录
CONTENTS

俄罗斯文坛的一朵奇葩（代译本序）   i

一	空中序曲	1
二	最初是啤酒	10
三	书商与诗人的争论	20
四	憨厚的人	30
五	被抛弃的男人	42
六	寻找失踪的维捷克	48
七	火、水和输卵管	62
八	文化新手，你们同谁在一起？	75
九	维捷克·阿卡申的第一场舞会	88
十	只有骗局，没有小说	100
十一	伊万·伊万诺维奇与伊万·达维多维奇是如何吵架的	110
十二	无领上衣	124
十三	自由诗的作法	134
十四	俄罗斯诗歌的老祖母	139
十五	地狱第八圈	148

十六	等待维捷克	159
十七	诗歌之夜	169
十八	面包之都——波士顿	182
十九	午夜直播的灾难	194
二十	维克多·阿卡申是俄国革命的镜子	204
二十一	恐惧与战栗	214
二十二	佩列皮斯基诺新村及其居民们	223
二十三	客人们齐聚别墅	232
二十四	集团军司令员佳京大街上的噩梦	243
二十五	酒醒后血泊里的些许阳光	248
二十六	举世瞩目的荣誉	257
二十七	被欺凌的与被排斥的	265
二十八	文学的终结	277
二十九	强暴希望	285
三十	我为什么拒绝领奖	294
三十一	空中尾声	303
三十二	随风飘逝的人们（后记）	331
《拾得手稿！》（出版者后记）		342

一

空中序曲

"飞机爬上了一定高度,此刻像一只吃饱花蜜的熊蜂,正呼哧呼哧地喘着粗气,在空中拖着自己毛茸茸的身体,飞向隐没在杂草丛中的可爱洞穴……"杂草丛中——不好。草丛中……对,就是在草丛中!有时候摆脱多余的负荷比摆脱多余的词语还简单。(说得不赖!应该记住。)继续往下写吧。"透过舷窗可以看见大地,它是那样小,仿佛从这里,从空中,吐一口痰,就可以毁掉欧洲一个中等城市。"也不赖——生动,形象。不过有点生理性色彩。这一向让我感到不舒服。请尝试把罗丹的《吻》设想为两具身体拼命交流唾液腺的分泌物——令人作呕!

空姐推着摆满瓶子的小车来到我面前,慷慨地请我选择:柠檬汽水——免费,各种酒——付外汇。她散发着袭人的香水味。除此之外,她还努力展示自己在空姐学校学来的笑容。这副笑脸,好似她在就寝前会从脸上取下,放进水杯里,就像退休老人处置假牙那样。这也必须记下来:文学家这个职业让人想起原始采集。扯下一段草根,咬一口尝尝。苦就吐出来,扔掉;好吃就放进袋子里,继续前行。

我想的就是诸如此类鸡零狗碎的事,完全未曾料到,他已经来到我身边,准备干掉我,或者至少也是要把我弄残……

我要了一百克斯米诺沃牌伏特加，作为下酒菜，又要了一份夹欧洲鳗的油橄榄果。我一直以为欧洲鳗是某种罕见的植物，原来不过是一种鱼，跟鲱鱼差不多。我付了五美元，作为找零，得到的依然是那种佯装出来的笑脸。小意思！这种开销现在我承担得起，因为我刚领到稿费，正在从意大利的卡塔尼亚回国的途中。这笔稿费足够我过半年的简朴生活了。

确切地说，这半年我打算伏案写作，完成那部写一位党务工作者的中篇小说。他是个可怕的吸血鬼，一到夜晚就钻进自己党委的登记处，面对贴着照片的登记卡，从丝毫没有觉察的普通党员身上吮吸生物能。飞往西西里岛之前，我写到他正在享用一位秀色可餐的女候补党员。仅仅根据照片，他就爱她爱到了疯狂的程度。为了亲近她，他给她栽了一个罪名……后事如何，我还没有一个清晰的设想，但这个东西必须火速完成，否则就来不及了：各家出版社都堆满了添油加醋地诟骂前政权的玩意儿，因为这是诚实而又不固守原则的作家想填饱肚子唯一能借助的手段。靠写少先队员的致敬信就能赚钱的时代已经一去不复返了。而写那种有分量的东西，或者，像我所说的那样，写一部"重要作品"……我遭遇了失败，大概永远也写不出来了。可必须活下去呀！

如果完全开诚布公地讲，我的中篇小说早在我飞往西西里岛之前就止步不前。那一天我飞往西西里参加一个混账的生日聚会，可它却演变成了我们俄罗斯的黑手党与意大利黑手党之间的经验交流会。要知道，写小说和搞女人一样，如果你抱着她，心里想的却是另一位，那么，决裂就是时间早晚的问题了。杜撰这篇胡说八道的东西时，我感觉自己就像一个这样的恶棍：他勾搭上了火车站的吉卜赛女人，要背叛自己宛如消毒纱布一般纯洁的未婚妻。一天早晨醒来时，我觉得自己恨所有的一切：情节，人物，打字机，我自己……我仇恨这讨厌的、令人窒息的生存竞争，它不给人留下丝毫的精力与憧憬，以便为实现自己的理想而奋斗。生存状况的可恶主要就在这里：理想的实现靠的就是那些精神力量，而它们却被消耗在了生存的挣扎之中。一个不可能打破的闭合怪圈。几乎不可能吧……能够打破它的人屈指可数。例如，科斯托若戈夫……不过，举这个例子并不恰当。生活最终还是吞噬了他，而且还没有被噎死，这该死的生活！不，世界不是置身在大象背上，也不是置身在鲸鱼背上，甚至也不是置身在公牛背上。世界立足于三头巨大的猪的背上，肮脏的、贪吃的、臭烘烘的猪……

我一生中仅有一次可能打破这个该诅咒的怪圈的机会，但我却错过了，就像那个有幸偶然把魔鬼从瓶子里释放出来的傻瓜。（就是从瓶子里！）当魔鬼以雷鸣般的声音对他说："想要什么尽管说！"他却问道："这会儿几点钟啦？"

就这样，关于吸血鬼的小说搁浅了。我整天躺在沙发上，阅读形形色色得过诺贝尔奖和贝克奖的写作狂的作品，企望从中获得写作冲动。谁读了都会义愤填膺：他们根本就不会写，竟然还给他们颁奖！这有时候能激励人回到写字台前，作为抗议，开始敲击打字机的键盘，以示报复，报复，报复。然而，这一次连读令人作呕的萨特也无济于事。有时候我站起身来，走到打字机前。由于我在文学上粗制滥造多年，它已经老态龙钟。我戳了戳键盘上的某个字母，明确地感到一种冲动，想把这台带键盘的老家伙朝兼作书房、卧室、饭厅与客厅的房间墙壁掷去。创作歉收的痛苦还要附加以钞票的匮乏——放在床头柜里的钱越来越少。我甚至无须看，只要拉开小门，摸出几张纸币，就动身去商店，买点什么能吃的东西，最经常买的是饺子。只须把它们倒进开水里并掌握火候即可，否则它们将变成一锅杂烩粥。如果相信科学的话，在这样的粥里，曾经诞生过生命。不过，我个人认为，生命充其量不过是绝对精神的排泄物而已。

终于有一天，当我把手伸进床头柜摸索了一阵之后，发现自己再也没有买到一包饺子的丝毫希望了。于是，我走到写字台前，把一根手指戳到键盘上。我控制不住自己，把打字机往墙上一摔。墙上多了一个我在这套住宅居住期间出现的最深的坑。有趣的是，打字机恰好击中壁纸上的一块褐色污痕。这块斑点形状颇像亚平宁半岛加西西里岛，它在墙上的出现是很久很久以前的事了，早在我逃往谢米尤尔金斯克之前。顺便说一下，根据各种地理特征判断，我正好击中了卡塔尼亚市所在的位置。打字机轰的一声落在地板上，金属与塑料零部件散落一地。楼下瘫痪老头愤怒的敲击声便会立刻沿暖气管传来。他只有右臂能动，只要我的住宅里发出一点响声，他便会精力十足地利用它，表达自己的抗议。有意思的是，每当有女士在我房间里发出前戏阶段令人恐惧的尖叫声时——听上去像是有人正在非麻醉状态下给她切除阑尾，狡黠的瘫痪病人却从不敲打暖气管。

这样一来，我不仅钱袋空空，还失去了生产工具。当然，讽刺短诗不用打字机也能写，默记于心便成。不过，在莫斯科发生过恐怖的恶战之后，对讽刺短诗的需求量降低为零，我重新陷入了绝境，如同我刚从谢米尤尔金斯克铩羽而归时那样。躺在沙发上，没有吃的，没有工作，我像人们在知识分子中时常见到的那样，开始沉湎于自杀思维。也就是想象自己怎样钻进绳套里，我还未来得及把自己吊起，就被邮递员从其中救了出来。邮递员突然给我送来一张大额汇款单。这是我多年前写的《轮胎厂厂史》的稿酬。一位像罗宾汉①那么高尚的"新俄罗斯人"从酒鬼手中搜刮了一麻袋私有化证券，收购了这个破产企业，突然再版了这本书。

有时候我到凉台上呼吸新鲜空气，便会向草坪张望，寻找这样一个地方：假如我从七楼坠落到那里，它将保证我会大难不死，而且还有可能向奔赴惨案发生地的《新闻快报》摄制组软绵绵地挥手。不过，我最终决定借助罗亚尔牌食用酒精。据报纸报道，市里每天

---

① 罗宾汉，英国民间传说中扶弱济贫的绿林好汉。——译者注（若无特别说明，本书脚注均为译者注）

都有几个人死于这种酒精。这颇有吸引力：如果在三百万嗜酒如命的莫斯科人当中，每天仅有屈指可数的几个可怜虫死于非命，那么，我活下来的可能性要比从七楼掉向事先选中的地点大得多。但是，要实现这一软性自杀计划，需要买一瓶酒精，而钱，恰恰没有！

这时候我想起了三Д股份公司！我几乎把全部积蓄存进了这家公司。从莫斯科—阿斯特拉罕水上游归来后，我干了这件蠢事。莫斯科—阿斯特拉罕水上游是由绰号"房产商"的住宅开发商组织的，他是我讽刺短诗的狂热崇拜者。他想出来一个绝妙的主意：寻找穷苦的单身退休人员，男女不限，许诺每月给予可观的救济；作为回报，他们则写下遗嘱，死后把自己的住房给他。通常来讲，这桩买卖绝对说不上一本万利，然而生意却十分红火。因为接受救济的老人们在签订合同之后，纷纷以即使与他们的高龄也不相称的速度死去，他们的住宅便完全归"房产商"所有。

他如何得以调控自己客户的死亡率，这是个谜。不过我想，从以下线索可以窥见端倪：除去住宅，他还从事销售美国过期头痛药丸的生意，并免费向自己客户中的退休老人提供这些药丸。众所周知，最令人头晕目眩的发现总是发生在学科接合部啊！

于是，有一天，"房产商"感觉自己富有到不可逆转，便买了一艘轮船，邀请许多著名歌星、演员、电视明星，不才我也忝在被邀请者之列，为的是让我在节目演出的间隙朗诵打油诗。比如：

  税捐——无所谓
  政治——管他娘，
  且顾一心玩女人，
  撕下她的法国时装！

在轮船上我结识了一个不修边幅的家伙，他善于模仿各类名人的声音，不过邀请他参加仅仅是想让他模仿"房产商"岳母的声音说一句话："我这个科洛姆纳①的傻瓜……"这使得主人狂喜莫名。岳母的声音他模仿得惟妙惟肖，以致"房产商"开始像对家人那样叱骂他，然后便是痛打。结果，小伙子无法忍受，便在下诺夫哥罗德弃船登岸。然而，他在逃跑之前曾建议我把钱换成三Д股份公司的股票。"应该工作的是钱，而不是我们……"分手时他边说边掩饰眼睛下方的一大块青伤，这是他模仿有功的奖赏。而我竟然听信了这个白痴，让他后半生去模仿战前抽水马桶的吼声吧：三Д股份公司轰然破产，又一次把我变成了穷光蛋。然而，这个话题以后再说……

正当我完全绝望，开始以半专业的目光审视首都的大量乞丐时，"房产商"突然打来了电话。他的健康遇到了严重的麻烦：醉酒后他错服了过期的美国头痛药丸，幸好只服用了一片，这救了他的命。感到庆幸的"房产商"决定在西西里庆贺自己的寿诞，召唤我到那里去，许诺给予丰厚的酬金。我幸福得屏住了呼吸，但为顾全体面，还是装模作样地停了片刻后才一口答应。

事实上，在卡塔尼亚我什么事情也没干，只是在市里闲逛，喝廉价的意大利葡萄酒。在梅尔卡托，照直说，就是在旧货市场，给自己买了一件外套和几件不错的衬衫。我只朗诵过一次，是在告别宴上。告别宴是在豪华的郊外饭店里举行的，就在古老的高架渡槽下方，有一百位来宾出席。为庆贺寿星佬的诞辰，我国的黑手党从四面八方飞来这里，被我的打油诗逗得狂笑不止。而意大利的同行则仅止于面带微笑，还是出于礼貌，虽然为他们当翻译的是专门从莫斯科大学请来的语言学博士，研究邓南遮②的著名专家。而且，翻译我的十二三首歪诗，他所得的酬金比他研究邓南遮的全部所得多

---

① 科洛姆纳，俄罗斯莫斯科州南部的一座古老城市，工业以内燃机车、重型机床、纺织机械制造业为主。——编者注
② 邓南遮（1863—1938），意大利诗人、记者、小说家、政治活动家，常被视作墨索里尼的先驱者。

好多倍。而邓南遮他翻译了二十五年！这是他醉后趴在我肩头哭着说的。意大利人中，只有卡塔尼亚大学图书馆馆长对我的创作做了肯定的评价。他走到我面前，通过哀哀抽噎的翻译告诉我，他正准备出版当代俄罗斯诗选，一定会把我的诗歌收入其中，置于与叶甫图申科和普希金比肩的地位。有了这样的声明，每个意大利黑手党人都把长时间与我握手视为自己的义务——原来图书馆馆长是他们的教父。当地精英的认可使"房产商"深受触动，于是他付给我的酬金比许诺的多出了一倍半。我高兴地想，我能够再买一台新打字机了，买电动的。此外，我的雇主慷慨大方，给了我一张公务舱的返程机票，他本人则要再逗留一星期，以便了解如何处理西西里岛上住房问题的细节。他的客人有的飞往美国，有的飞往加那利。清醒后的邓南遮的译者留在了高架渡槽下方的那家饭店当洗碗工。所以我一个人登上了返回莫斯科的飞机，孤零零地用塑料杯喝斯米诺沃牌伏特加，用夹着鳀鱼的油橄榄果做下酒菜。

我又往舷窗外看了一眼，开始搜索枯肠，寻思用什么来比喻下面可以眺见的大地。可是一无所得……我大概有些困了，头脑里一片茫然，温馨而又难以思考。我醒了，因为有人粗暴地抓住了我的肩膀。我睁开眼睛，就看见了他。他盯视我的目光里有那么多仇恨，足够灭绝某个弱小的民族……

"你好哇，坏蛋！"他说，"我们又见面了。今天就是你的末日。"

他站在我的座椅旁边，瞪着我，那副模样大概就像一位显然有施虐倾向的屠夫，正凝视着一只注定要死却丝毫未觉察的无辜羔羊。他几乎一点未变。还是那张布满雀斑的圆脸，红红的脸颊，垂在额头上的鬈曲红发，一双蓝色的大眼睛。不过，它们不再像原先那样憨厚、那样信赖地看着我了，而是充满冷峻的敌意。他的衣着也不似从前了：不再是我为来自泰加森林深处的希梅季的天才设计的那身奇装异服。他穿着一身漂亮的双排扣西装，布料像水面的油滴那样闪着光泽。价格昂贵的领带也像宝剑的利刃那样闪着寒光。

"怎么，不认识啦？"他问道，咧着嘴唇，残酷地冷冷一笑。

"认出来了，"我喃喃地说，"你要干什么？"

"想给你一顿嘴巴！"

"就这些啦？"

"这只是开头。然后我再杀死你！"

"为什么？"

"你问我这个吗？"

"问你……"

"你自己知道，老公猫！挨千刀的腐烂克尔斯坦！"

旅客们都望着我们。

"弗兰肯斯坦。"我机械地纠正他说。

"不用你教我！你已经教我一次了……让我差不多在全世界面前丢尽了脸！"

"我想得非常好！"我让自己的声音带上了难以想象的真诚。

"不许煮羊羔！我一辈子对你来说都是巴甫洛夫的兔子……"

"巴甫洛夫的狗……"我刚纠正完就觉得一阵发冷。

"就算是狗！我早就感觉出来了！走，咱们出去！"他说着就揪住了我的脖领子。

旅客们交头接耳，窃窃私语。他们意识到，一场戏剧性打斗已在所难免。

"这是在飞机上，这里不允许打架……"我反驳道。

"谁告诉你，我们要打架啦？我就是要揪下你的脑袋来！用不着吵闹……走！"

"这也不成：会破坏翼升结构对正中心轴的平衡！"我脑袋里想到什么便胡说一通。

"我不比某些人笨。我懂。我在飞机场上宰你。做好准备吧！"

空气中又飘来化妆品的香味。我早已发现，穿工作制服的男人如何嗜好烈性的饮料，职场上的女士们便如何嗜好气味浓烈的香水。

（观察精当。记住！）

"请让开通道！"空姐要求道，同时用严厉的假笑强化自己语言的力量，"马上便给你们送来热饭菜。"

"怎么，我没有和人谈话的权利吗？"他问道，不过却松开了我的脖子，甚至还像老朋友似的摩挲了一下我后脑勺上的头发，"我兴许碰上老朋友了。八年不见啦！我也许还想拥抱拥抱他呢！"

"让人先吃饭，然后再尽情拥抱！"空姐严肃地说。

他瞪了我一眼，目光中饱含着寓意深邃的恨，然后转身而去。宽厚的背在机舱里像活塞一样越来越远。在隐没于隔开公务舱和经济舱的帘幕之后前，他回过身来，向我挥了一下巨大的拳头。它许诺给我的至少是大量失血以及多处骨折。当然，这种事或早或晚必然会发生。做任何事情都必须付出代价。或早或晚，被创造出来和释放到世上的坏蛋都会掐死自己的弗兰肯斯坦，而伽拉忒亚一定会给皮格马利翁戴上角[①]。实际上，所有这一切都开始于马鹿的角……

空姐从装在轮子上的铁箱子里取出一个托盘，上面摆着粗陋的航空食品，把它放在我面前的小折叠架上：

"祝您胃口好！想要啤酒吗？"

"什么？不……不，不要！"我全身打了个冷战。

---

① 皮格马利翁，希腊神话中的塞浦路斯国王、雕刻师。伽拉忒亚是他创作出来的雕像，被赋予生命，成为皮格马利翁的情人。给某人"戴上角"意即让他戴绿帽子。

二
最初是啤酒

不，不是从马鹿角开始的——一切都开始于啤酒！对于那一天我记忆犹新。年份也很容易回忆起来：戈尔巴乔夫的改革刚刚开始几个月，空话大话已经很多，但啤酒仍然很少。如果作家俱乐部里运来了日古利牌鲜啤酒，那么每一张餐桌上便都会热热闹闹，思维活跃。而且那正是好时候：我们轻信的人民已经拿到了公开性[①]那玩意儿，但还没有给断掉社会主义的奶。然而，不！这开始得稍早一点，恰好在公开性的前夕。当然啦，这怎么能记混呢？要知道，他妈的公开性就是从这件事情开始的嘛，就开始于我干的那件不可原谅的蠢事。

事情是这样的。斯塔斯·日古托维奇、阿诺尔德和我坐在文学家宫的橡树厅里，就着大虾喝啤酒。那时候，在莫斯科，只有这里才有虾，除此之外，记者之家偶尔也会有。阿诺尔德总想把一瓶鹿角酒摆上餐桌。他淫笑着解释道，这是治疗丈夫戴绿帽子的特效药。一般来说，他们在西伯利亚称这种药酒为"败德汤"，因为它有难以克制的兴奋作用。例如，前不久，一些几乎彻底阳痿的芬兰人买了一批"败德汤"，喝了之后几乎发疯。阿诺尔德觉得这是发财的机

[①] 指时任苏共中央总书记的戈尔巴乔夫在1985年提出的改革开放政策。——编者注

会，便开始张罗组建生产合作社——正好苏共中央刚发布决定，允许成立合作社。

"放松一下吧，男子汉们！"阿诺尔德颇具诱惑力地眨着眼睛建议说。

我们的心思都集中在啤酒上，只让他拿出一罐腌松乳菇来，大约一升。就着腌松乳菇喝日古利牌啤酒比大虾还好。用腌松乳菇使我们道德上放松警觉后，他终于得到允许，开始给我们讲述他最新一部长篇小说的情节。此前的一晚上，我们一直不让他讲。细节我当然忘了，不过其要点是：泰加森林里有一位叫阿尔贝特的猎人，为了给心爱的女人缝一顶帽子，跟踪并杀死了一只母猞猁。最重要的事件即从此开始。失去雌性伴侣的公猞猁着手为自己被破坏的兽类幸福复仇，它追踪猎人，一直追到克拉斯诺亚尔斯克，在那里的皮毛厂附近将他咬出了致命伤。阿尔贝特是来取做好的帽子的。来复仇的公猞猁被偶然来到附近的民警枪杀。民警把帽子连同噩耗一起交给了已故猎人的心上人，于是世界上便多了两个失去男人的雌性——一位是女人，另一位则寓形于帽子……

"喂，怎么样？"阿诺尔德先谦虚地垂下眼睛，然后问道。

"臭狗屎！"我立刻表态，为了抢在有可能说出什么不得体的话的日古托维奇前，而不至于太伤害来自外省的自尊心很强的作者。

"为什么你们莫斯科如此不喜欢西伯利亚呢？"阿诺尔德沉思着问道。

"你读过美国作家麦尔维尔吗？"斯塔斯问。由于喝多了啤酒，他的声音有些喑哑。

"没有这样的机会。"

"如果有机会，一定要留心：他笔下的鲸鱼追杀男子……《白鲸》。"

"那是鲸鱼嘛！"

"在拉斯普京①的书中，熊也跟踪一个庄稼汉。"我补充道。

"那是熊啊，"阿诺尔德不肯服输，"我讲的是猞猁！他们书中有帽子吗？"

"在他们的书中没有谈及帽子，"日古托维奇摇了摇头，"不过引喻也帮不上你什么大忙！"

阿诺尔德不再吱声，看来是在估量典故到底能帮多大的忙，不过主要是在琢磨"引喻"一词的含义。同斯塔斯争论他连想都不敢想，因为日古托维奇博览群书，令人敬畏。而且，他任职于"淘书偶得"古旧书店。这家书店位于卢比扬卡，在俄罗斯书籍印刷出版业创始人伊万·费奥多罗夫的纪念碑旁边。莫斯科文学界都认识斯塔斯，因为他帮助作家们在书籍极端匮乏的情况下搞到珍版书和在意识形态上有异见的出版物。在这些活动中，他原本可以发大财，然而，他患有一种不可救药的致命恶疾。与此疾病相比，遗传性酒精中毒加酗酒与幻觉只能算是小病微恙。他写诗。那是令人厌恶的诗，就跟你不喜欢的女人早晨脸上残留的化妆品差不多。由于这个可悲可敬的原因，他总是免费为作家们搞书，指望他们作为回报，把他的作品推荐给某个通俗杂志。然而，情况经常是寻觅已久的书到手之后，背信弃义的作家听到"支持一下"的请求，便开始皱眉头；稍稍翻一翻斯塔斯的诗稿，就嘟囔，作者暂时尚未取得存在与逻各斯诗的异在之间的和谐……翻译成普通的语言，意思便是：虽然你，斯塔斯，是个好小伙子，但你这些勉强押韵的臭玩意儿还很难向什么地方推荐，除非你为我搞到阿尔志跋绥夫②文集。等斯塔斯终于搞来了阿尔志跋绥夫，外加法国作家雷尼耶③的全套著作，日古托维奇便把话题引向了诗歌创作，说他写的诗已经够出三个集子了，

---

① 拉斯普京（1937—2015），俄罗斯作家，代表作《活下去，并且要记住》。
② 阿尔志跋绥夫（1878—1927），俄国颓废主义文学流派的著名作家之一，代表作有《萨宁》《绝境》等。
③ 亨利·德·雷尼耶（1864—1936），法国后期象征主义诗人。

而没有诗集的诗人就像没有塞纳河的巴黎，人家便又开始嘀咕什么命运是创作的推动因素……

斯塔斯本来可能就这样一直折腾到退休，可是，发生了一件令人难以置信的事：一个貌似无家可归者的男子把一大部革命前出版的《共济会百科全书》背到书店里来了。这是不可思议的运气，恰似今天某个醉醺醺的人给您背来一袋子富含白金的无线电零件，却只索要五十美元。这条汉子壮着胆索要了五十卢布。为了这部《共济会百科全书》，斯塔斯慷慨地从自己腰包里掏出十卢布。那个憔悴不堪的男子深感幸福，因为他正处于特殊境地，为一杯波尔图葡萄酒就能把自己卖去当苦力。日古托维奇当然立刻意识到，他辉煌的时刻已经来临，现在他即将成为诗集的作者，或者永远当不成。而诗人没有诗集，就像伦敦没有泰晤士河。有关《共济会百科全书》的消息以瘟疫般的速度传遍了莫斯科文学界。作家们一齐奔向伊万·费奥多罗夫纪念碑旁的书店，宛如术士们奔向圣婴基督：谁都想得到这部罕见的百科全书，了解内幕。相对于这样的秘密，一切意识形态都成了空话连篇的儿童故事。不料，等待他们的是苛刻的要求：斯塔斯——大概您已经猜到了——坚决要求出版他自己的诗集作为酬报。他并不急于同《共济会百科全书》分手，他要等到一位像卡拉什尼科夫冲锋枪那样绝无坐力的竞买人。日古托维奇可不想再行差踏错。时至今日，当民族的脆弱骨骼在资本主义的拥抱中咔嚓咔嚓断裂的时候，你可以去交一笔款，哪怕书中写的，比如说吧，都是女人送给您的色情绰号，您的书也眨眼间即可出版。可那时候……那时候编辑看每个带着书稿来到出版社的人，就像看一位从精神病院带着病历跑出来的疯子——要求将病历出版，而且还打算得到稿酬。

为了真正说清楚一行诗从诗人脸上灵感初现的表情，到散发着新鲜油墨香的校样，要走过怎样荆棘丛生的道路，我应该讲一下，我的第一部，也是唯一的一部诗集，是如何出版的。我的诗集得以问世，应该完全归功于：有一天我同妻子离了婚，用我们共有的住宅换了两套，我便拥有了一套一居室住宅。它坐落在集团军司令员佳京大街（现在是第二弗兹德布林斯卡亚大街）上一座70年代建成的装配式公寓里。这些坐落于莫斯科市中心、墙皮脱落得斑斑驳驳的白色多层建筑，总让我想起被别墅主人运到树林里并遗弃在那里的报废冰箱……（不赖。要记住！）

我为什么与妻子离婚，这是一个难以说清楚的问题，甚至比我为什么与她结婚更难说清楚。她是一位漂亮丰腴的女士，饭做得不错，文学话题能谈得头头是道，做健美操很卖力气。晚上，我们躺在床上，在做爱之前总会先读一点什么。我读的是某位从杂志页面上冒出来的恶棍的诗，她则读《健康》杂志。从阅读过渡到黏黏糊糊亲密接触，信号一般是按下床头灯的开关。发现我的手正伸向开关，她便把涂满厚厚晚霜的脸转向我，说道："等一下，亲爱的，我读完这一页……"为了保持体形，每天清晨，妻子都会去体育场，在跑道上走上几圈。从我们窗口就看得见这座体育场。有一次，我一边喝咖啡，一边透过玻璃窗观看她如何沿绿茵场边的赤褐色跑道运动。我突然想到，她仿佛一颗人造卫星，随时都能够脱离自己的轨道，消失在永恒的冷冰冰的宇宙之中。

两个月后，我们离了婚。在此之前，我还未发表过一首诗，挣钱谋生的办法是：第一，在第四汽车运输公司的《样板车报》当记者；第二，撰写少先队员的诗体致敬信，为各类工厂写纪念建厂多少周年的厂史。正因为这样，妻子收拾我的东西的时候才说，这纯粹是俄罗斯的传统：不能射击的炮王，不能敲钟的钟王，没有发表过作品的诗人……

换房后，一套一居室住宅完全归我支配，刚开始我未能想到，这样一来，我竟确保了自己的文学前途。我只是尽情享受几乎已经被我忘却的、不受监督的独身生活的幸福。当然啦，我曾经有过姑娘，但不那么经常，因为自由能改善男子的哲理情调，使他讲究品位。婚姻中的背叛嘛，是某种预防措施。假如让私通进入每个街区的医疗防治体系，我想，大多数丈夫就会放弃这类胡闹……

我的生活陡然改变。有一次，我把批评家扎库松斯基拉到自己家里来。"拉来"要按字面意思理解，这天，他因为一篇捧场的文字得到了预付稿酬，还因为在一篇综述中提到两部作品得了另一笔钱，所以简直没有能力走回家。早晨醒来，扎库松斯基用呆滞的目光扫视了一遍我的住宅，半疑问半呻吟地说（对于真正的疑问，他还力不从心）：

"我在哪儿？"

"在我家里。"

"难道你一个人住在这里？"他不胜惊讶。我觉得这充满激情的爆发将让他减寿许多，便从冰箱里拿出一瓶啤酒来。

"现在只有一个人……"

"不可思议！"他呛了一口，或者是因为出其不意，或者是因为救命似的喝了一大口啤酒。

"什么不可思议呢？"

"你一个人住在这里，却还从来没有发表过东西？"

"一次也没有。"

"不可思议……"

又过了几天，一位在青年杂志社工作的胖诗人走到我面前。

"喂，你这可不对呀！"他拍着我的肩膀指责道，虽然在这之前甚至连招呼都不同我打，"立刻拿来！拿五六首。第一首，为了苏维埃政权。其余的就算是为……"

他说了一句常见的粗话，意思与他自己诗里的一个词组"爱情的毛茸茸的玫瑰"差不多。顺便说一句，他的诗写得蛮不错。接下来的几天，我精心挑选，又特意买了打字机用的新色带，细心打印那些诗，只要打错一个符号，就把整张纸揉作一团，扔进废纸篓……他在自己堆满手稿的办公室里接见了我。接过我选出来的诗作后，他看也不看便塞进了蒙满灰尘的无名手稿公墓。

"等着吧！"他说。

我没有等太久。他很快就来到我家，带来了一位两腿修长的年轻女诗人，论年龄，她可以当他的女儿。他们并肩站在一起，令人想起童话故事《泡泡、稻草和鞋子》[①]中的人物。我们喝了几杯酒，谈了一阵子诗，然后他便像虾那样转动眼珠，朝我家的门示意。为防意外，我在厨房桌子上留下一瓶心脏病急救药，便走进夜色之中。这一夜我是在雅罗斯拉夫尔火车站候车室的长凳上度过的。上午回到家中，我发现治心血管扩张的药一点未动，而冰箱里的一公斤香肠和水果却失踪了。从这天起，他开始经常来我家。多亏这样，我才有幸于相当短的时间内熟悉了年轻女诗人中的精英。应当指出的是，在所有这些美女中，不仅有两腿修长的，也有在文学上不无希望的。她们当中某些人沿着熟悉的道路，在没有他的情况下，不止一次光顾了我这里，并解释说，在这个"泡泡"之后，她们渴望得到些男性化的东西——不仅指形式，也包括内容。

我的诗整整一年后才登出来。批评家扎库松斯基则在《文学周报》上，在《情似春潮》的题目下，塞进了几句动听的评语。他也曾把一位戴眼镜、唠唠叨叨、袜筒褪下来的女士弄到我这里来。在这之前，几家大型杂志的工作人员、中央报纸的某部副主任、三位广播电台记者和电视台的一位音响师都到我这里来过。我只得排定严格的顺序，同一切无家可归者与雅罗斯拉夫尔火车站的值班民警攀交情。不过，我的诗却不时在报刊上出现，在广播中播出，有一次我竟出现在电视节目《繁忙中午》中。我站在车床中间，为电解厂的工人们朗诵自己的作品，工人们却为被糟蹋了的午休而惋惜。

最后，终于发生了应该发生的事。一家重要出版社的大人物给我打来电话，似乎不太情愿地干巴巴地告诉我，他想看看我的诗稿，

[①] 《泡泡、稻草和鞋子》，俄罗斯民间故事，其中有一个身形似泡泡的人物和一个两腿修长的人物。——编者注

如果它们能满足出版社对作者的严格要求，那么他大概会尝试考虑出书的前景。我幸福得屏住呼吸问，什么时候可以去送诗稿，他回答道："我自己来取。"

他当天晚上就来了，陪伴他的有三个喝得大醉的轻浮女孩。她们甚至不等我离开，便开始脱他的衣服。看见我匆匆走向门口，他友好地向我摆了摆毛茸茸的手，大度地邀请道："跟我们一起睡吧！"然而我嘟嘟囔囔地说什么祖母突然病了，拒绝了他的邀请。因为光着身子同一些素不相识的女子以及一位半生不熟的大肚子老伯凑热闹，这已不是群交，而是货真价实的淫乱！

随着出书前景的出现，我那倒霉住宅的使用时间表也排得更密了，有时候，我不得不租用对面楼房里一位老太婆的简易床。因为对于睡觉而言，车站长凳实在太硬，而且由于有过堂风，我开始经常感冒。除此之外，当局还公布了个什么决定，要同无家可归者与旷工者做斗争。结果，有一次我被弄进了民警局。我向民警分局局长说明我是诗人，作为证据，还给他唱了自己为叶赛宁的诗谱曲的歌，他这才把我放了。我甚至不能请安卡来家里。为了满足我们共同的欲望，我只好去她在佩列皮斯基诺的别墅。

我的书终于出版了。我闻了闻新鲜的油墨味，先是从头到尾很快地读了一遍，然后又很慢地读了一遍。我明白了，我的诗歌也不是不好，不，它们甚至有自己的优点；不过，仅仅为了看到自己的诗排成印刷体，印成薄薄的小册子，便把自己的住宅当成全市公用的妓院，我本人则要到老太婆那儿租床过夜，太不值得了。当然，艺术一向要求人们为它做出牺牲。然而，只有天才和白痴才会为它献上活人祭品。（一定要记住！）我既不是天才，也不想当白痴，于是，我向所有房客宣布，本店关张，把行李从老太婆家抱回了自己的住宅。在两年的时间里，住宅浸透了淫欲的汗臭与其他伴随而来的气味，必须马上进行维修。诗集的全部稿酬几乎都用到了维修上。

顺便说一句，我向来觉得，如果出一本书，我的生活就会完全变样——我甚至开始以完全不同的姿态在大街上行走,过路人则以异样的目光看我……根本不是那么回事。任谁都没有发现。只有批评家扎库松斯基在中央文学宫遇到我时,高兴得用头撞了我肩膀一下,祝贺诗集出版,还为自己写的评论文字索要高额报酬。我在修住宅上已经花费了许多,只得拒绝。

科斯托若戈夫也突然打来了电话。当时我正躺在被窝里,焦急地等待着安卡从浴室里出来。

"祝贺您!"科斯托若戈夫说。

"您喜欢吗?"我猝然一抖。

"您是有才华的。这我已经对您说过了。不过,第一本书仅是一个契机,要考虑是否值得继续写下去。"

"谢谢,我考虑……"

这时候安卡从浴室出来了。她总是把自己的出浴变为一场小小的色情演出。今天她似乎扮成了日本女人,把大毛巾紧紧地裹在身上,迈着东方式小碎步向我走来,走到房间中央,沉重的毛巾"和服"散开来,落到了地板上……

"不,真的,书中有几首完全够专业水准的诗作,"科斯托若戈夫继续说,"不过,文学中的职业化就相当于良好的消化。全部问题在于为何而写!还记得我给您说过的三条道路吗?您似乎连想都没有想过。还未曾思考过选择的问题……"

"对不起,您说什么?"我问道。安卡已经钻进被窝,正在用最精巧的方式干扰我打电话。

"您忙着呀?"科斯托若戈夫有些不好意思。

"有一点点,"我有点按捺不住,只得说,"过后我给您打电话……"

"没法给我打电话。最好设法到我在察普利诺的家来一趟。咱们聊一聊。给我的学生们朗诵几首诗。孩子们是优秀的批评家!我的地址您没有丢掉吧?"

"没有。"我撒谎说。

"那就来吧！我等您。"

科斯托若戈夫挂断了电话。安卡突然爬出被窝，开始默默地穿衣服。

"你去哪儿？"

"我烦了。"她答道。

我求安卡，她留了下来。我们最后吵翻是两个月以后的事。

再没有任何人因为诗集给我打电话了，虽然电话响个不停。我的恩人们无住宅可用，他们要求，他们劝说，他们甚至威胁……他们请我把自己的诗送去，再三强调，似乎没有我的诗，挑剔的苏联读者简直寝食不安，而文学创作在无可挽回地日渐贫乏，但我婉言拒绝了，推说正在经受创作危机，以及从诗歌转向散文的磨难。理由是体面的，电话沉默了几天。后来，一份大型散文杂志的主任找到我，坚称不拿到我的一个中篇，至少是一个短篇小说，他誓不罢休！于是我给电话局打了电话，请求暂时切断我的电话。

"这不行！"人家答道，"假如您不付长途话费——那是另一回事。"

"姑娘，我请求您！"

"请不要请求！"

"有人给您说过吗？您的声音很像索菲娅·罗兰[①]。"

"没——有！"她的声音变得亲切了许多。

可以说，我要了个滑头：她的音色不像索菲娅·罗兰，而是像我们国家为这位影星配音的女演员。但她变得善良了，切断了我的电话。于是，热切渴望发表我著作的出版家们开始按我的门铃，甚至发来电报，但最终还是平静下来了。挑剔的苏联读者随之也失去了对我的兴趣。不过，应该返回文学家宫，回到啤酒和松乳菇那儿去了……

[①] 索菲娅·罗兰（1934— ），意大利女演员，奥斯卡影后。

三

书商与诗人的争论

我们默默地喝着最后几杯啤酒，吃着最后几个松乳菇。女服务员已经从我们桌子上取走空酒瓶四次了。天色向晚，餐厅渐渐挤满顾客。批评家扎库松斯基也来等候自己的客户，像钟表修理匠那样，在角落里占据了自己的位置。如果是以前，这位批评家看见我，肯定会跑过来，搂住我的脖子，亲切地用额头撞一下我的肩膀，说："喂，你好，老兄！"然而，现在他只用一只半闭半睁的疲惫眼睛欢迎我。

紧接着出现的是诗人奥杜耶夫。今天他带来的不是自己平常的女友——电视女主持人施特拉，而是一位长腿少女。他细心地环视大厅，友好地对我点点头，为她要了一份冰激凌，便开始吼叫似的大声朗诵诗，她则盲目崇敬地望着他。也许，音乐迷看一头用帕瓦罗蒂的歌喉唱歌的猪，其情形大概就是这样。

在一群西方记者的簇拥下，散文作家丘尔梅尼亚耶夫来吃晚餐。他是著名长篇小说《妇科椅上的女人》的作者，小说讲述了某位在妇科椅子上分开两腿的女士如何试图在自己体内找到上帝。这部小说他写于十年前，当时还是个真正的小伙子。据作者在一次记者访谈中讲（这是我从"自由"广播电台听到的），这部小说的构思产生于他突然把自己想象为在妇科门诊的娜斯塔霞·费丽波夫娜[①]的时候。小说完成后,丘尔梅尼亚耶夫托人把它带给纽约的出版社,那时候在出身纨绔子弟的苏联知识分子当中,这被称作"拿老子的党票冒险"。他父亲是重要的中层领导干部,又是苏联经典儿童文学作家的儿子。然而,任何事件都没有发生。手稿先是顺利通过警惕的海关,然后又带着既酸又甜的评语返了回来:作者拥有不容置疑的才能,但要求严格的美国读者更是不容置疑地不需要这部作品。丘尔梅尼亚耶夫怒火中烧,然而并不绝望。他利用各种秘密的便利条件,把手稿送到了各个国家,但结果依然不变。如此这般继续了许多年。有一次,一位姓佩利诺什廖莫夫的饱经世故的持不同政见者(他因几场巧妙组织的冲突而闻名于世)建议丘尔梅尼亚耶夫把一二百未经申报的美元塞到手稿里。这帮了大忙。当然,第一位海关关员便把美元没收了,一同没收的还有手稿。手稿作者被紧急召到作家协会,一眨眼的工夫就给他发了作家证书。这个过程通常要耗去年轻的文学工作者五到二十年的生命。一星期之后,丘尔梅尼亚耶夫又被轰轰烈烈地开除出作协,以为所有宁肯选择西方出版社而不选国内出版社者戒。同时老丘尔梅尼亚耶夫的职务也被撤销了,为的是让中层领导干部们更严肃地对待在其特权住宅里正在成长的年轻一代的教育问题……

就这样,小丘尔梅尼亚耶夫一觉醒来,成了著名的、令人羡慕的受迫害者。西方报纸的版面充斥着诸如此类的标题:"卷土重来——1937[②]!""娘子谷[③]的新受害者?""丘尔梅尼亚耶夫反抗克格勃"……当初那些拒绝小说《妇科椅上的女人》的出版社,现在几乎要用电报压垮它的作者,纷纷提议签订最优惠的合同。他的书

[①] 娜斯塔霞·费丽波夫娜,陀思妥耶夫斯基长篇小说《白痴》中的女主人公。
[②] 指1936—1938年的苏联肃反运动,大量党内反对派遭到"清洗"。
[③] 即娘子谷大屠杀,旧称巴比亚尔大屠杀,纳粹党在第二次世界大战进攻苏联期间,于乌克兰首都基辅附近名为"娘子谷"的山沟进行了一系列大屠杀。

在二十七个国家几乎同时出版，而美国最具权威的《书评周刊》评论员给自己的文章选用的题目为《丘尔梅尼亚耶夫——当代陀思妥耶夫斯基》。确实够刺激的，但对别的俄罗斯作家，他全然不知。克格勃组建了专门行动小组，代号为"妇科大夫"，专门监视作家丘尔梅尼亚耶夫。一位中将被任命为组长，他熟悉受罚文学家的父亲，因为他们经常在一起打猎。

从那时起，这位著名小说的作者无论出现在哪里，都处于西方记者的包围之中，而克格勃的跟踪人员则尾随其后，保持着体面的距离。中将和老丘尔梅尼亚耶夫继续一起到各处打猎，夜里在篝火旁吃饱烤熊肉串之后，共同探讨起如何才能更快地使浪子回到苏联文学的怀抱。多亏我的努力，公开性开始了，对丘尔梅尼亚耶夫的跟踪终止，一个穿便服的人走到他面前，自称是行动小组的副组长，请求他为小组的全体成员在几本刚刚由播种出版社再版的小说上题词。不过，这一切都是后话，我们暂且不提……

就这样，我们喝光了啤酒，我建议再要几瓶，但我和斯塔斯已经没有钱了。

"哼……"阿诺尔德把仅有的零钱从衣兜里掏了出来，气愤地说，"你们莫斯科人都是坏蛋！"

"为什么是坏蛋呢？"

"你们吸干了俄罗斯的骨髓……"

"怎么，在你看来，莫斯科就不是俄罗斯啦？"斯塔斯为首都抱不平。

"对，不是俄罗斯。莫斯科是民族健康肌体上的肿瘤。"阿诺尔德说着，沉重地叹了口气。

他已经多次试图迁居首都，在《城际交换》上刊登声明，甚至结了一次假婚。但是，姑娘把钱拿走了，后来他发现她本人也是个只有临时居住权的合同工，户口在奥廖尔市。只好离婚……

"莫斯科是热带丛林，"阿诺尔德继续说，"而泰加森林则是另一回事！男子汉们，当我一枪击中松鼠眼睛的时候，感觉就像是发现了好韵脚……"

我和斯塔斯偷偷对视了一下：阿诺尔德在《克拉斯诺亚尔斯克养兽报》当记者，根据各方面的情况判断，他只见过笼子里的松鼠。

"经常是这样，"阿诺尔德仍不肯罢休，"你坐在篝火旁边，柴火烧得噼噼啪啪响，火星在空中蹦来蹦去，你心里是那么畅快，那么富有诗意……诗行甚至不是想出来的，而是在心里油然而生，宛如龙虱从水下的青草丛中往上蹿。我虽说是写散文的，可是前不久也写了诗。马上……等一会儿……啊哈……"

阿诺尔德很专业地板着脸，回忆着自己的诗。斯塔斯和我又对视了一下，达成默契，绝不重复不久前对阿诺尔德小说情节所犯的错误。既然是诗人，是首都的还是外省的并不重要，在餐桌旁只要读上自己的一行诗，他就欲罢不能，直到把心中淤积的全部诗歌垃圾都倾泻到你头上。这样的企图必须扼杀在摇篮之中……

"啊哈，这个，这个……"阿诺尔德的脸开始吓人地活跃起来。

"就拿我来说吧，"斯塔斯果断地夺取主动权，"只要在书店里一看到那一排排蒙尘的书籍，就感觉自己是一个小伙子，正打算抚慰阿斯塔尔塔那永不满足的心胸……"

"谁的？"阿诺尔德懊丧地问，仍然指望允许他朗诵自己的诗。

"是这样，一个老娘们儿……"斯塔斯傲慢地说，"我们倒霉透了：生活在一个文化溶液过饱和的时代。不久前，柳宾-柳布琴科来我的书店讲了一通。这是他的理论。为了让你明白，阿诺尔德，只得转述一遍，我们长耳朵就是干这个用的！"

"怎么听不懂呢！"阿诺尔德频频点头。

"咱们都是排排书架的牺牲品。"日古托维奇叹了一口气，看来是想起了自己的至今未能出版的诗集。

"是牺牲品，"阿诺尔德认可道，"我的小说也谈到了这一点……"

"我甚至不能想象，"斯塔斯不肯让步，"要让别人倾听你的声音，今天到底需要写些什么?!"

"前不久我就写了!"阿诺尔德仍不死心。

"什么也不必写，"我配合日古托维奇说，"写什么内容都没有任何意义。"

"绝对没有，"阿诺尔德附和着说，"我现在就给你们读一篇关于这个的短篇小说!"

"'没有任何意义'意味着什么呢?"斯塔斯不明白了。

"这意味着：可以一行字也不写就成为著名作家!人们还要研究你，讨论并引用你的著作……"我大肆发挥这个突然出现在我脑海里的念头。

"还引用?"斯塔斯又问了一遍。

"对，引用!"我毫不退缩，因为过量的啤酒使人变得异常固执。

"天方夜谭!"

"什么?"阿诺尔德没有听懂。

"当然，你们可以问我，"我继续说道，越说越兴奋，"为什么经典作家们都有文本呢？我来回答，因为他们都受制于专业条件，缝纫匠应当缝纫，木匠应当刨木头，作家应当写作!比如说，你没有读过莎士比亚，这实际上就相当于他什么也没有写。不过莎士比亚终归还是天才!"

"终归还是。"阿诺尔德同意道。

"诡辩!"斯塔斯冷笑着说。

"什么?"阿诺尔德没听明白。

"不，不是诡辩，"我顽固地反驳道，"诡辩是智力的骗局，实际一接触便立刻土崩瓦解。而我能够用事实证明自己的话。我准备随便拿第一个偶然遇到的人做实验，他没有任何文学修养，可是，我能在一两个月内把他变成著名作家!"

"天方夜谭!"斯塔斯连连摆手。

"什么?"阿诺尔德又问了一遍。

"不屑一听!"日古托维奇说得更明确了。

"嘀,不屑一听!"我气愤地说,血和啤酒一起往我脑袋上涌,"我愿意打赌:两个月内,我把第一个遇到的蠢货变成著名作家。在大街上有人向他打招呼,批评家们开始写关于他的文章,你们也将因为与他相识而自豪!"

虽然语调果敢,但我当然是在追求雄辩的冲动中脱口而出,明显地带有酒后浪漫主义色彩。可是斯塔斯不这样理解。

"咱们赌什么?"他冷笑了一下,一本正经地问。

"这话怎么理解?"我没有弄明白。

"该怎么理解就怎么理解。你建议打赌,我同意。我们赌什么?或者,你害怕啦?"

"赌什么都行!"我激动地说。

"你那位蠢货一行也写不出来?"日古托维奇嘲讽地核实道。

"他完全可以是没有文化的人!"我轻率地说。

"天方夜谭!"阿诺尔德说。

"那好。如果你输了(这肯定无疑),只要需要,我随时可以使用你的住宅!可以吗?"日古托维奇活跃起来了。

在这里,我应该再做一番解释。事情是这样的:就天性来说,斯塔斯是个隐秘的好色之徒,而周围的书卷气息,正如我在什么地方读到的那样,又对好色有极大的刺激作用。比如,在意大利,医生甚至建议性功能衰弱的男子多去一去图书馆。然而,斯塔斯在结婚娶妻方面很不走运。他夫人是库班哥萨克,其妒忌已经达到了精神错乱的程度。她不仅会搜查他的衣兜,每天晚上还会仔细检查他的衣服,寻找沾在上面的女人头发,甚至会寻找、辨认婚外的气味。有一次,她用铁锅把斯塔斯打了个半死,因为他的背心上有一股迪奥香水味。只是到了后来,她把斯塔斯护理得有所好转的时候,才回忆起来,是她本人到女伴家去借衣服纸样的时候,试过这种牌子的香水。除此之外,妻子每隔一小时就会往他工作的单位打一次电话核实，而在十九点整一定会带着大包小包的食品在书店门口迎候他，他便背着这些大包小包返回温暖的爱巢。

显然，斯塔斯无法得到男子最无辜的快活，而在那个有纪念意义的傍晚，斯塔斯之所以能够出现在我们俱乐部的餐厅里，只是因为，午饭后他本该参加古旧书商的专业进修讲座，而讲课人病了，讲座取消。他自然未把这一情况告诉妻子。而命运的这类馈赠他不常遇到。他把自己的一生称为严格遵守制度的善行。可是要知道，每个男人身上都沸腾着情欲，他也不例外。他钟情于自己那些常来买书的女主顾。由于前景无望，他备受煎熬，一副壮志未酬的表情凝滞在他脸上，人们却经常误以为这是探求精神的特征。斯塔斯的性饥渴在创作中得到了升华，不料，因为不慎在诗中流露出来而绝对是杜撰的"一绺灰色的温柔鬈发"，他遭受了咖啡壶的痛击。斯塔斯能幸免于更严酷的惩罚，是因为他妻子十年前一时糊涂，把头发染成了灰白色，她在高举起咖啡壶准备实施决定性打击的时刻想起这回事……通过残酷的实验和致命的错误，斯塔斯摸索到了不使生命遭受威胁的题材。一般来说，他的短诗、长诗的题目都富于哲理性——《重读〈坎特伯雷故事集〉第三章》《莫迪利阿尼在洛东达喝苦艾酒》，或者是《阿贝尔·加缪在1960年1月的汽车交通事故中死去》。日古托维奇是否有更大的理想还用多说吗？所以，我的一居室住宅（它距"淘书偶得"古旧书店仅五分钟的跑步距离）是他摆脱性成熟期噩梦的唯一出路。

"这么说，你要使用我的住宅啦？"我嬉笑着反问。

"在任何时间，用于任何目的！"斯塔斯再次明确道。

"好样的！"阿诺尔德拍了日古托维奇的肩膀一下。

"行，"我一口答应，还意味深长地停顿了一会儿，"不过，如果你输了，我可以在任何时间使用你的《共济会百科全书》！"

"这是什么意思？"贪婪的斯塔斯心疼了。

"就是字面意思。就是你把它送给我！"

"好样的!"阿诺尔德拍了一下我的肩膀。日古托维奇愣了一会儿,脸上明白无误地表现出隐秘的情欲与公然的虚荣正在进行搏斗。不过,虚荣相当快地就尖叫了一声,举起了自己老鼠似的爪子。

"行!"他点了点头,"不过,反正你是输定啦!"

"再考虑一下吧!"我笑了笑,打算折磨折磨他,"你在失去唯一的机会。如果你把《百科全书》送给我,再也不会有谁给你出书,挑剔的读者就永远欣赏不到你的长诗《伊万·屠格涅夫给波琳娜·维阿尔多朗诵长篇小说〈烟〉的片段》了。"

"是长篇小说《处女地》。"斯塔斯气恼地纠正我,"你就天性来说,向来是忒耳西忒斯[①]……"

"忒耳西忒斯是谁?"阿诺尔德插嘴问。

"啊,是一个庄稼汉,"斯塔斯解释说,然后又补充道,"我考虑过了。你永远赢不了!"他说着,就把一只手伸给了我。

我伸出了自己的手。不,这不是握手,而是两个滑头的较量。

"你当见证人吧!"我吩咐阿诺尔德。他坚决地举起了手,后来又突然动摇了:

"不,不,这样不行……"

"为什么不行啊?"

"您还没有说清楚,'第一个遇到的人'该怎样解释呢?"

"怎样解释?"我耸了耸肩,解释道,"我们到大街上去,拦住第一个遇到的人,建议他参加我们的实验。"

"如果他拒绝呢?"阿诺尔德追问说。

"那我们拦住第二个人。"

"如果他也拒绝呢?"

"那就拦第三个,一直到有个人同意为止。"

"那样一来,他就不是第一个遇到的人啦!"阿诺尔德合乎逻辑

---

① 忒耳西忒斯,希腊神话中希腊联军中最丑的士兵,胆子小,又多嘴多舌。

地指出。

"不要在言辞上吹毛求疵!"斯塔斯支持我,他已经按捺不住,急于要在我的住房里放荡一下子。

"好吧,"阿诺尔德妥协了,"说到底,是你们打赌,不是我。收拾残局的也是你们。"

"什么?"我不明白。

"你们自己想一想:比如说,如果第一个遇到的是弗朗索瓦丝·萨冈呢?电视上说,她现在正在莫斯科……"

"好,"我表示同意,"名人们作为一个阶级,我们把他们排除在外!"

"如果第一个遇到的是你的朋友,你和他早就预谋好了呢?"阿诺尔德问,带着西伯利亚佬狡猾的笑容看了我一眼。

"您毫无根据的怀疑让我惊讶!"我说。虽然我没有任何骗人的计划(我根本没有任何计划),我的脸还是有些发烧,就像所有被怀疑干了坏事的正派人那样。

"可真是的,"斯塔斯皱起了眉头,"我希望有担保!"

"难道我的许诺对你来说还不是担保?"我装出气愤的样子,尽管自己的意图都是诚实的。

"满口许诺的作家,如同以其贞操发誓的妓女!"日古托维奇斩钉截铁地说。

"说得好!"阿诺尔德赞叹道,满脸都是紧张努力的神情。

"那么,在这种情况下,我们就打不成赌了。"我如释重负地指出。

"你们这两个男子汉不要泄气,"阿诺尔德看了看表,安慰我们道,"我们编辑部司机的侄子维捷克马上就要来这里。他叔叔托我给他带松乳菇和一瓶'败德汤'。"他用目光向自己的背囊示意。

"他是干什么的?"斯塔斯多疑地问。

"系缆水手。"

"这是什么人？"日古托维奇继续问。

"就是摆弄锚缆的汉子。"爱记仇的狩猎专家回答。

"他受教育的程度呢？"《共济会百科全书》的拥有人问道。原先他没有考虑过这个问题。

"系缆水手能受过什么教育呢？不完全的……"

"说具体些！"日古托维奇要求道。

"因为不及格，被职业技术学校开除……"

"好极啦！"

"您就把维捷克变成著名作家吧。他在寄给叔叔的信中弄出了那么多错，让整个编辑部都大笑不止。"

"行！"斯塔斯高兴得紧紧抓住我的手。

我不太情愿地握了握他的手。由于预感到要赢，他的手心有一点湿润。阿诺尔德哈哈一笑，欣然答应担当我们打赌的见证人。为了庆祝赌局的开始，我们干了杯中的啤酒，平均分享了叔叔那罐松乳菇。阿诺尔德就去迎接未来的名人：据他推测，维捷克应当到了。

"你在家睡沙发还是床？"斯塔斯一边嚼着蘑菇，一边神往地问。

"沙发床。"我嘟哝了一句，为打赌这件蠢事暗自责骂自己。

四

憨厚的人

几分钟过后,他已经坐在我们餐桌旁边。一个长有雀斑的健壮小伙子,不知道要把自己的一双红色大手放在什么地方。他穿着一条蓝裤子,缝制它的莫扎伊斯克的师傅们不知为何要把它叫作牛仔裤。上身是一件袖口已经穿起毛的厚绒布方格褂子。他的短筒糙皮靴上引人注目地布满了灰白色污痕,就像学校里用湿抹布擦过的黑板。然而,小伙子的脸上却流露着忠厚与安详。大概在所有生存艰辛中,使他感到不安的只有一个问题——如何坚持到预支下一个月的工资。而且,看样子,他也不太担心……我再一次为打赌而感到懊丧。

当阿诺尔德把他领到我们餐桌前的时候,他窘得一塌糊涂,结结巴巴地自我介绍说:"维捷克。"不是维佳,不是维克多,不是维季卡,就是维捷克[①]。这令人觉得,小伙子初次遇到这种重要场合,为了不丢丑现眼,便注意自己的每个动作,竭力求助于讲述高尚生活的电影中的那些模糊形象。而扮演那些世袭贵族的是司药员和种菜人的愚昧子孙。当我们邀请他坐在我们餐桌旁时,他回应我们的是浅浅的一躬。在那些电影中,如此鞠躬一般是在谈妥决斗地点、证

[①] 维佳、维季卡、维捷克都是维克多的昵称,维捷克更多在同辈人中间使用。

人与其他决斗细节之后。

"蘑菇嘛,我和弟兄们那个……"阿诺尔德指着空罐子抱歉地说。

"那就算啦。"维捷克笑着点了点头。

"为了我们的见面!"斯塔斯提议道。

"娜久哈!"我抓住了正从旁边经过的女服务员的镶边围裙。

在这里,我应该再说一些题外话。顺便说一句,这些题外话还相当多,所以,如果读者喜欢直来直去的情节,可以立刻放弃这部小说。

娜久哈是饭店里最年轻的服务员,二十五岁,她具有彰显女性魅力的三个基本特征:大眼睛、大乳房和大屁股。与此同时,她的体形相当苗条,认真打理过的发型让人看了赏心悦目。几年间,她来上班时眼睛下方经常有淤青,不过精心敷上了一层粉,据此可以断定,娜久哈有丈夫。是的,最近几个月她脸上看不到任何婚姻记号,这使人以为,她的婚姻已经解体。更有甚者,在娜久哈的褐色眼睛里可以看见一种神秘的沉思,这往往是女人在婚姻中忍受孤寂的表现。请不要把这种神情与寂寞的有夫之妇的戏谑挑逗混为一谈!她不同于其他女服务员之处还有:服务迅捷,说话不十分粗鲁,宰人时很有分寸,也不抱怨儿童棉大衣的价格几乎是她服务员工资的一半。顺便说一下,她没有孩子。

"小伙子们,"她叹了一口气,眼睛不看我们,而是透过半开着的橱窗看那一方明亮的天空,"啤酒没有了。最后一瓶波尔图葡萄酒扎库松斯基要了。剩下的只有香槟酒和白兰地,非常贵!"

酗酒生涯开始于盖达尔的改革之后的人,以及从小就习惯于时时处处都有大量迷魂汤供应的人,可能会觉得我们遇到的难题是人为制造的。但是,我要提醒一句,我所描述的事件正好发生于我这个傻瓜所挑起的改革的前夜,我们这些被公正而严厉的社会主义现实——为每一百克酒而斗争的精神培养出来的人,平静地接受了这一消息。在反酗酒运动正在进行的情况下，即使是非常昂贵的白兰地，也简直是命运的恩赐。最后，还可以等明天再付款，迫不得已时，可以留下手表或作家证做抵押。为了结束这个话题，我要说出长久以来一直让我不安宁的想法。改革剥夺了我们最主要的东西——生活目标。在为饮酒者制造种种障碍与困难的同时，社会主义，尽管笨拙，却还在仿造目标，也就是生活的意义。资本主义用其挤破橱窗的烈酒，迫使我们单独面对冷若冰霜的毫无意义的生存本体。为此，它罪不容诛。

"有什么我们就喝什么吧！"我豪爽地告诉娜久哈。

"请先付款！"她说，眼睛依然望着窗外那片天空。

"娜杰日达①，你是知道我的嘛！"我的愤慨显得有些拙劣。

"知道，所以请先付款……"

"先付就先付！我们大家凑一凑。"我把手伸进侧兜里，仿佛那里有国家银行的支行似的。

这是人所共知的餐厅妙招：你的手在衣兜里延宕不出，而了无戒心的新手把钱掏出来了，你便可以说，钱包忘在大衣里了，把买单机会让给他。斯塔斯和阿诺尔德洞悉酒桌上的秘密，也照此办理。我们就这样坐了一段时间，恰似三个黑手党徒，每个人都把手伸进衣兜里，紧握枪把子，但谁都不肯第一个开枪……

"咱们付钱吗？"娜久哈不耐烦地问。我们把疑问的目光投向了维捷克。

"我一星期没见过钱啦！"他憨直地说，丝毫不因为我们的结识直接从敲诈开始而感到难堪，"我被工地解雇了……"

"真是条汉子！"娜久哈愤愤地说，"去饭店不带钱，去找女人不带……"

不知为什么，说这些话的时候，她只是看着维捷克，虽然我们

---

① 娜久哈及后面说的娜佳都是娜杰日达的昵称。

也"不带"。

"不带鲜花！"维捷克嘿嘿笑着提示说。

娜久哈久久地凝视着维捷克，宛如忘记了别人最后一次给她送花是什么时候的女人。

"也许，先把手表拿走？"经过一阵犹豫，我才看着自己的军官牌手表说，"明天就把钱送来……"

"拿吧，手表很好！"维捷克支持我。他开始有点适应了。

我要说一下，留下这块手表作为抵押，对我来说非常不简单，就像一个巴布亚人把自己的避邪物（敬爱的爷爷留下的已经木乃伊化、成了圣物的小钱袋）典当给殖民者的商店一样。（有点庸俗，不过还是应当记住！）

"那当然……立刻！问题是您的手表往哪儿放。我们这儿很快就变成手表店了！"她完全像泼妇那样吵吵嚷嚷起来，吵嚷过后一般就是同意。

"怎么回事，您简直是撒野嘛！"迟钝的斯塔斯插了一杠子，把事情全搞砸了。

"我撒野！"她被激怒了。

"娜佳，你先走吧，"我试图劝解，"我们商量一下……"

她以充满女性蔑视的目光白了我们一眼，离开了我们的餐桌。维捷克贪婪地望着她渐渐远去。接下来一段时间，我们默默地坐着，尽量不看对方。后来阿诺尔德嘿嘿一笑，从背囊里掏出一个能装一公升苦艾酒的瓶子，把它放在餐桌上。瓶子里的液体，就颜色看，很像是用过的废机油。

"这就是'卖德汤'吗？"我问。

"'败德汤'。"阿诺尔德一边说，一边往杯里斟酒。他给自己倒了一点点，给我和斯塔斯多一些，而给维捷克倒了一百克，"给你斟满，你年轻。你的肝还完好无损！"

"这危险吗？"斯塔斯朝酒杯瞥了一眼问。

"至今还没有谁喝死。"

我们碰了一下杯,然后一饮而尽。这种药酒有一股工业酒精加鲱鱼、远东莎瑙鱼和洋葱的味道。维捷克喝干杯中酒,屏息凝神,仔细感受药酒如何像一只热乎乎的耗子沿着食道往下跑。在这只耗子到达胃的时刻,他赞许地点了一下头。

"这是药吗?"斯塔斯皱着眉头问。

"鹿角酒是治疗家庭绿帽子综合征的良药,"阿诺尔德解释道,"甚至连最无能的汉子,只要喝下去一杯,便马上坐不住,直到把什么人干一下为止。所以我们那里的人才叫它'败德汤'。您今天一丁点都不能再喝了,否则非肚子疼不可。"

"你应当事先告诉一声!"斯塔斯火了。

"别生气。稍喝一点有好处。你们同维捷克不是有话要说嘛,不喝点酒怎么说话呀?"

"对,是有话要说,"我叹了口气,"那么,你是说,你把工作丢啦?"

"是的。"

"好啦,别客气,说一说,你是怎样在会议的主席台上打队长的吧!"

"队长?"我又问了一遍。

"队长。"维捷克惭愧地点了点头。

"理由呢?"斯塔斯不大相信地追问道。

"他是个狗东西!"

"理、理由倒是蛮正当的!"显然有点醉意的日古托维奇点了一下头。

我自己也已经感觉到,体内开始出现强烈的躁动不安,它的倾向性相当明确。我猛然觉得,把维捷克包装成世界名流的荒唐念头并不那么愚蠢,甚至就像初次接触陌生姑娘的肌肤那样,很有令人悸动的诱惑力。我看了看斯塔斯,他苍白而凹陷的双颊上出现了红晕,秃额角上沁出了汗珠,眼里却流露出了强烈的淫欲。维捷克的额头上也冒汗了。他企图用自己粗大的手指头把面包瓤捏成一个女人的身体。阿诺尔德则像一位研究自然界的少年,默默地微笑着观察"败德汤"的功效。

"那你现在打算做什么呢?"过了不大一会儿,我问维捷克。

"谁他妈知道呢……"他说着把雄健的双肩一耸。

"可必须工作呀!"

"我老妈也这么说,必须……"

"她骂你吗?"

"那还用说,简直像两刃刀!"

"嘘!这样说母亲!"阿诺尔德蹙起了眉头。

"那么,维捷克,你有什么计划呢?"我努力用这一问题缓和出现的尴尬。

"不知道,也许到哪家超市去当装卸工。"

"你会成为酒鬼的!"阿诺尔德摇了摇头。

"可能吧……也可能去你们克拉斯诺亚尔斯克,找我叔叔去……"

"去吧。我们给你找一个西伯利亚姑娘!知道吗,那样子的,某个地方像有一团火……"

看阿诺尔德说话时的那副模样,就一目了然,那几滴酒他也没有白喝。但维捷克的变化却超乎想象:他突然满脸通红,浑身是汗,仿佛在烧得很好的俄罗斯蒸汽浴室里待了二十分钟,又用柞树笤帚加荨麻枝把自己饱抽了一阵。我自己也无缘无故、真切而鲜明地回想起了青年时期的一位漂亮女友。她在高潮时刻,不知为什么,总是发出嘶哑的哈哈大笑声。如今各个玩具店都在卖的"哈哈袋"就能发出那样的笑声。我也浑身冒汗。我偷偷看了一眼斯塔斯。只见他面颊抽搐,正在紧张地翻看自己的记事本,就仿佛周围是一片火海,而他把消防队的电话忘了。

"好嘞——帕特里凯①说咧!"维捷克把头一点,"我一定去!"

我责怪地瞪了阿诺尔德一眼,懊丧的斯塔斯甚至在餐桌底下踢了他一脚。

"可从另一方面来说,"醒悟过来的阿诺尔德摇了摇头,"也不能把母亲一个人留下。"

"是不能。"维捷克赞同道。

"你想当作家吗?"我直截了当地问。

"当什么?"维捷克傻了。

"作家。"

"不……在学校里,我的俄语成绩是三减②。这还是因为我帮助那位女老师种过土豆……"

"这并不重要!你也用不着写。"我在"败德汤"的影响之下果断地说。

"那我要干什么呢?"

"什么也不干。"

"也就是说,我可以不写?"

"连读也用不着!"斯塔斯嘿嘿笑着说。他那火辣辣的目光离开了那位素不相识的女士。她坐在我们旁边的餐桌上,正独自一人喝着香槟酒。

"什么?"维捷克没听懂。

"他在开玩笑。"我解释道。

"他们在莫斯科玩笑总有一天会开到头的!"阿诺尔德阴沉着脸模棱两可地说。

"这要想一想。"维捷克沉思着轻轻地回答,同时眼睛扫视了一下我们的餐桌。我们的晚餐跟垃圾工人的早餐相差无几。

"哎呀,这个嘛!"我明白了,"这你不用担心。作家生活就是这

---

① "帕特里凯"一词来自拉丁语,意为贵族、显贵。此处全句意为"说到做到"。
② 即不及格。

样：今天这样，明天就那样……"

"经常是怎样呢？"维捷克问。

"这难说。人和人不一样……不过你会有钱的，有很多钱。因为有这样一条法则：作家写得越少，挣的钱就越多！"

"就是说，你会成为百万富翁！"斯塔斯嘿嘿一笑，又向陌生女郎送去一个热情的眼神，虽然应该送去的是一瓶香槟酒，因为她那瓶差不多要喝完了。

"你将没完没了地出国旅行！"我继续天花乱坠地说，扫了一眼斯塔斯之后，又大声补充道，"还有女人！你将有什么样的女人啊！"

"真的吗？"维捷克的眼睛一亮。

"真的！莫斯科也有热情的姑娘。不多，但是有。答应吧，"阿诺尔德建议说，"你能失去什么呢？他们有自己的利益，你有你的。你不喜欢，就让他们滚到一边去……你就去我们的克拉斯诺亚尔斯克！"

"好嘞——帕特里凯说咧！"维捷克点了一下头。

话音刚落，砰的一声，陌生女郎要的第二瓶香槟酒射向了天花板。后来我悟到，上帝大概想以此种方式阻止我迈出这轻率的一步。后来他使我，还有我们大家的祖国，付出的代价是如此之高昂……

不过，当我们降落于舍列梅季耶沃2号机场时，我才知道先前达成的协议的真正价值。

"那么，就击掌为定吧！"阿诺尔德笑着说。我这天晚上第二次伸出自己的手敲定协议，但现在已经充满放肆的信心。维捷克紧紧地握住它，倒也没有造成什么肢体损伤。阿诺尔德伸开巴掌，放在我们的手上面。在这责任重大的时刻，无论是日古托维奇的手，还是他本人，都没有出现在附近。他已经以苏联登徒子所固有的直率，坐在了陌生女士的餐桌旁边，喝上了她的香槟酒……

"太棒啦！"阿诺尔德站起来说，"非常好，一切安排妥当。我该去上火车了。不过，你们喝'败德汤'要小心！喝多了有害。看，日古托维奇又细又高,可这会儿浪得像公狗!"

  他奸笑了一下,拿起背囊向出口走去。我望着他的背影,不知为什么,以一种令人不安的精确度,回想起了很久很久以前的一次徒步旅行。一位健壮的女指导员教会我,一个中学生,如何在创纪录的两分钟内搭好帐篷,然后又在这座帐篷里向我解释:在旅行中绝对能创纪录的速度,在爱情中却绝对不是新纪录。阿诺尔德说得对,"败德汤"一滴也不能再喝了!

  这时候娜久哈到我们这里来收拾空盘子。同没有钱的顾客打情骂俏没有任何意义,所以她阴沉着脸,默默地把脏盘子摞成一堆,嫌恶地看了一眼插在上面的烟蒂。她俯身在餐桌上方,不由自主地向我们完全暴露了很有感染力的乳房。维捷克出其不意地抓住她的手,往自己怀里一拉:

  "你叫什么?"

  "放开!"她疲惫而严厉地回答。

  "我放开你就要倒!"

  "不知羞耻……"

  "就算是不知羞耻——只要能入地半尺!"维捷克放声大笑。于是我想到,当代科学显然对现如今城市里的口头民间创作评价不足。

  "我喊警察啦!"娜久哈犹豫不决地说。

  "她想给02挂电话[①],勉强拉得动自己的大胯!"维捷克接过来说。

  "管管您的朋友!"她不知所措地看着我说。

  "放开她!"我吩咐他说,因为我看到,餐桌上的纠缠引起了领班的注意。她阴郁得像是女子监狱的看守。

  维捷克不情愿地松开了手。娜久哈揉了揉红了的手腕,说了句"疯子",端起盘子走了。我们用饥渴的眼睛送她远去。第一个清醒

[①] 俄罗斯的报警电话为02。

过来的当然是我：

"让我们首先讲好：没有我的允许，你什么也不能干！"

"这么说，现在没有您的允许，我连孩子也不能生啦？"维捷克喘开了粗气。

"没有我的允许——不行。我再说一遍，你必须听我的话，否则实验就要失败……"

"实验……这么说，我成家兔啦？"

"对这个你这么在意吗？"

"一般来说，不在……在我们这狗一样的生活中，当一只家兔，这也蛮不错嘛。"

他动起了心思，又用面包瓤捏起了小人儿。如果把它放大一百倍，则完全可以放心地摆到现代雕塑展览上去，将其命名为，比如说"变形女人"。我也陷入了沉思，准确地说，是在"败德汤"的作用下，开始痛心疾首地想安卡，想我们在佩列皮斯基诺的别墅度过的疯狂夜晚，想她那大理石似的黝黑身体如何胜利地永不餍足地骑在我身上，宛如多神教的女神躯体安放在底座上……是的，回忆是恋尸癖的变种。斯塔斯重新坐到我们桌子旁边，把我拉回到健康的现实。

"阿诺尔德在哪儿？"日古托维奇惊讶地问。

"猎熊去啦。"我说。

"明白了……你听我说，"他激动地小声说，"我对你有一个请求。你反正是要输的，依据未来的权利，今天晚上我就想使用你的住宅。你不反对吧？"

说完这些话，他向陌生女士抛去一个多情的秋波。陌生女士的第三瓶香槟酒快喝完了。作为回答，她向他吐了吐渴求的舌头。

"原则上我不反对，"我答道，"虽然这类似如下的情况：假如依据我铁定要赢的权利，我想从你那部《共济会百科全书》中扯下几页来……"

"瞧你这个比喻！"斯塔斯气急败坏地说。

"你们玩的是什么呀？"维捷克感兴趣了。

"生命。"我笑着对我们憨厚的朋友说，然后又转身对斯塔斯补充道，"即使我考虑到你的状况，允许你使用我的住宅，你反正也干不了……"

"这是为什么？"斯塔斯在我的回答中发现了我对他能力的不信任，十分恼火。

"回头看一下吧，倒霉的色情狂！"

他回头一看，门口站着他的妻子。一分钟以前我刚发现她。

"她……她……看见我那个啦？！"他压低声音说，吓得脸色煞白，又用眼睛向陌生女郎那边一扫。而陌生女郎正举着空酒杯招呼他。

"先不要死，"我安慰他，"她进来的时候，你已经回到咱们这儿来了。"

"哎呀！"斯塔斯如释重负地叹了一口气，仿佛一个在最后一分钟由枪决改判为终身苦役的囚犯。

"你自己摆脱，还是需要援手？"我仗义地问。

"帮帮忙！"

我站起来，挽着斯塔斯的手，笑容可掬地走向他的夫人。她看着我们，就像机枪手盯着发起冲锋的敌人的散兵线，打算放他们再靠近些，以便给以准确的杀伤。顺路我还有幸错承了陌生女郎醉醺醺的拥抱。她本来是要扑向从其身边溜过的日古托维奇的。我小心而又不无努力地把她安置在餐桌旁边，在斯塔斯开口说话以前赶上了他。我坦然正视他夫人那双阴郁的眼睛，滔滔不绝地说，今天为我新出的书开了一个十分严肃的讨论会，她丈夫的发言品位很高，无可挑剔，又雄辩得难以言表，对我来说，这至关重要。谎话越说越长，我说，在日古托维奇的精彩发言之后，大厅里响起了经久不息的掌声，为了表示感谢，后来我便邀请他共进晚餐，所有费用自然由我承担。说到这里,我差一点没笑出声来。所有这些话我一口气说出,词连着词,句连着句,没有任何打断我的可能。我信誓旦旦地说,斯塔斯每五分钟就跑到前厅去给家里打一次电话,但线路令人难以置信地忙,因为我们米乌斯话务站是莫斯科最老的。它始建于革命前,1918年左翼社会革命党人叛乱的时候,一发炮弹击中了它,其影响至今依然存在,日古托维奇太太没能接到丈夫的电话,对此可算有了亲身体会。我喋喋不休地讲,一直把这对夫妇送出门口,送到大街上,在那里他们将有足够的空间以相应的形式解决自己的家庭冲突。回到维捷克那儿去之前,我跑到楼下的卫生间,以便洗掉因"败德汤"和耗体劳神的撒谎而冒出来的一脸汗水。

五
被抛弃的男人

当我回到我们餐桌的时候,那里已空无一人,而领班则有些异样地望着我。

"刚刚一个小伙子在这里吧?"我问。

"那个穿脏靴子的躁狂症患者吗?"富有观察力的扎库松斯基从自己座位上问。

"怎么是躁狂症患者呢?"我万分惊讶,"一位非常有才能的年轻作家嘛。"

"这样的人还是有才能的呀?"扎库松斯基冷笑了一声。

作为一位真正的批评家,他坚定地认为,才能只属于他本人,说其他人有才能就像说哈巴狗有蹄子那样荒诞不经。

"你那位年轻的天才抓住娜久哈便拖走了……"

"去哪儿啦?"

"去了爱巢!"坏蛋奥杜耶夫扔下这么一句,便搂着自己的女中学生离开了餐厅。

"他将给她朗诵诗歌。"扎库松斯基补充说,语调中饱含着对一切文学体裁的野兽般的仇恨。

"这与诗歌有什么关系?"我怒不可遏,"他写的是……嗯,比如说吧,是散文……"

"哎呀，算了吧！"扎库松斯基哈哈笑着向我们的饭店巡视员格拉眨了眨眼睛。格拉正有礼貌地围绕着陌生女郎的餐桌踱步。陌生女郎趴在空酒瓶子当中睡着了。

这时候严肃的女领班走上前来，说："请注意，如果娜杰日达半小时以后还不回来，我就让她去洗盘子！"

"如果她是无辜的，如果他是强奸犯呢！"好嘲弄人的扎库松斯基为娜久哈辩解道。

"这是不可能的……还是作家哩，连这样的胡闹也看不出来！"领班断然否定道。

他们没有回来。半小时，一小时后都没有回来……一晚上他们都没有回来。餐厅里变得空旷了。清醒过来的陌生女郎喝完香槟酒，涂了涂唇膏，踏着响亮的脚步走了。丘尔梅尼亚耶夫领着那些完全像俄国人那样喝得烂醉的外国人，到梅特罗波尔旅馆继续冶游去了。我一直等到餐厅关门，熄灯，服务员们开始把桌布从餐桌上扯下来，就像扯女酒鬼身上的衣服。椅子腿也朝上放起来。饮酒过量的文学家们嘟嘟囔囔诉说着自己的怀才不遇和陀思妥耶夫斯基作为文体学家的缺点，然后被架了出去。他们在那里站立不稳，竭力回想自己的住址，以便告诉出租车司机。

我从餐桌上拿起那瓶"败德汤"，把瓶塞塞紧后放进皮包里，随后也来到大街上。这是一个7月的温暖夜晚。空气中弥漫着第一场雷雨后的淡淡铁腥味。这场雷雨天气预报员们已经报过许多次，看来，当我们在餐厅里坐着的时候，它终于下过了。顺便提一下，雷雨算什么，有些人连革命都是坐在酒馆里错过去的！担心自己的醉态会引起地铁里值班民警的注意，我决定步行回家。到我住的第二弗兹德布林斯卡亚大街（当时还叫集团军司令员佳京大街），步行需要半小时。

我有一种奇怪的感觉。许多年过去了，那种感受我记忆犹新。如果接受有关我的遭遇的神秘说法，那么，我的肉体，也就是我的躯壳，遵循一切社会准则和交通法规，正迈着从容的步伐，朝着尼基塔门的方向，走在入夜后的城市里，同时十分细心地观看着迎面走来的太太与小姐们。然而，我的心灵却像脱缰的野马，飞向了不知什么地方。"讨厌的'败德汤'！"我这样想着，开始在衣兜里寻找。两戈比的硬币我找到了，但是，要找一个能用的投币电话机却不那么容易：一个话筒被揪掉了，另一个拨号盘不见了，第三个则让人想起嵌在墙里被坏孩子们捣毁的小保险箱。许多年过去，我了解了列夫·古米廖夫关于民族起源的出色理论之后，才理解了我的同胞们如此仇视电话机的原因。看来，我们的人民，从历史上看还比较年轻（比如，同英国人相比），如今他们正在经历被所有盎格鲁-撒克逊人称为"捣毁机器运动"的阶段，即卢德运动。在我们这里则是毁坏电话机：民族特色嘛。

不过，我还是找到了能用的电话。一开始，它吞没了我的硬币，没有任何反应，不过第二次便绝对无偿地接通了。

"哈喽？"她几乎立刻就用平静的声音做出了反应。

"也就是说，她一个人。"我想。

她有个奇怪的习惯：任何时候都不挂断电话，甚至在最冲动的渐近高潮的关头，听到铃声，也要从我的怀里挣脱出去，拿起话筒。不过，在那种时刻，她的声音时断时续，语速快，没有感情色彩："是。快点。我忙……"然后她再回到我的身边，笑着说："着急了吧？"

"哈喽？！"她又说了一遍，声音里有了一些不满，"请讲话。"

我能说什么呢？能说的我都已经说过了，可是不起作用。

"您怎么不说话呀，真见鬼！"

她说的自然远不止一个"见鬼"，但我不是什么文学院里泛滥成灾的后现代派，从来不把生活用语和文学用语混为一谈。一般来说，安卡性格非常暴躁。有一段时间，她在我们文学圈里得了一个绰号，叫"快手"。这是因为，在讨论书稿或是在酒桌上时，如果突然觉得有什么人讲了卑鄙或不公正的话，她便会悄悄把他叫到旁边，不费任何口舌，给他一记响亮的耳光。自然，无人回敬她，因为：第一，她是女人；第二，她是漂亮女人；第三，她是戈雷宁大人的女儿！不过，她一次也没有打过我！无论是在那时候，还是在此之前或之后。她父亲叫她安卡。她父亲是在农村长大的，那时候农村俱乐部里放映最多的电影就是《恰巴耶夫》，年轻的女机枪手安卡是他理想中的革命女性。

"如果是你，"她说话的声音完全变了，"那你先挂上话筒。"

我挂上了话筒。我动身回家。途中，我几乎完全疯了：我费了好大的劲才控制住自己的意马心猿，没有放肆去纠缠两个女大学生和一个疲惫的家庭主妇。她挎着一个大购物袋子，一根绿色的大葱无力地垂在外面。最后，就在自家的单元门口，我奇迹般地避开了与一位上了年纪，然而化妆后显得很年轻的女士攀谈。她是夜里出来遛狗的。与她结识是莽撞的，毫无前途。我控制着自己躁动的心，饱嗅了她那理成羊毛卷的头发的气味，怅然若失地回到家中。

进屋后，我没有脱外衣就在写字台前坐了下来。打字机上夹着一页纸，上面有一星期前打上去的字：

莫斯科轮胎厂厂史
第一章　无产阶级专政的轮胎

我用手一摸，发现纸上覆盖着一层薄薄的灰尘。我已预支了轮胎厂厂史的稿酬，钱也早就在日常开销中花光了。其实，我已经预支并花光稿酬的，还包括要为《少先队员》杂志写的洗冷水浴的文章（虽然我从小就受不了冷水浴）、替职业技校学生给工会代表大会写的诗体致敬信、基洛夫区少先队组织史、替埃奇格利德耶夫翻译的长诗《创造的春溪》等。我无论如何也不能强迫自己写这个破烂货,因为几个月以来,我心里一直在酝酿构思一部长篇小说,真正的长篇小说,我的主要作品,我的"首要"作品。安卡读完这部小说就会明白一切,夜里会突然来到我身边,永远留下来!说实话,文学之所以存在,就是为了让女人读后深更半夜半裸着哭着跑到你这儿来,永不再离开。然而,无论是长篇小说,还是"首要"作品,我都无法坐下来去写,因为放不下收了人家钱的活儿,它们就像铁锤一样悬挂在心头。当你心里想着少先队写给工会代表大会的致敬信的时候,却还要写真正的作品,这就像还没有医好偶然患上的淋病,就想得到你终生追求的美人的垂青……(呸!庸俗。不要记!)

最近我就是生活在如此极端优柔寡断的状态下,徘徊于捞外快与写"首要"作品之间。顺便说一下,"首要"这个词的出现也与安卡有关。那时候有个非常流行的笑话。一位产妇生了三胞胎,她按照婴儿出生的先后顺序让记者看。他们正躺在湿尿布中哭——要吃奶。她说:"这个,是我的老大;这个,是我的老二;这个,是我的老三……""这个呢?"记者指着一个穿着湿裤子的汉子问,他躺在地板上,也哭着——要酒喝。"这个嘛,是我的首要!"多子女的母亲回答。这个词先是成了我们卧室里的对话用语,后来安卡开始把我未来的长篇小说称作"首要"。有一次,在午夜密谈中,我不小心把未来的长篇小说真诚地称作自己"首要"的东西……

我沉思着从皮包里取出那瓶"败德汤",拿了一个喝白兰地用的小酒杯,斟了三十来克,不会更多。我那么沮丧,以至于忘记了阿诺尔德的告诫,忘记了那些缠人的色情念头,忘记了与日古托维奇的赌局,忘记了维捷克的失踪,忘记了一切。我给自己斟酒完全是无意识的,就像一个退休的武装警卫队员,他在沉思默想中也会做出拉枪栓的动作。对,味道确实像浸泡过鲱鱼的伏特加,更像是浸泡过远东莎瑙鱼。我喝了下去,坐了几秒钟,静静地体味这种饮料如何让其不计其数的根须,有生命力、热切、激动人心的根须,深入到我的肌体。后来——至今我还记得——我做了一次深呼吸,又像练瑜伽那样屏住呼吸……有段时间我热衷于瑜伽,但很快就明白,让俄罗斯人做瑜伽,就像让印度人在梅德韦日耶湖上做冰下垂钓。猛然间我感到头晕得可怕,随后就清晰地看到轮胎厂的历史,看得那么清晰,甚至能看清这家红旗企业的厂长在胜利者代表大会的主席台上汇报成绩时头上的汗珠。他听到斯大林缓慢地说:轮胎厂工作做得当然不错,不过,再了解一下将会非常有趣。它为什么不能做得更好呢?我突然感到,我只剩下了很少的一点工作——把瞬间的感悟搬到纸上。不是写,而是记录。不是作曲,而是照谱演奏。我把手指按在我的埃利卡牌打字机的键盘上,仿佛这是白色钢琴的键盘,而我不是文学界的普通混子,而是演奏柴可夫斯基第一协奏曲的范·克莱本[①]。天才就是关在理智笼子里的疯狂……(好!不过,似乎在我之前有人已经说过了。)

我一直工作到清晨六点,从轮胎厂创建的 1918 年,敲打到了"进军柏林的路上"那一章。然后我站起来,向沙发床迈了一步,就跌倒在床上,犹如受伤的普希金跌倒在雪地上……

[①] 范·克莱本(1934—2013),美国著名钢琴演奏家。

六
寻找失踪的维捷克

电话铃声经过长时间的顽强努力,才进入我的意识,就像施救人员接近因雪崩被掩埋的遇难者那样。我终于闭着眼睛摸到了听筒,把它放到耳边。

"还在睡呀?"日古托维奇精神抖擞地问。

"睡……"

"这么说,是我把你叫醒啦?"

"叫醒了……"

"那很好嘛——已经一点多了……"

"我工作到六点……你什么事?"

"没什么。你的厨房有几平方米?"

"六平方米。怎么啦?"

"不怎么。问一问不行啊?"

"可以……"

"小了点……"

"我够用……"

"反正是小了点。咱们国家不会搞建筑。顺便说一下,据某些资料讲,共济会起源于耶路撒冷圣殿的古代建设者,你知道吗?不过这没有得到证实。而据最新资料……不,我最好读给你听。请听!

'现代共济会的祖先也叫这个,他们无疑曾是一些真正的石匠,在其手艺的名称前加上"自由"一词,使其具有原始手艺活计的意义,而不是社会意义。自由的石头,相对于一般的石头而言,在英国指的是较软的石头品种,类似于大理石和石灰岩,经常用于浅浮雕加工……'听明白了吗?"

"什么?"我开始醒过来,便又问了一遍。

"假如咱们的大楼是自由石匠建造的,厨房就会宽敞一些。更不用说其他的一切了!"

"你老婆昨天晚上没用重家伙砸你的头吗?"

"看你说的!甚至相反……顺便打听一下,你那儿还有'败德汤'吗?"

"没有了。"我撒了一个谎。

"遗憾。不过,共济会倒是赋予各种圣水以巨大意义……"

"斯塔斯,你出什么事啦?"

"没什么。不过我忽然想到,如果你赢了我们的赌局呢?当然,这不可能。不过,为防备万一,我现在决定睡觉前读一两页《百科全书》。你知道吗,有趣得要命。请等一下,我给你读一点关于托特·赫耳墨斯·魔法护神①的章节……"

"用不着给我读托特·赫耳墨斯·魔法护神!我没时间……你说的是打什么赌呀?"我认真搜寻关于昨晚的记忆。

"怪事!大概你的脑袋被人用重家伙砸了。咱们俩打赌嘛……"

"为什么?"

"什么为什么呀!为你能把维捷克变成著名作家。"

"我?"

"你。如果你做不到,你的住宅将完全归我支配……你忘啦?"

"不要瞧不起人……如果我成功了呢?"

---

① 托特系古代埃及的智慧之神,赫耳墨斯系古希腊神话中的神使。此处将这些词混在一起颇为牵强,似在说明言者故弄玄虚。

"我就把我的《百科全书》送给你。"

"《百科全书》？我要你的《百科全书》有他妈什么用啊？"

"不知道。你要打赌嘛……难道你反悔啦？"

"不，没有反悔。我不过想核实一下细节。"我答道，这时候我已经完全醒了，想起了昨天争论的详情，"既然我答应了，就一定做到……维捷克在哪儿？"

"这事应当问你。你们在一起的呀！"

"是在一起来着。后来他失踪了……"

"怎么能失踪呢？你搞什么名堂！"斯塔斯的口气中带着失望与鄙视，这是我在这个世界上最恨的。

"我什么也不搞！我正好打算去找他……"

"找到他以后，往我家里打电话。"

"为什么往家里打呢？"

"趁'败德汤'还在发挥效力的时候，妻子请假补休，也为我请了假。这会儿跑去买香槟酒了。你干得如何？"

"五章。"我骄傲地回答。

"你那儿现在有人吧？"饱受一夫一妻制折磨的斯塔斯艳羡地问。

"你为什么这样认为呢？"

"你一语双关：五位[①]……我才仅有过三个。"日古托维奇难过地说。

"不要伤心。对你来说，这是很好的成绩！"

"我也这样认为。你真的没有'败德汤'啦？"

"当然没啦！我为什么要骗你呢？"我真诚地回答，眼睛却望着还有八百克的酒瓶。

"那算啦，再见，老婆说不定开门就……"斯塔斯有些慌乱。

"你要小心，女人喜欢长章节。"我挖苦地提示道，然后挂断了

[①] 俄语"глава"一词多义，既可表示人，也可表示书中的一章。故"五章"也可理解为"五位"。

电话。

我吃力地站起来,蹒跚着走进浴室。我长时间站在镜子前,端详着自己那苍白的脸和红肿的眼睛。这一下惹麻烦啦!照这样,我还可以许诺把维捷克变成总书记哩。经典作家说得好:饮料不能掺着喝……此刻我更像被挤瘪了扔在肥皂盒里的牙膏皮。

第一件要做的事是,必须火速振作起来……

一小时后,我挣扎着来到文学家宫,雍容文雅的白昼餐厅生活已经全面展开:舞文弄墨的人们经过一夜折腾,都朝着这个救命的星火奔来。

我根据自己的体会知道,他们的清醒是多么可怕!除了不可避免的头痛、恶心、患了糖尿病似的口渴,折磨他们的还有酒后的绝望感,以及对自己才思枯竭的恐惧。一清早他们就痛苦地意识到生命正在被虚度、滥用,没有重大的艺术成就。然后他们拖着沉重的身躯来到文学家宫,途中用昨夜纵欲后的酒气恶臭让公交车上群情哗然。不过,他们喝上几杯伏特加,佐以鱼丁稠辣汤(在这种橙黄色汤里漂着半月形柠檬片,盘底还埋伏着几颗黑亮的油橄榄果),生活便逐渐充满意义,思路开始变得清晰,而头脑里的文学形象则宛如电梯里的乘客,挤得满满的。一个半小时以前还觉得生不如死的人们,此时已自信地坐在餐桌旁边,脸上挂着成功人士平静而睿智的微笑。

我做的第二件事是来到一间女服务员的斗室,但娜久哈不在那里。我被告知,她今天没来,她打来电话说:不来上班了,因为要出嫁。

"嫁给谁?"我惊慌地问。

"那有什么区别呢!"早已青春不再的女服务员丽塔叹了一口气说。她被孤独和设法挣小费累得苦不堪言。

"如果明天她还不来,我就连刷盘子也不用她干了!"严厉的女领班接着说。

我哄劝了很久,她才把娜久哈的地址给了我。原来她住在莫斯科一个偏远的居民区,小区的名称是为了纪念一个早已从地球上消失的村庄。在19世纪,大车队从古都莫斯科出发,奔赴新都彼得堡,途中就是在这里度过的第一个夜晚。穿过餐厅的时候,我用眼睛的余光注意到,昨天的那位陌生女郎正颓丧地喝着矿泉水。她的脸纹丝不动,因为即便是再微小的表情动作,也能使那层厚厚的油彩膏粉直接散落到盛有鱼丁稠辣汤的盘子里。

"你在寻踪觅迹吗?"已经在履行自己职责的巡查员格拉同情地问我。

"应该说,是……"

我犹豫了一阵,便朝着打听来的地址走去。如果维捷克也忘掉了昨天打赌的事,那就好啦。如果没忘呢?在路上对形势做了全面思考之后,我决定这样办:充分利用自己的口才,让维捷克相信,他不值得当著名作家。然后给讨厌的日古托维奇打电话,通知他,维捷克不愿意参与我们的荒唐游戏。这样一来,我就能保住面子,从这场愚蠢的较量中脱身……

娜久哈一家住的楼房位于一条大沟边上,从这里开始便是一片矮小的平房,恰似侏儒们菜园子上的棚子,跟狗窝差不多。单元门的玻璃已被打碎,电梯间写满千篇一律的污言秽语。"到处都是卢德派。"我想。给我开门的是一位老太婆,她穿着建筑队洗破了的工作服上衣,饰条上写着"大学生建筑队 浪漫主义者-76"。我站在门口犹豫不决的时候,向这套一居室小住宅的深处望了一眼,便看到了那种我们习以为常的贫穷:主人一辈子省吃俭用,为的是最终能装出富足的样子。

"您好!"我说。

"啊?!"老太婆没听明白。

"您好!娜佳在哪儿?!"

六　寻找失踪的维捷克

"她走啦，谢天谢地！"

"为什么要'谢天谢地'呢?!"

"啊?!"

"为什么要'谢天谢地'?!"

"整整一夜没让睡觉，这些个挨刀的……"说着她用手指了指房间，我看见那里的床铺乱得一塌糊涂，好像人们刚在那里找过钻石。

好家伙。我想道。

"她在厨房里坐了一夜。"老太婆抱怨道，"我们也年轻过，也喜欢拥抱。可是为什么要大喊大叫呢？娜佳原先的丈夫虽说喝酒，不过非常老实……可这一个简直是恶棍！"

"维捷克?!"

"啊?!"

"是维捷克吗?!"

"是他。"

"他们上哪儿去啦?!"

"去他家啦。梅季希。她说他要娶她……"

我感到一阵高兴，就向雅罗斯拉夫尔火车站走去。我的任务显然减轻了不少。维捷克既然决定成家，那他现在当然顾不上参与我们酒后的赌局了。

……我向来以为，梅季希是莫斯科近郊的一个小镇，那里有浅水池塘，有鸭子，年久褪色的板条上放着牛奶罐。原来这是座不小的城市，这里有正在冒烟的烟囱，有天桥，有列队前往澡堂的士兵。下了电气列车，把周围打量了一番，我明白了：不知道维捷克的地址，甚至不知道他的姓，在这里不可能找到他。但我还是决定碰碰运气，便在人群里选了一个紫红色脸膛的汉子，向他询问梅季希这一带啤酒摊点的分布情况。当然，如果是从前，用一天时间我也不可能走遍所有啤酒摊。但是，这些事都发生在戈尔巴乔夫反酗酒运动的高潮时刻，大部分啤酒摊、亭都改售格瓦斯和果汁了，继续向公众供应这种琥珀色饮料的寥寥无几。而且人所共知,就像国内的犹太会堂,这个国家同排犹运动进行了长期的顽强斗争,结果仇犹分子取得了政权。(未必用得上,不过还是要记住!)

第一个啤酒亭位于中专学校旁边,排队的基本上都是头发蓬乱、疯狂谈笑的年轻人。第二个在以人民委员佩尔沃迈斯基的名字命名的推土机厂旁边,亭子周围聚集了一群穿油污工作服的工人,就像加水稀释啤酒那样,几位戴礼帽夹皮包的劳动知识分子也混迹其中。只有第三个售货亭位于一个新的小区,那里正在进行大规模建设,随处可见起重机的透空轮廓。排队的有三十来个建筑工人,工作服上都落满了砖末,戴着头盔,胶靴上沾满水泥,维捷克昨天穿的正是这样的靴子。

我估计,如果这些举着空酒杯的积极分子积极工作,如果不来一群加塞的无赖,一下子要二十杯,如果没有人因为量不足而惹起事端,致使老板娘借口技术故障关门停业实施报复,那么,四十分钟过后我将喝上啤酒。我排在队尾,对啤酒的新鲜程度表示了疑虑,从而与队友们建立了非正式的接触,并加入了男人们的严肃谈话。首先谈了谈英国乐堡和吉尼斯啤酒的质量比较,关于它们,大家听到了许多传闻。继而又谈起了政治,大家一致得出结论,总体来说,米什卡是条不错的汉子,虽然也有毛病;而他的赖莎[1]显然是一台友谊牌油锯,不过她当然是个说到做到的女人。我乘机打听,是不是有人认识维捷克。一位大叔慷慨地向我提出三个维克多供选择,其中包括他的亲兄弟。但他们都不中我的意。排队等待的时间还是比我估计的长,因为老板娘上学的儿子来了。她在我鼻子跟前摆出一块牌子——"休息",用了十分钟斥责地理得了两分的儿子。我终于得到了一杯泛着肥皂沫似的啤酒。

"马尿!"一个戴红头盔的棒小伙子对我眨了眨眼,然后痛快地

---

[1] "米什卡"是戈尔巴乔夫小名的昵称,"赖莎"是他夫人的名字。

眯起眼睛说。

"肯定是马尿。"我说。喝了几大口之后，我舒舒服服地吐出一口长气。

"昨天的简直就不能喝！"他愉快地告诉我。

"你是本地人吗？"

"嗯……"

我便打听起维捷克。他说他跟维捷克很熟，此人长着褐色头发，雀斑脸，一星期前因为和队长吵架被解雇了。

"他住在哪儿？"我兴奋地问。

"就在那栋楼。"

"带我去，好吗？"

"不……他妈不喜欢我，说我灌他酒。我老婆恨维捷克，也说他灌我酒。这就是辩证法！"

后来他给我仔细说了如何能找到维捷克的家。他甚至告诉我，按门铃要两短一长，因为他母亲怕贼怕得要命，而他家门上又没有窥视镜。有人给她讲，有个躁狂症患者常来梅季希按门铃，当主人趴到玻璃上望时，就用锥子刺眼睛，同时用鬼一样的声音大喊"晚安，孩子们"。

我依特殊约定按门铃，门开了，可是人家却隔着防盗链同我讲话。透过三厘米的窄缝我只能看清，这是个女人，头上有卷发夹。

"午安！"我说。

"维捷克欠的账我不给！"她恶狠狠地喊道。

"我不是来要账的……"

"那您来干什么？"她惊恐地问，并开始慢慢关门。

"请等一等！我是建筑工程局的。我们想恢复维克多的工作。"

"您有工作证吗？"

"当然有！"我在只剩下一厘米的门缝前晃了一下作家证。

"恢复吧！他没有错嘛！"响起了解链子的声音，在这座楼里，看来，这是对客人最崇高的信任。

门开到了十五厘米，这正是第二道防盗链的长度。我看到，维捷克的母亲是一个还比较年轻的女人，有一张圆圆的脸，眉毛揪得只剩下一窄条，不过体形倒还丰满。

"你们可一定要给他恢复啊！"她再一次请求道，"这孩子完全堕落了。狐朋狗友害了他。该死的伏特加！今天早晨把一个骚货弄到家里来了，我费了好大劲才撵走……他们打算结婚。一共二十五平方米，在哪儿结婚？我自己有一个好人，不喝酒，我都不把他往家里领！"

"未婚妻是叫娜久哈吧？"

"我怎么知道呢？我可能自己就是未婚妻！"

"他们到哪儿去啦？"

"我管得着吗？我就是这样说的：我不让你来家住。我也有一个好人……你们该到哪儿住就去哪儿。跟亲爱的在一起，窝棚也是天堂嘛……那么，他们大概在窝棚里吧！"

……维捷克双手抱着膝盖，愁苦地坐在窝棚旁边。周围到处是空酒瓶子、胡乱开启的罐头、包装纸和吃剩下的东西。由此可以断定，在困难时刻，半个梅季希都在这个窝棚里睡过觉。维捷克忧伤地望着逐渐暗下来的傍晚的天空。

"娜久哈在哪儿？"我问。

"跑啦。"他沮丧地回答。

"为什么呀？"

"她说，妓女才往窝棚里钻哩……"

"说得对。可你就不能再忍耐一下吗？"

"我不能！"维捷克挑战似的说，"可恶的'败德汤'！我身子里好像有一台泵……"

"会过去的。"我安慰他说，"她还说什么啦？"

"她说，她同一个酒鬼分手，可不是为了再同另一个酒鬼混到一起。而且，我老妈也处处限制我：我不能领她进家，我不能领她进家……"

"你真打算娶娜久哈吗？"

"不能娶，是吗？"

"她把你拴住了吧？"

"一个非常活泼的姑娘。"

"你忘记她吧！"

"我已经忘了，"他垂头丧气地说，"你为什么跑到这儿来？"

"想遛一遛，就决定来看看你……"

"我喝了酒也总想到外面来，"维捷克承认，"身子里头有一股子吓人的劲头，可遛一遛就过去了……你昨天真是好样的！引诱我当作家。你还记得吧？还答应给我搞外国妞……难道你变卦啦？有一次我也是喝多了，同一个焊接工打赌，要掐女会计的屁股，第二天早晨就改变了主意。那是个爱吵架的女人，开工资的时候总给我三卢布一张的……"

"我根本没改变主意，"我突然反驳道，"正好相反。咱们今天便开始。你什么都会有——金钱，出国旅游，各式各样的女人。但是，要忘掉娜久哈！女人不是床上用品，也不是涂着眼影的做饭机器。女人，这是生活的方式、风格和水平。你的女人将让路过的人们不断回头……因为那么漂亮的女人，只要你看她们一眼，就再也不会相信，还有别的什么人能脱掉她们的衣服！"

"好哇，可我拿什么给她们买衣服穿呢？"

"不要着急嘛。你将出大名，而名气和金钱总是同来同往，就像酒精和肝硬化结伴而行那样……"

"好哇，可名气从哪儿来呢？从潮气来吗？"

"不，不是来自潮气。你将会是著名作家！你的名字将如雷贯耳！顺便问一句，你姓什么？"

"阿卡申……"

"可惜。"

"为什么可惜呢?"

"你的姓没有震撼力。你明白吗,为了让人们一下子记住,应当有一个不同凡响的名字。比如潘捷列伊蒙·罗曼诺夫,或者,取一个怪姓——伊万·奇奇巴宾,比如……要是名和姓都怪,那就更好。比如叫弗里德里希·戈连施泰因。可是你的名字既不这样,也不那样:维克多·阿卡申……还好,没有姓卡申。吓人!有这样的姓名就不应当涉足文学,读者肯定记不住。我要是你,一定取个笔名……"

"什么叫笔名呢?!"

"你的父称呢?"

"谢苗诺维奇。"

"谢苗诺夫。不行,俗气……妈妈叫什么?"

"加林娜。"

"加林。不,不行。不像个姓,倒像是塑料郁金香……如果试一试,以城市名作姓呢?经常有人这样做。维克多·梅季希。简直不像话……算啦,就姓阿卡申吧。咱们想法对付,一定让你当上作家!"

"哎呀,我怎么能当作家呀?我连正经写字都不会。我跟你说过嘛……不行,弄不成……"

我慢慢绕着维克多走了一圈,折了一根树枝,瞄准好,嘿——!一下削掉了荨麻丛的梢。

"昨天你没认真听我说。我理解:'败德汤',让人魂不守舍的爱慕,等等。所以,我从头到尾再说一遍。比如说,你不会写。可是,谁又会呢?谁?!海明威开枪自杀了,因为他终于明白,他最终不过是个被批评家吹捧起来的臭记者。(嘿——!我又削倒了一丛荨麻。)兰波在十八岁那年弃诗从商。(嘿——!)果戈理最后明白了,他什么也不会，就烧掉了《死魂灵》。"（嘿——！）

"那我们在学校里念的是什么呀？"

"那是烧剩下的！巴别尔[①]每页都重抄过二十次。一个人要是重抄二十遍，他会写吗？你认为他们都会写吗？（嘿——！）然后，你根本就不必写。你只要说就行……我想，说，你还会吧？"

"那看说什么……我可什么也不知道哇。"

"至少你还知道，你什么也不知道嘛！这已经不少啦！昨天你在文学家宫里见到的那些人连这个也不知道哩。（嘿——！）他们只是善于鼓唇弄舌，重复一二十个背会的句子。这些话我教你。这是小事一桩。过一个星期，人们就会纷纷开始谈论你。过一个月，就会开始写关于你的文章……"我担心维捷克拒绝参与打赌，就动员自己全部的雄辩口才，"过两个月，大街上的人就会开始认识你。过三个月，你将飞往巴黎和尼斯参加国际研讨会，有自己的汽车坐，像赶走苍蝇那样驱赶女人，同那些女人相比，你的娜久哈只不过是性失业的补助品！（嘿——！）"

我环视四周，发现自己把空地上的荨麻削倒了一大片。而且我突然想到，周围的白桦树树干上有那么多温馨的线和点，它们不是什么别的，而是至今尚未被破译的文字，大自然想借助它们向我们讲述某些极其重要的事情。可是，由于我们忙乱得可怜，无法理解它们慷慨的激情。"好"，我决定珍藏这个想法，将来运用于"首要"作品的创作上。我重新走到维捷克面前：

"你全都明白啦？"

"马马虎虎……似懂非懂。"

"维捷克，你是不是懂英语呀？'OK''似懂非懂[②]'……要是那样，咱们就跟大家讲，你像纳博科夫，用双语写作？！"

"不，"维捷克慌了，"这是因为有大学生在我们工地上打零工，

[①] 巴别尔（1894—1940），苏联著名作家，代表作为《红色骑兵军》。
[②] 原文为英语。

我记住了几句……"

"好吧，那我们就仅限于伟大而有力的俄语。不过，咱们要办到这一切，你必须按照我说的去做，去说！甚至只能同我指定给你的那些女人睡觉！"

"对咱们来说都他妈一样。娜久哈还会想起我来的！"

"你同意啦？"

"好嘞——帕特里凯说咧！"

我举起树条，对准一棵淡绿色的嫩荨麻，不过又停住了。我突然开始可怜它。

"现在你可以向我提问题。问什么都行！"

"什么问题都行？"

"都行……"

"你为什么要做这个实验呢？"

"我？"

"你。"

我站在那儿，凝视着那带刺的蜇人荨麻。它们披着一身银白色的茸毛，像婴儿的身体那样动人。要回答这个问题，我应当向维捷克讲述一切。讲我从未见过面的父亲，讲我做打字员的母亲。她坐在帐幔后面给别人打副博士论文和博士论文，一直到深夜，她相信，总有一天她将给我打学位论文。讲我在她手术前坐在拥挤闷热的病房里，她已经知道，自己再也没有能力给我打学位论文了，便嚅动着没有血色的嘴唇，低声说："四十戈比不能同意，四十戈比一张，贵！"我应当讲述，我第三次才考上大学，同年级的高干子弟们都很喜欢我，因为我在一天二十四小时的任何时间都能搞到伏特加。讲述在一次酗酒的晚会之后，同年级一位高傲的女同学主动要求和我上床。我非常喜欢她，甚至不敢面向她呼吸。可她无论如何也离不开我们一个共同的熟人，非常想嫁给他，因为他父亲是商学院的院长。我应当讲述，我怎样拿自己第一个中篇小说去向一位经典作家征求意见,他读了以后极力夸奖,甚至建议用他的名字发表,给我一半的稿酬,我哭了整整一夜,答应了。我应当把安卡的事讲给他听。讲她是那么美,酒后却想用指甲剪割开自己的静脉,以证明自己的爱情,两天后又把我从她的生活中撵了出去,像一条玩厌了的狗崽子……我还应当给他讲述上千个故事、事件,重要的和不重要的,没有它们,他人的生活永远像令人厌倦的群众场面,是你个人生活的背景。自己的生活则是唯一的,不可重复的,温馨而动人,宛如这丛幼小的荨麻。我应当讲述,若把他这个半傻半呆的人变成著名作家,我就能向全世界证明(但首先是向我自己证明)某种令人难以置信、难以承受的重要事实。这一点任何人都做不到,甚至包括科斯托若戈夫……在我平庸的一生中,我将第一次不再是个粗制滥造的写手,只能杜撰一些半死不活的人物,而是活生生的人物的主宰者!我能成功。我不知道该如何做,但一定能成功!这便是它,我的"首要"!而日古托维奇的《共济会百科全书》在这场较量中不过是百无一用的废物,就像前天的电车票……

"那么,你想知道,我为什么需要这一切吗?"我快活地问。

"是的。"

"不要用母山羊的奶煮它自己的羊羔!"

"什么?"维捷克晕头转向地问。

"这是你必须记住的第一句话!"

我没再用树条削可怜的嫩荨麻,而是直接用鞋跟把它们踩进了布满垃圾的泥土中。

七
火、水和输卵管

等我把维捷克领回我家的时候,他已经疲惫不堪:"败德汤"的作用结束了。我把他安置在储藏室里睡觉,那里总备有一张折叠床,供留宿的客人用。

"睡吧,"我祝福他,"但愿你梦见自己如何在巴黎挎着美女漫步。你有许多钱。你是名人。睡吧!"

"我可以用这些钱在梅季希玩一次吗?"

"可以。"

"好嘞——帕特里凯说咧!"维捷克说着便闭上了眼睛。

然后我决定再次建树昨天那样的劳动功勋,虽然心里在暗自怀疑,以为那不过是心理和生理条件的奇怪耦合,就像受狗惊吓的路人能爬到树上去,后来却不能爬下来一样。我喝下五十克药酒,便等待着酒力开始发作,灵感像麻雀扑向碎面包屑一样向我涌来。接着,我吸取上一次的教训,深深吸了口气,再像练瑜伽那样屏住呼吸:

> 我将成为世界的主宰,
> 只须等待我的升华。

七 火、水和输卵管

所有这些事过去多年之后，我已经成了有名的讽刺短诗作家，有一次，在全独联体精神分析专家学习班的宴会上，在我朗诵的诗中，这两行获得了巨大成功。一位著名的女精神分析专家竟然爱上了我。作为一位科学博士，她保养得相当好。宴会之后，我便与她立刻回到了我家。"征服者！"半路上她贴在我身上一再小声说，"我的长矛兵！"我们到家了，然后是短暂而正规的床上戏，像库梅尔饼一样味同嚼蜡。随后她给我读自己的专著《恋已癖的不愈伤疤》中的一些章节，读了整整一夜，并再三问我：作为男孩子，当妈妈恐吓我，如果我按照儿童的习惯把手指塞到嘴里，就给我把它剁掉，我会有什么感受。之后我们再也没有见过面……

令人惊讶的是，"败德汤"再次发挥效力。这天晚上，我又一次感到自身有无限的创造力。轮胎厂的历史，连同它的氤氲色彩，重新出现在我的眼前。我工作到清晨，打了四十来页。本来还可以继续打下去，可是手指尖有些疼，而且"败德汤"的效力也即将用尽。剩余的想象力我决定献给维捷克。就在我工作的时候，如何把维捷克变成名人的各种念头纷纷出现在我的脑海。应该说，我们的作家生涯中充斥着偶然性。有时候，荣誉选中并将其放置于自己翼翅上的是一些智力上如此孱弱的人，简直让人想放声大哭。关于这样的事例，我思考了许多，努力想破译此类飞黄腾达的荒诞机制，并有所收获……首先，需要为维捷克编造出类似谍报员那样的神话。作家是一些病态、善妒的人，他们不能容忍在自己身边，有某个天才在同一条街道、胡同来回走动，在附近的学校学习，在隔壁的编辑部工作。要让他们承认这个事实，只能把天才说成是从什么边远的鬼地方来到莫斯科的。最好是，他母亲是集体农庄庄员，在森林里采蘑菇的时候被狗熊强奸，然后生下了他。（记住！）

当然，我知道维捷克还不具备讲述神话故事的素养。我考虑，如果有人问及他来自何处，最明智的回答是笑着说："来自输卵管。"对一些特别好奇的人，我杜撰了一个冰雪覆盖的克拉斯诺亚尔斯克小村庄——希梅季。您会发现,我颠倒了维捷克住地"梅季希"的音节,构成了这个村名。梅季希离莫斯科太近,即便是一位合格的文学家,也不能从那里诞生。

第二个重要问题是行头。要知道,作家不能穿得像普通工程师或教师,因为这样一来,立刻就会出现一个必然的问题:在这种情况下,他为什么是作家,而不是工程师或教师?当然,最简单的办法是模仿海明威老爷爷——牛仔帽、粗毛高领套头衫,牛仔裤,厚橡胶跟皮鞋。但走这条路的已经有几十群各种肤色、各种民族的写作狂了,很容易湮没无闻。在沉思中,我打开自己的衣柜,一堆衣服中首先扑入眼帘的是一条带斑点的裤腿,宛如饥饿森蚺的一段躯体。这条空降兵裤是一支部队十年前赠给我的。我受宣传部门的委派,在那里朗诵献给苏联建军节的诗:

　　……我站在光荣的仪仗队里,
　　心爱的冲锋枪紧贴胸膛……

这几句诗本来完全是另一种方案:

　　我在哨位上已经冻僵,
　　温暖我手的是冰凉的枪……

然而,我认识的编辑(他曾把一些快活的技校女学生和长着大而安详的眼睛的女售货员拉到我家里来)严肃地指出,他不能出版这样的诗,因为国家让苏联战士穿得那么整齐而暖和,即使在酷寒中也不会冻僵。而词组"温暖我手"容易让人想起"大发横财"来。最后,"冰凉的枪"好像在说"不讨人喜欢的枪",这立刻就会被五角大楼里的敌人发现,他们正日夜不停地研究我军的政治道德状况。怎么办呢?他答应稍稍参与一下我的创作。两星期之后,诗作刊登在发行两百万份的《文学周报》上，还配了我的照片。当我看到他是如何"参与"的时候，我差一点哭了。我甚至戴了几天墨镜；我觉得，随时有人会认出我来，特别是军人。他们会走过来问我："喂，怪家伙，你心爱的冲锋枪在哪儿？"事情总算平安地过去了……

我把这条裤腿拉过来，仔细查看布满斑点的裤子，决定以它作为基础装备。再就是一件绗线外露的东方式蓝色棉大衣。这是库梅尔诗人埃奇格利德耶夫的赠品。我曾用散文体翻译过他的诗。有一个时期，主管苏联各民族诗歌的编辑室主任带女友来过我家，他拉我参与这个，直说吧，有油水的工作。当然，无论是库梅尔语，还是突厥语，同芬兰-乌戈尔语或罗曼-日耳曼语一样，我一概不懂。不过，我甚至可以用散文体翻译人所共知的早已消失的古亚述语。其做法相当原始。在散文体译本中说：

　　我心上人的面颊像石榴，
　　脸如满月，
　　身体似一卷丝绸，
　　话像断线珍珠……

诗歌翻译家的任务当然不是遵循每个字母，而是传达原作的精神：

　　黑夜用菟丝子的幔纱
　　遮盖我和圆脸的祖赫拉……

埃奇格利德耶夫后来从杂志上读到这些译文，十分惊讶，因为他不认识任何祖赫拉，谢米尤尔金斯克也不生长菟丝子，他甚至不知道菟丝子什么样。而且，他很恼火，声明东方姑娘不同于俄罗斯姑娘，夜晚不胡走乱窜，而是待在家里。不过，他还是送给我一件棉大衣，因为那时候，在莫斯科杂志上发表诗歌，就相当于在歼击机机身上增加一颗红星。而且，这次发表诗作对埃奇格利德耶夫来说也是决定前途命运的大事：他被发现，当上了库梅尔区委的指导员。不错，此后他彻底告别了心爱的抒情诗，全身心地投入了公职事业。他的长诗《创造的春溪》就在我的写字台里等待自己的时机。

经过一番考虑，我把棉大衣放在了一旁，因为它能给维捷克的未来形象增添某种东方韵味。一顶斯万人的毡帽引起了我的注意。这是一位格鲁吉亚批评家送给我的。我在库塔伊西文学节上斗酒战胜了他。我们在葡萄酒酿造厂演出，后来便喝新酿的葡萄酒，佐以烤羊肉串，同时进行学术交谈：说格鲁吉亚文化比任何其他文化都更悠久，更发达，俄罗斯文化就更不必说了；说巴拉廷斯基远远赶不上巴拉塔什维利[1]，凡·高假如见过哪怕皮罗斯马尼什维利[2]的一块招牌，就会绝望地割掉自己的耳朵，还不止一只耳朵，而是两只，甚至有可能连鼻子也割掉！然而，犹豫之后，我还是否定了斯万毡帽，担心梅德诺斯特鲁耶夫把它当成犹太小圆帽——那样一来，我的全部构想就都完蛋了……

不过，下一件东西我决定用有"爱是上帝[3]"字样的黑色背心。它是恶棍奥杜耶夫丢在我这里的。为了二十五卢布，我曾把住宅让给他两个夜晚：他在国外工作的父母恰好这时候回国短期休假，而他则突然同一个可怕的美国棕色皮肤的女人谈起了恋爱。她对社会主义现实主义产生了疯狂的兴趣，就是白痴也心知肚明——除了关于苏联文学的美学倾向的文章，她还给中央情报局的相应部门写分析报告。然而，古人说得好，礼尚往来，奥杜耶夫肯定也与克格勃

---

[1] 叶甫根尼·巴拉廷斯基（1800—1844），俄罗斯诗人。尼格洛兹·巴拉塔什维利（1817—1845），格鲁吉亚诗人。
[2] 皮罗斯马尼什维利（1862—1918），格鲁吉亚画家，以艺名皮罗斯马尼（Pirosmani）为人所知。他自学绘画，创立了一套完全不同于艺术史经验的"原始主义"风格。
[3] 原文是英语。

合作过。否则，他怎么会同另一种意识形态的代表搞到一张床上去呢。在那个年代，这类富有诗意的越轨行动有可能以命运的凄惨转折告终。

我把背心放在一旁，继续在衣服堆里翻找。在小衣柜的深处，像凶兽一样，潜伏着一件外喀尔巴阡牧羊人的毛烘烘的双面皮袄。这件双面毛皮袄是我用一瓶带螺丝扣瓶塞的莫斯科伏特加换来的。这种瓶塞在那里是罕见之物。那是我为《中等畜牧业》杂志社乘班机到古楚利希纳出差时的事。著名的先锋理论家与地下实践家柳宾-柳布琴科在这个杂志的奶业部工作。有时候他给我一些活干——有趣的出差机会，但全然不是因为我允许他带女人来我家。不，不是为此！他带到我住宅里来的是男人。

那一次公出令人难忘：不愧是喀尔巴阡嘛！我和牧童们坐在篝火旁，有意思极啦。他们低声给我讲述大伊万卡的故事。大伊万卡是当地的"雪人"，经常偷他们的羊。我给他们讲莫斯科地铁。在我讲的故事中，最使他们惊讶的是，如果在入口处投的不是五戈比，而是十五戈比，虽然你似乎交得够多了，它却不让你进地铁。而奇妙的自动兑钞机简直引起了他们的惊慌——能把任何面值的硬币兑换成五戈比的。直到昏昏欲睡时，我还能听到他们惊诧的低语声。在他们的故事中，使我吃惊的是：大伊万卡不仅偷母羊，有时候也偷女人。而且，"大伊万卡"在古楚尔人那里还是女人对不知疲倦的男人的尊称。

我把双面皮袄放在地板上，把其他物品拿来跟它放在一起——空降兵裤、背心，凑成了一个相当可笑的轮廓。脚和头也应当处理一下，否则，谁都知道，人不完整。脚好办。我从搁板上取下一双蒙满灰尘的深红色短皮靴。这是安卡在我们共同感到幸福的时刻送给我的。这本是她父亲，尼古拉·尼古拉耶维奇·戈雷宁，率领作家代表团赴阿姆斯特丹访问时，受到一个可笑场面的诱惑，给他自己买的。因为按日程安排，在商场停留的时间只有一小时，安卡与她母亲给他开列的购物清单又很长,他担心时间来不及,完不成采购任务,回来后要受家庭内部的斥责,所以买皮靴时只凭目测,没有试穿。大家知道,恐惧看走眼。皮靴他穿我穿都大。据我估量,维捷克穿正好。

脑袋的问题比较复杂。宽边帽我一下子就否定了,因为它有某种反常的美学因素,完全不适合来自白雪覆盖的希梅季村的森林天才。但有按扣的皮帽,俗称文学家帽的那种,也不适合维捷克。因为每个自信的写作狂,哪怕一生只胡诌了四行诗,都力求给自己弄一顶那样的帽子戴戴。经过长时间的踌躇,我几乎就要决定让维捷克光头了,这时候我突然看见安卡留下的她打网球时戴的头箍,上面有英语单词"Wimbledon[①]"。安卡曾经打网球打得很好。不过,为什么是"曾经"呢?现在她也经常与外交人员中一些爱卖弄的家伙打网球,他们的亮皮鞋上从来看不到一个脏点。我看他们个个都像会走路的没有影子的死尸。(记住!)

网球头箍令我的翻找胜利结束。这套行头现在就躺在我面前的地板上,非常像被压路机碾压过的人。服装问题就这样解决了。俗话说得好,迎人首先看衣帽……但送人自然不是按智慧,而是按谈吐。在我们这个一切都错了位的世界,言谈早已成功取代了智慧。我应当为维捷克想好若干句话。我在打字机的滑动架上放上一页白纸就开始想。头脑里空空如也,除了您已经知道的"羊奶煮羊羔"那句话。那是我听柳宾-柳布琴科说的。

编制这种最低限量用语,在其帮助下,初出茅庐的天才得以同与自己类似的人交谈,我一般需要一个星期,至多不超过一个月。要知道,这十来句话(不会再多)应当涵盖一切思想与感情色彩,囊括整个文化学宇宙和一切文化大杂烩。是的,我着手要做的工作,也许,只有伟大的俄罗斯语言学家与语文学家伊万·亚历山大诺维

[①] 英语:温布尔登,伦敦附近的小城,著名的国际网球比赛地。

奇·博杜安·德·库尔特奈①才能胜任！然而，"败德汤"以特殊方式作用于我们那百分之九十的大脑。据学者们说，我们百分之九十的大脑像旱獭那样处于休眠状态，全部智力劳动的重荷都落在剩下的那兴奋的百分之十上。大概，在"败德汤"的作用下，这部分"懒惰的"大脑苏醒过来，开始拼命工作，就像马格尼特卡②建筑工地上的共青团员……不久，我便精神饱满地敲击起打字机的键盘了：

初出茅庐天才的基础用语

1. 那当然
2. 彼此彼此
3. 有心智
4. 情绪矛盾
5. 先验的
6. 臭狗屎
7. 很可能是
8. 很可能不是
9. 您问我这个吗？
10. 绝对不
11. 天才，就是犍牛
12. 勿以母羊奶煮它自己的羊羔！

编造这套用语一共用去我二十分钟。世界文明在此之前的全部成果尽在其中矣！把用语清单重读一遍，我踌躇满志：假如我有幸以这十二句话武装自己，进入文学界，我的命运就会改观。不过，

---

① 博杜安·德·库尔特奈（1845—1929），久居俄国的波兰语言学家。
② 马格尼特卡，由苏联全国共青团突击建设的一座钢城。——编者注

来日方长!

不言自明,如果无人指导,维捷克无法使用如此完善的交际武器。思谋良久,针对每一句话,我竭尽所能画出了相应的手势。结果得出了某种类似哑语字母的东西:对每一句话都规定了应该伸出的手指。首先,正如专业人士所说,"动用"的是右手:

"那当然"——小指。

"彼此彼此"——无名指。

"有心智"——中指。

"情绪矛盾"——食指。

"先验的"——拇指。

下面,左手拿过了接力棒:

"很可能是"——拇指。

"很可能不是"——食指。

"您问我这个吗?"——中指。

"绝对不"——无名指。

"天才,就是犊牛"——小指。

最后是伸出食指与中指做犄角状,或者说是字母"V"(象征着我与维捷克将取得对文学界恶势力的胜利),代表第十二句话——"勿以母羊奶煮它自己的羊羔!"。细心的读者当然已经发现,我漏了数字"6"后面的短语(请看《基础用语》)。完全正确!这个词在作家的日常用语中,特别是就同行作品的质量进行非正式交流时,使用率很高,很形象。维捷克从小就知道这个词,为了防止他这个头脑简单的家伙把《基础用语》的全部财富都归结为第六条,我决定对它实行特殊防护,就像飞机设计师称之为"误操作防护"的措施:针对这

七　火、水和输卵管　71

个极具诱惑力的词组,我一下子画了两只伸出大拇指的手。

　　工作结束了……但兴奋起来的百分之九十的脑子仍不肯罢休。于是,我在埃利卡牌打字机上换了一页纸,利用"败德汤"的余威,开始打我的轮胎厂史。最后一章是同厂长进行推心置腹的谈话。这篇对话我只得进行彻头彻尾的杜撰,因为同这个人的谈话录音是生产领导者同俄语使用规范做力量悬殊的斗争的重要声音证据。谈话落到纸上是尖锐的,深刻的,火花四射的,最后厂长甚至对我说,他办公室窗前桦树白皮上的花纹,是大自然提示他用的一种聪明的语言,至今尚无人能够破译。须知,大自然想告知人类,他们把自己有沟纹的外胎完全转到了错误的方向上……

　　抽水马桶放水的声音宣告我工作的结束。在我们大楼里,这种声音介乎醉酒的科曼切人①的战斗呼喊与工厂的汽笛声之间。在闹钟全面匮乏的时代,清晨是汽笛声呼唤附近的工人阶级和劳动知识分子去上班。我回头一看,半睡半醒的维捷克正站在门口。他穿着色彩鲜艳的大裤衩子,宛如动画片《兔子,等着瞧!》中的狼。他用粗大的手指机械地转动着魔方——这个五颜六色的智力玩具一直放在我的卫生间里,为的是不让用力的肉体凌驾于翱翔的灵魂之上。现如今,魔方几乎已经被遗忘了,但在当时,这个多棱角的斑斓六面体却异常流行。我还把整个字母表写在了这些颜色各异的小方块上,一转动,字母便组成出人意料的词语。众所周知,甚至最荒唐的字母组合也能表示点什么意思。譬如,"阿布拉喀达布拉"——希伯来语的意思是:"把自己的闪电甚至掷向死亡!"

　　"先验的!"我大喊一声,"就这么办啦!"

　　"什么?"维捷克吓了一跳。

　　"先验的,就是非常好,迷人……"

　　"就是挺好。"维捷克接续说。

---

① 美国印第安人部族。

"对。挺好。你就这样来使用魔方,如果有谁问,你拿它做什么,你就回答:'寻找时代的文化密码……'重复一遍!"

"寻找……时代的文……化密码……"他犹犹豫豫地重复了一遍。

"不要皱眉头!笑!"

维捷克咧着大嘴笑了,好像白痴得到了将给他买冰激凌的许诺。

"不,不是这样!你不能这样笑。"

"那怎样笑呢?"

"怎样?"我想了一想,"怎样……"

这个笑容应当把生活的艰辛、回忆的甜美、情绪的放纵和灵魂的疲惫糅合在一起……到底该怎样笑呢?我那样笑了一下,如果我们在大街上突然遇到一个女人——你曾经疯狂地爱过她,现在见到的却是一位臃肿憔悴的家庭主妇,手里提着塞得满满的购物袋,肩上斜挎着卫生纸卷做成的花带——我就会这样笑。

"明白啦?"

"好像明白了。"维捷克点了点头。

经过几番尝试,他笑得有那么点意思了。我便命令他穿衣服。

"穿这个?"他生气了,"我又不是骗子……"

"对,就是这个!穿!"

"滚你妈的蛋!"

"咱们讲好了的嘛!你要完成我吩咐你的一切!"

"人们会笑话我的。"维捷克带着哭腔抱怨道。

"当你获得贝克奖的时候,咱们就该笑话他们啦。"

"这是什么奖啊?"

"以后我再告诉你。穿!"

他把摆在地板上的行头一一穿戴上,效果超出了最大胆的期待:出现在我面前的是活生生的俄罗斯民族性格之谜。他悄悄地骂着娘,揉搓着稍嫌夹脚的皮鞋。

"穿穿就合适了。"我安慰他说。

我围绕着维捷克转了一圈,把他额头上写着"温布尔登"的红色头箍拉正。我走开几步,又一次端详维捷克,还把自己的眼睛眯起来,把嘴唇噘成鸟屁股状,就像某些人参观美术预展时经常做的那样,以强调自己也属于艺术世界。

"转魔方!精神点!做思维状……"

"什么?"维捷克不懂。

"要一本正经。"我解释道。

"你在耍弄我,是吧?"

"绝对不是……"

"是在耍弄我,"维捷克面色阴沉,"知道吗,我不想当作家。我最好回去……队长是过后就没事的人,会要我的。娜久哈似乎也不记仇……"

"勿以母羊奶煮它自己的羊羔!"我严厉地说。

如果是昨天早晨,我还会痛痛快快地接受维捷克的拒绝。可是今天不行了!我已经踏上了同生活中的荒诞现象作战的崎岖小路,不打算洗掉战斗的油彩。只有当我拿到这卑鄙的不公正人生的头皮,我才肯罢休!只有当所有这些文学败类向被我包装为天才的忠厚的系缆水手溜须拍马、阿谀奉承的时候,我才能满足!

我从写字台上拿起写有用语的那张纸,把它递给维捷克:

"学会这些词!"

他接过这页纸,嘴唇缓慢嚅动起来,开始逐条读,同时按照纸上的要求伸出相应的手指。

"这套东西懂了吗?"我问。

"好像懂了……"

"咱们检查一下!"

"来吧。"

我向他伸出右手小指。

"那当然。"他说。

我向他伸出左手食指。

"很可能不是。"他不慌不忙地向那页纸扫了一眼，回答道。

"好！不过要注意，这会儿我是把指头送到了你鼻子跟前。有外人的时候，我要偷偷给你做手势。知道吗，就像是在玩手指头……咱们练习一下。"

"来吧。"

我坐在沙发床上，神态自然，用手掌拍了几下小垫子，突然伸出了右手拇指。

"先……"他向纸瞥了一眼，嘟囔起来，"先……安……"

"先——验——的。"我一个音节一个音节地告诉他。

"先……安……的……"

过了半小时，他能像牛津大学毕业生那样说这个词了。

"好样的！真棒！"我鼓励他说，"不过要注意，你这样做的时候不能用小抄，要背会……"

"好嘞——帕特里凯说咧！"他点了点头。

"总体来说，你觉得我这套东西怎么样？"我问，难以掩饰心中的自豪。

"臭狗屎！"维捷克不看用语便脱口而出。

我从沙发床上跳了起来："你要记住，永远不能忘：没有命令，任何时候都不能用这个词！任何时候！命令是——两个拇指！不是一个，是两个。记住！练习一下！比如说，有个人问你：'维克多，您如何看待丘尔梅尼亚耶夫的散文呀？'"说完我便陡然伸出两根拇指。

"臭狗屎！"维捷克答道。不知为什么，"臭"字他说得带点乌克兰口音，因而听起来更不雅，更刺激人。

"棒！"我夸他，并慢慢把两根拇指朝下指过去。

"这是什么意思？"他问。

"罗马人做这样的手势，是命令角斗士杀死败者。不过你不必记它。去洗手吧，咱们吃早饭！"

八
文化新手,你们同谁在一起?

第二天,我带着穿好全套行头、经过认真排练的维捷克,向文学家宫进发。在地铁里,乘客们困惑地向阿卡申张望,我得出结论:我把自己的学生打扮得恰到好处!

如果您走进地铁,坐到街垒站(即使是为了给车站、广场命名,革命也是必要的),然后乘自动扶梯来到市内,向左转,穿过噪声震耳、臭气熏天的环形花园街,您就会来到赫尔岑大街,即原先的尼基塔大街的起始处。准确地说,是它的终结处,因为它开始于对面,几乎就在克里姆林宫宫墙下面。如果您沿赫尔岑大街走上几步,就会来到一座50年代建成的中央部门风格的大门。现在在门口钉着一块牌子,上写:

> **作家俱乐部**

但过去挂的是另一块牌子:

> **中央法捷耶夫文学家宫**

无须赘言,如果没有作家证,你是不能进入这座文学殿堂的!顺便说一下,第一次我是由科斯托若戈夫带进中央文学家宫的。不过,后来我才知道他的姓名。我正在大门口受煎熬,突然听到有人问:

"想进去吗?"

提问的人个子不高,穿得虽然整齐,却也平平常常,一分钟后你就会忘记他穿的什么样。即便是特大要案侦查员以后拷问你,这个人穿什么衣服,你也永远回忆不起来。可是,有一个细节我却记住了:他拎着一个破皮包,提手用蓝色绝缘带缠着……

"不,我等朋友!"我充满自尊地回答。

他认真地看了看我,笑了。他有一张奇怪的脸——牛皮纸似的病态的脸,上面布满无数细小、似乎易破碎的皱纹。这是一张特殊的小孩的脸:仿佛他突然得知一项可怕的秘密,在它的重压下,他骤然衰老了。只是这双眼睛没有衰老,依然是那么炯炯有神。我久久想不出他到底像谁。后来我明白了。我还在上中学的时候,我们班去了一趟列宁格勒,在那里又去了珍品陈列馆。我被一个浸泡在巨大玻璃酒精罐里的婴儿惊呆了。它的皮肤也是灰色的,几乎是无色的,很是吓人。而一双睁大的又蓝又亮的眼睛则绝对是活生生的……这个婴儿后来我在好长时间里一再梦见。(不要记住!)

"您算了吧,"科斯托若戈夫继续笑着说,"咱们走!"

女管理员一看见我,便警觉地绷直了身体。

"他是跟我来的!"科斯托若戈夫解释说。

"我看见了!可您是谁呢?"她吵吵嚷嚷地问。

"我吗?啊,当然……"他尴尬地笑着,开始在衣兜里摸索,"难道我忘记带啦……"

女管理员的脸上已经开始浮现出胜利的冷笑,似乎警惕终于得到了回报,但科斯托若戈夫找到了自己的证件。

"进去吧。"她失望地说。

我们走了进去。

"我很少来，他们没记住我的模样。忘记了……"他道歉似的解释说，"您第一次来这儿吗？"

"是。"

"想喝咖啡吗？"

"好吧。"

我们进了小吃部。后来我知道，它叫"多彩"小吃店，因为它的墙上画满了文学漫画，到处都是讽刺诗、打油诗。如：

> 诗人瓦夏·穆拉夫里奥夫没有
> 灵感，只有一头老母牛……

或者：

> 如果你写长篇写得如醉如痴，
> 那就不是长篇小说，是史诗！

他让我在小桌旁坐下，自己则走向了咖啡柜台，过了一会儿，就端来了汉堡包和放在托盘上的四个咖啡杯，其中两个装的的确是咖啡，另外两个则是白兰地。

"请吧！"

我喝了一杯，科斯托若戈夫抿了一小口。

"吃汉堡包，"他发现我腼腆，就建议说，"您写诗吗？"

"写。"

"写诗是好事。要想学会理解别人的诗，必须尝试自己写诗。想读一读自己的诗吗？"

"想！"我大胆地说。

"读吧……"

我像傻瓜一样吼叫着读了四十分钟，他听着，从不打断我，听到不成功之处也只是同情地笑笑,丝毫不令人难堪。听到成功之处,他便突然抬起亮晶晶的眼睛凝视我,然后又盯着桌子。我终于读完了,探询地望着他。

"不错。您是位有才能的人,但这什么也说明不了。通向地狱之路与其说是由良好的愿望铺就,不如说是由天才铺就。一位有才能的人有两条道路,他或是成为魔鬼的帮手,或是上帝的帮手。第一条路简单而实惠。第二条路——简直行不通,而且非常危险。"

"在上帝那儿危险?"我很惊讶。

"对,正是这样。您选择吧!"

"没有第三条道路吗?"

"有,当然……那就是不写。"

"那就是说,把才能埋葬?"我高傲地问。

"您从来没有想过,为什么最美丽的女人要遁入修道院吗?"

"为什么?"

"因为把才能埋进大地,也强似错误地支配它。每一句错误的话,都是射向他人心脏的子弹。当作家意识到这一点的时候,他有时就会拿起枪,向自己的心脏射击……啊,不要伤心!我大概有点过分了……您经常来这里吗?"

"这是第一次。"

"对不起,这我好像已经问过了。请不要再来这里啦!起码在您还没有明白想成为谁的帮手之前……"

"可您明白了吗?"

"明白了。但不是立刻。在很长时间内,我严守中立。我试图那样。不过,这说来话长……您如果感兴趣,请设法去察普利诺找我。我在乡村学校工作。请设想一下,一座木质平房学校,我们连铃都没有。课间休息时刻到了,总务主任就敲一口大钟。学校旁边有一棵巨大的榆树,法国人进犯莫斯科的时候曾在这棵大树上系马……怎么样?"

"难道有这样的学校吗？"

"有。您来吧。"

他从皮包里取出一个学生用的练习本，扯下一页，写上地址，然后站起来，握了握我的手便走了。我自己孤零零地坐了几分钟，后来一个怪人向我走来。他穿着一件磨得发亮的皮夹克，目不转睛地盯着科斯托若戈夫未喝完的白兰地，问道：

"您是刚加入的吧？"

"可能是吧……"我不知所措地回答，并不完全理解他的问话。

"用白兰地来助助兴吧！"

后来我查询科斯托若戈夫的有关资料，才知道，早年他写过关于察里津保卫战的著名长诗，非常成功，那首诗立刻就被纳入了中学教学大纲。因为这首长诗，他获得了斯大林奖金和勋章。在旧课本中，他的画像下面这样写着："尼·科斯托若戈夫，诗人，勋章获得者。"他享誉全国，富有，异常多产。他的诗歌不断出版，一版再版，舞台上朗诵，电台上广播，甚至歌唱……他的别墅在佩列皮斯基诺是最大、最豪华、最好客的。他与一位著名的电影女演员结婚。她在当时的电影中扮演战斗的农村姑娘。根据情节的需要，她忽而是歌手，忽而是飞行员，有时还是集体农庄主席。据说，是斯大林亲自为他找的妻子，事先亲自验证了她各种各样的优点。科斯托若戈夫曾有望接替法捷耶夫，因为后者经常酗酒，无法胜任众多的职务。然而科斯托若戈夫突然失踪了。刚开始大家以为他已经被逮捕。不过后来弄清楚了，不是。他只是在一天早晨，携带一箱子衬衣和一捆书，离开了自己在佩列皮斯基诺的别墅。一段时间后，他作为察普利诺农村学校的一位普通文学教师，出现在了莫斯科偏远的郊区。这可是经典作家啊！

当时有谣传，似乎他撞见自己的妻子同我们的领袖或某个政治局委员在一起。据说，本该悔过的妻子，却当着他的面哈哈大笑。这个谣传中当然没有任何令人难以置信的东西，而且，就在前一天，科斯托若戈夫无缘无故地又一次被授予斯大林奖金。不过总还是有某些怪异之处：他的离去让妻子痛苦异常，妻子曾到察普利诺找他，请求他回去。遭到他的拒绝之后，她便开始借酒浇愁，不再拍电影，过了几年便死了。在人去楼空的别墅里，先是搬来一位歌手，后来就是戈雷宁，当时他刚刚因为自己的小说《超额奖金》改编的话剧而声名大噪。后来人们便开始议论科斯托若戈夫"才思枯竭"，就像说那些突然停止发表作品的文学家那样，仿佛作家是圆珠笔芯！蓦地，他在一家不显眼的杂志上发表了一篇关于农村生活的短篇小说，对那个年代来说，它非同一般，异常引人注目地真诚。虽然那家杂志默默无闻，它的发表却引起了一场风暴，结果主编被解除了职务。一开始，他们曾想把丑化苏联农村的科斯托若戈夫开除出作家协会，甚至出现了一个术语——"科斯托若戈夫现象"，但后来又风传，说小说的作者迫于生活压力精神失常，于是不再理他了。从那时起，他在任何地方都不再发表作品了，只是偶尔去一下莫斯科。据说他曾去看过妻子在新圣母公墓的坟墓，还按老习惯，每年来一两次中央文学家宫。看来，就是在其中的一次，我遇上了他。

说老实话，与他的谈话给我留下的印象是如此强烈，以至于我决定采纳他的建议：重读自己的诗篇，甚至烧掉一大半。我刚打算到他的察普利诺去，亲眼看看敲钟的总务主任、法国人曾在上面拴过战马的榆树，不料奥杜耶夫来了，说他有两张"诗人——致海军"的票。他建议利用这两张票去中央文学家宫好好交际一下……我同意了。大家都喝得酩酊大醉后，我把话题引到了科斯托若戈夫身上，问大家都打算成为谁的帮手……这一下可热闹了！扎库松斯基用脑袋撞着我的胸膛放声大笑。奥杜耶夫哈哈笑着用袖子擦眼泪，又用手指做犄角状安在头上。涅奥尼林奸猾地笑着说，一些才思枯竭的老放屁精喜欢给年轻的竞争对手灌迷魂汤，胡说一些作家对人类所负的责任。众所周知，阳痿患者最怕感染花柳病！对此，醉醺醺的日古托维奇说，虽然他没有阳痿，可是也因为妻子的缘故害怕。一开始,我有些恼,甚至想愤而离去,后来也跟着他们一块笑:去他妈的吧,什么鬼帮手!斟满,喝!

总之,我没有去找科斯托若戈夫。写着地址的那张纸也不见了,大概丢在了什么地方……

从那时候起,我开始经常去中央文学家宫。虽然再无人主动带我进去,然而有许多方法可以骗过那些警觉的女管理员。比如,如果是在傍晚,七点以前,那么可以从聚集在大门口的人群中买到,甚至要到一张请柬,去会见某位资深作者,或是去参加"70年代长诗中的先进工人形象"圆桌会议。不过,向高度警惕而又异常爱吵嚷的老太婆管理员展示过请柬之后,我当然不会去右侧的大厅,而是去小吃部或餐厅,直接去找自己文学界的同龄伙伴们。他们也是以类似的方法渗透进来的,只是略早一些,已经喝了不少,已成功进入放肆的自尊状态……

白天进文学家宫当然要复杂些。那时候小吃部和餐厅已经开始营业,但在办公室里和走廊上,沸腾的文学管理生活仍在进行,这有一点像正围着逐渐变僵的身体忙乎的急救队,为简明起见,我们把这副身体叫作"社会主义现实主义"。(不要与俄罗斯文学混为一谈!)可是,白天您在大门口立刻就会被拦住,被严厉盘问:"您的作家证!"现在我可以在女管理员鼻子前面骄傲地晃一晃红本本,可那时候我必须想尽一切办法。有时候我就说出一位诗人的名字,他时常从清晨就开始横握着球杆打美式台球。但更经常的做法是,我守候在墙角后面,等待某位我认识的著名文学家露面。譬如,著名的60年代派吟游诗人佩列雷金。他演唱自己的叙事曲时,不像别人那样,用吉他伴奏,而总是用随身携带的大提琴伴奏。他几乎每天都来文学家宫,当然,前提是他没因公出国。我总是一边焦急地等候这位大人物出现,一边小声哼唱他著名的叙事曲《公主与政委》。我们都是唱着这支歌长大的:

> 公主叹了口气：唉，瞧瞧您！
> 公主大叫一声：唉，瞧瞧您！
> 公主恳求说：唉，瞧瞧您！
> 竟这样粗心，竟这样蠢笨……

当年我们在大学宿舍里，在吉他的伴奏下，小声唱着这首叙事曲的时候，觉得自己是可怕的自由主义知识分子，简直就是反苏维埃分子。因为我们非常清楚，作者说的"淘气的绿眼睛公主"指的是谁，"肩挎大手枪的鬈发鬼政委"指的又是谁。顺便提一句，佩列雷金是人民委员佩尔沃迈斯基的外甥。1938年，佩尔沃迈斯基与集团军司令员佳京在诡异的状况下同时遇难。他们的汽车坠入了亚乌扎河。

不过，使杰出的吟游诗人博得有思维能力的社会阶层格外敬重的，并不是大提琴伴奏下的叙事曲，甚至也不是与溺水而亡的人民委员的亲属关系，而完全另有缘故。有一次，赫鲁晓夫召集苏联的文艺界知识分子到他那儿去开会，开始对这些人大喊大叫、跺脚，佩列雷金由于神经的原因要拉肚子，因为他觉得，尼基塔·塔夫里切斯基[①]就是在特意对着他怒目而视，大发雷霆。吟游诗人飞速离开大厅，这一举动被隐蔽的社会舆论理解为反对党粗暴干涉艺术创作进程，并不顾一切地勇敢抗议。赫鲁晓夫甚至对着他的背影大吼了一句："啊哈！去找自己的帝国主义者们吧！"当时的西方媒体都纷纷报道吟游诗人的大胆行为。后来，佩列雷金当然在一封长长的悔过信中解释自己跑出大厅的真实原因，并得到了原谅。但社会舆论并不知道写信一事，这封信长期保存于戈雷宁的专用保险柜里，我利用沾亲带故的关系，在那里找到了它。读了之后，我真的差一点被失望的泪水呛死。知道吗，这就像一个男孩原本相信他父亲是在冰块上漂航时牺牲的，后来却偶然得知，他父亲不过是同别人家的

[①] 塔夫里达系克里米亚半岛的旧称。把赫鲁晓夫戏称为塔夫里切斯基，似在讽刺他于1954年将原属俄罗斯的克里米亚半岛划归乌克兰。

阿姨私奔了……（很形象，记住！）

就这样，我终于把佩列雷金等来了。五分钟之后，我也尾随进去，对警惕性很强的老太婆先报出他的姓名，再解释说：已经约定了时间，要我把诗作拿给大师看。这一般都能得逞，会放我进去。可有一次，我犯了个可怕的错误。我亲爱的吟游诗人没来，可能是到国外吟唱去了。我给女管理员瞎了另一个也爱打台球的诗人的名字，他总在这里玩台球。老太婆突然号啕大哭，告诉我，追悼会已经结束，遗体运走了，如果我赶往瓦甘科沃公墓，还来得及与死者告别。如果不算这次不幸的巧合，那么，这个向文学家宫渗透的方法我成功使用了好久，直至发生了群殴事件。一群青年诗人因争论准确韵脚与半谐韵韵脚孰优孰劣，发生了传统的酒吧斗殴，砸烂了器皿，并用国家的椅子撞击对立面的头颅。从那时候起，任何与某位大师约定在文学家宫会见的借口都失去了效力，更不用说哪个打台球的人了。只得另辟蹊径。

我蓄起了苏格兰人的大胡子，开始装成英国广播公司的记者，用结结巴巴的俄语说，我要……well……采访……well……一个作家……OK？一般我要说一个作家的名字，他的某些章节或声明不久前刚由"自由"电台广播过，为此我还专门留意了这一点。老太婆的眼睛里亮起了不可熄灭的俄罗斯异端思想的火花。她神秘地眨眨眼睛，放我进去了。这持续了好长时间，后来新来了一位老太婆，退休前她在中学教英语。她很高兴有机会同真正的英国人交往，便用拜伦的语言跟我打招呼。那时候英语我全然不懂，德语也不过是中学大纲要求的水平，能说说"我的哥哥是拖拉机手"[①]。我眨巴了几秒钟眼睛，寻思过味儿来以后，便喊道："这是挑衅！Well……您是克格勃！……OK！……"说完就跑了……

在这件事之后，我只好剃去胡须，再去掌握一个往文学家宫渗透的新办法。公正地说，想出这个办法来的不是我，而是作家古西

[①] 原文系德文的俄语音译。

科夫。他因为酒后健忘，把作家证和党员证都丢了，又不肯立刻承认错误，担心人家会趁机取消他排队申请新住宅的资格。他的担心并非多余，因为在我们这里说的那年头，最好丢掉一切：健康、亲人、记忆、贞操、良心、现实感。只是党员证不能丢。这一丢失他掩饰了好久。为了不受阻拦地进入文学家宫，他一般用帽子遮住眼睛，用尖溜溜的假嗓子对女管理员说："我是作家古西科夫的司机。"绝对放行。发现这一秘密后，我也开始冒充作家古西科夫的司机。如果人家惊讶地指出，昨天是另一位司机，我便解释说，作家古西科夫有两个司机，轮流工作，隔天上班。如此这般，在相当长的时间内，在任何时候，我都可以自由进入文学家宫，直到有一天，在体贴坦诚的冲动之下，我向没有作家证的诗人朋友们透露了这个花招。他们一直在大门口乞求参加"作为社会哲学类型的正面人物"辩论会的多余请柬。过了一星期，一半想进入文学家宫的人都自称是作家古西科夫的司机。女管理员们忙于羞辱和驱赶数不清的冒名顶替者，搞得筋疲力尽，嗓子都哑了。最倒霉的是作家古西科夫本人。他被赶到出事地点的民警带走了。在询问中，他承认了一切，向有关部门如实写了丢失党员证与作家证的声明。对他的处理异常温和：在党组织方面给了个严厉申斥，在文学方面则是严厉训斥，以做文学青年之效尤，但没有把他从排队申请住房的名单中剔除，不过他得到的住宅不像其他人那样在市中心，而是在偏僻的地方，窗户对着环城大街。

不过，等作家古西科夫搬入新居，并默默地诅咒后来被称为行政命令体系的时候，我已经没有必要一会儿装英国人，一会儿装消防督察员，一会儿又冒充工人创作的促进者了——在这之前，我已经有了自己的作家证。这多亏了安卡，确切地说，是多亏了她的父亲，尼古拉·尼古拉耶维奇·戈雷宁，著名长篇小说《超额奖金》的作者。《超额奖金》被收进了所有课本、所有文选，被译成了所有主要语言。走上文坛之前，尼古拉·尼古拉耶维奇是家具厂的车间主任。

小说的情节我记不太准确了。不过，我觉得，书中主要讲的是，领导人不希望使生产现代化，却编制提高劳动生产效率的假报表，这激怒了工人们。他们先是拒绝领取超额奖金，接着，七嘴八舌地议论了一番之后，便凑钱买新式数字控制机床。照这样办的话，他们甚至可以买弹道导弹。但是，在当时实施资源硬性分配的背景下，这种令人难以置信的结局未能引起任何人的重视，因为社会主义生产的组织有自己的规律，而社会主义现实主义艺术也有自己的规律。不过，安卡的父亲也许在这里表现出了少数艺术家所特有的预见能力：要知道，现在如果搞合资，不仅可以买数控机床和弹道导弹，甚至可以买生产这些导弹的工厂……

人们根据《超额奖金》拍摄了两部电影，排了一堆话剧、歌剧、轻歌剧、芭蕾舞剧和音乐喜剧。戈雷宁经常出国，国外也出版了小说的译本，是由某个进步出版社出版的，以表示对苏维埃国家的好感。当然，并不是无条件的。"因为题材的独创性"，他获得了半打奖项，主要是在那样一些国家：在那里，劳动生产效率问题已完全退出了语言艺术家的视野，他们大多关注的是犯罪性质的性倒错。

尼古拉·尼古拉耶维奇再也没有写出任何别的著作，如果不算社论与报告的话。他是作家协会的第三把手，几乎再也没有任何时间了，因为领导文学进程是最繁重的工作，而且风险非常大。我想，领导奔驰在北美高草草原上的野马群也比这要轻松许多。他有黑色伏尔加专车代步，与党中央重要工作人员以你相称，包括重要意识形态专家茹拉夫连科。戈雷宁全部精力都集中于领导文学进程，对我和安卡的关系毫不知情。有一次，我们在饭店里坐到深夜，然后去了她家。她说，她父母去了别墅，而她父亲的家庭酒柜里堆满了酒。他们住在一座建造得别出心裁的大楼里，守门人像乔装打扮的特工，电梯间也非同寻常：墙壁上没有写上任何脏话，甚至连最普通的脏话都没有。在造访安卡家之前，我习惯于把住宅分为两类：一类是普通的，其规格与配置站在门槛上便一目了然；另一类很少见到，其规格与配置对站在门槛上的人来说，在一段时间内还是个谜。但安卡带我走进的住宅,我在其中盘桓了半小时以后,其布局与规格仍然是个秘密。

安卡非常喜欢坐在热水浴盆里,和我进行关于两性关系之意义的长谈。他们的浴盆比我家的大一倍,盆壁上还镶着瓷砖,瓷砖上是画风轻佻的拼接画。尼古拉·尼古拉耶维奇偶然回家,赶上我们正在那里。他一打开浴室的门,我们就钻进水里……

"洗澡呀,女儿?"他问,对我视而不见,仿佛我是一大块裸体男子形状的海绵。

"我立刻出去,爸爸!"她若无其事地回答。她不大情愿地爬出浴盆,披上浴巾,跟着父亲走了。躺在散发着针叶香的温水里,我听到了他们的全部谈话,因为门未关严。

"我说过了嘛,不要带到家里来!"父亲疲惫而恼火,"家里有那么多贵重东西!"

"请原谅,爸爸。我们来喝……"

"你答应过不喝嘛!"

"对不起,爸爸,我们只喝一点点……"

"没有动珍藏的波尔多吧?"

"你把我们当成什么人啦?"

"我知道你们是什么人……上一次谁把1968年的沙勃利干葡萄酒喝光啦?!"

"你知道,那是我们搞错了……"

"搞错了……这小伙子是什么人?"

"熟人……"

"哦,这一次还好,是熟人……是随便玩玩,还是认真的?"

"似乎是认真的……"

"那就介绍一下吧!"

我只好也爬出来,围上大毛巾,做了一番自我介绍。

"我在什么地方见过你,小伙子。"戈雷宁沉思着说。他刚刚蓄起络腮胡子，戴着进口宽边眼镜，活像一只受过训练的浣熊。

"在中央文学家宫。我是诗人。"

"噢，是吗，咱们现在谁只要在中央文学家宫饱餐过一顿，就是诗人。我们那时候可不是这样……"

"爸爸，你们那时候需要饱餐两顿。"安卡说道。

"我，顺便说一句，第一次真正纵酒是我的《超额奖金》在党代表大会的工作报告中受到表扬的时候！"戈雷宁自豪地说。

"借酒浇愁吗？"安卡问。

"唉——！"父亲把手一挥，"你们总是嘲笑！什么时候嘲笑到了头，就该想哭了……在什么地方发表过呀，诗人？"他不屑地朝我这面看了一眼。

"他的书甚至都出来啦！"安卡郑重宣布。

"书？"尼古拉·尼古拉耶维奇真诚地表示惊讶，因为他一次也未曾带姑娘到我的住宅去过，"书……瞧，真是个机枪手！那么，到我们那儿去吧，进作家协会！"

"我的申请没有被批准。"

"为什么？"

"说是一本书少了点。"

"少了点是什么意思——我也只有一本书。格里鲍耶陀夫[①]也是一本书！荷马也是一本……不，荷马有两本……瞧，这些咬文嚼字的家伙——一本书……不要难过，我们过问一下。好吧，我走啦……你泡一泡吧！我和妻子也是泡着泡着，后来就登记了。"

过了两个星期，我拿到了散发着印油香的崭新作家证，跑去向安卡炫耀。

"祝贺你！"她说，"不过我更喜欢无证的……"

她很快就将我赶出了自己的生活，就像赶一条玩腻了的狗崽子。

[①] 格里鲍耶陀夫（1795—1829），俄国剧作家，剧本《聪明误》（又译为《智慧的痛苦》）的作者。

九
维捷克·阿卡申的第一场舞会

就这样，我们走进了文学家宫。我领着维捷克，在警惕的女管理员的鼻子跟前把自己的新作家证轻蔑地一晃。为了避免让作家证受到磨损，我给它包了一层塑料皮。

"这是跟我一起来的！"

"一定是远道来的吧？"老太婆面带敬意地打量着这位衣着怪诞的年轻人。我偷偷向维捷克伸出了右手小指，他便答道：

"那当然……"

我没有白训练他几乎整整两天！在餐厅门口，我驻足观望着这个处所，俨然是一位统帅，在拂晓时分视察暂时还和平的烟雾迷蒙的旷野，再过几小时，它将满是鲜血淋淋的尸体和扭曲变形的废铁。（有人曾这样描写过，不过反正还是要记住！）应当指出，我们的餐厅是美丽的——它用经过浸染的柞木板装修，用巨大的水晶吊灯照明，甚至还有一座大壁炉。维捷克胆怯了，仿佛第一次在这里出现。上一次，大厅里挤得满满的，整个被烟雾笼罩，在酗酒的吵闹声中颤抖。凶狠的服务员们端着沉甸甸的托盘，低声斥责倒在脚下的顾客，在大厅里匆匆来去，宛如热锅上的油块。现在完全是另一番景象：大厅里几乎空空荡荡的，只是在几张小餐桌旁有一些人正在庄重而严肃地谈话。服务员们恰似干私活的建筑工人，由于灰浆尚未运到,便漫无目的地从一个餐桌游荡到另一个餐桌,摆一摆上面写着"已预订"的小牌子。严厉的女领班立刻向我们走来,这种情况只有白天才可能发生。她从一张桌子上取走小牌子,让我们坐下。我更相信,假如我们未经她的允许就坐在这张桌子旁边,那么我们立刻会被赶走,并被严厉地告知,这个位置是为祖鲁族作家联合会代表团准备的。

我们坐了下来,维捷克把魔方放在一旁,开始认真研究菜谱,不时抬起头来问我,这是什么东西,比如,"露馅饼",真逗人,它多么像粗话呀。我则继续端详大厅,检查人们对我们出现的初步反应。在最体面的位置上,壁炉旁边,丘尔梅尼亚耶夫与两位外国人在吃午饭。根据听到的只言片语判断,他正给他们讲述,在极权制度下艺术家生存的全部噩梦。发现我们后,一个外国人惊讶地扬起了眉毛,可是丘尔梅尼亚耶夫却说了句什么蔑视的话。这个恶棍!在离《妇科椅上的女人》的作者不远处,一个来自外勤处的宽肩膀小伙子,用一份新出版的《文学周报》半遮着脸,正带着肃反工作者的职业冷漠喝着矿泉水。

大厅的另一端,著名的奥莉加·爱玛努埃列夫娜·基皮亚特科娃正用颤抖的假牙嚼沙拉。如果将企图博得基皮亚特科娃好感的诗人们献给她的诗歌编成一部集子,那将会是厚重的一册。不过,如果收集曾博得过她好感的诗人们的诗作,那将会是两卷集。有趣的是,随着年龄的增加,她对青年男子的兴趣有增无减,仅仅是发生了精巧的变异。关于这一点,文学界有许多颇刺激的传闻。一发现我们,她就向维捷克抛来迷茫的目光,仿佛她是水手久守空房的妻子。啊哈!

靠近通道,正在努力进餐的是著名的文学家庭——斯维里多诺夫一家。这是绝对封闭的美学体系:父亲不断写作冗长的长篇小说,它们像11月呼啸的狂风那样令人厌烦。妻子匿名撰写高度评价这些长篇小说的文章。儿子是剧作家,把这些长篇小说改编为剧本,强求剧院立刻上演。已到结婚年龄的女儿,由于遗传学的过失,毛发全都是灰白色的。她在词典的包围下,把这些长篇小说翻译成国外的主要语言,寄往西方各出版社。全家人以如此不加掩饰的冷漠,看了看维捷克身上"爱是上帝"的字样,毫无疑问:在晚上的家庭苏维埃会议上,肯定要详细而全面地讨论我们出场这一事件。

在离他们不远的地方,作家梅德诺斯特鲁耶夫正在很排场地用午餐。这是个大胡子,穿一双铬鞣革皮靴,戴一副金丝边小眼镜。他以沉重的目光迎接我们的出现,目光中饱含着因痛感俄罗斯人民被犹太人欺骗而难以化解的悲愤,他甚至还隔着左肩啐了一口。

我也看到了扎库松斯基,不过他只看了我们一眼,便移开了视线,就像一位饱经世故的国际女郎从一个气喘吁吁的大胖子身上移开视线那样——这个大胖子肩扛着新年枞树正匆匆赶回家。

最后,在雕花圆柱后面,在所谓"书记的角落"里,有两位正郑重其事地用着餐:尼古拉·尼古拉耶维奇·戈雷宁与中央显赫的意识形态专家茹拉夫连科。茹拉夫连科是个瘦子,长着个尖鼻子,好像讨厌的苏联电视侦探片里诚实的钦差大员,其任务是揭露用国家原料私自加工时髦裤子的地下工厂主。好一个幸福世界呀!在那里,最可怕的罪行是抢劫储蓄所;在那里,在检察官的逼视下,甚至连最凶恶的犯罪分子也绝望地垂下了头!现在真想到那儿去,休息休息……

茹拉夫连科与戈雷宁吃得非常严肃,看来正在杯盘之间讨论迫切的文艺政策问题。当时的局势颇不简单。额头上有一大块果冻痣的新总书记刚刚上台,其口味与嗜好尚未显现丝毫,不知道他将如何整治整个国家,也包括文学界。所以,意识形态领域的工作人员在这种情况下的主要智慧,就在于不要提前哇哇乱叫。

紧靠着通道,迎着过堂风,有四个男子冒着被服务员把肉汤洒在头上的危险坐在那里。他们穿着磨得发亮的过时制服,系的领带配色是那么不协调,即使在商品这样紧缺的苏联,它们也都是作为破烂货挂在各个日用百货店里的。这些人谈论着什么供货和供货不足、季度和年度计划、"现金"和"划拨",以及其他对文艺界人士来说陌生甚至可笑的话题。假如有什么人在这个时刻告诉我,再过两三年,这些腐朽的投机商,这些搞实业的灰耗子,将变成百万富翁,他们将飞去加那利群岛喝酒,去购买伦敦最好地段的大楼,我会哈哈大笑着对他说:我亲爱的,您错了,神话幻想故事创作进修班已经于上星期结束,获胜的是这样一个故事,其中小红帽被解释为是我们人种的人,大灰狼是进化的孽畜的代表,伐木工人则是来自兄弟宇宙的智能人,他们来帮助我们……

"看哪,有道菜叫'丈母娘'!"维捷克大声笑着说。

"不是'丈母娘',是'鱼腹肉'[①]。"我告诉他。

"都他娘的是一码子事。"我的门生说完仍继续研究菜谱。

这时候,丘尔梅尼亚耶夫开始大声给国外同行讲俄罗斯诗歌中的新流派——"语境主义",其主要美学原则是著名的柳宾-柳布琴科提出的:"有什么样的文本,就有什么样的语境。"这个大胆的新流派的每一行诗、每一个韵脚、每一个隐喻,都是对苏联现实之不可调和的挑战。作为证据,丘尔梅尼亚耶夫故意看着正在吃午餐的领导们,大声朗诵奥杜耶夫的著名诗句:

今天,英明伟大的奥列格王,
准备去睡大胸的哈扎尔姑娘!

尼古拉·尼古拉耶维奇和意识形态专家茹拉夫连科意味深长地交换了一下眼色,他们脸上闪现了一种复杂的表情,如果把它简化,可以表达为这样:一旦得到批准,就宰了你,你暂时先活着吧,兔崽子!外勤处的宽肩膀小伙子哗啦一声翻了一页《文学周报》,从衣

[①] 在俄语中,丈母娘(теща)与鱼腹肉(теша)在词形上只有微小区别。

袋里掏出一个烟盒,把它放在桌子边上。

　　与我的期待相反,没有任何人特别关注我们,维捷克的奇装异服也没帮上忙。幸好这时候巡查员格拉出现了。据说,许多年以前,是米哈伊尔·斯韦特洛夫把他带进中央文学家宫的。他们是早晨排队买酒的时候认识的,两人交谈起来。格拉说自己特难受,都是因为昨天他把波尔图葡萄酒、伏特加、干红葡萄酒、白兰地和三合一花露水混在一起灌进了自己的身体……"饮料难道能混合吗!"斯韦特洛夫感到很惊诧。"我是个折中主义者。"格拉悲凉地说。

　　这个答复使著名的幽默大师感到狂喜,他拉着新交到文学家宫去吃午饭,把他介绍给所有人,高兴地描述他们排队买酒时的对话。从此,他们再也没有分开,不过斯韦特洛夫在此之前已经得了不治之症。他时常同女服务员们开感伤的玩笑:"给我拿啤酒来,亲爱的,不过虾就免了吧,我体内已经有了①。"他不久后便死了,而格拉却继续在中央文学家宫生存下来,就像一只流浪猫,似乎谁也不需要它,但也不忍心赶走它——习惯了……他赖以生存的方法是:每天缓慢而忧伤地在餐厅里走动,在每张餐桌前停下来,淡然地问:"吃哪,美食家?"与此同时,他那样瞪着餐桌,似乎很想往谁的盘子里吐一口。人们会立刻给他斟酒,给他往汉堡包上抹奶油,询问他的健康及其他无聊的琐事。格拉默默地接受馈赠,喝酒,吃汉堡包,表情变得温和了,离开餐桌时友好地留下一句:"谢谢您啦,贪吃的人!"

　　格拉与庸俗的餐厅混混和吃白食的人不同,不经多次邀请,他从不在餐桌旁就座,也不主动谈论文学话题。他自谦为"巡查员"。有人问及他是否赞同曼德尔施塔姆连喝叶赛宁②的洗脚水都不配时,格拉把肩一耸,答道:"不知道,我的任务是巡查。"无论冬夏,他总穿一条磨得发白的牛仔裤,一件油污得发亮的绒面皮夹克——对着

---

① 在俄语中"рак"为多义词,既可理解为虾,也可理解为癌。
② 曼德尔施塔姆(1891—1938)与叶赛宁(1895—1925)均为苏联著名诗人。

它的袖头就可以刮脸。除了这一切，格拉还是新闻的传播者。

不出我的所料，格拉环视了一遍大厅便向我们走来。服务员这时候已经给我们送来了三百克伏特加、鲱鱼和蒜汁小馅饼。趁服务员摆桌的时候，我又为格拉点了同样的酒菜。我估算了一下未来的账单，准确地说，是未来的宣判。我断定，如果留下自己这块出口型号的军官牌手表做抵押，还可以离开，不至于出事。我对此并不是特别担心，因为我写的轮胎厂厂史，他们还应当给我支付点什么。在此之前，我可以试着从厂管委会弄到些物质帮助。让我感到为难的是，这块表是安卡在那第一夜之后送给我的。那天夜里，我们疯狂纵欲，就像两只被一根致命的甜蜜大头针穿在一起即将死去的小蛾子。手表是安卡的父亲送给她的，它则是她父亲从塔曼①师长手中得到的赠品，他的小说《超额奖金》在这个师里受到了赏识和喜爱。手表的背面镌刻着环形题词：全体指战员衷心感谢。第二天早晨得到安卡的馈赠时，我回忆起自己曾在意识形态专家茹拉夫连科的儿子的手腕上见到过这块表。他儿子毕业于莫斯科国际关系学院，凭兴趣翻译过亨利·米勒，甚至曾多次参加我们的诗人聚会。他准备赴伦敦长期从事外事工作，安卡则准备嫁给他，正在恶补英语。"生命只有一次，应该在那里度过……"她喜欢这样说。然而，在文学家宫的一次热闹酒宴上，就在婚礼前一星期，这个未婚夫不恰当地将《超额奖金》比作《北回归线》，安卡把他从席间叫了出去，领到了圆柱后面。他回来时腮帮子已经被打伤，军官表也没有了。当天晚上，安卡便带我回了家……

……格拉走过来，盯着酒菜。

"我们正在吃！"不等他发问，我便承认，"请坐！"

"我没有这种习惯。"格拉低声回答。（从某个时候起，不知为什么，他开始用俄罗斯博学工匠的腔调说话。）

---

① 俄罗斯陆军中一支久负盛名的部队。

"算啦,跟我们一起吃吧!"

"谢谢。"他坐下来,把注意力集中到了饭菜上。

我斟满伏特加,提议干杯。

"为了健康!"格拉点了一下头,举着酒杯的那只手叉开了小指。

"那当然!"训练过度的维捷克脱口而出,对格拉伸出的右手小指做出了下意识的反应。

我瞪了阿卡申一眼,他愧疚地低下了头。我们干了杯中酒,目光都变得亲切了不少,然后开始吃鲱鱼。我悄悄向维捷克示意,他如释重负地放下给他的进食添了不少麻烦的刀叉,拿起了魔方,把沉思的目光投向虚空,开始吱吱咔咔地转动魔方。汤送来了。维捷克匆匆喝完,又转起了魔方。格拉不慌不忙地吃着,装出漠然的样子,仿佛旋转写满字母的怪异六面体未曾引起他的任何兴趣。不过看得出来,好奇心宛如砷在惨遭杀害的拿破仑的发缕中那样,越积越多。①他嘴里嚼着丸子,向我俯下身子,眼睛看着维捷克,悄悄问道:

"这个少年是谁?"

"天才。"我懒洋洋地回答。

"他为什么在转魔方呢?"

"寻找时代的文化密码……"

格拉口含未嚼完的肉块坐着寻思了一会儿,然后说:

"找吧,琢磨吧……"

我们又喝了几杯。格拉把桌布上的面包渣扫到自己手心里,吃了下去。然后他蓦地转身向维捷克问道:

"你从哪儿来的?"

"从输卵管来……"维捷克于继续转动魔方的同时,做出了出色的反应。

---

① 有野史称,拿破仑·波拿巴死于砷中毒。

"你从事写作吗?"格拉死乞白赖地问开了。

我神不知鬼不觉地伸出了左手拇指。

"很可能是!"维捷克斗志昂扬地回答。

"是渴望得到荣誉吗?"格拉继续追问。

"很可能不是。"维捷克迅速向我的手瞥了一眼,然后回答。

"不大容易呀!"

"情绪矛盾。"维捷克为我右手食指的动作配音说。

"你不怕耗尽心血吗?"

"您问我这个吗?"确认我的左手中指抖动了以后,维捷克惊讶地问。

格拉不由自主地顺着他目光所指的方向看,但是我的手指正在桌布上敲打,似乎在敲击某支流行歌曲的节拍,脸上则展现出与餐桌周围毫无关联的表情。

"你就算耗尽心血,也要当巡查员吗?"他突然用沙哑的声音颇含戒心地问。

我的推论绝对准确:格拉开始感到不安了。他觉得维捷克是个潜在的对手,将与他争夺白吃白喝的地位。我开始寻思该如何更有效地回答这一问题,于是出现了一个意味深长的停顿。最后我做出了决定,暗暗向维捷克做了个犄角。

"勿以母羊奶煮它自己的羊羔!"他郑重地答复。

格拉感动得愣住了,然后他看了看我的眼睛。我不动声色地望着他。他懂了,为了让维捷克永远不成为自己的竞争对手,他应该怎么做。他站起来,用餐巾认真擦了擦自己粉红色的嘴唇,说道:

"谢谢你们的美味佳肴和酒。祝你留下来一切顺利。我真诚地这样说……"

"回头见!"维捷克朝他挥了挥叉子,捕捉到我的不满眼神后,他感到有些难为情。

不过,格拉已经转过身,正背对着我们。咖啡来了,糟透了的咖啡。如果把一勺速溶咖啡撒进热水洗澡盆里，我想，得到的饮料也要更好喝一些。我们皱着眉头喝了几口，看到格拉在接着做自己的传统巡查。每一张餐桌都为他斟酒，显然都在打听我们。人们纷纷把脸转向我们这边，据此可以断定，格拉正在做可能的与不可能的一切，使文学界对维捷克这个人产生兴趣。只有实业界人士没有向格拉盘问。他们给巡查员倒了一大高脚杯伏特加，然后在一张票面为二十五卢布的纸币上吐了一口，把它贴在他的脑门上，就让他继续走了。路过"书记的角落"时，已经步履蹒跚的格拉还知道上下级关系，没有打算停下脚步，但他还是被叫过去了，虽然对方没有给他斟酒，却也问了点什么。手拿《文学周报》的小伙子也没有给他倒什么饮料，但像对待自家人似的招待了他一支香烟，不过不是从烟盒里拿的，而是取自一包普通的卷烟。

　　下面轮到我了。我吩咐维捷克哪里也不要去，自己则从餐桌后面站了起来，在就餐者好奇的目送下，走出了大厅。首先我走向了严厉的女领班，她正在用电子计算器核算一沓发票，后来又用木制算盘复核。我抱歉地告诉她，我把钱夹放在另一件上衣里了，钱一两天便送过来，然后就把表从手上摘了下来。她轻蔑地瞪了我一眼，默默地拉开抽屉，不经意地把我的军官牌手表扔到各式各样的手表堆里。那里甚至有世纪之初的布列牌怀表和女式钻石金表。然后，我来到卫生间，站在小便池前面，脸上挂起一副排尿的表情。一分钟后，批评家扎库松斯基出现在我身边。他亲切地撞了我的肩膀一下，抱歉地说，一开始他不知道自己在与什么人打交道，建议在大型综述文章《年轻的文学地平线》中提一下维捷克。我答应会考虑一下。扎库松斯基刚走，他的位置就被老斯维里多诺夫占据了。他告诉我，他女儿的生日快到了，如果能在自己的客人当中见到我和我那招人喜欢的天才，他们将非常高兴……下一位是丘尔梅尼亚耶夫。他掩饰着轻蔑说，与他一起吃饭的肯迪先生是贝克奖评委会的责任秘书，这位先生有兴趣知道，与我坐在同一餐桌上的古怪年轻人用什么体裁创作。

"他是散文作家。"我迟疑了一会儿回答道。我想,自己竟然还没有确定让我的维捷克搞什么体裁的创作。

"我希望,他不是社会主义现实主义者吧?"丘尔梅尼亚耶夫冷笑着说。

"不是。他甚至也不是后现代主义者。这是超散文。"

"这是什么意思?"

"怎样讲您才明白呢……请想象一位做妇产科医生的梅什金公爵[①]吧!"

不等回答,我便拉上裤子拉链走了出来。基皮亚特科娃老太婆在前厅里等我,此刻正妒意十足地仔细观看摆在专门台子上的女诗人埃拉·拉赫玛图林娜的照片。前不久,这位女诗人出席过在这里举办的创作晚会。

"跟你在一起的是何许人也?"基皮亚特科娃娇滴滴地问。

"是位天才。"我谦恭地回答。

"看见了,我又不瞎。他写什么?"

"散文。"我犹疑地说。

"我想读一读!"

"这不是很方便。"我微露窘相。

"为什么呢?"

"他的散文里有太多的色情……"

"我估计便是如此!"她压低声音说,她的皱纹大姑娘似的变红了,"是中篇小说吗?"

"是长篇小说!"我终于下了决心——我的门生未来创作的体裁就这样定了。

"长……长篇小说,"老太太温柔地重复了一遍,"那就来我家吃

---

① 陀思妥耶夫斯基小说《白痴》中的男主人公,是寄寓作家理想的一个基督式人物。

午饭吧。明天。长篇小说一定要带来!我给你们读一点回忆录中的东西……"

"谢谢,奥莉加·爱玛努埃列夫娜,我们一定去!"

事态发展之顺利甚至超出了我的预料。遨游于第聂伯河水电站上游水域里的大鱼已经咬钩啦!回餐厅时,我在洗碗间门口看见了维捷克。他正在同娜久哈说话,娜久哈则激动地在脏围裙上擦着沾满肥皂沫的手。

"聊天哪?"我问道。

"是。"维捷克回答。

"您为什么把他打扮成小丑呀?"娜久哈气呼呼地问。

"需要这样。"我说。

"谁需要?"

"他。"

"维捷克,你需要这样吗?"

"很可能是……"不等提示他便回答。

"唉,傻瓜!"娜久哈抽噎了一下,就用沾满肥皂沫的手捂着脸向自己的脏盘子跑去。

"她可怜你?"我目送着她问。

"可怜……"维捷克叹了口气。

我们正要走出文学家宫时,值班管理员追上我,说有个人想在电话里同我谈一谈。我走近柜台,拿起了话筒。

"你好,"对方这样说,"我是谢尔盖·列昂尼多维奇。听出来了吗?"

"当然啦!"

"你把朋友都忘啦!"对方宽厚地指责道。

"我忙……"

"我们知道,我们知道你在忙些什么。你最好来一趟!"

"什么时候?"

"就明天吧。"

"到哪儿?"

"来我房间。"

"我去。"

"五点左右我等你。带上这个……你的新朋友搞了本什么?"

"长篇小说。"

"好,就把长篇小说拿来吧。你那位朋友暂时不必来……我等你,小伙子!"

我放下了话筒。好吧,这事或迟或早总要发生。那么早一点更好。谢尔盖·列昂尼多维奇是克格勃的少校,负责监督作家协会……

十

只有骗局，没有小说

我们回家之后，被种种新鲜印象搞昏了头的维捷克倒头便睡。我目标明确，一口喝干了五十克"败德汤"，便坐下来写基洛夫区早期少先队组织史：预支的稿酬我已经吃掉了，不过据预算，除去稿酬，他们还答应给我一张某家优质疗养院的免费疗养证。工作进展迅速。如果正派的当代散文作家从两卷集的《世界各民族的神话与传说》中获得基本信息，我则主要依靠订货人交给我的工作汇报的复印件。少先队员们在夏季保健期内平均增重的枯燥数字和罗列思想教育措施的清单，我借助自己在少先队活动的难忘记忆做了润色。那是在友谊夏令营，它附属于通心粉厂。这座夏令营离沃斯特里亚科沃火车站不远，在一条小河的岸上。这条小河有个怪名字：罗扎伊卡。在这篇几乎是艺术的作品中，我唯一不能使用的就是对自己少年性欲的甜蜜回忆，它首次爆发于我少先队生活的后期。这就像一只受到惊吓的丑小鸭，它扑棱一声从平静的湖面上飞起时，尚未意识到，自己正在变为一只充满淫欲的巨大白天鹅。（费解，然而要记住！）

那时候我已经开始写诗，这征服了辅导员塔娅。她比我大五六岁，这是宇宙进化过程中不可避免的时间差。我十四岁，她将近二十。我记得，熄灯号吹过之后，我们坐在金光菊丛中。金光菊刚刚绽放，并以如此令人头晕目眩的方式宣告不可回避的秋天的临近。我给她朗诵了自己刚在国家提供的夏令营床铺上写成的诗：

> 你想要什么，女人？
> 你想要什么，女人？
> 我的智能中有道裂纹——
> 有道横向的裂纹！
> 从这张着口的裂纹
> 一滴，一滴，又一滴，
> 滴向如花女子眼睛的
> 是无比珍贵的汁液……
> 贪婪的双手在抖，
> 眼前由于狂热而发黑，
> 嘴唇伸过来，伸过来，
> 追求最大的目标——
> 它将永远地珍存，
> 它将虔诚地忆及，
> 一朵鲜红的花——
> 这就是嘴唇的心意！！！
> 伸过来，伸向裂纹，
> 越来越近，越来越近……
> 你想要什么，女人？
> 你可是渴望爱情？

　　大概多亏了这几行诗，我得到了难以企及的东西——吻了辅导员塔娅紧闭着的散发着凡士林香的嘴唇。在这之后她哭了，她告诉我，我是个好孩子，有才华，但她爱着另一个人——体育干事萨沙，一个肌肉十分发达、长满青春痘的小伙子。他经常慷慨地打心不在焉的少先队员们的后脑勺。我从住在同一帐篷里消息灵通的伙伴们那里打听到,在开完第一次辅导员晚会之后,那个浑蛋就破坏了塔娅的贞操。可怜的姑娘大概已经对贞操有点不耐烦了。这件事他高兴得逢人便讲,甚至告诉了高年级的少先队员们。得知这些情况,我迅速对塔娅冷淡下来,就像19世纪的小说家一定会冷落自己的女主人公,如果她们在正式举行婚礼前便失去童贞,而且还不是在男主人公的怀抱里,而是让某个偶然出现的骗子……

可是这首诗却留了下来,我一直认为它是自己创作的高峰。有几年时间,每逢适当的场合就欣然朗诵它,甚至当我已经是大学生,在与年轻诗人聚会的时候,也照读不误。这一直持续到那一天,崭露头角的批评家柳宾-柳布琴科出现在那次聚会上。这是一位长发青年,总带着一脸甜蜜的笑容。他奇怪地拥抱了我,然后说,他至今还未在诗歌中遇到过比这对口交更准确、更新颖的描写。我以醒悟过来的目光看了看自己的名作,从那以后,再也没有当众读过它。

感谢"败德汤",工作进行得很顺利。我迅速写到了那个地方:基洛夫区少先队员们在1954年全苏竞赛中获得了巨大胜利,在支援制造用于开垦荒地的康拜因的活动中,他们捡拾的废铁最多。顺便说一句,在这次创造性的突袭之后,即使是借助探雷器,在基洛夫区也绝不会再发现任何金属制品了。不过,却给住在帆布帐篷里忍寒受冻的开垦熟荒地的英雄们,送去了用这些废铁制造的康拜因与拖拉机。这些机器上写着千篇一律的题词:"耕耘吧,英雄们!"我想,五年之后,收集这些农机废铁的已经是垦荒区的少先队组织,因为在后来的整整十年里,在全苏竞赛中获胜的总是哈萨克的孩子们,而且这直接增强了现今的主权国家——哈萨克斯坦共和国的装甲部队的威力。

写到这个地方,我决定休息一下,而且,我也需要以某种形式,对社会各界想了解我的维捷克的长篇小说的强烈愿望做出回应。不,我宣布他是大型散文体裁大师是对的,因为,如果写的是诗歌,就总会有人来请你朗诵。长篇小说则完全是另一回事！经验证明，人们一般仅满足于得到一捆沉甸甸的手稿——散文作家艰苦劳动的象征，甚至连捆扎的绳子都不解开。

我爬到搁板上，取下六个红色的空文件夹。包装依然像出厂时那样，一个插在另一个中，宛如萨德侯爵长篇小说中的人物。文件夹是六年前留下来的，那时候我在第四汽车运输公司的《样板车报》工作。工作令人厌烦：没完没了的简讯，什么遵章行车和无道路交通事故呀，什么节约燃料、机油呀。有时候来一篇人物特写，也总是以这样的话开始："他用长满老茧、沾满油污的大手，擦了擦自己疲倦而善良的脸，突然笑了……"编辑部每季度给整个写作集体发一次办公用品，我们四个人会立刻将其平分，带回家去。所以在编辑部永远也找不到一支铅笔或一页白纸。

就这样，我从搁板上取下六个文件夹和六包打字机用白纸——标准包装，每包五百页。我拆开白纸的包装，分开文件夹，在每个文件夹里放进五百页白纸，又用绦带系紧，打了个漂亮的蝴蝶结。现在要解决最重要的问题了。我将一页纸裁成六张方块，规格与贺年卡差不多，把它们摆放在面前：需要给小说命名，这件事可不简单。比如，如果我把小说叫作《透过霞光》，维捷克的文学前途就结束了，因为他立刻就会被宣布为歌颂我们社会主义现实的众多作家中的平庸新手。如果在这几张方块纸上写上一个我自己也感到莫名其妙的词——《标记》，阿卡申当即就会被划进农村作家群中去。这当然没有什么不好，但任何一个自重的美学家连一根小手指头也不会递给他。对我的战略计划来说，这绝对不行。若命名为《唾向祭坛》，当然，这立刻便能使维捷克成为有洁癖的后现代派中的显赫人物，可那样一来，任何一个自重的农村作家在会场上都会拒绝同他坐在一起，更不要说社会主义现实主义作家了。这同样有损于我给维捷克规划的文学前途……

我徒劳地在房间里踱了半个小时，翻了一阵子《文学百科全书》,最后,又给自己稍稍倒了点"败德汤",好烘一烘冷却下去的智力。在药酒尚未起作用的时候,我的脑海里闪过几个平庸的标题。猛然间,从潜意识的深处,就像逃避海兽的小鱼,一个珍贵的词组浮了上来。当然啦!就是它:《杯酒人生》……妙极啦!农村派作家会在其中看到一种对建造木屋方法的明显暗示:在下面的原木上砍一个凹槽,而在上面的原木上正相反,做一个榫,以保证木架的高度坚固与稳定。而有洁癖的后现代派作家及其同情者则会在其中发现某种音乐性和神秘的内涵。[1] 一般来说,怎样理解都行,柳宾-柳布琴科一定能说得头头是道!社会主义现实主义者们一般并不太明白要求他们做的到底是什么……于是,我把第一张纸片夹在打字机的滑架上,打印出:

维克多·阿卡申
杯酒人生(长篇小说)

打完六张长方形纸片,我把它们贴到文件夹上,又把文件夹整整齐齐地放在沙发床上。现在它们摆在我的面前,崭新,干净,鲜活,就像产院里的新生儿,被保育员摆放好,准备送给母亲去喂奶。欣赏够了,我又在打字机前坐了下来,因为阿诺尔德的药酒在敲击我的太阳穴,要求我进行创作。基洛夫区少先队组织史的下一章是"21世纪的宇航员",讲述的是在全苏"我要飞上太空"的竞赛中,基洛夫区的少先队员们是如何赢得胜利的。生活原来竟如此狭小而又难以预料!原来,我认识这场竞赛的优胜者,热尼亚·谢韦里亚诺夫。确切些说,是我现在认识他。再确切些说,在我飞往西西里岛前不久,当我在宴会上朗诵自己写的打油诗时,我认识了他……

---

[1] 小说名为"В Чашу"。"Чаша"在俄文中指器皿,如酒杯,也可比喻人生的欢乐或痛苦。该词的另一个含义为圆榫眼或碗状榫。所以小说的名称可以有不同的理解。译为《杯酒人生》是无奈的选择。

也就是说，在九年前的那个晚上，当我撰写基洛夫区少先队史的时候，我对他还一无所知。打住。不，我总是在时间方面弄得一塌糊涂，就像搞乱陌生女人的内衣那样。算啦，不管什么时间关系啦，反正这件事值得一谈。

我接受邀请，到某位重要活动家的生日庆典上朗诵诗歌。他在"宇宙"宴会厅摆了招待四十人的酒宴。普加乔娃演唱歌曲，日瓦涅茨基说俏皮话，基奥表演魔术。胸前挂满勋章的宇航员们站起来，含着眼泪讲述他们的卓越战友的故事：叶夫根尼·安东诺维奇·谢韦里亚诺夫，就简称谢韦里扬吧，一位诚恳的人，他的心胸如宇宙一般广阔。在艰苦的改革岁月里，面对可怕的新措施，他为拯救祖国的航天事业做出了难以估量的贡献。谢韦里扬是个微微歇顶的年轻男子，他谦虚地垂下眼睛，请求朋友们："拉倒吧，伙伴们，那有什么……谁在我的位置上都会那么做。""不，不是每个人都能做到！"一位白发苍苍、佩戴着两枚金星英雄勋章的宇航将军跳起来说，"那些新出现的大款，把一切都用在了加那利群岛的女人身上，而你却为了人民！为了我们苏联的宇宙！"接着男子们开始失声痛哭，紧紧地拥抱彼此。

接着出场的是我认识的一位口技演员，我们曾一起沿伏尔加河旅行。他表演复活了的斯大林如何召见戈尔巴乔夫与叶利钦，厉声叱问他们，为什么把国家搞到了这般田地。那两位怯生生地辩白。米什卡一再说"过程已经开始"，鲍尔卡[①]除了"这个……你知道吗……"别的什么也回答不出来。在一片鼓励的欢呼声中，对话以大元帅的简短命令结束："拉夫连季[②]，枪毙……"接下来是我，也博得了欢迎。我读了即兴写在餐巾上的小诗：

男子汉们，我毕生不懈地追求

[①] "鲍尔卡"为叶利钦的名字"鲍里斯"的昵称。
[②] 即贝利亚（1899—1953），苏联政治人物。

是女人敞开怀抱的宇宙……

谢韦里扬站起来，同我喝了结谊酒。我同他拥抱之后，觉得自己的衣袋里多了个不大的有棱有角的东西，掏出来一看，原来是一沓子钞票，即使在通货飞速膨胀之时其数量也相当可观。回来时，我与一位醉醺醺的上校同乘一辆汽车，看来他的仕途不够坦荡，因为他开始抱怨：虽说他也飞了一趟太空，却未得到英雄勋章，只得了个列宁勋章。后来，我问他关于寿星佬的事，他告诉我，谢韦里扬差一点没当上宇航员，在最后阶段，他身体出了点问题，便被派去搞科研。后来他领导人工重力实验室——中间有一座大离心机的飞机库。就是在这种状况下，他赶上了1992年的改革。刚开始的时候，诚实的谢韦里扬同大家一样受穷，踢破门槛向政府要钱，但一无所获。他被告知，宇宙是全人类的财富，谁的航天器更大，发射得更早、更远，是我们还是美国人，实质上并没有多大差别。最后他找到了出路——把自己最大的带自动调温设备的飞机库出租给阿塞拜疆人。阿塞拜疆人在那里搞了个超级西瓜储藏基地，莫斯科销售的西瓜几乎有一半都来自那里，来自那所人工重力实验室。谢韦里扬很快就成了巨富，在塞浦路斯拥有别墅，有梅赛德斯牌轿车，孩子们在普林斯顿大学学习。不过，他并未像其他"新俄罗斯人"那样骄横起来，而是开始帮助失去工作的宇航员，甚至在星城为忍饥挨饿的科学技术人员开办了一个免费食堂。这一切花费的都是他自己挣来的血汗钱。热尼亚·谢韦里亚诺夫就是一个这样的人——真正的当代英雄！

……我实际上快写完基洛夫区少先队史了，这时候，睡眼惺忪的维捷克从储藏室露出脸来。我发现，他跟一切露天工作的人一样，脸和脖子为红褐色，身体其他部位则像牛奶一样白。

"你好哇，作家阿卡申的脑袋！"

"你好，打小报告的家伙！"

"为什么说打小报告的家伙呢?"

"你不是总敲敲打打嘛。啪——啪——啪……敲打出许多来了吧?"

"够喝一杯牛奶的了。"

"这是什么?"他看见了摆放在沙发床上的文件夹,便问道。

"你的长篇小说。"

"去你的吧!"维捷克大笑起来,开始解绦带,"为什么是《杯酒人生》呢?"

"你为什么叫维佳呢?"我以问代答。

"是为了跟别人区分开吧。"他琢磨了一会儿才说。

"这样你就回答了自己的问题。"我说着,继续打少先队史。

"可小说在哪里呀?"维捷克往文件夹里看了一眼,翻了翻白纸,惊慌地问道。

"你要小说干什么?难道你想读一读?"

"绝对不想。"

"他们也不想读。所以不必惊惶。"

维捷克消灭了一听猪肉罐头,就着它吃了一个白面包,喝了一茶壶白开水,坐下看电视,直到电视转播结束,又睡觉去了。我靠一大口"败德汤",一直工作到写完那一段:戈尔比[1]脖子上系着鲜艳的红领巾,向屏息恭听的基洛夫区少先队员们讲述自己在集体农庄度过的童年。这样的会见当然从来没有过,但是人家请求我这样写嘛……

午夜十二点半,我正准备睡觉的时候,电话铃响了。

"睡了吗?"日古托维奇问。

"差不多……干什么?"

"你那儿'败德汤'确实没有啦?"

---

[1] "戈尔比"是戈尔巴乔夫的姓的戏称,含有"驼背"的意思。

"确实没有了。"

"遗憾……有老婆简直苦不堪言。惨不忍睹。我们毕竟不是外人嘛。"

"你没有'败德汤'已经不行啦?"

"问得好啊!应该试一试……"

"你为什么不问一问维捷克的事呢?"

"难道你还没有变卦吗?"

"这是从何说起呀!正好相反。"

"啊,那么,咱们的维捷克怎么样啦?"

"很正常。一切都正在按计划进行。"

"我听说了。大家都说,你带一个妆扮得很漂亮的人去过文学家宫。"斯塔斯沮丧地说。

"为达目的,何择手段?"

"我认为,你的手段不足以使你达到目的。反正你赢不了。"

"历史会为我们下结论的。"说着我期待地看了一眼文件夹。我已经把它们转移到了窗台上,腾出沙发床来准备睡觉。

"你的浴盆是新的吗?"

"不是很新。"

"糟糕。我有洁癖。"

"我也有……"

"你能想到吗,原来十二月党人个个都是共济会会员。他们可能是为此才把赫尔岑唤醒的吧?不过,对不起,我把你唤醒了!"

"没什么……"

"谈什么十二月党人呢!普希金也是嘛……你知道吗,甚至连库图佐夫①也是共济会会员!"

"苏沃洛夫②呢?"

---

① 库图佐夫(1745—1813),俄军统帅,著名军事家。
② 苏沃洛夫(1729—1800),俄军统帅,著名军事家。

"苏沃洛夫似乎不是。至少《百科全书》上从未提及。关于库图佐夫,说了。你听:在被授予瑞典共济会第七等会员称号的时候,他得到了会名'绿桂'与箴言'胜利扬你威名'……"

"你想得一个什么样的共济会名字呢?"我问。

"你讥笑我?"

"完全不是!我倒是想把你命名为'正常人酣睡时的电话狂'……晚安!"

在这个混账电话之后,我辗转良久,不能入睡,一再起来喝水,后来我仿佛跌进了……我梦见了安卡。她正俯身狂读着维捷克的长篇小说,时笑时哭,还一再淫荡地抚摸自己膨胀起来的多情乳房,仿佛她被触及极其性感的地方。读过的部分被她扔在周围,一个陌生房间的地板上铺满了白纸,宛如田野上的皑皑积雪……

十一
伊万·伊万诺维奇与
伊万·达维多维奇是如何吵架的

上午,已经很晚了,我唤醒了维捷克:

"起床啦,有害分子!"

"为什么是有害分子呢?"

"因为觉睡多了有害……该走啦!"

"去哪儿?"

"去搞无领上衣。"

"要他妈的无领上衣干什么?"

"在学校应该读书,而不是撵狗玩!"

"要是在学校读过书,难道我还跟你一块混吗?"

"起来吧!要记住:斯捷潘·拉辛[①]为搞无领上衣去了波斯,在那儿他把一位波斯公主搞到了手,后来又把她淹死了……"

"就像格拉西姆淹死木木[②]那样?"维捷克活跃起来了。

"差不多。"我惊讶地点了点头,这样的类比我还从来没想到过。

"早饭吃什么?"

"什么也没有。"

---

① 拉辛(约 1630—1671),农民起义领袖,顿河哥萨克。
② 木木是俄国著名作家屠格涅夫的小说《木木》中的一条狗。

"怎么说什么也没有呢?"

"因为没有钱。所以咱们才去搞无领上衣……"

维捷克穿好了衣服。我又一次满意地审视起他那带挑衅意味的平民风貌,然后拿起一个文件夹塞到他腋下,考虑了一阵后又拿了回来:这有点不自然。后来我让维捷克坐在写字台前,递给他笔和一张白纸:

"写吧!给作家协会理事会秘书处。写申请。由于我正在创作一部新的长篇小说,请求给予物质帮助。再画个十字。"

"什么?"

"就是签字!"

"等一下。'秘书处'怎么写?"

"有两个 e。"

"在哪儿?"

"拿来吧!"我把纸从他手中夺了过来:天才小说的作者竟写错了每一个单词,这不在我的计划之内。

我用打字机打好申请书,强迫维捷克签了字。

"难道能给吗?"他怀疑地说。

"如果请求得正确,就一定会给。我国的制度是什么呢?就是互相帮助的大钱柜。"

我在皮包里塞了三个文件夹,以备不时之需,然后我们便出发去搞无领上衣。

作家协会理事会设在一座古老的独院旧公馆里,山墙老得掉皮,墙上挂着"国家保护建筑"的牌子。理事会附近很是热闹:黑色伏尔加轿车来来往往,文学家或单个或成群地进进出出,巨大的柞木门不停地开开关关。我让维捷克坐在列夫·托尔斯泰雕像附近的长凳子上。托尔斯泰坐在自己的铜圈椅里,带着无声而有纪念意义的谴责注视着这蚁群般的文学生活。虽然,蚂蚁总是会往自己可爱的窝里拖什么东西,作家们则正好反其道而行之,总打算从理事会拖走什么。

"哪里也别去!"我吩咐他道,"转魔方吧。如果有人一定要跟你说话,你知道怎样回答。"

"我在寻找时代的文化密码?"

"真棒!"

我的意图像辘辘饥肠一样单纯:以年轻天才阿卡申的名义获得物质帮助(以自己的名义我已经得过两次了),赎回军官表。如果在一昼夜之内做不到这一点,那么下一次,按餐厅的不成文规定,别说手表,即便是自然金块,他们也不会再允许我抵押了。

在尼古拉·尼古拉耶维奇·戈雷宁的接待室里,在阴郁的秘书玛丽娅·帕夫洛夫娜(据说在家具厂她就与他一起工作)的监视下,聚集了十五位作家。根据面部表情立刻便能看出,他们当中的每一位是因为什么来这里的。神经质的微笑表明,与我一样,是为创作期间的物质帮助而来。如果是一脸困惑的哭相,那么这位文学家是来状告出版社的刁难的。凝重的忧虑是作家急需汽车的可靠标志,他希望不用排队便被列入将得到汽车的人员名单。满脸的无奈只能说明此人决定申请住房,已经准备好了一篇动人的独白,说与号哭不止的婴儿抑或瘫痪老人共处一室,他无法写出有分量的艺术作品来。类似的诉求戈雷宁一天之中要听十遍,他的答复我早就知道。他一定会说,列宁在草棚旁边的树墩子上写自己的不朽著作,从不抱怨……有一次,在我和安卡关系还好的时候,我以未来女婿的身份与尼古拉·尼古拉耶维奇在别墅里喝酒,他解释说:"谁都申请……你知道吗,我们给谁?""给谁呢?""谁哀求得似乎亲娘马上就要死,就给他。明白吗?这需要非凡的才能!有时候也知道他在装假,但毫无办法——心里可怜他,为他难受……"

据我的观察,在这方面居首位的,是一位姓名古怪的诗人——舍尔斯季亚诺伊①。他靠软磨硬泡已经得了两个共青团奖、一个国家

---

① 该姓有"毛纺织制品"之意。

奖；换了三次住房，每次都有所改善；每年都得到一辆新轿车，而把自己那辆甚至毫无锈蚀痕迹的"旧车"卖掉，因为当时轿车紧缺，他能获得巨大收益。他脸上的表情十分特别：仿佛被插在了木桩上，他靠着令人难以置信的努力，把木桩从地上拔了出来，然后就带着这副受木桩刑未了的模样——我甚至可以说是正在受木桩刑的模样——来找作家协会的领导，提出小小的要求。舍尔斯季亚诺伊逐渐习惯了这种面部表情，已经与它须臾不离，据说连睡觉的时候也带着这副龇牙咧嘴的模样，为的是不让它变形。他简直就是生活与工作在作协理事会的接待室里：他不时从衣服的侧兜里取出记事本来，记下偶然想起的诗句：

宛如面对无语的石墙，
两个小伙子都叫马丁，
逼问三个叫柳芭的姑娘，
谁更能得她们的垂青？

门开了，斯维里多诺夫一家失望地走了出来。有传闻说，老斯维里多诺夫收到了去澳大利亚参加学术交流会的邀请。事情的经过是这样的：他妻子写了一篇好文章，评论一位在《文学周报》工作的作家。那位作家，正像知识分子中常有的那样，为了表示感谢，便采访了老斯维里多诺夫。斯维里多诺夫把访谈录的复印件连同其女儿精心完成的英语译文，还有关于自己在苏联文学中的特殊影响的详细说明，一起寄给了所有的世界文化中心。澳大利亚一所大学的俄文教研室上钩了。他们真诚地以为，在极权主义的俄罗斯，所有未来得及移民的作家早就都挖地去了。可猛然间——访谈录！收到该大学的邀请函之后，斯维里多诺夫来作家协会要求派他全家公出，强调说，在一个对南方古猿来说最小的社会单位中，如此罕见地有多名作家，这是苏联文学空前繁荣的最有力证明，也是苏联生活方式远远优于西方生活方式的证据。然而，根据斯维里多诺夫一家人离开领导人办公室时的失望表情判断，他显然仅给了这位家长一个人外汇。他们的只言片语表明，受了委屈的家庭承包队全体成员要去党委，控诉戈雷宁的不公正做法。须知当今的时代——是投诉有门的！奥杜耶夫的诗云：

> 到哪儿去诉说原委，
> 自然是去找党委！

下一位来访者，梅德诺斯特鲁耶夫，立刻想进入空出来的办公室。他理了理蓬乱的黑胡须，正了正鼻子上的金丝框眼镜，脸上摆好困惑的哭相，便向门内走去。不料，在最后的瞬间，却被不知从什么地方冒出来的真正忧心忡忡的丘尔梅尼亚耶夫抢了先。

"对不起！"他用英语含混不清地嘟囔了一句，抢在梅德诺斯特鲁耶夫之前蹿进了办公室。

"一切都让犹太人收买啦！"受了委屈的梅德诺斯特鲁耶夫在他背后吼了一声，挑战似的看了一眼老老实实坐在角落里的作家伊万·达维多维奇·伊里斯金。

伊里斯金鄙薄地冷笑了一下，故意用一本肖洛姆-阿莱汉姆[①]的书遮住了自己的脸。其他人则摆出一副与己无关的样子。

伊万·伊万诺维奇·梅德诺斯特鲁耶夫在文学圈子里以反犹太主义者著称，是以手抄本形式流传的学术著作《黑暗势力：犹太人反对俄罗斯》的作者。在这本论著中，祖国的全部历史都是以这种视角来看待的。梅德诺斯特鲁耶夫认为，从传说中罗斯在犹太人的可萨利亚国贪婪无度的桎梏下呻吟的时候起，犹太人对俄罗斯人就犯下了十恶不赦的罪行，更不必说这个斩杀不尽的部落后来对轻信

[①] 肖洛姆-阿莱汉姆（1859—1916），著名俄国犹太裔作家。

的斯拉夫人干的种种坏事了。梅德诺斯特鲁耶夫从不掩饰自己的观点,有时候,当他与学生和志同道合的人坐在文学家宫的前厅里,一位有着弯弯曲曲的姓氏或不幸长着一个鹰钩鼻的作家从旁边侧着身子匆匆走过时,伊万·伊万诺维奇便会晃荡着脑袋,用自己出色的浑厚男低音,带点法语腔调鄙夷地说:"在俄罗斯文学中,只有两个真正的诗人——韦尼亚·维季诺夫和贝尼亚·季克托夫!"就是这样一位人物,文学界真正的卡律布狄斯[1],维捷克的未来在许多方面就取决于我能否与梅德诺斯特鲁耶夫找到共同语言。

"他们霸占了俄罗斯文学!"梅德诺斯特鲁耶夫瓮声瓮气地说,"他们在吸人民的血!他们阉割了历史!"

"这个丘尔梅尼亚耶夫是个一般的无赖!"我小心地看了一眼陶醉于肖洛姆-阿莱汉姆的伊里斯金,尽量把矛盾转向无辜的日常生活层面。

"就是嘛!含,闪,雅弗……全是从那里来的!"梅德诺斯特鲁耶夫接过话茬说,"你的伙计也是从那里来的!"

"哪个伙计呀?"

"哪个?就是那个穿对襟无扣上衣的家伙呀!前不久在餐厅里我就看出来了!"

"您这是哪儿的话呀?那是外喀尔巴阡的双面毛皮大衣!自古以来就是斯拉夫服装样式!"我大声说。一想到自己差一点就给维捷克戴了一顶斯万人小帽,我便浑身发冷。

"可那喀巴拉[2]派的符号呢?"

"您指的是什么呀?"

"瞧!"他向窗户一点头,从那里可以看见正在努力转魔方的维捷克,"我立刻便发现,那上面写的是神秘的喀巴拉小字母……"

"您说的什么话!这是普通的魔方,上面的字母是咱们的俄语

---

[1] 卡律布狄斯,希腊神话中的妖怪。
[2] 喀巴拉,犹太教神秘主义体系。

字母。"

"我看见什么就说什么。这么说,那是魔方?"梅德诺斯特鲁耶夫思忖着挠了挠自己额头上的一块大伤疤,"鲁比克——鲁宾——鲁宾奇克——拉宾诺维奇……明白啦? 你要知道,《锡安圣哲谈话录》也是用俄文字母写的! 懂吗?"

"懂了。可这和我的维捷克有什么关系呀?"

"可毛发呢? 你看看毛发!"高度戒备的伊万·伊万诺维奇固执己见。

"正常的毛发。您的头发也不是淡黄色的嘛!"

"我的头发的确不是淡黄色的,可是你的伙计却是红褐色的! 还没嗅出什么味道来吗? 他姓什么?"

"阿卡申。"

"对呀! 就应当从这里开始! 阿卡申——阿卡施曼——阿施肯纳兹——阿克雪里罗德! 懂啦?"

"很可能不懂……"

"你跟他一起去一次澡堂,那时候就懂了!"

"去过了,"我撒了一个谎,"什么全都在……"

"这也什么都不能说明。现在只要肯花大钱,就可以做整形手术。从屁股上割下一块来,一修复……"

顺便说一下,梅德诺斯特鲁耶夫在自己的著作中证明,行割礼不过是一种使人还魂的古老方法,因为包皮被割掉之后,某些神经末梢被暴露出来,从而使大脑的某些部位经受有针对性的刺激。结果,做了这种手术的人就变成了生物机器人,准备完成最黑暗的幕后势力下达的最肆无忌惮的命令,其目的,人所共知,就是确立世界霸权。不过,梅德诺斯特鲁耶夫完全没有解释,为什么穆斯林也做如此精确的手术,却收不到类似的效果……此外,专著中还详细列举了有犹太血统的作家名单,其中,最恶毒的,用粗重的黑体字标明。一般恶毒的,标以一般黑体字。列在最后的是娶了犹太女人的文学家,他们的名字是用普通字母标明的。

"拉倒吧,伊万·伊万诺维奇,我认识他们家!他妈妈……"这次我说的是实话。

"家庭同样什么都说明不了!俄罗斯傻女人爱嫁异教徒。"

"要知道,犹太人是按母亲来确定民族的!"我反驳道。

"按母亲……"他又挠了挠伤疤,"母亲又有什么用?这都是异教徒的神话。单是犹太人基因的祸害就无法估量!"

"我向你保证,维捷克的所有基因都是俄罗斯的!"

"全部!"梅德诺斯特鲁耶夫学着我的样子说,"那他还当什么作家呀?应该去车间或建筑工地嘛!"

"那您呢?"

"我有天才……还对咱们的傻人民负有义务!"

"他也有天才。他写了一部出色的长篇小说!"

"书名是什么?"

"《杯酒人生》。"

"《杯酒人生》……"伊万·伊万诺维奇皱着眉头思考,额头上的伤疤也像问号似的弯了起来,"你说是《杯酒人生》吗?还不错。《杯酒人生》……大概是农村小伙子吧?说不定是木匠?"

"关于这些,我可以给您讲一个钟头!"

"那就算啦,对不起!在我们的事业中,小心总不过分!你知道,我上过这些个大鼻子风滚草多少当啊!一朝被蛇咬,十年怕……"他叹了一口气,摘下眼镜,开始擦镜片。

这时候办公室的门敞开了,丘尔梅尼亚耶夫从里面走了出来,他显然没有得到满足。从阴沉刚毅的脸上可以看出,他也要去控诉,但作为一位自尊自重的持不同政见者,照例不会去党委,而会去中央委员会。尼古拉·尼古拉耶维奇往接待室这边看了一眼,估摸了一下自己面临的工作量,然后用眼神指示玛丽娅·帕夫洛夫娜尽可能地阻止请求者,不放他们进办公室。看见我以后,他刚要像亲属

那样用手指头招呼我进去,却又发现了做出满脸悲愤状的梅德诺斯特鲁耶夫,便吩咐道:

"你在伊万·伊万诺维奇后面进来!"

但这时候伊里斯金进入了他的眼帘。伊里斯金把肖洛姆-阿莱汉姆的书放在膝盖上,也像梅德诺斯特鲁耶夫那样,带着悲愤望着戈雷宁,而且还添了勉强能够被觉察而又能为有经验的领导人理解的谴责——为了一千多年来遭受的迫害与驱赶。

尼古拉·尼古拉耶维奇叹了一口气,又严厉地对我说:"你在伊万·达维多维奇后面进来!"梅德诺斯特鲁耶夫被允许进入办公室后,十分自信地关上了门,以为这一所罗门[①]式的英明决定巩固了作家团体的国际主义精神。

与伊万·伊万诺维奇的交谈让我感到满意。他与他的同伙即使不会帮助维捷克,至少也不会去妨害他。现在必须解决伊里斯金的问题。因为对解决我面临的任务来说,他的同情的重要性绝不比反犹太主义者梅德诺斯特鲁耶夫的小。我将悲哀的眼睛对准肖洛姆-阿莱汉姆的封面,伊万·达维多维奇用这本书遮住了自己的脸。顺便提一句,伊里斯金的外表没有任何不体面的地方,如果不算他的外貌显得比实际年龄年轻的话。他的头发用吹风机吹过,穿一身条绒制服,脖子上围着一条丝巾。然而,他却是文学界颇有名气的闪米特人——他从不隐瞒自己的观点。以手抄本的形式流传着他的著作《蒙昧:俄罗斯反对犹太人》。这是与梅德诺斯特鲁耶夫的《黑暗势力》不加掩饰而持续多年的论战。不过,伊万·达维多维奇的著作是从更深的历史层面展开的,可以说是从犹太人的古代史展开的。他依据现代科学事实,强调俄罗斯人从自己西徐亚人祖先那里继承了先天的反犹太主义。众所周知,西徐亚人跟随尼布甲尼撒二世,在公元前6世纪参与了洗劫耶路撒冷的卑鄙战争,最终导致犹太人

[①] 所罗门,约前960至约前930年以色列—犹太王国国王,以机智著称。

著名的"巴比伦囚虏"的悲惨结局。而且，伊里斯金强调，割礼确实刺激某些中枢神经，正是它保证了犹太人智能与创造天赋的超强发展。自古以来，正是这一点成了不同时期、不同民族的梅德诺斯特鲁耶夫们动物性嫉妒的目标。至于为什么在穆斯林身上做了同等精确程度的手术，却没有导致相同的结果，伊万·达维多维奇同样没有说……

伊里斯金突然放下书，带着挑战似的忧伤凝视着我的眼睛。我感到一阵紧张，回想起我们最后一次谈话时安卡嘲讽的笑声，便对伊里斯金也报以凝聚着世纪末绝望的眼神。这时，他用眼睛向身边的一把闲着的椅子示意。我挨着他坐了下来。

"朋友，您真是好样的！"他小声说。

字母 P 他一着急就发不出来，所以有些话他说得有点怪。据说他这个缺陷出现在许多年以前，在他因为自己的信念被野蛮毒打之后。

"我观察您好久了，"伊万·达维多维奇继续说，"我知道您是如何强迫这些耗子出版您多灾多难的书的。多么明快的诗篇啊！我还要衷心地感谢您，您帮助这位天才的年轻人……您是真正的俄罗斯知识分子！无须给您解释，一个异族人在这个国家要出人头地是何等困难！特别是在文学界，这里的空气都浸透了大国沙文主义。甚至辉煌的天才普希金也曾写过：'一个卑鄙的犹太人来敲我的门……'这个您能喜欢吗？"

"太可怕了。"我早有准备地回答。

"当然可怕啦。梅德诺斯特鲁耶夫到处呼喊，似乎作家协会的半数……唉，您是了解我的……这说明什么呢？"

"说明什么？"

"这只能说明，甚至国家的反犹太主义政策对真正的天才也无可奈何。您同意吗？"

"当然同意！可是您怎样猜到维捷克是……啊，您明白我的……"

"我不是猜测,而是论证。您自己设想一下,一个俄罗斯人,到处像主人那样自由来往,您看到了吧,那他还用得着打扮成傻瓜模样吗?他完全用不着:我是知道的,我曾经是俄罗斯人……您说他姓什么?"

"阿卡申。"

"姓阿卡申,棒极了。您设想一下,假如这个可怜的小伙子,像这个怪家伙说的那样,姓阿卡施曼,等待他的将会是什么?"

"您是对的。然而我可以告诉您一个秘密:他的父亲的确叫谢苗·阿卡施曼。他是医学系的大学生,开始同医生破坏集团做斗争之后,他吓坏了,避居到原始森林里的荒村希梅季。当起了普通的医士,忍受贫困……"

"好一个公平正义的国家!"伊里斯金叹息道。

"后来他同保健站的一位护士结婚……"

"天哪!"

"维克多出生了……对村苏维埃主席来说,您自己清楚,什么阿卡申,什么阿卡施曼……"

"野蛮人!"

"不过我求您啦!您理解我吗?"

"这您不用提醒。您说,他的长篇小说叫什么?"

"《杯酒人生》。"

"《杯酒人生》……这个酒杯……苦难之杯……忍耐之杯!啊,它很快就要漫溢!您明白我的意思吗?"

"当然。"

"但眼下必须格外小心!这些耗子,这个梅德诺斯特鲁耶夫,什么都干得出来!顺便说一下,您把他骗得真好!我全都听到了。对付这帮败类没有别的办法……时机还不到。但我们的胜利之杯就在前面!您明白我的意思吗?"

"当然……可您自己怎么样啊?"

"我——怎么样？总应该有人带着投石器去会见哥利亚①嘛！况且我与梅德诺斯特鲁耶夫还有旧账要算！我要为青年时期的错误付出代价，那时候由于悲剧性的误会，我曾经是俄罗斯人……"

不料，这时候门开了，伊万·伊万诺维奇心满意足地从办公室里走出来。伊万·达维多维奇不等说完那句话就匆忙跳了起来。他明白，如果他学术与遗传上的论敌的要求得到了满足，那么，根据苏联社会的一切法则判断，他现在也绝不会遭到拒绝。在门旁边，伊万·伊万诺维奇与伊万·达维多维奇相遇了。他们不约而同鄙夷地扭过脸去，仿佛是要避开什么恶臭的东西。门在伊里斯金身后关上了，而梅德诺斯特鲁耶夫在即将离开接待室的时候意味深长地看了我一眼，并把手举到耳朵附近，好像手中握着电话筒。那是说：我们电话中谈……我点了点头。

为了让读者真正搞清楚，我应当告诉大家，伊万·伊万诺维奇和伊万·达维多维奇在青年时代是朋友，他们在一个团当兵时建立了友谊，在文学院上大学时住一间宿舍。他们一起喝酒，给对方读自己的作品，像兄弟一样交换姑娘，一块骂世界主义者与崇洋媚外的人。恰好在这个时候，反对无爱国心的世界主义者的运动开展起来。两个伊万在共青团会议上发言，轻一点说，是抨击"不爱祖国的毒蛇，苏联人民用自己宽广的胸膛给他们以温暖"。这引自三年级大学生伊万·梅德诺斯特鲁耶夫的发言，它发表在《共青团真理报》上。下面是同年级大学生伊万·伊里斯金的话，它发表在同一期的报纸上："我的父亲是肃反工作人员，他有一颗火热的心、一个冷静的头脑和一双纯洁的手。他为完成党交付的任务而牺牲的时候，我还没有出生。他最喜欢说的话是：'斩草必须除根！'必须这样对付我们苏维埃祖国的这些敌人！"顺便说一句，在这个时候，刚出道的文学家伊万·伊里斯金认为自己是百分之百的俄罗斯人，在履历

---

① 哥利亚，《圣经》中的勇士，作战时所向无敌，后来被大卫所杀。

表上这样骄傲地填写，父称"达韦多维奇"。在父亲那一栏画上空格线，虽然他从母亲口中确切获知，父亲是勇敢的肃反工作者，与人民委员佩尔沃迈斯基和集团军司令员佳京一起在汽车交通事故中牺牲。不过，他顺从母亲的请求，暂时未对任何人讲这一点。

蓦地晴天一声霹雳，《真理报》发表了一篇文章，证明多年前佳京和佩尔沃迈斯基的牺牲也是地下世界主义者犯下的罪行。他们派一个叫达维德的特务打入集团军司令员的卫队，他的姓非常可疑，遗憾的是，最终没能被发现。就是他让汽车坠入了亚乌扎河，但是他本人在最后时刻也未能从车里跳出来。伊里斯金要求母亲解释，她说，她在集团军司令员佳京那儿当速记员，和内务部派来的一名警卫员同居了。他是一个黑眼睛的美男子，答应一旦完成重要的秘密任务就立刻娶她。安东尼娜·伊里斯金娜即将临产时，达维德最后一次来找她，告诉她，再过两天行动就会结束，那时他们就去登记，婴儿出生前一切都将符合法律要求。但她再也没有见过他。然而她曾几次被叫去接受讯问，他们查问了可疑警卫员的某些细节，为安全起见，还开除了她的公职。婴儿出生后，为了离祸事远一些，安东尼娜给他取名伊万，让他姓母亲的姓，幸好他们没有登记结婚。父亲只给他留下了一个稍有变化的父称。"妈妈！"深受震撼的伊里斯金叫道，"难道你从来没有想过爸爸是哪个民族的吗？""上帝保佑你，儿子！我是共青团员呀。而且，他跟我的时候，我还是姑娘……"

这个消息对敏感的青年文学家产生了强烈的刺激，他觉得四舍五入，自己就是个弑父者。这时，仿佛故意似的，在宿舍里一次例行酗酒时，梅德诺斯特鲁耶夫自豪地对周围的人说，他和朋友伊万还要让这些世界主义者尝尝行割礼的后果，斯大林同志完全正确，他打算把所有犹太人从克里米亚迁移到摩西带领自己的优秀人民从未去过的地方。这时候，年轻气盛的伊万·达维多维奇（那时还是达韦多维奇）恐怖地大吼一声"打死反犹太主义者！"，然后跳了起来，用伏特加瓶子痛击梅德诺斯特鲁耶夫的脑袋。挥起的酒瓶是最后一幕，这一情况使那一伙暴怒的人把倒霉的伊里斯金结结实实地收拾了一顿。

第二天，伊里斯金在斯克利福索夫医院醒来，惊奇地发现，他昔日的朋友躺在隔壁病床上。梅德诺斯特鲁耶夫的颅骨被打裂了。在经历了非人的殴打之后，伊万·达维多维奇说话困难，他便拿起一个铅笔头，在一页从练习本扯下来的纸上写道：梅德诺斯特鲁耶夫，您是虐犹分子、黑帮分子和极端歧视异族分子！

字条通过护士传到了邻床上。伊万·伊万诺维奇收到字条，用受伤的脑袋想了好久，后来就在那张纸上吃力地写道：伊里斯金，你是世界主义者、崇洋媚外分子和犹太癞皮狗！

实际上，这张字条开启了梅德诺斯特鲁耶夫与伊里斯金的著名通信，其众多的复制品被广泛流传，西方甚至还出版了它的片段。大家当然都还记得这些撩拨我们苏维埃人躁动之心的信件。它们总是一成不变地这样开头："深深不受尊敬的梅德诺斯特鲁耶夫先生！"和"我强烈蔑视的伊里斯金先生！"。但主要的搏斗开始得相当晚，是在这两位死敌的秘密著作终于得见天日的时候。就在那个时候发生了一些著名事件，它们最后以轰动一时的法庭审理告终。事情是这样的……

"你进来吧！"戈雷宁招呼我，同时将喜形于色的伊万·达维多维奇友好地送出办公室。伊里斯金在离开接待室之前，偷偷向我点了下头，一根指头还动了一下，仿佛在拨电话。

往办公室走的时候，我满意地想，我就像机警的尤利西斯[①]，完成了不可能完成的事情：把我的维捷克从斯库拉与卡律布狄斯之间成功塞了过去……

---

① 尤利西斯，即希腊神话中的俄底修斯。他艰难地从斯库拉与卡律布狄斯这两个妖怪之间通过，而他的六个同伴却遇难身亡。

十二
无领上衣

　　尼古拉·尼古拉耶维奇的办公室像方志博物馆里的展品存放室。它会给人留下这种印象，是因为这里有大量各式各样的礼品。这是作家协会存在的许多年间逐渐在理事会里积累起来的。从地板到天花板的空间里充斥着特制的架子，上面摆满了最不可思议的饰品。因为进贡的最主要原则是不与先行者重样。据传，有一次，摩尔达维亚作协领导人眼看着就要赶不上作家代表大会的开幕式了，而且事先也未准备好礼品。下火车后，他中途让出租车停在莫斯科百货商店旁边，匆忙间看到什么便买什么。首先进入他视野的，是一个正从额头上拭去汗水的炼钢工人瓷像，足有一米半高。当他在炼钢工人瓷像的重压下，弯着腰闯进主席团的房间时，神经质的理事会工作人员们喊道：现在梅利托波尔市的作协领导人恰好在献贺礼，他之后就轮到摩尔达维亚人了。从后台搬出准备献给代表大会的礼品后（这个礼品像个孩子，虽然已经老大不小了，却依然离不开手），摩尔达维亚人傻了：来自梅利托波尔的同行递到法捷耶夫手中的同样是瓷质炼钢工人。坐在主席台上的斯大林噘着被香烟熏黄了的小胡子，冷笑着说：苏联文学的最大毛病就是模仿。摩尔达维亚人犯病了，叫来了急救车。医生确认他死于心力衰竭……

不过，正像人们常说的那样，这是绝无仅有的偶然现象。献礼的人们大都表现出了想象力与创造力。架子上有用大米粒粘的社会主义现实主义奠基人马克西姆·高尔基的塑像，这出自中国兄弟之手；有阿芙乐尔号巡洋舰的模型，似乎是用海象牙雕刻的，它来自楚科奇作家组织；有一捆系着红丝带的麦子，红丝带上写着谢甫琴科的诗句，这是乌克兰作家们的礼物；有爱沙尼亚文学家们赠送的巨大鳗鱼标本；有印有格鲁吉亚巨大的压纹银盘子……甚至还有如此别出心裁的东西，比如雅库茨克作家们献上的用北极冰制作的马雅可夫斯基胸像，它保存在特制的莫罗兹科牌冰箱里，旁边摆着几瓶博尔若米牌矿泉水……还有绣着马克思像的撒马尔罕地毯。我提前告诉您，1991年之后，作家协会分裂为两个对立的阵营，民主派与困惑不解派，受赠的财物也被分了。带马克思像的地毯落到了民主派作家手中，他们把它摆放在理事会门前，让每个进门的作家在科学共产主义创始人的头上擦鞋底……不过，当我进入戈雷宁办公室的那一瞬间，卡夫卡与博尔赫斯的所有幻想力，外加霍夫曼[①]的参与，也不足以想象出这块地毯会摆放在门槛前……

"请进，亲爱的！"尼古拉·尼古拉耶维奇说着坐在了自己写字台的后面。

这个具有历史意义的写字台在作家圈子里被称作"棺椁"，关于它也应当说上几句。人们认为，在它那深不可测的抽屉里，保存着大量被凶恶的审查部门枪毙的所谓"有问题的手稿"。我提前告诉您，取得胜利的民主派们在那里发现了一堆没有得到审批的要求物质帮助的申请书，半百伐力多[②]空管，三部落满灰尘的手稿，它们后来成了后苏联文学的骄傲……

还有最后一个细节：在旁边的小桌子上，有六部电话机挤放在一起，另外一部白色电话机则单独放着，这部电话机很大，在号码

[①] 即 E. T. A. 霍夫曼（1776—1822），德国浪漫主义作家。
[②] 伐力多，强心类药物。

盘上有带麦穗的国徽——这就是著名的政府专线电话。

"你怎么连嘴脸也不动一下呀,"戈雷宁笑着问我,"难道你以为,仅凭亲戚关系我就会给你吗?"

我恍然大悟,赶忙摆出在这种情况下必不可少的悲哀表情。

"好啦,"尼古拉·尼古拉耶维奇点了一下头,"提要求吧!"

"我是来……"

"我看出来了!住房你有。买汽车你没有钱。你的书前不久刚出版。要出国你没有邀请信。你申请什么呢?物质帮助,还是去佩列皮斯基诺的疗养证?"

"物质帮助。"

"物质帮助今年已经给过你了。给了两次。"

怪不得尼古拉·尼古拉耶维奇在《超额奖金》之后什么也没有写出来,我想,因为他头脑里装的都是谁领了几次物质帮助。要知道,仅作家协会会员就有一万,还没算上常来行乞的青年!哪里还顾得上写长篇小说呀!

"我不是为自己申请。"我愁眉苦脸地说。

"为自己的古楚尔人吗?我在餐厅看见你们了。他可以去工厂食堂吃饭嘛,那样就用不着向人张口了。"

"我们是在庆祝长篇小说杀青。"

"你真行啊!我写完《超额奖金》的时候,买了一小瓶酒、几根香肠,就和谢拉菲玛·彼得罗夫娜,就是安卡的母亲,一块庆祝了一番。顺便请告诉我,朋友,你为什么离开安卡跑啦?"

"跑的不是我,"我完全真诚地回答道,"是她跑啦……"

"好吧,你没有撒谎!真不知道该拿她怎么办!成了一个靠不住的姑娘。我们总是教育她学好呀。有什么可说的呢:想要一个机枪手,不料来了个顺风走!"

戈雷宁突然沉默了。他为自己偶然说出的话中展现的艺术准确性与大众化的尖刻所震惊。他既得意又担心地看了我一眼,我却故意做出对他卓越的语言创造能力毫无觉察的样子。于是戈雷宁如释重负,从制成发射装置形状的笔筒中取出一支弹道导弹状的自来水笔(这是军人的礼物),在台历上记下这一成功的短语。

"咱们说到哪儿啦?"他又看了看我。

"关于安卡。"

"好吧,我继续说自己的想法。简直是灾难!同你分手了。朋友们的孩子都已经长大。她却满不在乎!把朋友们都得罪了。茹拉夫连科至今仍对我心存芥蒂。现在又同华而不实的丘尔梅尼亚耶夫混到了一起……简直无脸见人啊!也许,你注意到什么地方有个好男人?你就像亲戚似的……"

"没有。"我皱起了眉头。

"唉,真没想到!对不起。让这些乞讨的家伙把心都弄得麻木了……"

"她怎么啦?"我问。

"还算正常。她还能怎么样?!不久前,我的《超额奖金》在朝鲜出版了,我本想把别墅里的浴室改造一下。不行……她要我给她买一件狐狸皮大衣。简直是狐狸精!跟她妈一样。"

"尼古拉·尼古拉耶维奇,"我神色黯然地回到自己此番求见的主题,"能不能从帮助年轻人的基金中给维克多拨一点钱呢?这是个大天才。"

"他的长篇小说叫什么?"

"《杯酒人生》。"我说着从皮包里取出一个文件夹来。

"大概又是什么黑幕小说吧?什么时候才能歌颂一下祖国呢?我们的科斯托若戈夫气质够多的啦!"

"这完全是另一类作品。正好是您所需要的!"说着我把小说递了过去。

这时候带国徽的电话机响了。

"哈喽!您好!……我还能去哪儿?坚守岗位……哪里谈得上

史诗性作品!我已经三年多没休假了。我认真聆听!"

从戈雷宁脸上幸福而专注的神情看,这是来自上面的电话。

"丘尔梅尼亚耶夫?他刚从我这里出去。简直就是只趾高气扬的鹬鸭! ……不是修辞,是字面意义!十八个国家出版了我的作品,我都从来没这样自负过。什么?……我读过这部《妇科椅上的女人》。简直是无稽之谈!什么?……我文学院的一年级大学生便会写一些更为莫名其妙的东西……西方不这样认为?所以他们是西方。与'陷阱'这个词同根①!"说完这句话,戈雷宁又愉快地做出全神贯注的模样。他抓起导弹形钢笔,在台历上记录起来。"啊,那当然……有可能给贝克奖——越不好,他们就越认为好……啊……要求优先购买汽车。我问他:'咱们何时歌颂歌颂祖国呀?'他放声大笑!他说,要是他获得贝克奖,全世界的记者都将往他这儿跑,可他把自己的日古利车撞坏了……对,就是这样说的:当西方得知,这个级别的作家,竟然坐破汽车,他们便无从理解……我当然拒绝了……啊哈,就是说,已经向您告状啦……什么?给他汽车?! ……您说了算……"

尼古拉·尼古拉耶维奇叹了口气,又从发射装置中取出钢笔,在他面前的名单中勾掉某个人,添上了丘尔梅尼亚耶夫。

"是。办好啦!"他向话筒汇报说,"哦,咱们怎么没有别的年轻人啊? ……有!此刻就在我这儿坐着……这个……(戈雷宁焦急地指了指文件夹。我递给了他。)就是……阿卡申,维克多。是个勤奋的人。长篇小说的名称也好——《杯酒人生》……不——是。一开始我也这样认为,后来一读起来,就放不下了。真正有血有肉的散文。充满朝气呀!那还用说嘛!咱们当然支持……女儿吗?女儿还用说嘛!正在成长,也就是说,已经长大了。是个小姐了……什么?那是诬蔑……啊,当然……咱们分配住宅——于是就有了形形色色

---

① 在俄语中"西方"(залад)与"陷阱"(заладня)为同根词。

的谎言和谣传。简直让人灰心丧气……哪儿谈得上休假呀？！他们就像孩子，一分钟也不能无人照看……谢谢！再见！"

尼古拉·尼古拉耶维奇放下话筒，擦了擦额头上的汗，骂道：

"……他妈的！什么专家！……他们对文学连屁都不懂，也要来干涉。这一切都没有好结果！糟透了。可你试试说个'不'字——立刻把你碾死，眼睛都不眨一下！想来让人寒心：上帝赋予我才能，可是，我把自己的才能埋进了他人的狗屎堆里！我本可以写多少东西啊！不——行，必须坐在这里——分东西……你以为，他们重视吗？瞎他妈的指挥！在我五十岁的时候，他们本该给头雄鹰，却像打发叫花子似的，扔给我一个劳动牌牌！（把官场用语译成一般人说的话就是：在尼古拉·尼古拉耶维奇五十岁生日的时候，他们本该授予他列宁勋章，结果却仅给了个红旗劳动奖章。为此，他甚至犯了心脏病。）"

"这帮坏蛋。"我说着，点了一下头。

"我要这些小玩意儿有什么用？"戈雷宁吃了一片伐力多，又继续说道，"哦，别在一个小垫子上，捧着走在我面前。多一个少一个，又有什么区别！留下的只有孩子和书。安卡嘛，你自己看到了。书呢？五十年之后，某位别林斯基读了《超额奖金》就要大声问：'他其余的书在哪儿？'其余的书没有！其余的都在这里！"他拍了一下写字台。"我所有获贝克奖的作品都在这里……在这座该诅咒的'棺椁'之中！对我的才能来说，这就是坟墓！"

"您让这一切都见他妈的鬼去吧！"我建议说。

"我就让他们去见鬼。等我六十岁时，如果再得一个劳动牌牌，我就让他们去见他妈的鬼去！算啦，拿申请书来。你朋友的长篇小说，你说，是写什么的？"

"关于生活……"

"关于生活——这好！书名也不错，有鼓动性！顺便问一下，他不是现代派吧？"

"不是,他来自乌拉尔。"

"有时候来自乌拉尔的现代派比咱们莫斯科的还厉害百倍。好吧,我收起来!"他把文件夹放进写字台里,又拿起了导弹形钢笔,开始认真地读申请书。

正当他批示好"同意发给",再签上自己姓名的时候(这个签名是那么花哨,要模仿它非极高明的书法家不可,还必须经过多年的练习才办得到),门开了一条缝,安卡走进了办公室。她穿着一条在当时算极其新潮的弹力牛仔裤,它无情地裹着她修长的大腿。上身是一件带流苏的麂皮夹克和半透明的衬衫,衬衫下面就是不受任何胸衣约束、自由活动的乳房。她的头发这次只拢成了一束,用一根由五颜六色的皮条编成的带子扎住。

"你们好!"她说,绝不因为与我见面而有丝毫的尴尬。

安卡飘然坐到写字台上,俯身吻了吻尼古拉·尼古拉耶维奇的头顶。与此同时,她完全像芭蕾中的群舞那样,猛然扬起一条腿。这就是专门给我看的了。戈雷宁的脸色由严肃而凝重立刻变成温柔而无奈。然后又是严肃而凝重。后来又是温柔而无奈。最后是既温柔又严肃,既凝重又无奈。

"你来干什么?"他问。

"没什么,顺路。丘尔梅尼亚耶夫请我吃午餐。"

"哎呀,安娜!人们又要说三道四啦……那里,"他的手向上指了指,"什么都知道。"

"让他们知道好啦。我也许还要嫁给他呢!"说着,她向我这边看了一下。

"啊哈……你嫁给他,他则往国外跑!"

"我跟他一起跑!"

"那你跟茹拉夫连科去多好!"

"茹拉夫连科是性倒错。只有亨利·米勒才能使他兴奋。"

"你胡说些什么?幸好这里都是自己人……"

这时候电话铃又响了。是普通电话机。

"喂……以老皮鞋的名义向你问好……"戈雷宁无拘无束地回答,"刚才跟你的头儿聊过了。他们那儿因为这个贝克奖都疯啦……如果丘尔梅尼亚耶夫一给你们打电话,你们就对他点头哈腰,那哪里还谈得上什么有针对性的宣传呢。也就是说,戈雷宁是恶人,而中央的都是些给玫瑰奶油面包的大叔!(尼古拉·尼古拉耶维奇又在台历上写了些什么。)那就没有必要与持不同政见者做斗争啦,把他们安排在自己身边工作,就万事大吉!什么?我做了解释,他不理解……噢,我不能像母鸡生蛋那样生汽车,只得从一个好人手里夺。他也跑去找你们。你搞清楚了吗?"

从他讲话的语气与脸上放松的肌肉可以看出,此刻他正在与同一级别的人谈话,很可能是茹拉夫连科。安卡走到我跟前,把她的手放在我胸前,涂着指甲油的指甲小心地滑到衬衫下面挠我的皮肤——我浑身一抖,仿佛触电一样。

"是你打的电话吗?"

"是我。"

"为什么?"

"不知道……"

"不知道?"她皱紧额头,非常认真地看着我的眼睛。

她看人的样子很怪,不,是盯视对方的眼睛,仿佛她想从角膜上读到用微小字母写就的字样。外国的小硬币上经常有这样的字样。

"我再也不了。"我许诺说。

"不必……请把手表还给我!"

"一定还……以后。现在我没有戴着。"

"好吧,以后……不过一定要还给我。"

"你非常需要它吗?"

"非常。"

"你没有搞错吧？"

"没有。我从来没有搞错过。只是正确的选择会迅速使我厌倦。遗憾，现在没有修道院，否则我会遁入……咱们俩需要重新相逢。五年以后。我将厌倦自己的正确，那时我将会是安分守己、忠诚和温柔的。你愿意吗？"

"愿意。不能再早一点吗？"

"未必可能……你会等着我吗？"

"不知道……"

"你权且当我上前线了。而且，我还有可能牺牲。不过我答应你我会回来。说定啦？"

"好吧。"

尼古拉·尼古拉耶维奇打完电话，放下了话筒。

"你们俩是很好的一对！"他赞赏地看着我们说，"安卡，你要那个装腔作势的丘尔梅尼亚耶夫有什么鬼用？！"

"为了使我厌倦。"

"难道……好吧，"他把已经签字批准的申请书递给我，"拿着，用'文学家宫的丸子'去喂自己的天才吧。"

"你把天才带来啦？"安卡活跃起来了。

"是，很有趣的一个人……"

"他在哪儿？"

"就在那儿坐着。"我向窗外点了一下头。

维捷克穿着双面毛皮大衣坐在长凳上，放下魔方，用石头瞄准一只正在晒太阳的猫。

"真好玩，"她笑着说，"是你把他打扮成这样的吗？"

"是我。"

"有意思。给我介绍一下吧！"

"没必要！"尼古拉·尼古拉耶维奇发火了，"你来跟丘尔梅尼亚耶夫一起吃午饭，就吃好啦！何必逗弄天才的年轻人呢！你快去财务处,"他向我一挥手,"不然他们就要关门吃饭了。还剩十五分钟!"

"他真是天才吗?"安卡问。

"你很快就会知道。"我说着走出了办公室。

十三
自由诗的作法

出纳员是一位胖女士,灰白的头发做成马蜂窝状,她已经关好铁门,正要去吃饭。

"您今天的发型真棒!"我气喘吁吁地喊道。

"是吗?"她惊讶地说,重新打开了门。

假如我表示愤慨,说到吃午饭还有十五分钟,可能她说什么也不会开门,不仅不会给我钱,还会骂我是寄生虫,不去站着开车床,反而跑到这里来冒充作家……顺便说一句,对人说他最乐意听的话是我从小就有的直觉本领。我不知道它从何而来。我只不过是不想伤别人的心而已。真是这样!青年时代,我有一个文学上的伙伴,姓涅奥尼林,他专门写十四行顶真续麻诗①。有一次,青年文学家委员会派我们去出差,就是去挣点外快。我们遍访科米的城市、乡村和帐篷,与好客的地质队员们一起吃冻鱼片,为劳动群众演出。我基本上是尽量讲一些刚发生在首都的笑话,而讨厌鬼涅奥尼林却每次都想从头到尾地重复那一首首十四行顶真续麻诗……

到旅行的末期,我们相互憎恨:我恨他的顶真续麻诗,他恨我的笑话。为使演出变个花样,我们交换了角色:我向观众自我介绍

---

① 即十四行回文诗,由十四首十四行诗组成,每首最后一行在下一首的第一行复现,第十四首末行则是第一首的第一行。

为涅奥尼林,朗诵他的顶真续麻诗,这些诗我早就背会了;他则冒充我,给劳动群众讲我的笑话……

不过,我想起这段经历来完全另有缘故。事情是这样的。我们要返回莫斯科时,新年已经临近,民航班机趟趟爆满。我们被牢牢困在了瑟克特夫卡尔,买不到票。我们在候机室睡了两天两夜,我明白了:出路只有一条——骗这些售票员大妈,她们总会为个别的好人保留几张机票。但我们不在其中,因为只有到了莫斯科以后,我们才能领到钱,此刻我们已经花尽了最后一点差旅费,穷得令人恶心。然而,这些胖大妈还是让我骗了——用精巧的奉承和知心的谈话。这并不复杂。售货员与售票员是世界上最寂寞的人!当我们已经在飞往首都的途中时,涅奥尼林突然告诉我,在整个旅途中,他一直在认真观察我,并得出了有趣的结论:在每一个不寻常的情况下,我的行事方式都绝对符合著名的卡耐基的建议。"他是什么人?"我完全诚恳地问。"你没读过卡耐基?"涅奥尼林惊讶地问。"没读过。""开玩笑吧?!一个人如果想获得成功,就必须熟知卡耐基!你简直是在耍笑我!""真的,甚至都没有摸过!"我坦然承认。"我不信!"

他最终也未相信,但这确实是真的。后来我了解了卡耐基这本书的内容,然而,从中并未找到对我来说有任何新意的东西。而熟知卡耐基的涅奥尼林,有一次却陷入了困境。他坐进出租汽车后发现自己分文未带,便开始严格遵照那个著名美国人的教导办事,结果被肆无忌惮的司机狠揍了一顿。这是司机今天第三次遇到拒绝按计价器付款的人了。不幸的涅奥尼林遭受重创之后已经不能写格律诗了,更不必说十四行诗,"顶真续麻"则连想也别想。他的力量只够写自由诗……如此剧烈的风格变化当即被批评家发现,他们猛烈谴责他挑战性地同成果卓著的古典传统决裂。一般来说,遭遇这样的抨击以后,特别是在改革前的时代,诗人们会立刻回归传统形式,自由诗即使继续写,也都藏进了抽屉,或拿去保存于戈雷宁的"棺柠"之中。然而，涅奥尼林实在是无力写别种诗歌：大脑中主管韵脚格律的重要部位缄默不语。除了自由诗，他什么也写不出来。于是，党的期刊对准他重炮猛轰。后果立刻便显现出来了：爱丁堡大学俄语教研室授予他颇有威望的艾略特[①]奖金，并封他为苏联自由诗的盟主。现在他很少在莫斯科，要乘飞机也绝不是去瑟克特夫卡尔，而是去巴黎、伦敦、罗马、布拉格……那么，在我们关于要获得成功是否应当了解卡耐基的争论中，我只得承认，获胜的是涅奥尼林……

就这样，我在财务处领到钱，就去列夫·托尔斯泰雕像附近找维捷克，但他不在那里。我思忖他能到哪儿去，然后很快就猜到了，于是向餐厅的洗碗间走去。从那里穿过街心花园可以直接进餐厅的后门。果然如此。双眉紧锁的娜久哈戴着橙色橡胶手套在默默地洗酒杯，维捷克则倚着搪瓷泄水盆，以歉疚的目光久久地望着她。

"喂，娜佳！"他说。

"干什么喊'娜佳'？"

"笑笑吧！"

"把地板全都踩脏啦。"

"说得对，娜久哈！"我夸奖道，"赶他走。他给人带来的都是不顺心的事。你看，因为他，你被调到洗碗间来了。再继续跟他见面，你还会被调去当清洁工的！"

"这事你管不着！"娜久哈嘟哝了一句。

"就是嘛！"维捷克接着说，"你凭什么干涉我的私生活？"

"你的私生活属于文学。走，吃午饭去！"

我紧紧抓住维捷克的胳膊，把他带到餐厅。坐下之后，我环顾四周。安卡和丘尔梅尼亚耶夫已经坐在壁炉旁边最体面的雅座里了，那里的小餐桌上平时总摆着"已预订"的牌子。他们正喝着香槟酒，

---

① 艾略特（1888—1965），英国诗人，1948年获诺贝尔文学奖。

他在讲述着什么，她则一再哈哈大笑。我跳起来，去找领班还昨天的债。她拉开抽屉，开始找我的军官表。她找了好长时间，一堆手表纠缠在一起，宛如一团冬眠的蛇。回到餐桌后，我要了一顿名副其实的午餐，包括三道下酒菜和一瓶伏特加。

"来吧，为了你光辉的未来，维捷克！"我郑重提议道。

"好嘞——帕特里凯说咧！"他点了一下头。第一道菜是肉汤和夹心圆面点，维捷克笑得差点没呛死，因为"夹心圆面点"这个词使他想起了一句非常粗鲁的骂人的话。我们正在吃丸子，接班的扎库松斯基走了过来。

"生活得怎么样啊，年轻人？"他问道。

"情绪矛盾。"维捷克用眼睛扫了一下我的右手食指，迅速答复说。

我赞许地看了他一眼。

"咱们订点什么？"扎库松斯基着手谈正事了。

"我们好像已经……"维捷克刚开始自主地嘟哝一句，却发现了我不满的表情，便立刻不再说了。

"这样吧，"我说，"作为开始，我想，请为我们在综述文章中全面地点评一下！最好是在《文学周报》中。"

"全面地？"

"正是！"

"手稿带来了吗？"扎库松斯基干练地问，还像侍者那样在记事本上做着记录。

我取出文件夹，放在他面前。他查看了一番，又像气功师那样在它上方做了几个诱导手势。

"那么……暖乎乎的物件！那么……能量充沛！《杯酒人生》。好一个书名，有内涵……"他又在记事本上划拉了几个字。

"也许，拿去看看？"我刚说完，就感觉到维捷克在桌子下面踩我的脚。

"何必呢？"扎库松斯基惊诧地说，"我这样也能一目了然嘛。二十五卢布。"

他收完钱便走了。我瞪了维捷克一眼，就像一位父亲瞪厚颜无耻的儿子，因为他竟试图向老爹传授生孩子的技巧。我们正在喝咖啡的时候，巡查员格拉出现了。我知道他会来，就在瓶子里留了一点伏特加，盘子里还有些油橄榄果。

"谢谢！"他吃了也喝了，然后说。

"事情怎么样？"

"我在协助。"

"人们感兴趣吗？"

"厉害得很。"

"我有个请求：我们走后，请把这个交给她！"我把军官表递给他，又冲正在仰天大笑的安卡点了一下头。

"一定照办！"格拉答道，还像骠骑兵那样，用磨偏的鞋后跟叭地一碰地板。

十四
俄罗斯诗歌的老祖母

……奥莉加·爱玛努埃列夫娜·基皮亚特科娃住在科捷利尼切斯卡亚滨河大街的高层大楼上。她生于何年,谁也说不确切,不过基皮亚特科娃说起话来,会把勃洛克与叶赛宁分别称作萨沙和谢廖沙。那个时期留下了一幅她的著名肖像画——《戴红头巾的姑娘》,出自阿尔特曼之手。然而,她尽管戴着红头巾,还曾列名于俄罗斯共产主义青年团,却熟练掌握了拉丁文,并精通法文。所有这些都让人想到,奥莉加·爱玛努埃列夫娜起码受到过古典中学的教育。大家还都知道,她的第四任丈夫,著名诗人、军事画家、集团军司令员佳京的副官,是被镇压的。正是那时候,她创作并在《真理报》上发表了著名的诗句:

我与你共享欢乐,
我与你风雨同行,
然而你却陷身思想迷雾,
我们只好各奔前程!

不过,奥莉加·爱玛努埃列夫娜的辉煌时刻在战后很快就来了。安德烈·纪德来到莫斯科,获得了斯大林的接见。他打算说服后者给俄罗斯的同性恋者些许宽容。她应邀以翻译的身份出席了这次拜会，因为外交部法国司的官方译员对于这类微妙的谈话显得语言素养不足。众所周知，斯大林委婉而坚决地拒绝了安德烈·纪德的请求，却发现了活泼而姣好的女诗人。他甚至在告别的时候把自己的《简明教程》赠送给了她，还写上了寓意双关的题词。这件事许多人都知道，在作家圈子里，大家都坚信基皮亚特科娃在上层有广泛的联系。当她与作协领导人争论，说"那咱们现在就问一问……"（下面就是当时国家领导人的名与父称），并扑向政府专线电话时，书记们便蜂拥而上，把她与危险的电话机隔离开，并强调，为这样琐碎的问题不值得惊动上帝，在自己的职权范围内，他们能够解决一切问题。解决的结果嘛，自然是如愿以偿！

奥莉加·爱玛努埃列夫娜对她在政府中神话般的关系的利用严格局限于私人目的。比如，一位俊俏的女诗人抢走了她标致而前途无量的散文作家，她便会用相当高明的手段处置对手。那位女诗人戴着假发来出席党的会议，那时候，假发在我们祖国还十分罕见，而且很昂贵。基皮亚特科娃便指责她几乎是在恶毒嘲弄国家领导人。因为那时候的国家领导人不是秃头，就是歇顶，或者是正在歇顶的男子。赶时髦的不幸女人试图辩解，但不久后《真理报》就刊登了奥莉加·爱玛努埃列夫娜的诗：

> 整个国家在劳动中疲惫，
> 要命的河流决堤改道，
> 你追求的却是另类生活：
> 追男人，修指甲，戴假发套……

吓破了胆的前途无量的散文作家当即抛弃了女诗人。不久，宛如一闪而过的彗星，俊俏女诗人的假发一闪，也从文学的天空消失了。然而，时间流逝，环境软化了奥莉加·爱玛努埃列夫娜，而且，年复一年，维持自己的女性妩媚越来越困难：驰名的红头巾被塞到了衣柜深处的角落，她也有了袒胸露背的衣服、指甲油与法国香水，甚至也戴上了假发。应该指出，奥莉加·爱玛努埃列夫娜从来不坚持错误，她善于在讲坛上和诗歌中承认自己往昔的过失，说实在的，为此她一直受到高度评价：

> 军大衣挂进衣柜，
> 红头巾早被遗忘。
> 我戴假发，洒香奈儿——
> 证明生活蒸蒸日上！

总之，基皮亚特科娃永远与时俱进。有什么办法呢，如果男人们都这样变幻莫测：今天吸引他们的是女人的红头巾，四十年后则是假发和法国化妆品的诱人香气。

为我们开门的奥莉加·爱玛努埃列夫娜穿着黑色和服，上面绣着几条金色的龙。和服的大襟不时敞开，露出木乃伊似的细腿。除此之外，她还戴着豪华而蓬乱的棕色假发。她的脸则证明美容术几乎无所不能。

"好，你们来啦！"她高兴地说，同时伸出了手。她的手上戴满了金戒指、钻石戒指、手镯，每一件在她青年时代都可能让她成为在党支部会议上受到严格审查的因由。

"我们来啦！"我恭敬地俯下身去，吻她那干枯的手。不过，我的嘴唇只在自己的大拇指上吧唧了一下，同时我用臂肘偷偷撞了撞维捷克的腰，他便把我特意买的一束石竹花献给了女主人。

"噢！"她惊叹一声，便把脸埋进了花束中，香粉立刻使鲜红的花朵变得灰白。

宽敞的前厅里摆满了男人们的照片与画像，其中不乏名人。

"现在请入席！"奥莉加·爱玛努埃列夫娜用中学生的声音调皮

地宣布。

餐桌上摆好了供三个人用的饭菜。正中央的银盘子上有几块奶酪和一绺青菜，它可能连拇指姑娘①的裸体也遮不住。还有几块火腿，别的就什么也没有了。家鼠用过这样的午餐之后，也会饿得像狗一样吠叫！

"请坐！您们可能饿坏了吧？真正的男人总是饥如饿狼！"

"很可能是。"维捷克按照我的提示说，为我们在文学家宫有远见地饱餐了一顿感激地看了我一眼。

我也用眼神回答他，意思是：看见了吧，处处听长者的话是何等重要。我们坐了下来。

"哎呀，我把酒忘啦！"女主人尖叫了一声，就向厨房跑去，她的动作宛如濒死的羚羊。

"老奶奶完全疯啦！"维捷克看着她的背影说。

"你要死呀！"我低声制止他。

"好嘞——帕特里凯说咧！"

奥莉加·爱玛努埃列夫娜回来了，拿来一瓶有塑料瓶塞的廉价干葡萄酒。即使是酒精深度中毒的酒鬼，也只会在最绝望的处境中买这种酒。

"需要男子汉的力量嘛！"她装腔作势地说。

维捷克拿起酒瓶，用牙齿利索地咬掉了瓶盖，以专业的不间断动作，一下子斟满了三个古老的水晶杯，一滴也未洒到桌布上。

"噢，您真是魔术师！"奥莉加·爱玛努埃列夫娜拍了一下干瘪的手，"您可以去杂技团演出！"

"绝对不！"维捷克不经任何提示便郑重回答。

我带着苍凉的预感想，像一切天才的作品那样，阿卡申正要脱离作者，过自己独立的生活。我们喝了一杯酒，每人吃了一片火腿，

---

① 拇指姑娘，安徒生同名童话中的主人公，身高仅有二点五厘米。

午餐就这样开始了。这顿午餐更像出于某种怪诞的原因而实施的显微外科手术,用的全是巨大的老式银刀叉,大概是祖上留下来的。虽然也可能有另一种方案。奥莉加·爱玛努埃列夫娜的一位丈夫是无产阶级文化派诗人,曾任职于肃反委员会的征收处。他死得很恐怖:他例行安排一批准备执行枪决的罪犯时,在大墙下面耽误了时间,被自己人错误地枪杀了。他在诗歌史上留下了著名的诗句:

> 两个性冷淡的人
> 不再需要一行胡说,
> 一把巴拉贝鲁姆手枪,
> 击碎了白卫军的脑壳……

这套餐具也有可能是基皮亚特科娃的第二任丈夫留给她的。他是新经济政策时期的一位富商,她发现丈夫不忠,便亲自把他送进了契卡,顺便在那里结识了自己的第三任丈夫,第二任丈夫自然再也没从那里回来。不过,对她这些丈夫的先后顺序我也不敢保证……

"您的长篇小说是写什么的呀?"她轻轻地咀嚼着问。维捷克探寻地看了看我。

"关于爱情……"我说。

"轰轰烈烈吗?"

"那当然。"

"给我,给我!"

我去了一趟前厅,从皮包里取来文件夹交给她。

"杯酒人生,"她用干枯的手抚摸着硬纸壳读道,"杯酒人生……为什么叫《杯酒人生》呢?这是暗示吗?"

"您问我这个吗?"维捷克严格地按照指示表示惊讶。

"噢,当然,这是个愚蠢的问题,"她赞同地说,"难道能够说清楚，我们的灵感从何而来吗？杯酒人生……也许，您是个享乐主义者？"

"很可能是。"维捷克看了我的左手拇指一下，回答道。

"生命转瞬即逝，唯一的安慰就是大部头长篇小说，"基皮亚特科娃凄凉地说，"是这样吧？"

"那当然。"我和阿卡申同时说。

"您能给我读一小段吗？"她开始解文件夹上的丝带。

"彼此彼此。"维捷克按照指示回答，却在桌子底下惊慌地踢了我一脚。

"当然，当然……"基皮亚特科娃频频点头，"我正在写关于马雅可夫斯基的回忆录。你们能想象吗，在要命的那一天，他给我打过电话。召唤我……可我这个蠢女人当时迷恋于另一个年轻人，没有去。结果他死在了那个淫妇波隆斯卡娅的手上。我至今也不能原谅自己！"

"先验的。"在我的帮助下，维捷克同情地说。

"是的，命运中有许多先验的因素……我一贯相信手相术，甚至在担任宣传鼓动督察员的时候也是如此。请看，我有什么样的维纳斯隆起啊！"她说着就向我们展示自己枯槁的手掌。

"非常惊人！"我感叹道，"竟有这样的生命线！"

"短暂的生命线！"她抱怨说，"维克多，您怎样看待布拉瓦茨卡娅[①]呢？"

我无意中动了一下右手食指。

"情绪矛盾。"他说。

"您是很有教养的青年人。您在哪里上的学？"

"您问我这个吗？"维捷克自主回答道。

"噢，当然啦！"她大笑起来，"同内心感悟相比，书本知识算得

[①] 布拉瓦茨卡娅（1831—1891），俄国著名的神秘主义者。

了什么呀？"

"您答应过会读一读回忆录啊！"我插进来说。我觉得阿卡申准备随口说出《基础用语》中的第六条。

"哎呀，我忘记啦！"她大声说。她把丝带重新系好，把文件夹放在桌子边上。"我这就拿来……"她站起身来，故意卖弄地用和服的翻领遮住自己的乳房，然后走进了另一个房间。

"你疯啦?!"维捷克压低声音斥责我，"你让我读什么？"

"不要怕，到不了那一步！"

"那能到哪一步呢？"阿卡申大惊失色地问。

"很难说……"

"不行，你必须说！"

"什么事都可能发生……"

"我不是你的玩物！"我的学生火了。

"好吧。"我的心软了，"如果需要，你就说，你发过誓，在没有写完自己的代表作以前，不同女人来往。她应该相信：她一生什么样的人都会遇到。"

"咱们要这台老搅拌机有什么用？"

"你要明白，她有特殊情结：只要她喜欢上哪个男人，便立刻会宣布他是天才。这是心理学上的现象。怎样才能跟你解释得更清楚些呢……"

"这有什么可解释的呢！我知道。我的老妈有个情夫，是个见酒不要命的酒鬼。可她对所有人都说，若尔日克滴酒不沾！为的是不在人们面前丢丑！"

"就是嘛！很对。如果她喜欢上你了，明天整个莫斯科都将知道，你是天才。"

"你们说什么悄悄话呀？"基皮亚特科娃走进房间，卖弄风情地问。她手里有几张打印稿。

"我们正在谈永恒的女性美！"我格外殷勤地说。

"嗬,你们这些轻浮之徒!我拿来啦。不过,首先请喝茶。维克多,来帮帮忙!"

我点点头,维捷克就跟着她去了厨房。很快就从那里传来了器皿的碰撞声和怂恿的哈哈大笑声,如果相信经典作家的话,只有轻佻的女仆在昏暗的走廊里被玩弄时才会发出这样的笑声。他们回来了:维捷克用托盘端着茶壶茶碗,她用盘子端来一个大小与蜂鸟屎不相上下的馅饼。

"维克多,您写着吃力吗?"她抿了一口茶,然后问道。

"天才,就是犍牛。"维捷克瞥了一眼我的左手小指说。

"而我,您知道吗,每写完一页,就像跟一个身形庞大而不知餍足的男子有了一夜情似的。"

"彼此彼此。"维捷克对我颤动的手指不十分情愿地做出了反应。

备用语显然已开始使用第二轮,谈话必须结束。

"您答应过给我们朗诵。"我提醒她。

"对,对,咱们去卧室吧!与普希金一样,我总是在卧室里写作。我让你们感到意外了吧?"

"不,卧室是人类最好的发明之一!"我说。

"这是王尔德说的吗?"

"我只是在引用维克多小说中的话。"

"噢!那我们走吧。"

"奥莉加·爱玛努埃列夫娜,"我对她说,"您不会很生气吧,如果我先走,把我的朋友托付给您照管?"

"我会生气得要死!"由于老年人的预感,她高兴得声音都有些颤抖。

"不要生气!《苏联作家》杂志主编约见我,他们打算出版小说……"

"唉,那您有什么办法呢!我和维佳只好单独面谈了……"

"我想,这样对维克多更好。"我点头答应。

"勿以母羊奶煮它自己的羊羔!"可怜的维捷克自主地恳求道。

我偷偷地向他伸出了拳头。我们站起来,女主人送我到门口,而阿卡申却抛过来一道目光,仿佛死囚犯在向突然遇到大赦的狱友告别。在门口,基皮亚特科娃把手递给我让我吻别时,突然严厉地问道:

"您的年轻朋友不会是女色厌恶者吧?"[1]

"不,他是女色不餍者……"

"嚯,调皮鬼!"她笑了,露出两排用战前的烤瓷做的整齐而洁白的牙齿,"您这个词可以用在我关于古米廖夫[2]的回忆录中吗?"

"您怎样做都行!"我大声说,同时故作夸张地俯下身去,吻了吻她的手。

根据这只手上的纹路,大概可以研究整个20世纪疾风骤雨般罪恶而美好的历史。

---

[1] 作者给予基皮亚特科娃这个人物以极辛辣的讽刺。她的父称"爱玛努埃列夫娜"来自轰动一时的法国色情小说《爱玛努爱丽》(又译《艾曼纽》)的同名女主人公,是淫荡乱交的典型人物。
[2] 古米廖夫(1886—1921),俄国著名诗人,因涉嫌从事反革命活动被枪毙。

十五
地狱第八圈

我与谢尔盖·列昂尼多维奇的结识，总的来说，是偶然的，而且完全是因为一件小事。奇怪的是，我没有更早地成为他的朋友。要知道，我经常读某些人从国外带进来的反苏作品，读最激进的地下出版物，以及其他在知识分子当中流传的出版物。在第四汽车运输公司共产党员的公开会议上，我经常坐在角落里，与编辑部的同事们悄悄讨论轮流读过的《1914年8月》①的静电复印本。或者，在青年诗人们的晚会上朗诵持不同政见者的微妙诗作：

夜里结了一层薄薄的冰，虽然预报将有特大雷雨。
我的小狗啊，你为什么咬系狗皮带？
我就不咬自己的狗项圈！

一直平安无事！不料却发生了这件事……其原因微不足道。在文学界，我有一位熟人乌多耶夫，发表诗歌时用笔名奥杜耶夫。他父母在近东的商务代表处工作，一次回来度假送给儿子一台磁带录像机。莫斯科现在录像机比绞肉机还多，可那时候，家里有这样一

---

① 《1914年8月》是索尔仁尼琴的长篇小说《红轮》中的一部。索尔仁尼琴（1918—2008），俄罗斯著名作家，1970年获诺贝尔文学奖。

台银白色的电器,那是特别富足与豪华的象征,就像现在客厅墙上有一幅夏加尔[①]的名画。

我与奥杜耶夫——那时候还只是乌多耶夫——是在中央铁路员工之家下属的信号机文学联合会认识的。在那里讲课的是一位年老而十分诚恳的诗人。他年轻时当过火车司机,在整个创作生涯中一直保持着对铁路题材的钟爱。他试图为我们这些写作初学者做的,就是告诉我们:在诗歌中,标点符号还是必要的,如果忘记了标点符号规则——这谁都可能遇上,在这种情况下,可以参考罗森塔尔教授写的一本绝妙的语法手册。至于给我们讲明白,什么是半谐韵韵脚,什么是截断韵脚,他完全放弃了。他知道,这是毫无希望的事情。听我们朗诵自己的诗歌时,他总是一副沮丧的模样,叹口气之后,一般只说一句话:"好吧,这样的诗也有权利存在……"只有当青年诗人中有谁把自己漂亮的女友带来了,老头才会活跃起来,用严厉的声音对自己那唯一的一句话做补充:"你们正在韵律上下功夫,我看出来了。可是,音响表现法在哪儿?我问你们,音响表现法在哪儿?引证自己的诗当然有些难为情,不过总还得引证:

列车——飞驰,
铁轨——铿锵……

"学习吧,年轻人!"

说实话,带一位或几位女朋友来的照例只是奥杜耶夫。那时候他已经不在任何地方工作,一味酗酒作乐,游手好闲,淫逸放荡,不知疲倦地勾引附近师范专科学校的女生们。他写诗似乎仅仅是因为诗歌能给他的狂放生活带来某种理性色彩,使他在父母眼里显得高尚一些。他父母不断从国外给他寄钱寄物。当然,如果他像布罗

---

① 夏加尔(1887—1985),法国画家。

茨基①那样，因不劳而获被送上法庭，或顶不济也要像涅奥尼林那样，被出租车司机打个半死，那么事情的结局，如果不是得诺贝尔奖，起码也要得艾略特奖。可是，唉，即使在最忘我的状态下回家，他也总是毫发无损，简直是故意跟他作对。至于说不劳而获，在其父母的坚持下，他把自己的劳动手册放在某个装订合作社里，在那里干活的都是些全盲或半盲的残疾人，他又适当地打点了一下。那里的人当然连他的面也未曾见过。后来，不言自明，他突然醒悟，从合作社离职，开始广泛宣传自己反社会的生活方式。不过，那时候苏联的体制危机已经不可逆转了，不劳而获的案件只能博得人民法官的粲然一笑。

有了录像机之后，奥杜耶夫决定大幅度改善自己的物质生活条件，于是效仿他人，在自己的住宅里开了个放映厅：从熟人那里收集了一些旧椅子，用出租器皿的钱买了一盘录像带，上面有两部电影——《魂断威尼斯》和《深喉》。可以说，第一部是为了理智，第二部则是为了情感。他要的不多，一个人收三卢布，一对收五卢布。其中包含一杯茶与一块香草面包干。后来他与其他地下放映厅签订合同，交流后发现，事实上他们可以拿到莫斯科上映中的任何电影。他的生意蒸蒸日上，而且，看过"情感片"后亢奋的情侣们可以到浴室去接吻。我也经常到他那儿去，与大家一样，休息时喝着茶或其他饮料（自带饮料不仅不被禁止，相反，是被提倡的），与大家一起，用不堪入耳的话骂我们国产的臭电影，赞美西方电影的质量。

不久，攒够钱之后，奥杜耶夫准备带自己的新女友去索契散心。因为恰好那时候莫斯科发生了系列入室抢劫案，有录像机的住宅遭到大肆洗劫，他便把录像机托付给我这个专业上相近的人保管。获得两个星期的设备使用权之后，我决定也改善一下自己的物质生活。临走前，奥杜耶夫把有影片《飞跃疯人院》与《卡利古拉》的录像

---

① 布罗茨基（1940—1996），美籍苏联裔作家，1987年获诺贝尔文学奖。1964年在苏联曾作为"寄生虫"被捕受审。

带留给了我。来看《卡利古拉》的人汹涌如潮。有的人已经看了许多遍，他们坚决要求打破录像厅的行规，先放《卡利古拉》，再放《飞跃疯人院》，免得白白受折磨。

顺便说一句，有个人在这个提议上喊得格外响，他穿一件磨得发亮的廉价制服，头发乱蓬蓬的，像是克格勃的人。以前在奥杜耶夫的住宅里看录像时，我也见过他，所以没有特别注意。记得在两部影片之间休息的时候，他曾这样说过："我看劳动题材的影片不是见鬼吗，这种题材的东西我们单位有的是！你们刺激刺激我的神经末梢吧！"他来过四五次，带着自己的朋友来，也是这个单位的人，带着酒和下酒菜，甚至放映结束后也不走，会再聊一会儿。谈的，可以理解，自然是生活，确切地说，是我国的生活是何等卑鄙、恶劣、下流、可耻、无用、不公正、无乐趣，它扼杀活的精神与高尚的心灵！大家都叫他谢尔盖·列昂尼多维奇，喝完第二杯酒，叫他谢尔盖，喝完第三杯——谢廖加。后来记不清多少杯了，就只叫他谢雷……聊天时，谢雷总爱抱着头，把自己的乱发弄得更乱，一再哀叹："我们要滑向哪里呀？滑向哪里？"他甚至痛哭流涕，也不指望得到这个要命问题的答案……

奥杜耶夫回来了，晒黑了，丑得不成样子。他拿走了录像机。又过了一个星期，有人给我打电话，谨慎地建议我于十六时整到克格勃区办事处十七号房间去。我吓得不知所措。从秘密流传的刊物《播种》和《边界》，以及复印的信件《良心的囚徒》中，我自然熟知，在我国，就像守护天使那样，每个公民都配有一位克格勃密探，有时甚至是两位。然而，与这个阴森机构的工作人员我还未曾接触过。

办事处位于一家面包店所在的大楼里，我几乎每天都会去那里，但从来没有注意过那扇有个小铁便门的绿色大门。从佩戴蓝色肩章的中士看我的眼神得知，我深深地陷进去了。说老实话，前一天晚上，我与最可靠的朋友们都通过电话，讨论该如何表现自己什么可以承认,什么死也不能认账。依据《播种》中的文章与远方人权保护者的信件,他们一致强调:主要是不能在任何东西上签字,要装傻充愣,但应掌握分寸,不要让他们把你直接从办事处弄到精神病院去。

在一间小办公室里,快活的谢尔盖·列昂尼多维奇坐在眉头紧锁的捷尔任斯基肖像下面。他就是谢尔盖嘛,他就是谢廖加嘛,他就是谢雷嘛……原来,他说自己在什么单位工作,实际上并没有撒谎,只是为了不惊扰社会舆论,他没有把这个机构的简称完整地说出来:克格勃。

"噢,你好!"他说。

"你好。"我忐忑不安地说。

"别害怕!组织地下放映淫秽电影——最高可判五年强制劳动。更何况是这样的电影!但你不要惊惶——我需要你在外面。"

"为什么?"

"那时候咱们再看。"

"我不在任何东西上签字!"我回答得固执而又歇斯底里。一般在这样的表现之后,接着便是"和盘托出"。

"我要你的签名有屁用!如果你签名,还得给你付费。可钱从哪里来呀?我们落到何等田地啦?咱们最好是搞义务性社会活动……像朋友似的帮忙。我想,我们能达成协议……不是吗?"

"能达成。"我点点头,想起了"自由"广播电台讲的苏联集中营里猖獗的同性恋恐怖犯罪。

"那么——到此为止!这是我的电话。一有好电影,就打电话告诉我!"

"现在我没有录像机……"

"我知道,不过反正都一样,一有有趣的片子,就给我打电话!"

"你们对什么感兴趣呢?"

"我们?怎么,小时候你没读过《短剑》吗?回忆一下吧!来,让我在出入证上签字!"

我拿出入证的手在颤抖,丢人。

"这是他妈的什么鬼机关!你们为什么这样怕这个办事处呢?在这里工作的同样也是人嘛。你以为,我们就看不见这些腐败现象吗?我们能看见,而且远比你们看得更清楚。可是,如果这一切轰隆一声垮掉,你想象一下,那将会是什么样子!"

"什么样子?"我讥讽地问,其实,对于当时的场合,这并不合适。

"等真的垮了,你就知道了……"

我回家了。放心不下的朋友们纷纷打来电话,询问为什么召见我,我明智地撒了个谎,说完全是因为斯涅然娜,我的保加利亚情人……他们都信了,只是奥杜耶夫听完这个解释,对我表示同情时有点过分做作。我决定不给谢尔盖·列昂尼多维奇打电话。然而,过了一星期,他自己来了,邀请我去逛一逛夜晚的莫斯科。我们在果戈理街心花园漫步,议论文艺界青年的思想状况。我同意他的看法,说在文艺青年中,官方爱国主义思想完全为西方的吹毛求疵所排斥,但特意没有举具体例子。不知为什么,他也不坚持要我举例。他下一次给我打电话已是半年以后,我们又要去果戈理街心花园,但那天下起了讨厌的湿雪,我便邀请他去我家。我们喝酒,聊天。他说,十年前,他是建筑学院毕业班的学生,希望分配到极北地区去,妻子还需要再学习两年。在分配工作之前,他被叫到党委会,一个严肃的陌生大叔与他耐心聊了一下。大叔对他生平中的微小细节都了若指掌,后来突然直截了当地建议他进机关工作。工资很可观,还有军衔、军龄津贴、医疗费,可以免费乘坐公共交通工具。重要的是,可以留在莫斯科,更重要的是,一两年之后就能得到住房。谢尔盖·列昂尼多维奇同意了,他不后悔,而且刚开始时,他几乎只做自己专业领域的事——监督建筑行业,主要是搞侵吞计划调拨建筑材料的案子。只有一次,一座新建的大楼出现了横向裂纹，带有一点反国家活动的味道。不料，后来他被调去搞文艺界知识分子的工作，可鬼才搞得清楚那里的工作！幸好他妻子知识渊博，常同女伴们一起去电影院、展览馆，能经常帮他。"我们要滑向哪里呀？"他双手抱着头发蓬乱的脑袋，真诚地哭诉道。

"不要难过，谢雷！"我安慰他说，"滑到底，咱们就知道了……"

"就说你吧，一个有才华的小伙子，"他继续说，"为了出自己的书，让各种浑蛋带着淫妇进入自己的住宅！而我们……你以为有人为咱们的国家着想吗？没有人！现在全局上下都在分园地，没人干本职工作，都在设法找廉价的砖……我以前不是管建筑嘛，现在简直不让我干正经事：帮帮忙，帮帮忙……怎么，我帮他们去偷吗？！"

"不能帮他们！"我建议道。

"我不帮他们。可我要帮助你！我去向领导汇报，就说：有位好小伙子，有才能。必须跟有关的人打打招呼……我们办事处一位将军的儿子写诗，诗臭得不行，可已经出版两部诗集了！给他打个电话？"

"不必了。"

"你不要怕嘛！任何人都不会知道。我们就像坟墓……"

"坟墓有时也会被刨开的！"我回答道。

这可能是我一生中最有远见的行为之一。

后来，谢尔盖·列昂尼多维奇与妻子之间开始出现令人气愤的麻烦：原来跟她一起去电影院和展览馆的不是女伴，而是男朋友，一个臭烘烘的先锋派画家，而且这已经持续好长时间了。一天晚上，谢尔盖·列昂尼多维奇拖着皮箱来到我家，说永远不再回家，就在我的住宅里住了下来。忧愁自然要用葡萄酒来浇，而人所共知，葡萄酒是厌世的饮料。我们的谈话与所喝的饮料相辅相成。

"我要让他受到法律的惩处。我一定做到！我要让他去晒晒莫尔多瓦的太阳！"谢尔盖·列昂尼多维奇疯狂地望着充满仇恨的空间，向先锋派画家发出威胁，"我一个哥们儿正好负责艺术家协会莫斯科分会。我若去求他，他不会拒绝。而且有一个导演也不断给他老婆打电话……我要惩办他！"

"你惩办他吧！"我点点头，已经被有害的饮料搞得丧失了意志。

"不行，不能这样干，"谢尔盖摇着乱蓬蓬的脑袋说，"否则，我以后怎么见人？把无辜的人送进班房！我不是叶若夫[①]嘛……我最好枪杀他，然后开枪自杀！我给你看过我办公务用的马卡洛夫手枪吗？没有？下次我拿来……我要枪毙这个败类！"

"对，枪毙他，不过不要打死自己！"我请求道，"好人本来就少……"

"让我来吻你一下！"

我出于让自己这位痛不欲生的朋友心理康复的目的，甚至介绍他同一位谁都可以亲近的年轻女诗人认识。然而，第二天早晨他却说，哪个女人都不如他那放荡的妻子好，这些女诗人都是些变态，连做爱都要按照某种格律进行。最后，他想出一个主意，最明智的办法是枪杀妻子，然后向自己的局长自首。谢雷怀着这样的念头离开我家，两天后却打来电话说，他与妻子已和好如初。妻子请求原谅，说自己这么做是因为他总扑在工作上，完全把她抛弃了。可以说，这是女人因为爱丈夫而自发进行的抗议，只是形式有些不当。他在自己哥们儿的帮助下，安排伤心欲绝的先锋派画家到罗马画院去进修两年，以便让妻子摆脱其纠缠。画家从此在那里定居下来。

这件事以后，谢尔盖·列昂尼多维奇开始更多地关注家庭，性情乖戾的妻子生了一对双胞胎，从此安静下来了。我们几乎不再见面，不再谈论文艺界知识分子的反国家情绪的话题。但是，有几次他把我叫到秘密接头地点——乌克兰饭店的一个房间，在发工资之前向我借二十五卢布或五十卢布：随着双胞胎的出生，他的开销急剧增加，而我正好挖到了金矿脉——替少先队员们写致敬诗。如果

[①] 叶若夫（1895—1940），苏联内务人民委员部首脑。

您没有忘记的话，当时这是任何大型社会活动所必不可少的。每次从我这儿拿钱，他都用手抱着头说："我们还要滑向哪里呀？克格勃少校在发薪之前向作家借钱！你明白吗？如果我明天向他妈的中央情报局借钱呢？这没有好下场，噢，没有好下场！"

所以，在中央文学家宫的前厅里与他通电话的时候，我几乎相信，他找我基本上是又要向我借二十五卢布⋯⋯

在乌克兰饭店，门卫盘查了好久才终于放行。我敲了敲房间的门。

"请进！"声音远远地从里面传了出来。

谢尔盖·列昂尼多维奇躺在沙发上，边喝啤酒边看电视上的足球赛。

"奉您的命令前来报到！"我报告并行举手礼。

"手一般不往光秃秃的脑袋上贴。坐吧！拿杯子。啤酒新鲜，是捷克的。"

我落座。他站起来，调低了音量。

"喂，有什么新消息？"

"一切还都⋯⋯"

"你那儿出了个什么样的天才呀？"

"维捷克？"

"是维捷克。"

"是个好小伙子。一个大天才。写了好大一部长篇小说！"

"拿给我读一读？"

"当然可以。"我说着就从皮包里取文件夹。

"以后再读吧！"他一眼未看便把文件夹塞进了自己的皮包，然后又调高了音量。

看台上吼声雷动，斯巴达克队的前卫单刀赴会，面对迪纳摩队的门将，将球准确地踢到了门柱上⋯⋯

"笨蛋！我们要滑向哪里呀?！"他重新调低音量，看着我说，

"你为什么跟这个小伙子到处跑呢?"

"出于正义感!"

"好样的! 小伙子是咱们的人吗?"

"那还用问嘛!"

"那这件事就难办了。"

"是难办。"我表示同意。

"难办,但需要办。你等一下……"他把电话机挪近了一些,拨了号,"尼古拉·尼古拉耶维奇! 你好。谢尔盖·列昂尼多维奇打扰你了! 你在小资产阶级的泥潭里如何呀? 像青蛙一样呱呱叫吗? 听说你们那里年轻的天才蜂拥而至? 不太多啊。个别的代表呢? 也没有……那一个,他叫什么来着……"他用手掌捂住听筒,疑问地看了看我。

"阿卡申。"我提示道。

"哦,是阿卡申吧? 不,他没有什么事。正好相反。我刚开始读他的长篇……"他又用手捂住了听筒。

"《杯酒人生》。"我提示说。

"叫《杯酒人生》。我简直大吃一惊! 你也是? 啊,你看,你总是抱怨,没有新生力量,没有新生力量……咱们一块帮帮这个小伙子吧! 你从你那方面,我们从我们这方……已经帮啦? 太棒啦! 丘尔梅尼亚耶夫怎么样啦? 这可以理解嘛,这个废物,为贝克奖这块肥肉,亲爹他也卖! 比某个科斯托若戈夫都坏……咱们来培养自己的干部吧!

"全都死光啦! 双胞胎吗? 正在成长……老婆认得出来,我有时候分不清楚。好,再见,在全会上见……"

谢尔盖·列昂尼多维奇放下话筒,刚要端起啤酒杯,屏幕上罚球区又出现了混乱,他便提高了音量。看台上又吼声雷动,还夹杂着解说员上气不接下气的讲解声。迪纳摩的前锋单独面对斯巴达克的门将,起脚怒射,足球正中守门员的裆部,他弯下身子,倒在了被踩烂的场地上。

"我们要滑向哪里呀?"谢尔盖·列昂尼多维奇叹了口气,关掉了电视的声音,"咱们应当把这个阿卡申提升到国际水平。去那里摸摸他们的底!我觉着可以。你瞧,尼古拉也说,你那个小伙写得好,他读得手不释卷。戈雷宁可是行家,不会凭空这么说……"

"别样的作家咱们也不支持呀!"我不无自豪地回答。

"那好吧。咱们考虑一下,怎样才能使意识形态敌人注意到你的阿卡申。写长篇小说是好事,但要讲究招数。要制造一个小小的事端!稍稍带一点臭味,好让他们上钩……你知道如何用臭青蛙捉鲇鱼吗?我们来掩护……"

"需要想一想。"

"那就想吧!你的头脑够用。你有办法接近伊里斯金吗?信息就是通过伊里斯金之流传到西方去的。这帮敌人!"

"我来找!"我一口答应。

"找吧,给我打电话。不要忘掉老朋友!"

我站起身来。

"哎,真见鬼,只顾工作啦,"谢尔盖·列昂尼多维奇忽然回过神来,"你手头宽裕吗?"

"不宽裕,但有一些。"

"请原谅,跟往常一样,二十五卢布!一星期后还……"

我伸手掏钱。

十六
等待维捷克

我回到家中,维捷克还没有回来。我对着瓶口喝了点"败德汤",就坐下来写少先队的致敬信。致敬信是我心爱的话题!我写了多少致敬信呀,简直数不胜数!这不是工作,而是享受。有些专家认为,在全世界的文学中,总共不过有十二三个情节,其余都是它们的变体。要说少先队的致敬信嘛,它只有开创于30年代的一种类型。其余的都是它的变体。

我取出先前作品中的一篇(我把自己作品的复印件装订成了一个专用卷宗),便开始改写。其做法是,比如:

> 我们头顶上飘扬着胜利的红旗,
> 就像是誓言,传来了欢呼:
> 我们幸福地与您生活在同一时代,
> 亲爱的列昂尼德·伊里奇[①]!

顺便说一句,这是我最好的致敬信之一。据说,勉强踉跄行走的勃列日涅夫感动得甚至落了泪。结果,我不仅收到了允诺的酬金,

[①] 列昂尼德·伊里奇,即勃列日涅夫。

还免费得到一张去保加利亚金色沙滩的疗养证。在那里,我和斯涅然娜爱得死去活来。她是来自大特尔诺沃的姑娘,长得像甘草冰糖一样,黝黑,香甜。我们游得离海岸远远的,在无边无际的海上互相爱抚,被幸福与苦咸的海水呛得喘不过气来。不过,只有和安卡在一起才会那么舒服……斯涅然娜深深地爱上了我。她再三追问,难道发生了这一切之后,我们还能分手吗。我反反复复地点头。与所有其他民族不同,在保加利亚,这表示:"不能,永远不能!"她一直问,我爱她是否胜过生命,我则摇头,在保加利亚,这正相反,表示:"是的。"人们说,与女人说话最好用法语。不对。只能用保加利亚语!

不过,还是回过头来说致敬信吧。当然,写完上述那封热情洋溢的致敬信之后,国家的政治形势发生了巨大变化,内容也迫切需要做原则性的修改,需要反映祖国新的客观现实。我想了一番,改写成如下方案:

> 我们头顶上飘扬着胜利的红旗,
> 像是誓言,传来了欢呼:
> 我们幸福地与您生活在同一时代,
> 亲爱的米哈伊尔·谢尔盖耶维奇[①]!

当然,这算不上什么名作,但如果朗诵水平高,还是说得过去的。工作进行得愉快而顺利。可是,在贺诗全部写好,并交给订货人以后,困难来了。其中就包括这四行诗。虽然当时我已经在谢米尤尔金斯克了,通过谢尔盖·列昂尼多维奇,意识形态专家茹拉夫连科还是找到了我。他正好管这个致敬信。

"这不行!"他努力用吼叫压过长途电话里的沙沙声,"您忽视了

---

① 米哈伊尔·谢尔盖耶维奇,即戈尔巴乔夫。

新的社会生活现实。而且,重音怎么能落到'维奇'上去呢?这给人以过分机灵的印象。必须重写!"

在那个时候,现实确实变了,而且其中还有我的一份功劳。刮起了阵阵清新的风,改革已经宣布开始。只得再做努力:

> 红旗在强劲的春风中漫卷,
> 改革的呼声亲切地响在耳畔,
> 与你生活在同一时代无限幸福,
> 亲爱的米哈伊尔·戈尔巴乔夫!

新贺词我托埃奇格利德耶夫带到莫斯科,他正好被召去参加某个会议。怒不可遏的茹拉夫连科隔一天又打来了电话:

"您怎么就听不明白呢!新思维在哪儿?而且,总的来说,怎么能直呼总书记的名字呢。立即重写!"

"您知道吗,我绝对是故意这样写的……"

"那对您来说更糟糕!"

"请听我把话说完!国家的新领导人与早先的领导人区别在哪里?或者您以为,米哈伊尔·谢尔盖耶维奇与列昂尼德·伊里奇或是康斯坦丁·乌斯季诺维奇①没有任何区别?"

"不,我不这样认为!"茹拉夫连科赶忙申明,"他是新型领导者。"

"既然他是新型领导者,我们就应当以新的方式对待他!您同意吗?"

"同意。"

"如果我们以新的方式对待他,称他为米哈伊尔·戈尔巴乔夫,这就是强调他与生俱来的民主精神!"

---

① 康斯坦丁·乌斯季诺维奇,即契尔年科。

．

"您这样认为吗?"沉默良久之后,茹拉夫连科问道。

"您自己想一想啊,美国人不是称自己的总统为罗纳德·威尔逊·里根吗?"

"有道理。我要想一想。"

他想了想,决定保留原来的方案,但要求我补写关于新思维的一段。我补写了:辫子上系着洁白蝴蝶结的可爱姑娘们,在充溢大厅的笑声中,从讲台上取走了"旧思维"——用混凝纸浆做成的大脑模型,模型上涂着各种油彩,皱巴巴的十分难看。她们又从后台拿来另一些模型,很大,很漂亮,充满了创造性思维的脑汁……戈尔巴乔夫出席了会议,少先队员的致敬信使他笑逐颜开。他刚在伦敦会见过撒切尔夫人,铁娘子直接称他为麦克尔。总书记很喜欢:在交给他掌管的国家里,甚至连孩子们都直接称呼他为米哈伊尔。着手改革之前,他曾忧心忡忡,自己能否撼动这个沉睡的愚昧的庞然大物呢?不料,从这个大国的年轻基础中,他迅速得到了如此朝气蓬勃的反应!我先交代一下,因为敏锐感受到了社会生活的变化,茹拉夫连科得到大力提升。不过,他也确实是个敏感的人:他是最早投靠叶利钦的人之一,下一次他给我打电话的时候,已经是以全新的身份——俄罗斯第一位候选总统竞选班子的负责人。根据他的订单,我设计了一幅宣传画,您当然还记得它!请想象一下:在巨幅有光纸上印有三位女神的彩色画像(不过摆出的是选美大赛优胜者的姿势),而一旁则是沉思中的帕里斯[①],他很像一位普通选民。但主要的是我的两行诗:

  如果我是帕里斯,
  我一定选择鲍里斯!

[①] 帕里斯,希腊神话中的特洛伊王子,身形俊美,膂力过人。

这幅宣传画曾被所有民主派报刊翻印。我被选入支持叶利钦的谢米尤尔金斯克选民委员会,他们还给我发了一百美元的奖金,这是我在与外币无缘的生活中,靠诚实劳动挣得的第一份外币!等待我的完全有可能是灿烂辉煌的仕途,茹拉夫连科甚至打听过我何时才能回到莫斯科。然而,一些不幸的事拖住了我,而且,我不小心,还几乎免费为自由民主党库梅尔分部撰写了一首宣传诗:

> 要想时时处处都有秩序,
> 那就大胆支持日里诺夫斯基!

我在政治上欠缺原则性为众人所知,这毁了一切。天哪,我明白得太晚了:无原则性精神必须是彻底、大气豪迈的,只有这样才能够指望自己在政治上飞黄腾达。茹拉夫连科就是这样做的。顺便说一下,现在他已经离开叶利钦,组建了自己的民主爱国党。我估计,茹拉夫连科自己将竞选总统。在飞往卡塔尼亚之前,应他的请求,我为未来竞选用的宣传画写了这样的题词:

> 有一个思想必须时时牢记:
> 从我们民主爱国党的立场上看,
> 生命与奋斗的根本意义,
> 就在于扫除群众的慵懒,
> 让他们挺直自己的腰杆,
> 让俄罗斯——重新崛起!
> 然而钱暂时还没有得到……

是的,毁掉戈尔巴乔夫的,是他对敏感、机灵而又善变的战友们的宠爱。而断送叶利钦前程的,则是他对精通多种外语的战友们病态的爱!对一个青年时期未得到良好教育的人来说,这是可以理解的弱点……在这里，我忍不住要回忆一下发生在"房产商"身上的一件事。他早年毕业于乡村中学，由于交通不便，远离文化中心，学校几乎不教外语，只是总务主任给上过几堂课。战争行将结束时，他被德国人赶往德国做劳工，途中被我们的军队夺下来，遣返回了家。暴富之后的"房产商"长时间不能结婚，因为他一定要找一位精通一门欧洲语言的姑娘，最好是英语。他甚至花高价聘请了媒婆，她还真给他找到了。姑娘长相一般，算不上清纯女子，但毕业于特种学校，在国外进修过，用莎士比亚的语言讲起话来像小鸟一样动听。最初的一段时间，"房产商"相当幸福。后来，他开始发现自己妻子有许多不正常的地方：有时笑得不合时宜，有时用酸奶皮煎荷包蛋……"房产商"决心查一下，结果发现，她的确毕业于特种学校，但这所学校是莫斯科唯一的特殊学校，它采用独一无二的有损于智力发展的教学方法教外语孩子们。这个教学法收效神奇，尽管不能增添智力，却能保证学到完善的外语知识。这个教学法的发明人，就是这所学校的校长，他通过了论文答辩，并获得了国民经济成就展览馆金质奖章。"房产商"妻子的怪诞日甚一日。这时盖达尔的改革刚好开始，她在电视里看见某位改革派部长，便立即鼓掌，大声吹嘘道："我跟他在一所学校学习过！""房产商"本想离婚，但不那么容易——她已经怀孕了。刚开始他很苦恼，尤其为未来的婴儿担忧。可是后来他想道：既然这所特种学校的毕业生已经当上了部长，那还有什么可担心的呢……现在，他那个有些古怪的儿子年仅三岁，"房产商"已经为他交了预付款，在这所奇妙的特种学校里预订了一个位子！

维捷克很晚才回来。他乌云满面，简直都认不出来了。
"喂，她的回忆录写得怎么样？"我问。
"你和你的老婆子都滚蛋！"
紧跟着便是一套套别出心裁的詈骂用语。这些话让一个人想出来当然会力不从心，它们只能诞生于祖国几代建设者在可怕的劳动组织条件下的共同努力之中。骂够以后，维捷克进了浴室，但马上又拿着一管洗浴香波出来了：

"你有没有更厉害点的？"

"这是什么意思？"

"嗯，意思就是有洗衣服的肥皂吗？"

"没有。"

"洗衣粉呢？"

"有，在浴盆下面。"

出于好奇与同情，我跟在他后面看。维捷克找出一盒尚未开封的荷花牌洗衣粉，撕开后，将之全部撒进了热水里。然后，他脱光衣服，钻进了没过脖子的水中。

"要给你搓搓背吗？"

"你滚！"

紧接着就是更加别出心裁的詈骂用语，它们与上面那些用语的区别，大致就像英国作家马洛的《浮士德》与歌德的《浮士德》之间的区别。强大的与无限充实的俄罗斯人民啊！

日古托维奇这时打来了电话："睡下了吗？"

"正在劳动。"

"听我说，也许，给阿诺尔德打个电话？让他再送些'败德汤'来！"

"很糟吗？"

"糟得没法再糟啦……打个电话吧，啊？"

"那你就打吧！我现在就告诉你电话号码。"

"不，你来打。在餐厅的时候，他生我的气了！"

"他做得对！以后你就不会再嘲笑人了。你生在莫斯科并不是他的过错嘛……"

"你打吧，"日古托维奇继续恳求道，"老婆已经到了极限！说不定，你那里还剩一点吧？"

"好吧，我打电话。"我同意了。我看了看酒瓶子，还剩不足一茶杯的量。为了从粗制滥造平稳过渡到创作"首要"作品，这些显然不够。

"咱们的维捷克在做什么呀？"受到鼓舞的斯塔斯问道。

"为什么是'咱们的'呢？"

"噢，你的，你的。"

"在澡盆里，正在洗涤自己的罪孽。"

"我去了一趟文学家宫。大家正议论他。"日古托维奇忧郁地说。

"明天还会有新情况！"

"什么情况？"

"你明天就知道了。你认识基皮亚特科娃吗？"

"认识……她有时会来我们书店……"

"那么，她下一次去时，你问问她关于阿卡申长篇小说的事……你怎么不吱声呀？"

"你要我说什么？"

"星期三读一读《文学周报》，那里有扎库松斯基关于我的维捷克的文章。"

"噢，这还算不上什么了不起的荣誉。"

"老母鸡吃米，一粒一粒地啄吧！"

"你反正赢不了！"

"赢得了！所以你快些读完自己的《百科全书》吧，我已经在书架上为它腾好地方啦。你在《百科全书》里又读到什么有趣的东西啦？"

"还是那些，"日古托维奇压低声说，"俄罗斯的革命原来也是共济会搞的。克伦斯基[①]是共济会会员。其他人也都是。列宁大概也

[①] 克伦斯基（1881—1970），俄国政治活动家，二月革命后任临时政府总理。

是，不过那上面没写。总之我很惊讶：只要是稍微有点名气的历史人物，都是共济会会员……"

"也许，他们之所以是历史性的卓越人物，就是因为他们是共济会会员？"

"我考虑考虑……"

"考虑吧！晚安！"

我挂上电话，感到非常满意。因为我刺痛了自负的日古托维奇。突然，我感觉到房间里有一股洗衣房里才会有的刺鼻味道。原来是维捷克洗完澡出来了。

"共济会都是些什么人呀？"他问。

"怎么才能给你解释清楚呢，"我说，"三言两语说不明白。有许多说法，写了几十本书……不过，如果一定要用三言两语来说，那么，这是个秘密团体……"

"它还算他妈的什么秘密的呢，要是写它的书就有几十本？这有点像我们工地上的一个秘密团体。三个小伙子把建筑材料从施工现场弄走，卖了。为了让我们不吭声，便每天给我们酒喝。不过给施工员的却是钱……"

"抓住他们啦？"

"没有……至今还在偷！"

"你看，"我点了点头，"你还为共济会的事感到惊讶。道理是一样的……维捷克，你不要生我的气！唉，通向光荣的路用臭狗屎铺就。而胜利没有臭味！为了这个，值得忍耐。从我这方面可以保证：老婆子的事再不会有了。咱们谈妥啦？"

"好嘞——帕特里凯说咧！我睡觉去啦。"

"我还得再工作一会儿……"

然而，我既没有睡成觉，也没能工作。夜里十二点二十分，奥杜耶夫打来电话，要我立刻到他家去，他打算在家里搞一个罕见的诗歌之夜，要我一定带上"那个玩魔方的作家和长篇小说《杯酒人生》"。

"你怎么知道的呀？"

"全莫斯科都知道啦。我焦急地等着你！"我推醒维捷克，告诉他，我们去做客。

"你他妈的疯啦——在这个时候！"他一边骂，一边咧开大嘴打呵欠。

"作家们的生活才刚刚开始。习惯习惯吧！淋个浴去，你浑身都是洗衣粉……"

维克多摇摇晃晃地去了浴室，还不断撞到家具上。我看到他这种酣睡不醒的状态，为防万一，除了装着长篇小说的文件夹，把还剩一点"败德汤"的酒瓶子也塞进了皮包。

十七
诗歌之夜

奥杜耶夫的父母那时已经在美国工作了,他们非常想念祖国,然而,一想起迟早要不可避免地回莫斯科,如同想到死亡一样,他们就感到恐惧。奥杜耶夫一想到这件事,就感觉到更大的恐惧。录像机已经没啦——它到底还是被偷走了。然而,在积尘多年的桌子上摆着电脑,这在当时是更为罕见的大物件。

奥杜耶夫在门槛上就拥抱、亲吻我。对维捷克也照此办理,不过,因为我的学生身上散发着刚洗过的衣服的气味,他一连打了好几个喷嚏。

"你们来了,太好啦!去认识一下吧!"

两个男子正在房间里起劲地敲击电脑键盘。游戏并不复杂:一条大蟒忽这儿忽那儿地出现在显示屏上,要吞噬家兔,他们的任务便是尽可能多地保护住这些可怜的大耳朵动物。如果成功了,作为鼓励,显示屏上就会出现某种节肢动物,也以同样的热情吞食无助的小鱼。他们的任务与之前相同。

一个男子是我的老熟人——柳宾-柳布琴科。他跟平常一样,穿着一身又短又瘦的旧西服,系着说不上什么颜色的领带——用公款安葬的无名死尸身上往往就打这种领带。(记住!)衬衫的破袖头从外套袖子里露出几厘米来。这让人觉得,柳宾-柳布琴科长的不是手，而是蹄子。在这一切之外，还有多日不洗的长发、亚述人的大胡子，最主要的是，鲜红发亮的嘴唇似乎总在微笑，好像他刚吃过涂满黄油的饼，此刻正在满意地舔着嘴唇。

第二位客人我不认识。他三十五岁左右，很瘦，表情含蓄而阴沉。在手工编织的套头衫上，无缘无故地加上了一个工科大学毕业生的蓝色菱形章。不知为什么，我立刻便想起发生在电车里的一个场景。一个已经摔了好几跤的醉醺醺的汉子，顽强地向一位穿着优雅的知识女性表达刻不容缓而又不屈不挠的爱情。遭到拒绝之后，他开始大吼大叫："我电器中专学校毕业！你是什么人？"最后他被撵下了车……

两位男子不很情愿地放下电脑，迎着我们站起来。

"柳宾-柳布琴科，诗学理论家！"柳宾-柳布琴科一边自我介绍，一边从袖口伸出一只干枯的小手。

"维克多·阿卡申，散文作家。"维捷克像我教给他的那样，很庄重地回答。

理论家温存地握住维捷克的大手不放，上下打量他，不知为什么，特别留意了他那条满是斑点的空降兵裤子。

"您是从哪里来的？"他舔了舔嘴唇问。

"来自输卵管。"维捷克回答。

"好一个逗人的小伙子……咱们以前没见过面吗？"他问道，目光从裤子转移到了双面毛皮大衣。

"未必见过，维克多刚到莫斯科不久。"我插进来说。

"也许，我们在前世见过面？"理论家甜蜜蜜地笑了。

"先验的。"维捷克瞥了一下我的手指，嘟哝了一句。

"特尔-伊万诺夫，"第二个人阴郁地自我介绍，又皱着眉头补充道，"诗学实践家。"

"阿卡申，长篇小说《杯酒人生》的作者。"受过训练的维捷克也做了自我介绍。

"您是现代派吗？"

"很可能不是。"维捷克遵照指令回答。

"我鄙视现代派!"特尔-伊万诺夫说。

"后现代派呢?"我进一步问。

"那就更鄙视啦!"

"情绪矛盾!"阿卡申看了我的手指一眼,然后说。

"类似的东西相互排斥!"柳宾-柳布琴科叹了口气说,同时摸了摸维捷克的双面毛皮大衣上的花纹。

这时候,两位女士从厨房走了出来,用盘子端着汉堡包。其中一位我也认识。她是电视台的施特拉·什拉波别尔斯卡娅,奥杜耶夫早先的女友。就像秋天的流行性感冒,他无论如何也摆脱不了她。施特拉从头到脚都是皮制品,仿佛一架罩上护套的针织机。她的头发理得很短(在我的童年时代,这种发型叫作半博克斯式),耳朵上则戴着硕大的耳环,宛如新年枞树上的装饰品。第二位完全是位小姑娘,穿着中学校服,梳一根淡褐色的粗辫子。几天前,奥杜耶夫曾带着她在中央文学家宫吃晚饭。

"娜斯佳,诗人。"他这样介绍她,小姑娘腼腆地伸出粉红色的小手,中指上还留着蓝墨水。

"而我——只是施特拉,"什拉波别尔斯卡娅说完就直接吻了吻目瞪口呆的维捷克的嘴唇,"您身上散发着男子的清香!"

"那当然。"维捷克自主地反应道。他突然脸红了,看来是想起了自己在洗衣粉里洗澡的事。

"不要折磨年轻人!"柳宾-柳布琴科说着,微露妒意地舔了舔嘴唇,随即抓住维捷克的手,让他坐在自己身边。

施特拉不知所措地愣了一会儿,然后毅然走到沙发前,紧倚着维捷克坐在另一侧。

"血液中的酒精含量降到了致命程度!"奥杜耶夫喊着,从桌子下面取出两瓶加了酒精的葡萄酒,斟入不同大小的茶碗里。

"为了诗歌!"他提议道。

"您乐意喝交杯酒吗?"施特拉问维捷克,不等他回答,便把自己的茶碗从他手臂下面塞了过去,一口干了,"您喝!"

阿卡申拙笨地弯下腰,也干了。施特拉马上便贪婪地吻了他的嘴唇。柳宾-柳布琴科连忙殷勤地给维捷克递上汉堡包,差一点碰翻了葡萄酒。

娜斯佳猛然皱起眉头,一口喝尽碗中的酒,仿佛喝的是安乃近。

"您如何看待'电盒子'?"施特拉凝视着维捷克的眼睛问。

"什么?"

"就是电视,"她解释说,"我恨它!"

"电视——是吮吸人脑的魔鬼!而您,施特拉,就是它的祭司!"柳宾-柳布琴科意味深长地说完,便开始抚摸维捷克的手,这使得后者越发感到惶惑不安。

奥杜耶夫再次为大家斟满葡萄酒,强迫人们都干了,只是这一次没有任何祝酒词。然后他走到娜斯佳面前,吻了吻她那纤细无助的脖子,下命令似的说:

"你朗诵!"

"朗诵什么?"她哀怨地问。

"《圆柱》。"

娜斯佳用颤抖的双手抱住自己的肩膀,仰起头,开始像在哭泣一般低声朗诵:

> 胸腹忍受着孤独的煎熬,
> 赤裸的双肩冷得战栗阵阵:
> 一根陶立克式圆柱粗大坚牢,
> 夜夜在梦乡中将我亲吻……

她结束了朗诵,奥杜耶夫自豪地看了看我们。如果一条可爱的狗，当着客人的面，只要主人下令，就立刻递过一只爪子来，那么主人就会像这样难以抑制内心的骄傲。

"请诸位发表高见！"

大家不知为什么都把目光投向了维捷克。他扫了我的手一眼，然后说："有心智。"

"您是多么稚嫩呀，娜斯坚卡！"施特拉说完叹了一口气，把自己刚理过的头倚在了我学生的肩上。

"塑料花边！"特尔-伊万诺夫大吼一声，就吸开了臭烘烘的女主角牌雪茄。

"噢，为什么一下子就……塑料的呢！"我为诗人说公道话，"甚至完全不是塑料的……它也有存在的权利。"

现在大家又都看向柳宾-柳布琴科。他沉思着轻轻拉扯阿卡申的小手指，过了一会儿才说：

"是的，……大概……姑娘，您简直是个小乖乖！这当然是年龄的因素。问题是，孤独的圆柱表示'世界之轴心'。这是宇宙性的象征。不过，它也可以有纯内因性的意义，它取决于自我肯定并向上崛起的象征意义。您有十八岁啦？"

"十六岁。"她纠正道。

"啊，甚至是这样！"柳宾-柳布琴科舔了舔嘴唇，惊讶而不安地看了看奥杜耶夫，"但是，这里无疑还可以作为男根的象征。古代人因为刻瑞斯[①]而视圆柱为爱情的象征。除此之外，古代人认为圆柱是脊柱的反映，因为脊柱也是世界轴心的标志……在课堂上，娜斯坚卡，您坐在桌子后面弯腰吗？"

"不……以前弯过，现在已经不啦。"

"那太好啦。"

"为什么是陶立克式圆柱，而不是爱奥尼亚式，或者，比如，科林斯式圆柱呢？"我好奇地问。

---

① 刻瑞斯，罗马神话中的谷物女神。

"对呀,为什么呢?"施特拉卖弄风情地接过去说,同时整理着维捷克的温布尔登头箍。

"施特罗奇卡[①],"柳宾-柳布琴科甜蜜地笑着说,话语中却带着微妙的讥讽,"您在这个年龄,如果连这个都不懂,那最好不要麻烦男人了。"

说完这些话,他企图抓住阿卡申的全部手指,不过我的天才惊恐地把手抽了出来。

"我问的不是您,而是娜斯佳!"施特拉气恼地顶撞道。

"我不知道。我就是这样觉得……"小姑娘茫然地说。

"对,亲爱的,您的感觉很对!"柳宾-柳布琴科安慰她,又意味深长地看了看奥杜耶夫。

奥杜耶夫又一次给大家斟满葡萄酒,并提议为娜斯佳干杯。

"您喜欢阿赫玛托娃[②]吗?"我与她碰杯的时候问。

"不太喜欢。她始终没能把性高潮融进诗歌之中!"

"茨维塔耶娃[③]呢?"

"不喜欢。她始终没能把诗歌融进性高潮之中。"

现在已是我尊敬地看了奥杜耶夫一眼。奥杜耶夫满足地笑着,又在小姑娘的脸上吻了一下。这时阴郁的特尔-伊万诺夫默默地站起来,走到房间当中,手放到背后,像滑冰运动员那样晃动着身体,没有任何先兆地朗诵起来:

> 呼——呼——呼,嗒——嗒——嗒,
> 老鼠匆匆逃离轮船,
> 水手没有老鼠何等寂寞,
> 呼——呼——呼——呼,
> 嗒——嗒——嗒——嗒。

---

① 施特罗奇卡是施特拉的爱称。
② 阿赫玛托娃(1889—1966),俄罗斯著名诗人。
③ 茨维塔耶娃(1892—1941),俄罗斯著名诗人。

朗诵完毕,他还是那么果断地回到了自己的位置上,两只手以痉挛了一般的动作从衣兜里取出一包女主角牌雪茄,又吸了起来。大家都看着阿卡申,他则看着我抖动的左手食指。

"很可能不行!"

特尔-伊万诺夫听了,皱着眉头深深地吸了一口,以至于那支雪茄像焰火一样,噼噼啪啪地火花四射起来。

"可我觉得还可以!"娜斯佳插嘴说。这可以理解:受到夸奖以后,任何诗人对别人的诗歌,哪怕是非常糟的,都会变得更宽容。

"咦!"施特拉说着,扯了一下不知所措的阿卡申的耳朵。

"为什么马上就说'咦'呢?它也有存在的权利嘛!"我决定鼓励鼓励作者。

现在轮到柳宾-柳布琴科了。他似乎无意中把自己的兴趣从我不幸的学生的手上转移到了他的膝盖上。

"您怎么抛弃自由诗,改写无韵诗啦!"理论家舔着嘴唇责备道。

"我并没有抛弃!"诗学实践家顶撞道。

他的脸变成了红褐色。他又取出一支雪茄,直接通过前面那支点着,忧郁的眼睛放射出仇恨的光。只有当自己的作品遭遇他人指责时,诗人们才会有这种情绪。

"评价诗人时,应当遵照他自己的原则!"特尔-伊万诺夫嘴里喷出来的已不仅仅是灰蓝色的烟了。

"不要发火,"柳宾-柳布琴科赔笑着说,"不该由我来评价您。不过,我们来探讨一下:老鼠,这是古埃及凶恶的瘟神。其逃跑可喻指解放……你们同意吗?老鼠之男子生殖器的象征意义是性中令人厌恶的东西……"

"我不是也这样说吗?"施特拉高兴了,温柔地搓了搓维捷克的头发。他的头发用洗衣粉洗过之后本来就已经乱得向四面炸开了。

"您非常碍我事,施特罗奇卡!"柳宾-柳布琴科气恼地说,(这是地道的实话!)"现在说轮船。我如果是您,就会回避做如此大胆的政治表态。要知道,轮船出行,从任何绝对精神的哲学观点看,都是对其返航的可能性的否定。譬如,痴人的轮船表达的思想是漫无目的的航行……如果我们继续发挥您的想法,把人民比作水手,而且是因为没有老鼠而感到孤独的水手……在性中没有肮脏、兽性的东西……您是想说这个吗?"

"不是!"特尔-伊万诺夫说。他把牙齿咬得咯咯响。

"有可能!非常有可能。不过,有什么样的文本,就有什么样的语境!"大家都同情地望着蹩脚诗歌的作者,只有奥杜耶夫的目光里有某种快感。

"不,我另有所指,"特尔-伊万诺夫解释说,"我作为实干的诗人……"他一着急,就又去拿雪茄了。

"您不要激动!"柳宾-柳布琴科舔舔嘴唇,安慰他说,"完全有可能,在你们那儿,轮船属于传统的象征体系,表示世界轴心,而中心的桅杆则表示宇宙之树的思想……"

"如果把桅杆解释为男性生殖器崇拜的符号呢?"娜斯佳问。

"何等聪明的小乖乖呀!"理论家微微一笑,"当然,不排除……但在这种情况下,既然桅杆象征男性生殖器,那么轮船便可以解释为对性相互需要的完全绝望……"

"您真颖悟过人啊!"施特拉令人不快地哈哈大笑起来,她完全把可怜的维捷克抱到了自己身上。

"您也这样认为吗,维克多?"柳宾-柳布琴科伤心地舔了舔嘴唇,问道。

由于心不在焉,我伸出了左手无名指,意思是说"绝对不"。阿卡申困惑不解地看了它一会儿,然后自作主张地说:

"那当然。"

"作为天才,您赋予假定性的意义太大啦!"柳宾-柳布琴科摇了摇头。

"天才,就是犍牛。"失去控制的维捷克又自主地说。

我狠狠地瞪了他一眼。为了改变话题,我请奥杜耶夫朗诵他那首在文学界以十分大胆著称的"黑幕诗"。如果作者是其他人,早就被追究法律责任了。

"你们不害怕吗?"奥杜耶夫戏谑地问。

"我们见过世面!"刚挨过痛斥的特尔-伊万诺夫气鼓鼓地说。

"好,那就听吧!"奥杜耶夫向娜斯佳眨了眨眼,便开始朗诵:

> 我们的旗子更红,面包更香!
> 他娘的,我沿着克里姆林宫走,
> 真想在陵墓的拐角上
> 抬起一条腿,就像狗……

娜斯佳对他报以火辣辣的目光,其中充满无限的赞美与忘我的爱。"不是撒尿,而是爆炸!"诗学实践家板着脸纠正道。他终于为自己的满腔怨气找到了出口。

"爆炸!"奥杜耶夫哈哈大笑,"你说是爆炸吗?"

"他表达得不准确!"我为他辩解道。

"理论上如何讲?"奥杜耶夫问。

"理论?当然……这个……"柳宾-柳布琴科慎重地舔舔嘴唇说,"狗象征忠诚。在中世纪的墓碑上,在女士的脚下经常刻着狗。要注意,娜斯佳!在炼金术中,被狼撕咬的狗表示借助锑提纯黄金。这您也要记住!"

据说,柳宾-柳布琴科因为什么反常的行为,在劳改营度过了三年,所以在政治话题上极其小心。

"这就完啦?"奥杜耶夫失望地问。

"您还想让我说什么呢?"理论家先是笑了笑,然后惊讶地问。

"那好,"奥杜耶夫点点头,"现在让维克多给我们读一点他自己长篇小说中的片段吧。"

"我?"维捷克慌了。

"读吧!好久没听到天才朗诵啦!"特尔-伊万诺夫凶狠地要求说,他预感到很快就可以整治整治阿卡申了,因而十分快活。

"请吧!"施特拉说。她像一根皮藤蔓那样缠着维捷克。

我的手指摆出了犄角状。

"勿以母羊奶煮它自己的羊羔!"维捷克答道。

"您这个小伙子不简单!"柳宾-柳布琴科遗憾地舔舔嘴唇,以亲切而又失望的眼神看了看阿卡申。

"不,还是让他读吧!"特尔-伊万诺夫固执地说,"不要用什么'羊羔'来给我们打马虎眼!"

"他刚才说什么啦?"娜斯佳问。

"他说什么啦,小乖乖?他刚才说的是刻在摩西碑上的戒律,是其中最神秘的第十条!"

维捷克傻乎乎地张着大嘴,一会儿看看柳宾-柳布琴科,一会儿看看我。他根本未曾想过,在这句关于羊羔的可笑话语中,包含着什么样的深刻含义!突然,我听见有人在我耳畔低语:奥杜耶夫要我出去说几句话。厨房里脏得惨不忍睹,你就是满心乐意,花一两个小时也搞不成这个样子。它如同煤层,需要数月乃至数年的积淀。原因在于,为了省钱,他的父母已经两年多不回来休假了。而据我所知,住宅只有他们才打扫。对于完成这样的工作,施特拉是太有创造性的女人了,而娜斯佳又太年轻。不过,双亲并没有忘记有诗才的儿子:厨房专用的制作台上,在一堆干得像苍蝇翅膀那样轻的香肠皮当中,摆着一台微波炉,这在当时也是非常罕见的物件。

"你看娜斯佳怎么样?"奥杜耶夫色眯眯地搔着下巴问。

"你们在哪儿认识的?"

"什么在哪儿?在语境诗歌晚会上嘛……还能在哪儿呢?"

"不担心吗?她父母要是知道了……"

"他们知道。他父亲已经来过了。你想象得到吗,他是个小伙子,比我还年轻一岁！他在厨房就大声喊：'我要让你去坐牢！'我答复他说：'您也许想让某个职业技校的学生在门洞里让您的女儿失去贞操吧？'他走了。后来她母亲又来了。你知道吗，她'外表'像波兰人说的那样，看着还十分拿得出手。她说：'我和丈夫商量了。您也许是对的。而且娜斯佳爱您。我们这个姑娘很难办，她还写诗……女诗人在这方面总有点与众不同。我知道，我读过关于茨维塔耶娃的书。只是您不能欺负她！当然，主要是不能影响学习……'现在我们经常通电话。娜斯佳走的时候，我打过电话，他们就在电车站接她。他们一开始要求她回家睡觉，现在允许她在我这儿过夜了。新潮父母！妈妈甚至还承认，她自己出嫁得早，什么都没经历过，那就让女儿……"

"那又怎么样，不影响学习吗？"我问。

"看你说的！我检查她的学生手册，发现有得三分的情况，就罚她，和她分开睡觉。她父母亲很满意。在此之前，她有时一连几星期都不去上学，是个爱幻想的女孩子！顺便说一句，我很想奉劝你……青春就是青春嘛！就像开始了新的生活。你还记得9月第一次在学校打开新练习本的时候，有几页还粘在一块吗？还记得吗？！差不多就是这种感觉！只有一样不好：施特拉知道我和娜斯佳来真格的了，立刻就翻脸了。她说，再也不让我上电视了！真的不让，这个妖精！据说我的形象还蛮不错！你看过吗？"

事情是这样的：不久前，奥杜耶夫开始主持按教学大纲为中学生们编排的一套电视节目《纯洁之美的化身》——谈俄罗斯爱情抒情诗，有人开始在地铁里认出他来，他骄傲得要死，甚至出门时都会尽量穿他主持节目时穿的那件夹克衫。不过，真正的荣誉还是稍晚一些才来的，在他的名作《复活节前的星期日》发表之后。

"看了，"我有分寸地说，"节目不错。"

"可是施特拉说：'我不打算同乱七八糟的毛丫头们分享你！既然你是这样的恶棍，就给我找一个接班的吧。我自己既没时间，也没地方去找……'对她是可以理解的：在他们电视台，像咱们的理论家那样，都是清一色的同性恋！而且，她是个苛刻、爱挑剔的女人，不肯同随便什么人干！一个月来，我几乎每天都安排相亲。但谁她都不喜欢。今天一看见这位特尔-伊万诺夫，她就把我叫到厨房，差点没揍我，吼叫着说：'你把什么人塞进来啦！我怎么，掉进泔水池啦？'我慌了，吓得给柳布琴科打了电话……后来才想起你来！她似乎喜欢上你那个丑八怪啦！女人都是怪物，真的！"

"现在只剩下如何让我那个丑八怪喜欢上你的施特拉了。他同样也不认为自己是落进垃圾通道里的人！"

"那好吧！你就说，她能让他上电视。为了这件事，什么都可以将就。我不是将就过嘛！我把施特拉让给他，不过有个条件……"

"什么条件？"

"如果在电视直播中她问，在当代诗人中他最看重谁，他应当说我……"

我们回到房间，施特拉正温情脉脉地抚摸着可怜的维捷克的头，特尔-伊万诺夫则闷头抽着自己臭烘烘的女主角牌雪茄，身体瘦弱的娜斯佳头搁在自己的胳臂上打着瞌睡。柳宾-柳布琴科还在继续说：

"不把食品混在一起吃的禁忌几乎在所有民族当中都有。特别是不把肉与奶掺和在一起。当然，这种稳定的传统可以用一种令人亲切的魔力来解释：煮沸的奶会给母牛或母羊造成危害，减少出奶量……如果用母山羊的奶煮羊羔……"

"就不能生羊羔了！"施特拉快活地插嘴说。

"完全正确！"理论家满意地舔了舔嘴唇，"然而，最新的研究会让人产生这样一种想法：禁止吃混合食品很可能是一种加码象征，表明不同的经营方式——农业与畜牧业之间，范围放得更宽一点，是不同文明之间——的疏离……您是这个意思吗，维克多？"

"情绪矛盾。"维捷克不经提示便这样回答。

"情绪矛盾？"柳宾-柳布琴科十分惊讶，既失望又赞赏地看了我的朋友一眼，"那么，咱们就尝试从另一个角度看这个问题。山羊在象征主义哲学中令让人联想起魔鬼来。除此之外,它还是父亲的神秘主义标志……"

我们分手的时候已是清晨,窗外曙色曚昽,宛如有人挂起了一条洗得发白的士兵衬裤。娜斯佳还没睡醒,大家把她抱到沙发上,给她盖上一条毛毯。不知道此刻她是否梦见了陶立克圆柱,只见她那稚嫩的胖嘴唇上挂着宁静而幸福的笑容。特尔-伊万诺夫拼命地抽着雪茄,正在纸上解一道数学难题:奥杜耶夫在谈话中得知,按专业他是材料力学工程师,便请他计算,炸掉一个墓需要多少炸药。我试图参与,但是,《纯洁之美的化身》节目主持人向我投来冷冷的目光,意思是:别妨碍工作。我明白了,他不会让不幸的诗学实践家从自己手中挣脱。柳宾-柳布琴科终于确信同施特拉较劲毫无意义,就给维捷克留下自己的电话号码,四点钟左右走了。阿卡申也困得直磕头,为了让他提提神,我把他叫到厨房,让他喝了几口"败德汤"。

我们三个人一起来到大街上,很快就拦住了一辆汽车。让维捷克和施特拉坐进汽车的时候,我先问清楚了施特拉在孔科沃的确切住址,然后问司机,为这趟新婚之旅,我要付多少钱。司机以批判的目光打量了一番我的服装,然后又看向自己的乘客,目光停留在了施特拉身上。施特拉一直想把自己的手伸进维捷克写着"爱是上帝"的背心下面去。司机要的是天价,我叹了口气,付了款。

"你呢?"维捷克惊恐地叫道,挣扎着要下车。

我们共同努力才把他按住。

"再买一盒洗衣粉,坏蛋!"汽车启动之前,阿卡申只来得及喊了这样一句。

我摇了摇兜里哗啦哗啦响的硬币,向最近的地铁站走去。路上,我想,如果说在被搞得凋敝破败的俄罗斯,还有谁保持着健康的敬业精神与市场思维的话,那无疑就是出租车司机。祖国的振兴大概要从他们开始。

十八

面包之都 —— 波士顿

回家之后,我倒下便睡。我又梦见了安卡。不知为什么,她穿得跟施特拉一样,一身皮货,连手上戴的也是长长的皮手套。安卡坐在我的房间里,坐在我的写字台前,在我的口授下,用我的埃利卡打字机。而我则从这个角落踱到那个角落,像特尔-伊万诺夫那样,一根接一根地吸烟,口授我的"首要"作品。我正沉浸在令人陶醉的狂热状态之中。这种状态十分难得,所以每个写作的人都会永志不忘。在这样的时刻,你似乎无所不能,闪电般锐利无情的词语扑向迷离恍惚的思想,宛如鹰隼扑向山鹑;在这样的时刻,你虚构出来的人物开始拥有自己的非虚构生活,而你则似乎陡然成了他们的命运之神,类似古希腊时代的命运之神,操生杀予夺之大权;在这样的时刻,你感觉自己将永世长存,而且感觉是那么真切,如同在心爱女人的怀抱中那样。但是,在陶醉于自己意外的永生的同时,你只怕一件事,那就是不等作品完成,你便溘然而逝。是的,溘然死去,倒在布满痰迹和烟头垃圾的路边,在路人鄙视的目光下,就像《一朵小红花》中的怪物,他刚要变成年轻的王子,不等变完,便那样完蛋了⋯⋯(嗬,我真棒!嗬,你这个狗崽子真棒!记住。)

不过,我梦中见到的不是这些,而是另一番情景。我一边口授,一边来回从这个角落踱到那个角落,每一次都在某个瞬间转身背对正在打字的安卡。有一次,当我又面对她时,一句话未说完就戛然而止:她赤身裸体地坐在凳子上,只有军官表在她手腕上闪烁。她的身体修长,娇嫩,晒得黑黑的,中间横着狭长雪白的一条,那是泳裤留下的痕迹。她回头看了我一眼,舔了舔嘴唇,仿佛在召唤我一般弯下身子,好似从后脑勺到两瓣臀之间的凹坑中,绷着一条看不见的弦。"你爱我吗?"我问,声音有点颤抖。我开始匆匆忙忙地脱衣服。"很可能不……"安卡说着摇了摇头。"我爱你,我爱你!"我连声重复,同时扒着脚上的皮鞋。"彼此彼此!"她一边说一边像猫那样伸了伸懒腰。我终于脱完身上的最后一件衣服,向她扑了过去。不料,我突然看见她又穿好了衣服,手上戴着长长的手套,继续在键盘上飞快地敲打,虽然我早已不再口授了。后来安卡骤然停住,回过头来,以全神贯注到使人不快的程度盯着我的生殖器。此时,它不合时宜且可耻地勃起了。她开始放声大笑,一开始还试图抑制住自己的笑声,后来便仰天大笑,声音震天,毫不留情面……我满脸通红,想用手捂住自己被耻笑的欲望,可她却依然大笑不止……

与往常一样,唤醒我的又是日古托维奇:

"你好!我提请你注意,我特意白天给你打电话,以免惊扰你可敬的梦!"

"谢谢,你是真正的朋友……现在几点啦?"

"差十分两点。正在工作吗?"

"累得筋疲力尽……有什么事吗?"

"你给阿诺尔德打电话了吗?"

"还没有……"

"快打呀!"

"马上打。"

"我们的……你的维捷克怎么样了?"

"我把他放在贵重物品暂存处了。"

"给谁啦?"

"很快你就会知道的。你为什么这样激动啊?"

"我不是激动,是担心。早晨我们书店来了几位作家,他们说,基皮亚特科娃找到了一位天才。按其特征,很像是我们的……你的维捷克!"

"我真诚地提醒过你。"

"梅德诺斯特鲁耶夫也来过。他大骂共济会和犹太人,不过他警告说,从西伯利亚来了一个小伙子,他很快就要压倒他们所有这些人。"

"有意思。"

"还有伊里斯金。他暗示说,他认识一位非常有才华的年轻人,年轻人很快就能压垮梅德诺斯特鲁耶夫……难道他们指的都是维捷克吗?"

"还能有谁呀?你正在读《百科全书》吗?"

"快读完了……你觉得怎么样,苏联有共济会吗?"

"说不准,不过就矿藏来说,我们占第一位。应该有吧。"

"我觉得也是这样。好吧,再见……给阿诺尔德打电话!"

他挂断了电话。我想起了那个梦,骂了一句见鬼,就进了浴室。我先洗了脸,然后放水,倒进泛着泡沫的洗发水,就钻进了这个温暖的雪堆之中。在旁观者看来,我大概很像留在狡诈的俄罗斯冰雪之中的拿破仑的士兵。我躺在水里想心事。我想,到底为什么会梦见安卡坐着打字呢?为什么会梦见她赤身裸体哈哈大笑——这好理解。甚至梦见她一开始穿着衣服,后来一丝不挂,然后又穿着衣服,这也可以解释:她喜欢故意气我。可是为什么坐在打字机前呢?她从来没有给我打过什么!在浴室里,我什么也没想出来。可是在吃饺子、喝茶当早饭时,我终于明白是怎么回事了!我一直想有一位真正的作家之妻。顺便说一句,我同自己第一位妻子离婚就是因为这个,当然,是下意识地。她不是真正的作家的妻子,她无聊地听着我大谈自己朦胧的创作构想,听我如何火花四射地议论普鲁斯特可以卒读，但只能在你瘫痪、舍此什么也无力去做的情况下。我希望她背着我偷偷记笔记，并把笔记存放在女人的珍宝盒里。这当然可笑，但我非常希望这样！那样一来，发觉她做了笔记之后，我就可以拿她开玩笑，称她的笔记为《马太老婆的福音》，我会感到无比幸福！然而，她以一种强忍嫌恶的态度对待我的职业，仿佛对待一种虽不危险却讨厌的疾病，例如，牛皮癣，每年有两三次全身布满小伤口，唰唰地掉皮。编辑部来电话时，她还会强忍着去接，但让她坐下来打字——这连谈都不必谈。这还并不是因为我是个不能发表作品的文学废物！假如她嫁的是陀思妥耶夫斯基，确切地说，假如我是陀思妥耶夫斯基，她反正还是会一进屋就先奚落地看看我如何趴在写字台上写，比如《群魔》，然后叹口气，挖苦地说："费奥多尔·米哈伊洛维奇，土豆一丁点也没啦！"

也就是说，这不过是一个关于真正的作家妻子的梦！就像那位遭受创伤的自由诗作者涅奥尼林的妻子，每当她拿起电话听筒，总是会无限自豪地说："对不起，丈夫不能接电话。他正在工作！"我立刻开始想象涅奥尼林如何工作——如何从自己残余的尚能使用的脑中挤出毫无才气的自由诗，恰似从已经被拧过的衣服中挤出肥皂水来！然而，真正的作家的妻子，从这个称谓的真正含义上讲，我一生只遇到过一次。这当然是指散文作家博达尔金著名的妻子！她是一个罕见的女人：在出版社，经常可以看到她与编辑坐在一起加工自己丈夫的手稿，抑或在会计处对低得不成体统的稿酬表示愤慨，或是在尼古拉·尼古拉耶维奇的接待室里申请位于佩列皮斯基诺的别墅……有时候，她与丈夫一起出现，此时的她宛如关怀备至的姐姐，正带着体弱多病的弟弟散步，这个弟弟一反业已形成的精神病传统，不是大流口水，而是沉思着吸着贵重的英国烟斗。

她甚至会替他出席作家会议。她解释说，丈夫正在构思一部新的长篇小说，无论如何也不能亲自来。顺便提一句，这种情况在迫害帕斯捷尔纳克[①]的著名事件中帮了博达尔金大忙。当时大大小小的作家被强迫去辱骂倒霉的《日瓦戈医生》的作者。她跟往常一样,推说丈夫太忙,自己跳上讲台,开始痛骂鲍里斯·列昂尼多维奇。结果,他们很快就获得了当局许诺已久的在作家之家中的住宅。据说,当头脑已经不大好使的勃列日涅夫在克里姆林宫给散文作家博达尔金颁发勋章的时候,差点把勋章错别在这位忘我的作家之妻胸前。她当然是与丈夫一起来参加授勋仪式的。

我提前告诉大家,公开性开始以后,那些攻击过帕斯捷尔纳克的作家羞愧难当,纷纷道歉,她则声明,忙于构思长篇小说的博达尔金与那个发言没有任何关系。那纯属她个人的意见,对此她自然十分懊悔。那时候,人们突然发现,在老一代作家中,博达尔金是唯一与艺术自由惨遭意识形态暴力摧残的阴暗时代无直接关系的人。某些心怀妒意的人试图通过媒体证明,似乎在这个事件当中,有句俗话说得很合适,"丈夫与妻子是一丘之貉"。对此,博达尔金通过媒体回答得也很机智:虽然丈夫与妻子在肉体上是一个整体,但并非只拥有一个头脑!

不料,出版社本来答应给她丈夫出八卷文集,最终却只给出六卷。一激动,她竟溘然长逝了。整个莫斯科文学界都来为她送葬,与唯一并且是最后一位真正的作家之妻沉痛告别。此后不久,我在佩列皮斯基诺创作之家遇到了博达尔金,他红光满面,精神抖擞,嘴里叼着永远不变的英国烟斗。这个坚强的老头同女服务员们纠缠,在电话里同出版社大声吵架。该出版社正准备出版他的回忆录,讲述他如何没有迫害帕斯捷尔纳克。顺便提一下,这是已故的妻子帮助他完成的最后一部著作。之后,他什么也没有再写出来。"您知道吗,"博达尔金在酒吧里喝着伏特加给我解释道,"我们这样工作:我口授,她在打字机上打。然后由她修改,再由她送到出版社。之后她校对,然后把样本拿回家,不过,我当然不会读样

[①] 帕斯捷尔纳克(1890 — 1960),苏联作家,1958年获诺贝尔文学奖。

本，以免影响我下一部长篇小说的创作。您很难想象这是一个什么样的女人！看到我萎靡不振的时候，她甚至会为我介绍姑娘。这样的妻子我再也不会有了……"

竟有这样的作家妻子！我叹了一口气，喝了一杯"败德汤"，开始撰写谈冷水浴之益处的文章。休息的时候，我最终还是给阿诺尔德打了长途电话。他烦人地讲了很长时间（反正付电话费的是我），说他费了多大周折才得到允许，让编辑部的辅助部门扩大生产"败德汤"；每个最小的官员，除了一瓶奇妙的饮料，还必须往他们手中塞现金！事情差点泡汤，因为市里的首位保健医生——似乎已经被手术刀养肥、为医疗酒精喂足——由于不了解底细，下班后喝了一整瓶白得的药酒，勉强才被抢救过来。不过，他们最后还是给他发了许可证。接着阿诺尔德便开始抱怨，由于要组织生产，他完全无暇写作，而且莫斯科满是形形色色的文学青年，他们好斗而没有才气。当地的作家协会主席昨天刚从首都回来，谈到从腹地来了一个小伙子，写了一部天才的长篇小说，现在满京城都议论纷纷。

"这就是维捷克呀！"我笑了。

"哪个维捷克呢？"阿诺尔德问道。

"就是阿卡申。你们编辑部司机的侄子。"

"去你的吧！"阿诺尔德停了一会儿才疑惑地说。

"这是真的！"

"你真行！我还以为你们开玩笑呢……这就是说，你赢啦！好样的！就是要给没出息的书商一点颜色看看！"

最后他答应，过几天会托人带两瓶"败德汤"来，但有个条件，就是不能让日古托维奇捞到一滴！

维捷克一整天都没来电话，也许是生气了。说老实话，没有他，屋里有些空旷、寂寞。睡觉前我照例收听"自由"广播电台。有个关于贝克奖的特别节目。原来，它是20世纪末由来自波士顿的美国面包大王约翰·斯潘塞·贝克创设的。作为遗产，他从父母手中得到一个地处偏僻的小面包房和一家小店铺，勉强能维持生活：顾客寥寥。通常，约翰把烤盘塞进烤炉以后，便孤零零一个人坐在柜台后面，一边等顾客，一边入迷地读小说，基本上是些惊险小说。有一次，他得到一本特别有趣的书，讲两位挚友在伏击中枪杀了几个印第安人，抢了他们的图腾。图腾是金子做的，眼睛里镶嵌着宝石。后来的事情完全可以理解，一个好朋友灌醉了另一个，把他宰了……正好在这关键时刻，贝克先生闻到烤炉冒烟了。他顾不上烫手，拖出烤盘：真是那样，面包烤煳了，已经不是平时那种白面包了，成了褐色的，用牙一嚼，还讨嫌地嘎吱嘎吱响，像是猪软骨。贝克先生估算了一下损失，懊丧得要死，后来把报废的商品摆上柜台，打算低价出售，碰碰运气。恰好一群刚下班的工人进了商店，他们饿极了，贪便宜买了烤坏的面包。不料，第二天，当约翰把质量正常的面包摆出来卖时，顶顶奇怪的事情发生了。进店的顾客向他要烤过了火的酥脆面包。顾客的愿望就是面包师的律法。贝克先生按他无意中发现的技术标准（快要冒烟的程度），火速烤好了几盘面包。非同一般的酥脆面包的声誉迅速传遍了全市。他只好额外雇工人，扩大生产，后来甚至取得了这种面包的发明专利。他很快在全波士顿开办了许多面包店，门前都挂着漂亮的招牌："独家产品——正宗贝克酥脆面包！"。

在迎接 20 世纪之际，贝克已经是全美最大富豪之一。临死前，已经退休并把红红火火的企业移交给了孩子们的贝克先生决定寻找并报答那本奇妙的书的作者。那本书使他成了富翁，现在，作为家族的圣物，它被供奉在位于波士顿市中心一座大厦最荣耀的地方。不过，该书的作者早已过世，而且死于可怕的贫困与湮没无闻。受到震撼的贝克先生从自己的巨大财产中拨出一笔可观的款子，设立年度奖金，奖励最优秀的长篇小说。评委会由美国最具权威的面包大亨们组成。

使我感到惊讶的是，我从广播中得知，多年来，这项奖金授给了世界文学界的几乎全部精英。俄罗斯作家中,列夫·托尔斯泰曾获提名,本来几乎已经有了定论,不料这时一个消息传到了波士顿,说杰出的伯爵在垂暮之年开始亲自耕地。高贵的面包商评委们察觉到,在这一感人的事实中,有些因素间接侵害到了他们至关重要的生意。所以在最后一刻,《战争与和平》的作者被取消了候选资格。从那时起,便没有任何一位俄罗斯作家被列入这一出色奖项的候选名单。不过,不久以前,听说科斯托若戈夫似乎正在写,或已经写完了一部长篇小说,贝克奖评委会给他派出了代表团。

一队奔驰小轿车驾临小乡村,然而,科斯托若戈夫甚至都没有出来见他们。在这以后,著名的散文作家丘尔梅尼亚耶夫以其轰动一时的小说《妇科椅上的女人》突然成了申请人。广播中正好在谈这件事,我忍不住向收音机啐了一口。作为回报,"自由"广播电台开始给我播送丘尔梅尼亚耶夫的访谈。这个恶棍上气不接下气地说,在他不久前逗留美国期间,给他留下最鲜明印象的就是美国的面包最软、最香、最有营养,到什么时候都不会变硬。接着,他开始抱怨苏联面包生产企业是如何全面滑坡,苏联面包质量是如何之差,差到无视人的尊严;谈面包店前排起的长队是多么恼人,谈柜台前经常有人打架,顾客仅仅因为一点点硬面包皮就互相斗殴,几乎要打死人……

听到这里,我关了收音机,来到厨房,从木制面包盘子里取出一大块新鲜的长面包。我买它的那家面包店正好与克格勃区办事处同在一座大楼里。我把面包顺着切开,抹上黄油、蜂蜜,撒上砂糖,就着茶水吃了。这使我感到些许的宽慰。

第二天,维捷克还没来电话。虽然我能从奥杜耶夫那里打听到施特拉的电话,问明白是怎么回事,但是,我决定也坚持下去。好哇你,竟然变成爱赌气的布拉蒂诺[①]啦!想显示一下自己的个性。如

[①] 布拉蒂诺,苏联作家阿列克赛·托尔斯泰的童话《金钥匙》(又名《小木偶布拉蒂诺历险记》)中的主人公。该童话是根据意大利作家卡洛·科洛迪的《木偶奇遇记》改编的,原作中主人公为木偶匹诺曹。

果我乐意,可以让人们明天就把他彻底忘掉,就跟没有这个人一样!然而,没有维捷克,我毕竟还是感到寂寞与孤独。我甚至还不知所以地拨通了安卡的电话,但只听到一连串凄凉的忙音。

蓦地谢尔盖·列昂尼多维奇打来了电话:

"如果二十分钟以后你能到我这儿来,我还你钱。给我发奖金啦!"

"你在哪儿?"

"在办事处。"

经过多次开销之后,我只剩下有限的一点零钱。我跳起来,立刻就走。谢尔盖·列昂尼多维奇坐在捷尔任斯基肖像下面。捷尔任斯基的分头理得油光水滑,表情沉稳。谢尔盖·列昂尼多维奇正与他相反,头发乱糟糟的,焦虑不安。我进去的时候,他抓起一份正在研究的文件,把它翻过来,净面朝上。可是我已经认出来了:这是特尔-伊万诺夫计算出来的炸墓地需要用的炸药量。

"拿去吧,还是几张那样面额的!"他说着把钱递给我。

"很高兴能帮助你。你忙吗?"

"非常忙。出了一件大事,整个办事处都在全力以赴!你那儿有什么事,快说!"

"你知道吗,我想……如果让维捷克接受'自由'电台的采访,怎么样?为了赚钱嘛。啊?"

"这不可能。"

"丘尔梅尼亚耶夫行,阿卡申就不行?"

"你这个怪人!丘尔梅尼亚耶夫有大来头。这不由我们决定。维捷克绝对不行。再想办法吧。你走吧,我很忙。半小时以后,我必须向上级汇报……"

"事情很严重吗?"我不经意地问。

"你简直难以想象,一生中会摊上这么一件独特的案子!好啦,你走吧。"

他拿起铅笔,俯身在自己的数据上,看来是在核对,看诗学实践家计算出来的炸药量是否准确。我本想幽默一下，说，如果炸药安放准确，那么装有遗体的棺椁就可以飞上轨道，成为人类历史上第一艘载着木乃伊宇航员的宇宙飞船。但是我及时省悟：那样一来，我就必须花费许多口舌，再也不能帮特尔-伊万诺夫这个傻瓜了。我再提前交代一下，这个不幸的炸弹专家真的被送进了监狱。他服刑半年后，才由戈尔巴乔夫亲自下令释放。在我与维捷克的恶作剧之后，戈尔巴乔夫立即开始重新审视党与国家在对待持不同政见者方面的政策。大家都还记得，他是从给遭流放的院士萨哈罗夫打电话开始的。后来，作为极权主义的牺牲品，特尔-伊万诺夫被选进议会，并被安排在人权委员会之中。现在他是著名的人权卫士，电视里不断有他的镜头，他的所有言论都围绕着一个中心议题，总是说，当我们在莫尔多瓦的集中营里受苦的时候，你们正在给现行制度溜须拍马……他得出的结论总是：那些不愿意给现行制度溜须拍马的人，都必须立即送去莫尔多瓦集中营！

晚上维捷克还是没打电话。我喝完了最后一口"败德汤"，拿着底朝上的瓶子待了十分钟，好把最后一滴也倒出来。然我坐了下来，一口气写完了关于冷水浴的文章。为了表达准确，我甚至平生第一次洗了个冷水淋浴，虽然一百个不情愿。写完文章后，我决定一并把著名库梅尔诗人埃奇格利德耶夫的长诗《创造的春溪》也译出来。

> 创造的溪水快活流淌，
> 在伟大国家各民族的土地上。
> 它们匆匆向前，注入
> 热情劳动的江河，
> 江河又相应地
> 把自己的水带进
> 世界社会主义的海洋……

我迅速给《创造的春溪》押上了韵,因为"败德汤"的作用还没有完,为了不使它白白浪费,便预先填写了今后两年的煤气、电、电话,及其他公用设施的收费本。这时候我觉得"败德汤"的作用耗尽了,困意立刻向我袭来。

我做了一个梦……

我梦见维捷克在纽约发表自己接受贝克奖的演说。他非常激动,不知道要说什么,我与安卡坐在第一排,不知为何都穿着结婚礼服,我用各种手势给维捷克提示。评委会主席像一个不是很严厉又什么都能理解的教师,在主席团的席位上用手指威胁我。我很尴尬,就不再提示了。维捷克也停止了讲话,疑惑地望着我。沉默的场面令人压抑。安卡撞了我的腰一下。沉默仍在继续。维捷克急得满脸通红,从衣兜里掏出面包瓤,开始捏一些丑陋的小人儿。人们开始窃窃私语。说话声越来越大,马尔克斯站了起来,拧着眉头,怒气冲冲地走出大厅,约翰·福尔斯[1]与科琳·麦卡洛[2]手挽着手跟在他后面。一场丑剧迫在眉睫。维捷克不知所措,像一个没有背会功课的小学生。安卡想帮他,也开始打手势。然而他不懂。我意识到,只有一个办法能解救他:按铃休息。铃声响了,声音震耳欲聋,而且很怪,它时断时续,有节奏,很像电话铃……

真是电话。一位女士用索菲娅·罗兰的嗓音通知说,我欠了长途话费,而且我与克拉斯诺亚尔斯克那边通话时间过长,但出于同情,二十分钟她只登记了六分钟!说完这些话,她等着……我冷冷地表示了感谢,然后就挂断了电话。后来我拨了奥杜耶夫的电话。他犹豫了一会儿,给了我施特拉的电话号码。

"那位特尔-伊万诺夫怎么样?没有来过吗?"我有意问了一句。

"没有。可能去什么地方了。"奥杜耶夫说,声音一点也不抖。

施特拉的电话无人接听。我决定,如果今天维捷克还不来电话,

---

[1] 约翰·福尔斯(1926—2005),英国作家。
[2] 科琳·麦卡洛(1937—2015),澳大利亚作家。

明天只好去电视台穿皮衣的喀尔刻①那里救他。

因为"败德汤"业已喝光,新的还未到,我无法开始真正的工作,便去给订货人送写好的东西。在莫斯科奔波了好久,得到了某些酬金,之后我便去文学家宫喝咖啡。然而,我差不多立刻就被迫从那里逃了出来:有一半的人迎面扑来,问我把我的天才朋友藏到哪里去了。关于他,基皮亚特科娃、伊里斯金、梅德诺斯特鲁耶夫与戈雷宁说了那么多有趣的故事。娜久哈在大门口追上了我。她在围裙上神经质地擦着手,也在打听维捷克。

"忘掉他吧。"我建议道。

"我忘不了……"

"我能理解!"我忧郁地点点头,想起了安卡,"但这没有用……"

"我要为他而斗争!"娜久哈突然用车尔尼雪夫斯基的腔调说。

"你呀,唉,好一位斗士!"我笑了笑,摸了摸她的头,便走了。

晚上八点半,我买了饺子和一瓶干葡萄酒当晚饭,刚把钥匙插进锁孔,就听见电话响了。由于有预感,我心里咯噔战栗了一下。的确,这是维捷克。

"你快点来吧!"他用带哭腔的男低音吼道。

"你在哪儿?出什么事啦?"

"她拉着我要去上电视!再过一个钟头,它叫什么……这个……电……电视直播!"

"你放松一下!一切都在按计划进行。我立刻就去!如果我迟到了一会儿,你不要靠近电视摄像机!也不要开口讲话!明白吗?"

"好嘞——帕特里凯说咧。"他说,看来镇定些了。

---

① 喀尔刻,希腊神话中的美丽女仙。她精通巫术,住在地中海的小岛上,引诱旅人,将他们变为牲畜或猛兽。

十九
午夜直播的灾难

还好,我没迟到,甚至比他们还早到了十分钟,于是就像受过训练的猫那样,在有旋转门的玻璃入口旁边徘徊。远处,在夜空的背景上,矗立着灯火璀璨的奥斯坦基诺电视塔。很久以前,当我还是一个受各种隐喻折磨的青年诗人的时候,我写过:

> 奥斯坦基诺宛如一支巨大的温度计,
> 从莫斯科滚烫的腋下直插蓝天……

而梅德诺斯特鲁耶夫在其专著《黑暗势力》中写道,奥斯坦基诺是撒旦刺破东正教天空的毒角。第二只角稍小一点,矗立于沙博洛夫卡区。梅德诺斯特鲁耶夫在后面解释了在莫斯科的何处可以找到蹄子与尾巴,不过我忘记了具体在什么地方……伊里斯金则在自己的《愚昧》中,把奥斯坦基诺比作无知的哥萨克傲慢举起的长矛,这位目空一切的哥萨克骑在汗淋淋的母马上,踏进被征服的巴黎——欧洲文明的首都!

……他们乘坐出租车来了。施特拉今天抛弃了自己的皮夹克,穿着一袭庄重的黑裙和带花边的上衣,像一位班级训导员;电视女主持人眉毛猛地一动，就从领口露出胸衣下面的乳房，这样的时代尚未到来。她头上是刚用吹风机做过、尚未冷却的新发型，她的脸经过精心化妆，仿佛法国画家德加的色粉画。至于阿卡申嘛，如果不是凭我那带字母的魔方，我简直认不出他来了。小伙子被人偷换啦！高贵时髦的发型，深蓝色的金纽扣运动衫，浅灰色的裤子，优雅的丝质领带，闪亮的漆皮鞋上配有银白色的扣襻。奥杜耶夫曾说过，讲究穿戴的施特拉，为自己那些常常是从生活边缘收罗来的男人，专门备了几套规格不等的服装，就是为了让他们参加电视直播。

"我没有为你预订通行证！"看见我以后，施特拉喃喃地说。

"立刻去订！"我以不容置疑的口吻命令道。

"但……"

"没有什么但不但的！否则，电视直播取消！咱们走！是吧，维捷克？"

"那当然！"他完全自主地回答。

"好吧。"施特拉屈服了。因为直播流产可以直接让她丢掉工作。

"等一下。还有一个条件：我要进入演播厅，要让他在整个直播过程中都能看到我。"

"这可是禁止的呀！"施特拉带着哭腔说。

"维捷克，咱们走！"我吩咐道。

"好吧。你们别走！我尽力疏通。"

"那就进去吧。"我发了善心。

她把我们留在灯火辉煌的前厅，站在传达室旁边，自己则跑去张罗，以便让我进入直播区。我嗅了一下，除了那些行头，维捷克身上还散发着法国男士香水的气味。

"你怎么回事，讨厌的家伙，连电话都不打！生气啦？"

"一开始，是生气了。后来是顾不上……"

"这不可能！"

"可能。我最怕的就是她开始跟我聊天，说这个那个的。你看，我……我还会说什么嘛！"

"难道你们就没有聊一聊吗？"

"我说了——顾不上嘛！"

"真棒，"我拍了拍他的肩膀，"现在认真听我说：我就站在摄像机旁边。注意看我的手指头。绝不许自作主张！这是直播，它可不喜欢开玩笑！咱们的未来完全取决于今天的表现。如果她问，谁是你最喜欢的作家，你就说是我……明白吗？说是我。"

"可施特拉……这个……"维捷克吞吞吐吐地说，"她替奥杜耶夫请求……她说，你们都谈妥了。"

"没有奥杜耶夫什么事！就说是我！明白吗？"

"好嘞——帕特里凯说咧。"

施特拉拿着通行证气喘吁吁地回来了，我们从民警身旁走过，匆匆奔向化妆室。民警因一连数小时保持警惕，正昏昏欲睡。吓傻了的维捷克被塞进圈椅里。系上罩单，工作人员便开始给他敷粉、涂油、描画、着色，在头发上抹发蜡。整个过程中，他脸上一直游移着惶惑不安的表情，就像不久前柳宾-柳布琴科带着甜腻腻的笑容贴在他身上时那样。要出化妆室的时候，阿卡申贴着我的耳朵说：

"我要是告诉工地上的汉子们，他们肯定不信：这就跟打扮妞头一样！"

我们沿着无穷无尽的走廊、通道走向演播厅，没完没了地向新出现的民警出示通行证。施特拉不安地指导维捷克：

"维佳，我求你啦！整个直播——仅十分钟。时间非常非常短。你都觉不出来……答话应当简短，明确，不能有任何特殊的推论和例证。三言两语，就完事！明白吗，维佳？"

"在这方面，施特拉，你不必担心！"我安慰她说，"维克多·谢苗诺维奇讲话就像口吃的法官一样简短。"

"您总是开玩笑……哎哟，你们非坑了我不成！"

未及进演播厅，维捷克就在门口愣住了。这是很自然的，对一个从未接触过这类活动的人来说,则更是如此。请设想这样一个大厅,里面完全可以容纳两个网球场。宛如一家昏暗的电器商店,从棚顶上垂下来几百个单调的黑黝黝的照明器,大多数都闭着,只有几个亮着。整个摄像厅像一座巨大的储藏室:尘土飞扬,在昏暗中堆放着各式各样的物品。不过,它有别于老奶奶的旧式储藏室。在老奶奶那里,你一不留神,就会撞上旧三轮自行车(这是童年的记忆!)、破鸟笼子、穿坏了的鞋。在这里则完全是另一码事!在这里,你有可能突然看到真正的厨房,包括一切必需的形形色色的锅。这是著名摇滚歌手科马列维奇主持的《煮与蒸》节目留下的。科马列维奇外貌像一只幸福的家兔。稍稍靠右一点,可以发现一个真实的木井架和桔槔。上周刚播完民俗节的《进与出》节目,这些物品尚未来得及被运走。在左边,可以看到一块巨大的砾石(大概是泡沫塑料的),上面有用教会斯拉夫连体字母写的题词:

> 报考什么学校?

这是为应届中学毕业生制作某个节目时用的。我就不说那一堆堆五花八门零零碎碎的东西了:椅子、凳子、牌桌、书架、台架、栽着塑料无花果的花盆,以及其他许多意想不到的物件。就在这一片堆满各种杂物的昏暗中,他们清理出来一小片空地,并投以强烈的灯光。空地上摆着一张小桌子,上面是雅致的插花,旁边还有两把椅子。棚顶下面的发光器和几盏固定在三脚架上的弧光灯把光线投射在这片空地上。对准这片空地的,还有几台黑乎乎的大电视摄像机,一些戴着大耳机、表情严肃的人站在摄像机旁边。在这片空地上,还有几个忙忙碌碌的女士挤来挤去,正没完没了地测量、整理、移动、塞紧什么东西,还不时彼此吵上几句……时而这里,时而那里,一再响起恐怖的叫声:"快!……再过七分钟就要直播了……那个鬼主持人和她的白痴在哪儿?!"在这些工作人员旁边,有一个面色惨白如纸的虚弱女人坐在扶手椅上。此前,在化学制剂的帮助下,她曾是金发女郎。后来,在纷繁的电视工作中,她忘记了这一点,结果她的发型变成了蛋奶酥一般的黑白两层。人们发现她疲惫已极,就给她往杯子里倒了几滴缬草酊。她感觉糟透了:看来,她也是骤然永远地失去了生活的意义与对人的信心。每次直播之前,她都会发生这样的事。她是导演。好可怕的职业呀!

一看到出现在门口的施特拉与维捷克,她就推开了递给她的镇静剂,像被马蜂蜇了一样跳了起来,朝刚进来的人扑过去,其面部表情是那样恐怖,一个气得发疯的惯犯猛扑不守行规的喽啰,准备用刀片结果了他时,脸上的表情就是这样。然而,奔跑中,她的脸色突然变了,出现了灿烂的笑容,谩骂也习惯成自然地转换为幸福的絮语:

"施特罗奇卡,您的发型太棒啦!把那个理发师的电话给我。您就是大名鼎鼎的阿卡申吗?非常高兴认识您……请到现场去!施特罗奇卡,您从哪儿找到这么一位魁梧的男子汉呀?作家一般都是秃脑壳,佝偻腰……哎呀,淘丫头,好事要与大家分享啊!"

什拉波别尔斯卡娅[①]甚至还没来得及回答,女导演已经抓住维捷克,把他拉到被灯光照亮的地方,让他坐在了扶手椅上。施特拉坐在他旁边,像照镜子那样看着检播屏上自己的影像,开始整理服饰、敷粉。一个长腿姑娘跳过来,给他们俩别上微型麦克风。维捷克恐惧地看了一眼麦克风,就像看一只爬上衣襟的胡蜂。另一位穿尼龙短罩衫的姑娘跑过来,用特制的软刷子在维捷克的额头上敷了一点粉——因为紧张与弧光灯的高温,他的额头上沁出了一层细小的汗珠。

"一分钟后开播!"一个经扬声器扩大了的男声从高处,仿佛从

[①] 这是施特拉的姓。

云端,传了下来,把耳朵都要震聋了,"全体准备!"

"施特罗奇卡,对着第四个摄像机讲话!"化了妆的导演说。

施特拉舒展双肩,挺起自己不十分发达的乳房,然后生硬地笑了。维捷克看着她,也试图那么做,却不太成功。这时候我站到对准阿卡申的摄像机旁边,也鼓励地点了点头,意思是说:不要紧张,我在这儿!

"准备!"上面又说话了。演播厅安静下来,宛如夜里的停尸间。

"报纸!"面色惨白的施特拉突然喊道。

"报纸,报纸,报纸……"喊声在演播厅里渐传渐远。

头发黑白相间的女导演抓住了自己的胸口。不过这时候,像一道闪电一样,一个穿牛仔裤、披长发的人冲到了小桌子前,一张叠成四折的报纸出现在施特拉面前。

"开始!"从上面传来了命令。

站在我身边的摄像师从容地挥了一下手。

女导演的脸抽搐了一下。

施特拉深深吸了一口气,就像在潜水之前那样,然后却以十分甜蜜的声音开始说道:

"晚上好,尊敬的电视机前的观众朋友们!我是施特拉·什拉波别尔斯卡娅。准确地说,是午夜好!今天我们的午夜客人——我们的节目就叫作《午夜客人》——是一位年轻却非常有天赋的作家,维克多·阿卡申,尚未发表但已经引起轰动的长篇小说《杯酒人生》的作者。放在我面前的是最新一期《文学周报》,以要求严格著称的著名批评家扎库松斯基在上面是这样写的:'这就是他,我们的文学企盼已久的年轻天才。他全身涌动着亲切的艺术勇气!他的名字叫——维克多·阿卡申。'"她放下报纸,看了看我的学生,仿佛初次见到他似的,"维克多,我也久闻您的大名,现在很高兴有机会同您认识,并把您介绍给我们的观众!"

"彼此彼此!"维捷克看了看我的右手无名指,紧张地回答。

"那么,第一个问题,维克多,为什么您总是手不离这个魔方呢?"

"这个……这——这……我是在寻找时代的文化密码……"

我松了一口气,恰似一个拳击教练看到自己的学生成功避开了凶残对手的第一次打击。我把他训练得不错嘛,甚至连提示都用不着了。

"那怎么样,能找到吗?"施特拉略带讥讽地问。

顺便说一句,电视主持人的这种语调一向令我反感。当然啦,一想到此刻数千万无辜的人正被迫欣赏你愚蠢的嘴脸,幽默的情调就会油然而生。不过,一切都应该有一个度。我向维捷克伸出了右手食指,就像是在威胁他。

"情绪矛盾!"他准确地做出反应。施特拉已经为冷场感到些许不安,这时她松了一口气。

"这在创作中对您有帮助吗?"她已经在严肃地问了。

这才对嘛!我伸出了左手拇指。

"很可能是。"

"请告诉我,维克多,写作困难吗?"

"天才,就是犟牛!"维捷克看了我的左手小指一眼,答道。

"作家如何寻找情节,这一向是我非常感兴趣的。写长篇小说这个念头是如何在您头脑里产生的呢?"

"先验的!"维捷克响应我的右手拇指说。

我发现了导演谴责的目光。她认为我伸大拇指是在鼓励维捷克,从而干扰青年天才的直播活动。

"我也这样认为,"施特拉点点头,"当您写作的时候,会想着您未来的读者吗?"

"那当然。"阿卡申瞥了我右手小指一眼,肯定地说。

"是否可以说,您受读者趣味的支配呢?"

"绝对不是!"维捷克服从我的左手无名指,立即反驳道。

"那么,我们很快就可以读到您的小说啦?"

我把左手的中指伸到前面,当然,在不了解内情的人看来,这是极不雅观的动作。于是,我发现女导演投来了愤怒的目光。

"您问我这个吗?"我的学生顺从地问。

"对,的确是这样,"施特拉赞同地说,"这应当去问我们的出版家,他们并不急于发现年轻的天才。难道我说错了吗?"

"很可能不是!"机警的维捷克确认道。

"噢,既然我们谈起了现代文学,那么请告诉我,在现代作家与诗人当中,您最看重谁呀?"施特拉说完,就期待地望着维捷克。

"我吗?这个……"他陷入了困境,无助地向我张望。

我提醒他,用手指了指自己的胸膛,然而,看到他那惊恐的眼神,我猛然想到:他不过是一着急,忘掉了我的姓名。施特拉用类似微笑的嘴角动作小声对维捷克说了点什么。我则公然打手势,努力提醒他我叫什么。冷场在持续。浓妆艳抹的女导演向我举起了小拳头。

"让我来猜测您最看重谁吧,"施特拉扭捏不安,设法帮助维捷克,"电视观众通过《纯洁之美的化身》节目认识了他。他叫……"

"普希金①……"维捷克突然迸出来一句。

"对——"施特拉失望地吐了一口气,"普希金是我们同时代的人。我们大家都是从普希金的外套里出来的②……"

"有心智。"维捷克的反应完全符合指令。

为此我只得又伸出中指,不过已经是右手的了。第二次看见这个有伤大雅的手势,女导演怒不可遏,果断地向我走来。令我万分遗憾的是,对此我当时未能给以特别的注意。施特拉点点头,看了一下打在另一个检播屏上的表:距直播结束还剩下不足三分钟。这时她像所有主持人一样,在结束前想提一个非传统的独特问题,自

---

① "纯洁之美的化身"系普希金抒情诗《致凯恩》中的诗句。
② 本该是"我们大家都是从果戈理的《外套》里出来的"。这是作者神来的讽刺之笔。

然与领导预先协调好了。虽然，如果考虑到在这两天内他们根本未碰过电话机，那么这也可能具有个人即兴的性质。

"请告诉我，维克多，"她戏谑地问道，"女人在作家生涯中占据着什么样的位置呢？"

"勿以母羊奶煮它自己的羊羔！"维捷克甚至不等我提示就嘟哝着说。由于意外，施特拉的脸拉得很长。太棒啦！就该这样对付她，这个装腔作势的女人！好样的，维捷克！我顺从自己的激情，与任何令人生厌的符号学无关，纯粹机械地向他同时伸出了两个大拇指。好样的！对于自己的疏忽，我本可以立刻发现并加以纠正，不料，恰好在这一瞬，暴怒的女导演绕过弧光灯与摄像机，灵巧地跨过电线，走到了我面前，压低声音凶狠地命令我，不要用自己愚蠢的手势妨碍作家，并立即滚出演播厅。受此干扰，我没有及时收起自己那两根倒霉的大拇指。仿佛故意似的，施特拉这时又提出了新问题：

"好吧，维克多，我们希望您的长篇小说不久之后就能问世，展示社会主义现实主义创作方法的无限广阔前景！顺便问一句，您如何看待这种创作方法呢？"

应该说，这个问题在当时是一个传统问题，我甚至要说，是个仪式性的问题。当然，也就不需要任何别出心裁的回答，只能是肯定，赞扬。即使是憨痴如维捷克者，也有些惊讶地望着我那完全不得体的信号（两个大拇指），把双肩一耸。事后他告诉我，当时他非常惊讶，然而一阵犹豫过后，他决定：他的任务是执行，而思考嘛，那是我的事情。而且，准备好的语汇除这一个外，全部都用过了。结果，在我无意识的提示下，在电视直播中，他脱口说出了这个用语：

"臭狗屎！"

"谢谢！"施特拉高兴地表示了感谢。她尚未意识到这句话的含义，只是在说事先准备好的套话，"我再次提醒一下，我们的午夜客人是作家维克多·阿卡申。下次再会！"

意识到维捷克说出了什么话之后,我恐惧地看了看自己的两根大拇指。女导演的脸色比石灰还白。施特拉最后明白了这句话的含义,就那样张着大嘴呆坐在那里。从半空中传来了压低的呻吟声。检播屏上先是出现了插花的特写镜头,就连爬行在人造叶子上的大苍蝇也看得一清二楚。然后出现了克里姆林宫的夜景。我们的电视直播结束了。

这是真正的灾难!

二十
维克多·阿卡申是俄国革命的镜子

那一夜,维捷克入睡时已经名震寰宇。他甚至无须等到天亮,像拜伦当年那样。到家后,由于激动的缘故,他一口气吞下七个荷包蛋、一袋牛奶和一大块面包,之后在自己的储藏室里倒头便睡,根本不知道他的苦涩荣誉正在用沉重的木槌撞击大门。这声声撞击只好由我来承受,关于这件事,我当然马上就要讲。不过,首先让咱们聊一聊……

您可能要问,到底发生什么事啦?哦,维捷克对社会主义现实主义使用了不大能上台面的词。顺便说一句,在俄语丰富的不太能上台面的词库中,它远远不是最不能上台面的,更无须说那些完全不能上台面的词语了!想想看,有什么了不起的!而且他骂的不过是社会主义现实主义,一种值得怀疑的创作方法,它就像是人造蜂蜜,我曾在如今已不复存在的德意志民主共和国吃过那玩意儿。现在整整一代人成长起来了,他们根本不知道什么是社会主义现实主义,那玩意儿要就着什么吃。就算是年龄稍大一些的人,当年他们甚至用这种创作方法捞过一点不错的外快,谈起它来,也不过是像谈起一位早已过世的亲戚——他经常给自己一点小钱去买冰激凌,同时还要来一大套烦人的说教……总之,这都是胡扯,如果不是整个国家,连同它的社会经济制度当着你我的面轰然倒地,还砸到了你我头上的话……

然而，时间——我要反驳您了。您完全未曾考虑时间——这不可阻挡的污秽洪流，人甚至没有任何必要踏入其中两次，因为仅仅一次就足以彻底玷污全部剩余的生命……（记住！）而且，这一切都发生在那个时候，当时戈尔巴乔夫已经开始幻想给人民以纯洁的民主享受，但还未下定决心抛弃马列主义。不过，对于全新感受的渴望已经在他心中沸腾，并开始表现为禁酒令和对下班后爱喝两口的公民实施中世纪式的迫害。应该说，这条原罪（在我们国家的条件下）到最后都始终压在米哈伊尔·谢尔盖耶维奇心头，并最终注定了他全部改革的破产。一个妻子，如果在节日酒宴上抓住丈夫举起酒杯的手，一定不会有好下场！（也要记住！）

戈尔巴乔夫还开始频频出国，这也具有深远的影响。说实在的，他颇像一个这样的少女：父母第一次带她去亲戚家做客，在那里这个少女结识了许多表姐妹，并突然羡慕地发现，原来她们早就在抽烟，同男孩子们亲嘴了。姑娘非常想成为像表姐表妹那样自由无羁的人。可要怎么办呢？有这样严厉而铁石心肠的父母，家庭内部的生活又是那样单调古板，那根本不可能！不过，狡黠的姑娘什么都琢磨好了：必须从小事开始，首先要动摇那些看不见的基础，甚至是细小的支架。比如，拒绝吃早晨那碗燕麦粥。在他们家，早晨都要毫无怨言地喝燕麦粥，这已经是第四代人了。这事似乎就这样成功了……现在可以等待合适的时机，总有一天，她可以任性地宣布：我再也不九点钟就上床睡觉了，因为这时候电视里正好在播墨西哥姑娘的电视连续剧。这位墨西哥姑娘快要疯了，因为她无论如何也搞不清楚：自己到底爱谁爱得更厉害、更热烈。是佩德罗呢，还是迪埃戈。这事也成功了……那么，放学以后就可以偶尔不回家吃午饭，在大街上溜达，向从旁边驶过的汽车司机们抛送媚眼……时隔不久，因事外出的父母突然回到家中时，竟发现吸足大麻的女儿与两个黑人躺在被窝里……难道您以为，这对父母此刻会相信，所有这一切都开始于很早以前的那次做客，以及她拒绝喝的那碗燕麦粥吗？不过，至于黑人的事，我已经说到俄罗斯历史的叶利钦时代了……

然而，正是在我的帮助下，您已经熟知的那句由维捷克播送到太空的话，成了俄罗斯的燕麦粥。是的，不管承认这一点是何等痛苦，但正是这句话成了后来发生的一切的起点。当然，现在没有任何人回忆这件事了，就像那对不幸的父母，看到自己寡廉鲜耻的孩子与两个黑皮肤的淫棍在一起，却想不起那碗燕麦粥一样。而且，那个节目是直接播送的，未留下任何录音，所以我无法为自己这些话的真实性提供确凿的证据。但我求助于您的记忆！请回忆一下早已停播（就是从那个事件以后）的《午夜客人》节目！回忆一下您所受到的震撼！这您是不可能忘却的！通过怯懦的苏联电视屏幕听到这样的话语是不可思议的。那时候，电视存在于我们的住宅，似乎就是为了直接或是一步步顽强地向我们灌输：当白昼将尽，太阳将最后隐没的时候，它用最后一道光线照亮中学生伏案学习的身影，而这个学生正在做列宁的《我们怎样改组工农检察院》的摘要。不错，此刻电视还是那么顽强地向我们证明，还是在那样的条件下，落日的余晖照亮的还是那个中学生，不过他伏案研究的已经是美元的最新牌价了……然而，还是让我们回到那宁静的过去吧：您昏昏欲睡地坐在沙发椅上，面对着打开的电视机，您突然跳了起来。您听到青年作家阿卡申用迷人的下流语言，痛骂令人厌恶的现实，他如此毫无顾忌地顶撞的即使不是基础，而是它的一根支柱，但毕竟也顶撞了一下！还不是通过敌对者的广播，而是通过亲爱的苏联电视台……"嗬，开始啦！"您这样想，随即大声呼唤在厨房里的妻子。您说，快来呀！竟有这样的事！大概是克里姆林宫里的熊完蛋了。难道您忘了吗？您忘了……我可以理解，自那时候起，发生了多少事件啊……但有过这么一回事！有人说过这一句话！发生在一切刚刚开始的时候！

弧光灯刚一闭,灯光师就抬走了失去知觉的女导演。滂沱而下的泪水把施特拉化过浓妆的脸冲得五彩缤纷。她号啕大哭着,跑到井栏和桔槔的后面去了。作为有经验的电视节目主持人,她当然明白,这句说给全国听的脏话对于自己意味着什么!维捷克把肩一耸,刚站起来,就被微型麦克风的长导线缠住,呆若木鸡的电视工作者们甚至都不敢走过去帮他取下麦克风。这事只好由我来干。

"我好像什么话说得不对啦?"有所觉察的维捷克问我。

"一切都很好!"我用假话安慰他。

"对不起,我把你的名字忘了个一干二净!"

"没什么。不过普希金你倒是记得很牢……"

"那还用说嘛!我们的文学老师是那样混账的女人,我帮她在菜园子里拣过土豆,可她非逼着我背熟《叶甫盖尼·奥涅金》[①]不可。"

"你交了好运。"

"咱们回家吧,我饿了,一点力气也没啦!"

"再过二十分钟咱们就到家啦!"我自信地说。

其实,我当然没有那么想。我甚至担心,我们将在奥斯坦基诺被捕。他们没有逮捕我们,虽然往外走时,检查我们通行证的民警不知为什么打电话联系了自己的上级。看来未得到命令,他显然有些失望,不过还是放我们走了。夜深了,乘公交车回家没有任何希望了。可是,不等我们走到出租汽车站(那里自然也是阒寂无人),不知从什么地方突然冒出来一辆黑色伏尔加,刹车吱地一响,停在了我们旁边。"要紧的是,在接受拷问之前给谢尔盖·列昂尼多维奇打个电话!"我这样想着,就把手放在一起,准备戴手铐。不过,原来这是一辆公车,司机不过是想挣点外快而已。一路上,他用最不堪入耳的话大骂莫斯科的道路,与他骂的话相比,咱们维捷克在电视直播中骂的话简直就不值一提。

[①]《叶甫盖尼·奥涅金》,诗体长篇小说,普希金的代表作。

至于维捷克到家后的表现，您已经知道了。我呢，尽管是深夜，却被牢牢地拴在了电话机上。顺便说一下，我们进家门时，它正响个不停，似乎嗓子都哑了，仿佛一个被抱到凉台上呼吸新鲜空气的婴儿，后来被忘在了那里。第一个便是刚刚提到的谢尔盖·列昂尼多维奇。

"胡闹到头了吧？"他恶狠狠地问。

"这是什么意思？"我装作无辜的样子问。

"别装糊涂啦！为什么不事先商量一下？"

"什么事呀？"

"算了吧，我说了，不要装傻：你的电话明天才能窃听。我问你，为什么不商量？"

"要商量，你能允许吗？"

"当然不能！"

"所以才不商量。必须当场决定。机不可失，时不再来嘛！啊，总之，我决定自己承担责任……"

"还不如我，他娘的，批准你出一份地下杂志……"他叹了一口气说，"还好，你清楚自己的责任！难道就不能干得更文明一点吗？你是作家嘛，他娘的！用一句潜台词，不就完啦。"

"效果不一样。你也是专业工作者嘛，应当理解：西方只会对轰动一时的东西做出反应。我还能想出什么高招来呢，总不能去炸列宁墓吧，真的！"

电话的另一端长时间沉默着，看来是在紧张地动脑筋。

"那不是你干的事，"谢尔盖·列昂尼多维奇最后说，"你有自己的地盘，就在那上面耕耘吧！不过要注意，如果局势失去控制，上面介入，那么，我和你素不相识。法庭调查时你将是证人。你的小伙子最多能判三年，然后我设法把他捞出来。你没有偶然对他提起过我吧？"

"你不要小看人！"

"你小心点!"

"难道有那么严重吗?"

"鬼才知道呢!一切都要看如何向上级汇报!也许能平安渡过……"

"谁将向上级汇报呢?"

"我。"

"那就汇报得好一点吧!"

"这不取决于我。上级如何命令,我就如何汇报。"

"我不明白。"

"只是现在不明白,还是都不明白?"谢尔盖·列昂尼多维奇讥笑地问,"算啦,聪明人,等着吃官司吧!开个玩笑……不过,我给你打过招呼了,你要做最坏的打算。明白吗?再见!"

第二个打来电话的是尼古拉·尼古拉耶维奇。一开始我甚至没听出是他,以为是电话录音。后来我才想明白:戈雷宁把自己的声明录下来了——为了应付上级。

"我认为自己有义务,以苏联作家协会的名义,"他的语调像播音员在播发关于空难的消息,"就您一直以来鼓吹的所谓年轻文学家阿卡申放肆而不负责任的荒唐行为,向您表达强烈的愤慨。他在自己的电视演说中肆无忌惮地攻击我们社会,我们苏联文化的最高精神成果之一——社会主义现实主义的创作方法。社会主义现实主义为人类贡献了一系列优秀作品,如高尔基的《母亲》、法捷耶夫的《毁灭》、革拉特珂夫的《水泥》、艾特玛托夫的《永别了,古利萨雷!》、戈雷宁的《超额奖金》等。为了给您一个解释的机会,我建议您明天十二时整来理事会。来时请携带作家协会会员证。"

"明白了,我去,"我答道,"我同您一样难过。"

吧嗒,这是关闭录音机的声音。接着便是尼古拉·尼古拉耶维奇快速而急切的话语:

"请记住,我没有给你那个坏蛋批任何物质帮助!"

第三个打电话的人是梅德诺斯特鲁耶夫,他尽量用变了样的声音问道:

"怎么样,犹太复国主义的丑八怪,折腾出祸来了吧?"

还没等我反应过来,他就挂断了电话。他不等我回答,因为这个问题完全是修辞性质的。

第四个人是伊里斯金。

"哈喽?您好,"他说,"电话里有干扰……哈喽!"

"不要担心,伊万·达维多维奇,"我安慰他说,"这是最一般的干扰。明天才会有您怕的那种。"

"明白了,"伊里斯金的声音变得豁亮了,"请转告维克多,我们都为他的勇气感到骄傲!请他不必担忧,对他的审判和不公正判决,全体进步人类都会知道。您明白吗?不过,我请求,在审讯中,关于自己的父亲,他应当一字不提!我们没有权利把这样的王牌交到梅德诺斯特鲁耶夫之流手中。他们正求之不得,以便掀起虐犹的风浪!您明白我的话吗?!您要保证!"

"我郑重保证!"

"我们不会忘记……我暂时不会再给您打电话了。再见!"

第五个是奥杜耶夫。

"谢谢你,朋友!"他动情地说。

"为什么?"我有些惊讶。

"什么叫为什么呀?为你在直播中没有把我牵连进去嘛!你设想一下,现在我本来有可能处于什么样的尴尬境地呀?我的电视节目肯定要被砍掉!什么样的列昂尼多维奇也帮不上忙。施特拉来过电话,大发脾气……说一切都是我的过错,是我把她介绍给了维捷克。我说,就凭她这种气质,根本就不能在电视台工作!对吗?"

"当然啦。"

"你听我说,咱们是自家人嘛,他是犯浑还是故意?"

"兼而有之。"

"我不知为什么也这样想……小伙子真可怜！真有才能啊，鬼东西。稍等一下……"他离开了一会儿，然后就兴奋地大叫起来，"娜斯佳被调到'自由'广播电台啦，他们正在报道你们！快开收音机！"

我朝收音机扑过去。那时候，我的收音机总会调到这个广播电台。在刺啦刺啦的干扰声中，一个熟悉的女声，带着不易觉察的反苏情调说，从著名作家维克多·阿卡申在电视采访中对被强加给作家们的社会主义现实主义创作方法所做的意外评价来看，可以得出结论：在克里姆林宫的政权中，各派政治力量之间的斗争加剧，似乎改革派正在取得优势。现在一切都取决于总书记戈尔巴乔夫站在哪一方。不过，据最新情报说，维克多·阿卡申已经被捕，关在卢比扬卡。萨哈罗夫院士的妻子叶莲娜·邦纳说，她丈夫准备为这位勇敢的作家仗义执言。出于自己作为原子物理学家的经验，他把这位作家大胆的话称作"毁灭性链式反应的开端"……下面是一条关于昂纳克暴行的消息，他下令枪杀试图翻越柏林墙的德国人。由此可以设想，在所有其他国家，对试图非法越境的公民都会献上鲜花与水果。

第六个人是安卡。

"他真好笑！"她说。

"谁呀？"

"你的天才呀。他可笑而勇敢。"

"是……"

"你呀，永远也不敢这样干！"

"为什么呢？"

"不知道……你总是算计来算计去的。他想到就说。这是壮举！对于敢为壮举的男人，女人准备献出一切。你想，十二月党人的妻子们为什么会抛弃年轻的情人，追随并不喜欢的丈夫去西伯利亚呢？正是为此啊！"

"可你正打算追随丘尔梅尼亚耶夫去纽约领取贝克奖啊!有意思,他完成什么壮举啦?"

"什么壮举也没有。他对我来说只是交通工具。难道你不懂吗?就像是童话中的大扫帚……"

"这他听说过吗?"

"当然听说过,他就在旁边躺着哩。请告诉你的维捷克,说我几乎爱上他啦!"

"他睡了。"

"睡醒以后请转告他!"

第七位,也是最后一位,是日古托维奇,他说:

"我就知道,你还没有睡觉!"

"我正要躺下。"

"总的来说,访谈还不错,内容充实,我甚至没想到维捷克能做到这样:论外表,他很像个傻瓜嘛。你应该事先告诉他,在电视直播中不能骂人!"

"谁知道呢,结果成了这个样子。"

"结果不好。可能会被扣上反苏的帽子。使用传媒工具。还可能以怂恿罪把你也牵连进去!但你不要紧张,一旦有什么事,在你坐牢期间,我会像咱们谈好的那样,照料你的住宅。顺便说一下,我们单位发印度床单,我拿了一套……应该送到你那儿去。你知道,要是老婆看见了,非把我切碎了不可!"

"你白磨嘴皮子了!接受审讯时,我要把咱们打赌的事说出来,那样一来,咱们将因教唆罪一起坐牢。一块伐木。你拉大锯的一头,我拉另一头……"

"你是开玩笑吧?"他发愁了。

"绝对不是!"

"是的,"在长时间思考之后,日古托维奇说,"书上说得完全正确,'仿佛大洋的浪涛亲切地冲刷海岸,上帝周到的关切从不会抛弃共济会会员，只要他表现出善良、温和、坚定与公正……'"

"你这是从《共济会百科全书》上读到的吗？"

"还能从哪儿读到呢！咱们白琢磨这件事啦……"他挂断了电话。

虽然木已成舟，但这一夜我久久不能入睡，无法补救的失误与将要为此付出的沉重代价，种种不祥的预感折磨着我。我诅咒一切：与日古托维奇的荒唐赌局、维捷克、阿诺尔德及其"败德汤"，还有傻女人什拉波别尔斯卡娅，不过，首先是我自己的刚愎自用与浮躁轻率。

夜里，我被一些奇怪的声响惊醒了，以为有人来逮捕我们。原来是维捷克饿醒了，起来用菜刀开了一听肉罐头。后半夜我一直在睡梦中伐木。我和安卡都赤条条地站在没膝的雪地上，用双人锯伐树。不知为什么，伐的还是棕榈……

二十一
恐惧与战栗

第二天,在离开家之前,我推醒了熟睡的维捷克,无比严厉地命令他:

"不许接电话!"

"好嘞,帕特里凯说咧。"他眼睛也没睁,点了点头说。

在地铁里,人们悄悄谈话的只言片语断断续续地传进我的耳朵。两个显然是工程技术人员模样的人,黑色大皮包放在膝盖上,正在议论昨天电视直播的事。

"你以为,这是偶然的吗?"其中一个小声问。

"在咱们国家,砖头不会平白无故地落到头上!"另一个回答。

"是挑拨?"

"当然是,咱们一露头,他们就啪的一下子!"

"那我们该做些什么呢?"

"什么也不做。就用枪油浇萝卜吧!"

这里涉及一个当时广为流传的笑话:一个老爷爷把一挺机枪埋在了菜畦里,为使它在有用之时不生锈,便每天用油浇它。那时候我们都是何等幼稚的傻瓜呀!

给中央文学家宫看门的老太婆以同情的目光看了看我,我由此明白,我昨天参与电视丑闻的消息已为群众掌握。在小吃部排队的人一看到我都猛地一震,但表面上都不露声色。我站在最后。又有一个人站到了我后面。他按波罗的海沿岸地区的习惯,悄悄拖长声音说:

"坚强——些!"

我回头一看,是立陶宛大诗人西多拉斯·波德卡布卢基亚维丘斯,著名长诗《沙丘上的战斗》的作者。长诗讲述了将那个地区从法西斯的桎梏下解放出来的红军的功勋。它甚至得了国家奖金。几年后,立陶宛成了主权国家,波德卡布卢基亚维丘斯突然宣布,《沙丘上的战斗》其实是献给无畏的"林中兄弟"的,他们同占领军战斗到流尽最后一滴血。因为长诗是用复杂的实验性隐喻写成的,人们无法搞清作品具体是献给谁的,所以只好相信作者的话。于是他获得了格迪米纳斯[①]奖金。

就这样,我回头看了一眼,可是波德卡布卢基亚维丘斯对我询问的目光没有任何反应,仿佛一秒钟前不是他用尖细的嗓音小声鼓励我的。轮到我的时候,小吃部的女服务员一反过去的传统,亲自往我的咖啡里放了糖,并尽量挑了一块火腿肠厚一点的面包递给我。

离开柜台后,我细心观察大厅,决定坐到正伤心地喝着啤酒的扎库松斯基身边去。

"可以吗?"我朝一把空椅子点了一下头,问道。

"现在什么都无所谓了!"

"这是怎么回事?"

"还怎么回事呢!你应该事先打个招呼……天哪,我为什么要写他呀?为什么?什拉波别尔斯卡娅这个傻女人还说出了我的名字!这下完啦……"

"也许能平安无事。"

"别拿人寻开心啦。《文周》已经给我打电话了,说不再与我合

[①] 格迪米纳斯(约1275—1341),立陶宛大公,他抵御骑士团的入侵并开疆拓土,是立陶宛历史中最为重要的人物之一。

作了!《文评》也打来了电话。《文问》也打了!《苏俄》[1]也打了! 太可怕啦! 现在我就在等, 克格勃随时可能来电话……"

"我能帮什么忙吗?"

"毫无办法。我完啦。"

"也许, 我能做点什么, 为你的慷慨赴死壮行色?"

"给我二十五卢布吧。"

我给了他二十五卢布。

戈雷宁的接待室里, 一如既往, 挤满了人, 不过我未看到一个来送申请的人。是的, 谁会趁办公室主人心绪不佳的时候来要求物质帮助呢? 更无须提汽车了。最好什么也不要。秘书玛丽娅·帕夫洛夫娜只忧郁地看了我一眼, 便说:

"等着吧。不用排队, 等他一有时间, 我便先让您进去。"

今天坐在接待室里的不是求助者, 而是送信人。挂在他们脸上的不是乞求的哭相, 而是振奋与不妥协。我们作家的传统正是如此: 只要一有风吹草动, 立刻便有代表团带着抗议信往领导那儿跑。顺便说一下, 他们无须人组织, 这是文学肌体的下意识反应, 就像打嗝一样。这种现象我已观察到许多次, 其人员组成基本不变, 与动因无关。动因几乎五花八门: 昔日作家同行——持不同政见者的乖戾行为; 对加沙地区阿拉伯人的迫害; 美国总统对本国人民开的不得体玩笑; 等等。在场的三个代表团都用眼神对我的出现表现出不同类型、不同程度的愤慨。

表现出最真诚、最不可调和的愤慨的, 是以博达尔金夫人为首的党内文学老战士代表团。那时候, 博达尔金尚未声明自己与迫害帕斯捷尔纳克无关。男人们都穿着"莫洛托夫-里宾特洛甫条约"[2]

---

[1] 它们分别是《文学周报》《文学评论》《文学问题》和《苏维埃俄罗斯》的简称。——原书注

[2] 1939年, 苏联与纳粹德国在莫斯科签订的一份秘密协议。苏方代表为莫洛托夫, 德方代表为里宾特洛甫, 亦称《苏德互不侵犯条约》。

时代的服装。女士们则拎着史前时期的手提包,尽管是温暖的 6 月,却都还缠着围巾。他们大概都带着抗议信,抗议对苏维埃社会神圣意识形态的亵渎。在他们中间,不知为什么还有斯维里多诺夫,他紧皱眉头,为自己的默默无闻深感痛心:他声名大噪还要等到 1991 年 8 月,那时候他将首先想到,应该把外国记者们召来,当着他们的面焚毁党证。

第二批人数较少,他们以极具攻击性的厌恶目光瞪着我,表达着作家群体中最有爱国意识的那部分人的情绪。我想,他们的请愿书会痛斥昨天那场误会的反俄罗斯性质,他们说,那是在反对祖国文化的古老传统,其逻辑的延续,甚至是顶峰,就是社会主义现实主义的创作方法。实际上,他们当然认为,社会主义现实主义是国际主义的胡说八道,然而,尽管困难,为了祖国的利益,民族的肌体毕竟已经将它消化。他们的服装带有老莫斯科的土气,而梅德诺斯特鲁耶夫因为这个缘故甚至还穿起了乌克兰绣花衬衫,把靴子擦得锃亮。斯维里多诺夫的妻子在这个领域至今仍默默无闻,不知为什么也挤在这伙人当中。

最后,人数最多的一帮人是有自由主义倾向的作家,他们穿得有品位,有欧洲派头。那时候,这种派头只能属于有机会因公出国从事创作活动的作家。他们也谴责地望着我,但这种谴责是集体合唱性质的,他们生同行的气,因为他在最意想不到的地方因调门过高而厉声尖叫起来。(记住!)佩列雷金是他们的头儿。他们同时带来了两封信。一封信由涅奥尼林拿着,他穿着一件完全是反苏维埃式的方格上衣。第二封信由忧伤的伊里斯金拿着,当我出现的时候,他苦恼地眨了眨眼睛。他们很可能在第一封信中要求:把那些胆敢攻击苏联文学的人道主义传统,并在作家队伍中散布民族不和言论的人永远开除出作家协会,禁止其发表作品。第二封信比较温和,他们大概建议立即开展关于社会主义现实主义的全民辩论,然后,不管其结果如何,开除一切不配享有苏联作家崇高称号的人……在这些爱好自由的人当中，我发现了斯维里多诺夫满脸粉刺的女儿。小斯维里多夫在走廊里游荡着，看来是在防备可能再来一批递交抗议信的人。这也自有其聪明之处，可称之为举一个家庭之力，承包或囊括整个意识形态与文艺创作空间。

根据谈话的只言片语判断，三个代表团之所以都拥挤在接待室里，是因为领导无论如何也得不到上边的具体指示，无法从递交的信件中选一封送中央报刊发表。他们一边看着我，一边窃窃私语，似乎昨天的电视事件在政治局会议上已经被讨论过，至于国家首脑们得出了什么结论，尚不得而知。不过大家都明白，谁的信被相中，谁的信出现在明天的报纸上，将影响到最近几年内作家协会中的力量对比。

顺便说一下，在戈雷宁的办公室里，有一个特制的防火文件柜，里面塞着数百封类似的信件。它们是作家协会在半个世纪的存在时间里积累起来的，已经装订整齐。如果将其公布于世，马上就能彻底改写人们对苏联时期文学进程的认识，以及个别驰名作家在其中的作用，而他们几乎被认为是现今的自由思想之父。然而，1991年8月，当制度的崩溃已经显而易见时，一群作家冲进了理事会。他们首先要做的（不分思想倾向，谁都争取这样做），就是销毁防火柜里的东西。然后才是（也是齐心协力）从不幸的尼古拉·尼古拉耶维奇手中夺取刻有国徽的印章，对他本人，则是从窗户扔到种着唐菖蒲的花坛里去。在这项统一行动之后，他们的利益发生了冲突，经过激烈争斗，因获释的持不同政见者与忏悔的共产党人的加入而力量倍增的自由派文学家掌握了印章。狂热的特尔-伊万诺夫与斯维里多诺夫为自己赢得了不朽的荣誉。公章的归属实际上决定了文学的进一步发展。戈雷宁至今也不能原谅自己，因为他未来得及将保险柜里的东西转移到某个安全地方，把公章埋到花坛里去。俄罗斯文学史本来有可能走完全不同的道路！

我知道一件极其有趣且绝对真实的事。1991年8月，当许多人，甚至一些很不笨的人在欢欣雀跃地庆祝民主胜利的时候，我的一位熟人去了一个距离最近的被抛弃的区党委，从一位值班的退休人员手中用两瓶伏特加换了六麻袋党证。这些党证是不坚定的共产主义者们匆忙交来的，他们惊惶地预感到新时代正在来临。他在家里把它们按字母顺序整理好，摆放在专用的卡片盒子里。这些卡片堆满了半个房间。我们大家都拿他取笑。但他是一位坚定的辩证论者，懂得历史仿佛是一只蛾子，是按螺旋形前进的。他不理会我们的嘲笑，耐心等待。1993 年 9 月，当叶利钦与议会进行斗争，人们纷纷议论一切都有可能倒转的时候，许多人开始向我的朋友求助。什么事情都可能发生啊！如果一下子……为让党证复归原主，他要价不高，但也不便宜。他用卖得的钱给自己买了位于克拉托沃的一幢两层别墅和一辆雪铁龙轿车。是二手车，不过还相当体面。现在他正耐心等待历史的新时期，他估计共产党人将赢得大选，那时候他要用挣到的钱在塞浦路斯为自己建一座花园洋房。他说的话我信……

办公室的门突然大开，紧皱眉头的作协党组书记从里面走了出来，一个脸上挂着毫无意义的共青团式笑容的年轻人迈着小碎步走在他身后，就像副官跟在严厉的长官后面那样。他头发鬈曲，腆着提前发福的大肚子——这是作协共青团组织的头儿。他的组织只有四个团员，其余的没有地方去找，因为当时作家协会会员的平均年龄是六十八岁。等候的人们期待地望着他们，但党组书记只小声骂了一句，便走出了接待室。鬈发小子尽量与领导步调一致，跟在他后面走了。那时候谁想得到，几个月后，利用由我开创的变革局面，这个大肚子恶棍从写字台里取出并发表了可耻的中篇小说《区级的重大事故》，把用乳汁哺育了他的共青团骂了个体无完肤！

"进去吧！"玛丽娅·帕夫洛夫娜对我点了一下头。

我走了进去。

办公室里有三个人。尼古拉·尼古拉耶维奇坐在自己的"棺椁"写字台后面，沮丧地抱着头。茹拉夫连科正在打电话。谢尔盖·列昂尼多维奇直接从蒙着一层水汽的瓶子里贪婪地喝着矿泉水,而在敞着门的冰箱里可以看到冰镇的马雅可夫斯基牌啤酒。

"来啦?"戈雷宁叹了口气。

我默默地点了点头。

茹拉夫连科推开电话,用阴沉的目光看了我好长时间。谢尔盖·列昂尼多维奇只是病态地皱紧额头,同气流的强大反冲力做着斗争。既然一口灌下那么多纳尔赞矿泉水,这是不可避免的。

"我们拿你怎么办呢?"戈雷宁板着脸沉思着说。

我顺从地把两手一摊。从各种迹象看,对于如何处置我与维捷克,他们尚未接到任何指示。否则,谈话将完全是另一个样子。

"阿卡申在哪儿?"谢尔盖·列昂尼多维奇问。

"在睡觉。"

"他如果逃跑,将唯你是问!"

我点点头。

"你怎么把这么个骗子塞给我们呀?"开口说话的又是尼古拉·尼古拉耶维奇,"我们查问过他之前的工作单位。原来他在那里也耍流氓!看吧,先是动手打队长,现在又要谁下手呀!他的长篇小说,只要认真阅读,肯定也有倾向性!现在已经一清二楚,他在帮谁的忙!可耻!"

我的脸乖乖地红了。

很难说谈话将如何结束,假如奥莉加·爱玛努埃列夫娜没有在这时候冲进办公室的话。她激动得吓人——假发挂在后脑勺上,就像士兵急行之后的船形帽。她没有发现我,或装作没发现我的样子,大喊大叫道:

"我要给戈尔巴乔夫打电话!我把什么都告诉他!我被骗啦!我应当亲自给米哈伊尔·谢尔盖耶维奇解释清楚!把坏蛋阿卡申的事都告诉他!把我知道的一切……"

她说着就扑向"政府专线"。这显然是夸张,她当然不会把一切都说出来。但吓坏了的男人们一起跳了起来,像足球赛中被罚危险的任意球时那样,组成一道人墙,用自己的身体护住神圣的电话机。我趁这个混乱场面,溜出了办公室。三个代表团的成员对我的出现既好奇,又蔑视。不过,自由派代表团的蔑视略带亲属色彩。

"正在给戈尔巴乔夫打电话!"我意味深长地说了一句,之后就离开了接待室。不过,我已经发现,信使们动了起来,为冲进办公室做着改组准备。

我走进卫生间,关好小门。除了要办的事情外,我还必须喘口气,仔细斟酌一下形势。不料从上面伸下来一只手,递给我一张字条。我发现此人手腕上有一块军官表。这是丘尔梅尼亚耶夫。我展开字条,只见在方格纸上用印刷体写着:

今天。18时整。佩列皮斯基诺。法捷耶夫街,12号A别墅。请同维·阿一起带小说来。务必。等你。丘。

我回到家里,维捷克已经醒了,正在吃饭。
"有什么新消息吗?"我问。
"什么新消息也没有。有个姓萨哈罗夫的从高尔基大街来电话。找我或你。"
"我不是跟你说了嘛,不要接电话!"
"哦,所以我对他说,家里谁都没有。他说过两个小时再打……"
就在这时候,电话铃响了。我拿起听筒。
这是我熟悉的有索菲娅·罗兰嗓音的女话务员。她声称,由于欠费,要切断我的电话。我以为是上次谈话时我的失礼刺痛了她,便动用我惯用的手法,盛赞她声音中神秘而又不同寻常的性感。我感觉她突然变得不肯通融,于是采取了极端措施:邀请她来家做客——喝茶。来做客她倒是答应了,不过她说,电话还是要断,因为这是最高领导的指示。听筒里啪地一响,接着便是死一般的寂静。萨哈罗夫院士现在再怎么努力从自己的流放地高尔基大街给我打电话也不行了。

二十二
佩列皮斯基诺新村及其居民们

傍晚五点半，我和维捷克站在佩列皮斯基诺的站台上。把我们从莫斯科拉到这儿来的电气火车吱嘎一声关上车厢门，夹住了一位正专心与朋友告别的乘客。后来列车猛地一抖，开始向前滑行，并逐渐加快速度，开往前方的戈利岑诺。列车像一道绿色的长墙，轰隆隆地疾驰而过，然后突然断了。我的身体瞬间眩晕失衡，倒向站台前的深沟，下面便是嘎嘎响的铁轨。我不由自主地抓住了维捷克的手。

"你怎么啦？"他问。

"没什么……你反正也不懂！"我清醒了，没有回答他的问题。

"有什么不懂的呢？我在地铁里也常这样，好像被风往铁轨上刮似的。"

为了掩饰窘态，我把包在报纸里装着"小说"的文件夹夹在腋下，手搭凉棚眺望渐行渐远的火车。最后一节车厢的端面还清晰可见，上面涂着红通通的条带。返回莫斯科时，司机就改坐到这节车厢里来，于是车尾变作车头。生活也像这样变来变去！

公共汽车自然未能赶上，我们决定不等下一班，步行去。如果不走公路，照直走，穿过一片古老的针叶林，大概有两公里。落满松针的小径上经常有粗大的老树根隆起，宛如曲张的静脉。维捷克被绊了一跤,气得骂了一阵子,开始认真地看脚下的路。我熟悉这条小径。我曾多次沿着它奔向戈雷宁的别墅,急不可耐地振动着欲望的翅膀。有一次,我也被绊在树根上,头上磕了一个大包。无限温存的安卡整整一夜都把我叫作"我的小犀牛"。谁知道呢,假如那个大包没有消退,永远留在我的额头上,我们也许不会分手,我就永远是她的"小犀牛"了。说不定……

这是一个温暖的 6 月天,更确切地说,是一天中的转折时刻。太阳依然透过树冠的空隙灿烂地照着,然而空气中已经弥漫着傍晚的气息,在树木投下的阴影中,已经开始积蓄未来的夜的黑暗。(简直是布宁[①]!记住。)

"好哇!"维捷克大声吐了一口气说,"跟我们的梅季希一样!"

作家新村之所以叫作佩列皮斯基诺,是因为它建在离佩列皮斯卡村不远的地方。而这个村子叫这个,是因为上世纪初拥有它的那个令人厌烦的老头子不停地改写自己的遗嘱。如果继承人看他的眼神不够恭敬,或仅仅是面无表情,老头子便会立即将他赶走,叫诉讼代理人来改写遗嘱。遗嘱抄写完了,他召见下一个继承人,不料这个人未能赶上约好的午餐。老头子便把他也赶走了,又派人去找诉讼代理人。事情结果如何,最终谁得到了这个村子,无人知道,只是从那时起,这个地方就叫佩列皮斯卡[②]了……

作家新村在这里出现要晚得多,是在 30 年代初期。当时阿列克谢·马克西莫维奇·高尔基刚从卡普里岛归来,他要看一看,他青年时期的朋友们 1917 年夺取政权后在俄罗斯搞了些什么名堂。他回来后惊喜万状,就在惊喜状态下留了下来。如果你的书成了学校的教科书,如果全俄中央执行委员会的委员们拍着你的肩膀责备:"你怎么了,马克西莫维奇,难道真的在外游逛惯了,懒得在家啦?!"——你还怎么能再去卡普里岛呢!高尔基到处看了看,研究

[①] 布宁,又译蒲宁(1870—1953),俄罗斯作家,1933 年获诺贝尔文学奖。
[②] "佩列皮斯卡"在俄语中有"反复抄写"的意思。

了局面，一次在会上批评斯大林：作家们对革命劳苦功高，可你，索索①，却苛待他们！"金牛犊对作家们有害无益！"斯大林笑着说。但高尔基不肯退缩，一次晚饭期间，他又提醒领袖说，在旧社会，作家们夏天都在别墅里生活和写作，而不是在闷热嘈杂的城市里。他们创造出了什么样的文学呀——普希金，莱蒙托夫，托尔斯泰，契诃夫！据说，斯大林吸了一口烟斗，然后说道："他们就那样坐在别墅里推翻了沙皇专制制度！你，马克西莫维奇，难道也想让他们这样干？！"高尔基吓得直摆手，赶紧解释，说不是那个意思！后来斯大林点点头说："好吧。你是无产阶级文学的奠基人，就带着自己那帮坏蛋随便干吧！"可能这是各族人民的父亲在其执政期间所犯的最大错误……

佩列皮斯卡被高尔基选中用于建造作家别墅村并非偶然。第一，这个地名本身就可笑地适合搞写作的知识分子居住。第二，这个地方十分幽美：有松树，有河流，有丘陵起伏的蓝色原野。而且，阿列克谢·马克西莫维奇青年时代曾多次在这里参加五一节工人野外秘密集会。用现在的话来说，这些集会是由纺织业百万富翁萨瓦·莫罗佐夫出资赞助的，这位大亨在海燕②讴歌且由他本人买单的革命成功之前很久就开枪自杀了。高尔基来到这里，熟悉了一下环境，按照自己的习惯，流了几滴眼泪，晚上便写信给在巴黎的罗曼·罗兰③："咱们要在这里开辟自己的花园。你来吧！"罗兰来了，盘桓了一段时间，但没有留下来，而是返回了自己的法兰西。

别墅当然是用公款建造的，是一些很大的二层楼，用原木建成，有别致的凉台和凉亭，周围是坚固的院墙。这些别墅在功勋卓著的作家中分配，高尔基与斯大林一起列名单时发生了争执。领袖要把

---

① 索索，是格鲁吉亚语中母亲对孩子的昵称。这里指的是斯大林。
② 海燕，即高尔基。他被称作"革命的海燕"。"高尔基"一词在俄语中是"痛苦"的意思。
③ 罗曼·罗兰（1866—1944），法国作家，社会活动家，1915年获诺贝尔文学奖。

别墅分给对革命有功的文学家,并指责经典作家道:"马克西莫维奇,你怎么总是把一些同路人作家塞给我呀?"高尔基则摆摆手,一再争辩,最后总算为优秀作家争到几套别墅。真是祖国文化中一位复杂的悲剧性人物。所以他的笔名才是高尔基嘛。而且时代也颇不简单:某个文学家住进来后,刚把家人安顿好、手稿放好,夜里便来了一辆黑色轿车,将这家的全体居民都拉到不知哪里去了。领导只得重新伤脑筋:空出来的别墅给谁呢。他们思索,争论,分配,可是一看——夜里车轮又在公路上唰唰响了……高尔基死后,斯大林与法捷耶夫一起分别墅,从赫鲁晓夫时代开始,这一艰巨任务被转交给了作家协会理事会。其间多少纠纷,多少恩怨啊,简直让人发疯!《超额奖金》发表之后不久,戈雷宁就得到了自己的别墅。当时他被委派在党的代表大会上发言,抱怨说,这样重要的发言稿,他很难在嘈杂的城市住宅里写出来。

然而,在尼古拉·尼古拉耶维奇之前好久,在高尔基还活着的时候,诗人雅可夫·丘尔梅尼亚耶夫,现在的丘尔梅尼亚耶夫的祖父,就在佩列皮斯基诺分到了别墅。革命前,他在商人加尔金的布店里当掌柜,有一个普普通通的姓——叶罗普金。红军来了,他干的第一件事就是把藏身于布垛里的老板出卖了。加尔金被枪毙,雅可夫·叶罗普金作为布店伙计,柜台里的无产者,被吸收进队伍,任职文书。但誊写命令与清单对他来说太无聊,他就给自己搞了一套皮夹克、羊皮高筒帽和手枪。到了要枪毙一批反革命分子的时候,他请求指挥员允许他试一试新枪。指挥员对这位前掌柜的心态感到惊讶,便派他去契卡工作——那里每天夜里都可以试手枪。虽然他正是在那里结识了基皮亚特科娃的第二任丈夫,目睹了他的惨死,但他并没有丧失热情,没有后悔。过了一段时间,叶罗普金被任命为令当地农民们谈之色变的征粮队队长。这些农民由于天生愚钝(对此布哈林与托洛茨基同志都有极好的论述),无论如何也不肯把粮食交给正在挨饿的莫斯科与彼得堡的工人,而是把粮食藏了起来,甚至埋在粪堆里。愚昧的庄稼汉们认为叶罗普金是魔鬼。每逢偷袭村庄的时候,他总是骑着大黑马,穿着皮上衣,一手拿着望远镜,一手挥舞着马刀,吓得半死的村民们便画着十字祷告:"离开我吧!离开我吧!"他们的恐惧是有原因的:按照自己的习惯,叶罗普金先用马刀劈富农吸血鬼,劈累了才问粮食在哪儿。这个"离开我"令叶罗普金倍感自豪,他将之视作敌人对其革命功绩的被迫认可。不过,结局却很糟。有一次,(这事发生在热尔多比诺村)他抡够了马刀,杀了无数人,杀腻了才问:"粮食在哪儿?"这才搞明白,村民们自愿交粮了,粮食装在马车上,已经在贫农委员会等半天了。因为这种毫无意义的擅自行事,叶罗普金被省委叫去狠撸了一顿,被解除了职务。

雅可夫,像当时说的那样,回到"原始状态"之后,寻思到哪儿去混碗饭吃。当然,他可以去当店员,然而无货可卖,因为一切都由上级分配。为了搞到一双能穿的皮鞋,需要从某个科或支部拿到委任状才成。而且,握过马刀之后再拿起尺子也太丢人了。当初奋斗为的是什么呀?在琢磨干什么好的时候,叶罗普金想起来了:在商人加尔金的布店里,买最贵的布的人是一位文学家,他给省报写过有关圣诞节的诗歌和短篇小说。权衡过所有利与弊以后,叶罗普金成了诗人。幸亏他有文化,能写一手好字。只剩下选一个笔名了,因为没有笔名就往年轻的无产阶级文学里钻总有一点不方便。外面是化名的时代,从列宁到某个撰写革命标语的萨沙·克拉斯内,全国上下用的都是化名。回忆起魂飞魄散的富农害人精在他出现时画着十字的情形,叶罗普金在自己的第一首诗上署名"丘尔梅尼亚耶夫"①。这个名字就在文学界使用开了。我顺便提一句,他的某些懒得使用笔名的作家同行下场都不好——叶赛宁、马雅可夫斯基、曼德尔施塔姆……

---

① "丘尔梅尼亚耶夫"这个姓有"离开我"之意。

丘尔梅尼亚耶夫主要为儿童写作。不，刚开始他当然也写了为苏维埃政权而战的长诗，是给成年人读的，并寄给了高尔基征求意见。高尔基在其手稿的页边上写了个暗示初学写作者转向幼年读者的批语："幼儿痴语！"无产阶级伟大作家的亲笔题词在丘尔梅尼亚耶夫的一生中帮了大忙，为他打开了通向报刊编辑部的大门。他的第一批诗歌问世，主题是为搞好个人卫生而斗争，这对虱子成堆而药物不足的年轻共和国来说是十分必要的：

> 为了不挨妈妈的骂，
> 天一亮赶紧起床，朋友，
> 用薄荷牙粉刷刷牙
> 用肥皂洗洗小手！

批评界立刻发现了他诗歌中的温和与诚恳，在那严酷的年代里，这在文学中十分罕见。丘尔梅尼亚耶夫有了一定的知名度，开始收到读者的感谢信。多亏全民扫盲运动，这些读者刚刚学会认字和写信。甚至有一封热情的信是热尔多比诺村的一位姑娘写来的。写这封信的年轻扫盲队员不可能想到，恐怖的征粮队队长雅可夫·叶罗普金与善良的诗人丘尔梅尼亚耶夫竟是同一个人！在这之前，他已经结婚，正与年轻的妻子和儿子在一个小房间里苦度时光。这个房间是他凭革命诗人红色联合会的证件得到的。那时候他再次向高尔基求助，高尔基把他的申请随一张字条转给上级："此人可怜。请帮帮忙。您的高尔基。"顺便说一句，好奇的读者可以在雅可夫·丘尔梅尼亚耶夫的全集里找到高尔基的这封亲笔信。不过，那上面写的不知为什么有些不同："人们可怜。请帮帮忙。您的高尔基。"这以后，在佩列皮斯基诺有了儿童诗人的一间小厢房。它原本是要做澡堂的，因房子紧张而被改作住宅了。

诗人继续创作。他善意地规劝孩子们，把党号召学习敌国语言的路线灌输给他们。

> 为了偷越国境，
> 探知敌人的奥秘——
> 必须好好学习，
> 研究敌人的言语！

不过，丘尔梅尼亚耶夫的儿子学习不是很好，他经常骑自行车去别墅附近兜风，爬进邻居家的果园偷苹果，也顺便偷听著名作家与朋友们的谈话，因为他们经常把酒桌摆在果园里。他通常会把谈话的内容转告爸爸，爸爸沉思着点头，然后记在本子上。不久，黑色轿车便沿着落满松针的道路唰唰地疾驰而来。这当然是偶然的巧合，因为这样的轿车，从堪察加到喀尔巴阡，在全国范围内到处唰唰疾驰，不过，丘尔梅尼亚耶夫一家不久便搬进了腾出来的别墅，并永远留在了那里。

战争结束后，丘尔梅尼亚耶夫死了。其过程是这样的：年老后他夜间开始受噩梦的折磨，他在睡梦中跳起来，握住那把老战刀狂呼"离开我！"，左劈右砍，抵挡向他进逼的幽灵。据他讲，这些幽灵夜夜都拿被劈开的头盖骨当粮食交给他，以拯救饥饿的彼得堡。医生们为他诊治。他平静了一阵子，然后又开始做噩梦。一天夜里，他不小心用马刀砍伤了自己。根据他的遗愿，他被隆重地安葬在佩列皮斯基诺的墓地上。所有中央大报都刊登了讣告与悼念文章，《儿童文学的巨大损失》呀，《高尔基的得意学生》啊，等等。一个星期后，回收别墅的人来了。须知丘尔梅尼亚耶夫的儿子，我已经说过，学习不是很好，没有当成作家，仅仅是个中层领导干部。可是，想住进大别墅的人非常多，甚至还爆发了争着把自己的沙发搬进这座历史性楼房的秘密战争。在这场战争中，几位"世界主义者"遭受了重大挫折。这时候，丘尔梅尼亚耶夫一家突然心生妙计——他们宣布这座别墅为那位卓越作家的"故居博物馆"，他们自己则成了保管人员。保管人员你是无法撵走的，无耻的觊觎者们无可奈何，骂骂咧咧地撤退了。能确保家园永固吗？所以，第二代丘尔梅尼亚耶夫坚持不懈地教育儿子，让他一定要当作家。"写书吧！"他不断对儿子说，"写吧，儿子，否则，说不定就要把咱们全家轰出别墅！"正如古代教育家所说，儿童的心是蜡版，父母在上面书写自己的理想。老丘尔梅尼亚耶夫的孙子，您已经知道了，成了作家，于是这座别墅成了丘尔梅尼亚耶夫家族的财产。

我提前告诉您，当作家协会随着苏联的垮台也垮台的时候，佩列皮斯基诺的别墅就落在了当时的住户手中。不过，昔日的豪华不再，少数人把整座别墅据为己有，如丘尔梅尼亚耶夫一家，大多数独院住宅都被分给了几个作家家庭。在他们都是苏联作家时，没什么问题，大家能和睦相处。不过风云突变，有时候在一座屋顶下聚集了民主派、保守派、帝制派、共产党人，或是无政府主义者，和平生活便结束了：人们一连数月不说话，甚至见面连招呼都不打；有人从别人家的菜畦里拔香菜，甚至拔胡萝卜；邮递员送来电报，如果收件人不在，电报就会被撕成碎片。矛盾不一而足。只有一次，他们重新团结起来了——一群没有别墅的作家从莫斯科乘市郊列车而来，试图恢复公平原则。领导保卫战的是已因为儿子的行径被解除职务的丘尔梅尼亚耶夫二世——多年积累的领导工作经验发挥了作用。他用猎枪把别墅的居民武装起来，他自己则拿起了父亲留下的马刀，在一天之中击退了用棍棒武装起来的无产文学家的数次进攻。民警局认为这是耍笔杆子的知识分子之间的纠纷，没有干预。入夜后，袭击者饿坏了，这才乘最后一列市郊列车返回莫斯科，临走前还捣毁了两个凉亭……这个轰动一时的事件结束后，团结再次瓦解。不过，这一切均发生在我们讲述的这些事件的几年之后。

走进新村以后，在我们两侧，隐藏在密实的绿色篱笆后面的是一座座巨大的木质楼房。不知从何处飘来烤羊肉串的波浪似的轻烟。

"他们活得真阔气呀!"维捷克说着,吹了一声尖厉的口哨。

"我不是平白无故就要把你变成作家嘛!"

"怎么,这里的别墅也能给我一座?"

"那还用说嘛。只要得手——马上就有!"

"先验的!"

在丘尔梅尼亚耶夫的别墅旁停着一辆崭新的豪华梅赛德斯,这样的轿车当时只在大使馆门前与佩列皮斯基诺才有。院门已提前打开……

二十三
客人们齐聚别墅

我们拾级而上,进入一个昏暗的前厅,再推开第一道门,就来到了一个宽敞的房间。这里悬挂着一幅大型壁画:一个穿短皮袄的亡命徒骑在马上,手握出鞘的马刀;角落里的玻璃橱柜中则摆放着皮袄与马刀的真品。窗前是一张大写字台,上面有一台老式打字机。打字机的滑架上夹着一张纸,上面有两行诗:

　　八岁小姑娘娜塔莎
　　非常不想把粥吞下。

我明白了,我们误入了房子的展览部,纸上打的则是老丘尔梅尼亚耶夫在劈死自己之前最后的未完诗稿……我骂了一声见鬼,便拉着维捷克走向另一扇门。推开门,我们眼前出现了一个大厅,这里的壁炉烧得正旺,地板上铺着几张熊皮。柳宾-柳布琴科、奥杜耶夫和娜斯佳正举着杯子站在大厅中间。

"我们来啦!"我说。

"我们都等急了!"理论家舔了舔嘴唇,温情地看着维捷克说,"丘尔梅尼亚耶夫正在书房里和美国人聊天,马上就来。"

"和哪个美国人呀?"我摸不着头脑。

奥杜耶夫走过来，抓住我的手把我拉到一边说：

"你什么也不知道吗？"

"不知道……"

他于是向我介绍了事情的原委。原来，丘尔梅尼亚耶夫把肯迪先生请到了别墅，他是贝克奖评委会的秘书，一切都在他的掌控之中。评委们对《妇科椅上的女人》有某些怀疑。第一点，他祖父的历史浮出了水面，老丘尔梅尼亚耶夫运用起马刀来也太不小心了。第二点，也是最主要的，匈牙利出现了一位持不同政见的作家，他写了一部长篇小说《霉烂》，描写匈牙利人民如何在当局的统治下受苦受难。小说被没收了，作者被迫到奥地利大使馆申请政治避难。不过，丘尔梅尼亚耶夫与这个匈牙利人不分上下。因为这个专事揭露的马扎尔人作家的祖父也是共产党人，曾为在俄罗斯建立苏维埃政权而战，还几乎参与了枪杀沙皇一家的活动。顺便提一句，创设奖项的贝克先生本人当年也曾热烈欢迎枪杀沙皇的决定，甚至为这一大快人心的事，免费发放了酥脆的面包。然而，常言道，时移事易，免费发放面包的理由自然也要变化。评委会举棋不定，不知要把奖金发给谁，于是肯迪先生便来到了莫斯科……

"为此，丘尔梅尼亚耶夫把你和维捷克推了出来，"奥杜耶夫解释说，"以便炫耀：请看，与我来往的都是些什么人！要知道，现在美国所有报纸都在大肆吹捧阿卡申的演说！明白吗？"

"让我带小说来做什么？"我问。

"不知道。也许是肯迪先生要求的吧。"

"你是怎么到这儿来的呢？"

"我……我来这里是代表语境诗人运动。"奥杜耶夫谦恭地垂下了眼睛。

"这就完啦？"

"不。列昂尼多维奇让我转告你，不要再胡闹了。懂吗？否则他无法为你说话……"

"明白了。"

这时门开了,丘尔梅尼亚耶夫走进壁炉室。他身穿一条磨破了的牛仔裤和一件只有专门让人观摩时才会穿的旧套头衫。他恭恭敬敬地搀扶着一个高大瘦削的外国人。这个外国人穿着一件黑色收腰西装上衣。他的脸蒙着一层太阳晒出来的高贵黝黑色,亲切的笑容则证明西方镶装义齿的流派明显比我国的高明。

"这就是我们的英雄!"丘尔梅尼亚耶夫兴奋地说。

他朝阿卡申扑过去,那样高兴地拥抱他,仿佛这是他失散多年后终于找到的最好的兄弟。那块熟悉的军官表在丘尔梅尼亚耶夫的手腕上闪着白光。这个畜生!

"肯迪先生,这就是我们无畏的维克多!维佳,这位是肯迪先生……我跟你多次谈到过他!"

"那当然。"维捷克不等提示便这样回答。

"非强高兴!"美国人尽量咬准每个字的发音,"我久闻您的大名……"他赞赏地打量维捷克的斑点裤、带"爱是上帝"字样的背心、外喀尔巴阡的双面毛皮大衣和温布尔登头箍。然而,正如预料的那样,他最喜欢的还是标有神秘字母的魔方。

"彼此彼此。"维捷克又自主地回答。

肯迪先生不解地看了丘尔梅尼亚耶夫一眼,后者俯在他耳边,用英语小声而热烈地说了好长时间。美国人边听边点头,并频频把目光投向维捷克,对他的兴趣不断增长。我突然感到一股妒意,因为维捷克不与我做任何协调便径自回答问题,人家甚至根本不把我介绍给美国人。我偷偷顶了阿卡申的腰一下,可他却做出一副若无其事的样子。

"您是……"肯迪先生一下子停住了,显然他的俄语单词储备已经用尽,"You are a brave man!"

"你是一位勇敢的男子汉!"丘尔梅尼亚耶夫勉强地笑着翻译。

"绝对不!"阿卡申立即回答,照这架势看,他已用不着我的帮助了。

"而且还是个谦虚的人……"我挖苦地补充说。

"什么？"① 美国人没听懂。

"还是个谦虚的小伙子。"② 丘尔梅尼亚耶夫翻译说。

"Yes... I was told they were going to arrest you, weren't they ?"

"我听说他们要逮捕您，是这样吗？"丘尔梅尼亚耶夫在翻译之前妒忌地叹了口气。

"您问我这个吗？"维捷克笑着回答，继续显示自己的独立性。应该说，还相当成功。

丘尔梅尼亚耶夫为他做了翻译。美国人哈哈大笑，大家也跟着齐声哈哈大笑。后来他看了一眼摆着酒瓶的餐桌，柳宾-柳布琴科殷勤地把斟有威士忌的高脚杯递给了他。为了给自己斟酒，我把装有小说的纸包放在沙发上。

"不！伏特加！"大洋彼岸的客人又说起了俄语。理论家茫然地舔了舔嘴唇，给他斟了一些伏特加。

肯迪先生拿起酒杯，不知为什么对着光线看了看它，才又讲起了英语。他的祝酒词相当长。

"肯迪先生提议，"丘尔梅尼亚耶夫翻译道，他眼看着越来越垂头丧气了，"为在俄罗斯还有人认为个人言论自由神圣不可侵犯，让我们喝干这一杯美好的俄罗斯伏特加酒！他希望，勇敢的维克多在古拉格受监禁的岁月将使他成为与伟大的索尔仁尼琴一样的人物！"

"还有帕斯捷尔纳克！"娜斯佳红着脸补充道。

"帕斯捷尔纳克没有坐过牢，傻瓜。"奥杜耶夫温和地纠正她。

"任何诚实作家的一生都是监狱！"我大声说道。最终我下了决心，要把人们的注意力吸引到自己身上来。

美国人把目光投向了我，又疑问地看了看丘尔梅尼亚耶夫，后

---

① 原文为英语。
② 原文为英语。

者对着他耳朵小声说了些什么。听完后,肯迪先生又把目光转向我,并恩赐地微微一笑。人们对成功开了个玩笑的侍者,一般就是这样奖赏的。

"同行们,"柳宾-柳布琴科笑容可掬地举起酒杯道,"允许我埃拉外尔德吗?"

"什么?"美国人不明白。

"提一件旧事。①"丘尔梅尼亚耶夫译得毫无信心。

"OK!"肯迪先生点点头。

"好嘞——帕特里凯说咧!"维捷克大大咧咧地说,还骄傲地看了我一眼。

"……同行们,"柳宾-柳布琴科舔了一下嘴唇,继续说道,"我想请你们把自己文明的目光投向一个重要的细节。大家一定还记得咱们的维克多在电视直播中勇敢说出来的那句话!在女士面前,我就不再重复它了……"

"噢,臭狗屎!"一直在认真听的美国人高兴地用英语喊道。

"那么……"柳宾-柳布琴科期待地一笑,然后继续说,"这句话数以百万千万计的人都听到了!根据古贝尔纳蒂斯②与弗洛伊德的研究,粪便能使人们联想起最贵重的东西。比如说,黄金!难怪伟大的尼采赞叹道:'最高尚的东西因最卑贱的东西而达到顶峰!'我建议为我们的年轻朋友干杯,他的道路从我们的龌龊生活通向光辉的艺术高峰!"

"好极啦!"外国人用英语高声叫好,并与维捷克碰了一下杯。

"彼此彼此!"维捷克答道。他甚至都没有朝我这面看一眼。

大家都扑向维捷克,与他碰杯,祝贺他,祝福他。丘尔梅尼亚耶夫拥抱他时差点没把他闷死。只有我在用自己的杯子碰他的酒杯时,微笑着对他说:

---

① 原文为英语。
② 即安杰洛·德·古贝尔纳蒂斯(1840—1913),意大利作家、语言学家。

"你怎么,浑蛋,恬不知耻呀"

可是,我被柳宾-柳布琴科挤到了一旁,他一直想吻阿卡申的嘴唇。

"我也想和他喝一杯!"一个女人突然大声说。

大家回头一看,只见安卡站在门口。她穿着一件极薄的连体裤,里面的内裤看得清清楚楚。她已经酩酊大醉。美国人用目光向丘尔梅尼亚耶夫要答案。

"这是我的女友。"他用英语解释道。

"噢,非强高兴!"肯迪先生笑着说。

"可我不高兴!"安卡喊道,"我讨厌!你们高兴什么?想要黄金吗?你们只想把随便什么臭狗屎弄成黄金!而明天人家要去坐牢,这你们根本不管!"

"安娜!"丘尔梅尼亚耶夫尴尬地看着惊呆了的美国人,慢慢向她走去。

"不许过来!男朋友①……你以为,我不知道你为什么需要我吗?我知道。你想把我也放到妇科椅上去,叉开双腿,好让大家都知道,苏联文学经典作家的女儿为你口交!为此还可能发给你诺贝尔文学奖……"

"什么是口交?"美国人用英语问。

"Oral sex。"绝望的丘尔梅尼亚耶夫被迫回答。

"噢!"

这时候奥杜耶夫果断地向前跨了一步:

"安娜·尼古拉耶夫娜,您最好离开!我送送您。毕竟有外国人……"

"你的破老外关我什么事?!我什么也不怕!这是你在怕!你以为,如果你是告密者,就可以引诱中学生吗?"

---

① 原文为英语。

娜斯佳哽咽了一下，用双手捂住了眼睛。

"什么叫作告密者？"肯迪先生问。

"木匠……而英语就是……木工①……"浑身湿透的丘尔梅尼亚耶夫解释道。为了加强说服力，还做手拿锤子钉钉子的动作。

柳宾-柳布琴科舔了舔嘴唇，打算说点什么，不过未来得及。

"你给我住口！"安卡歇斯底里地大吼一声，"否则我马上告诉大家，你是因为什么样的艺术成就被判了三年的！我在爸爸那儿读了关于你的文件，有趣极啦！"

"好，我住口。"柳宾-柳布琴科低下了头。

"那就别吱声！"

令人窒息的冷场。必须做点什么。

"安卡！"我央求道。

"啊……你也想知道，你在我心目中是何种人吗？"

"不，我不想。"

"为什么？"

"因为我知道。因为你在我心目中也……"

"我这样的臭货不值得琢磨。但我仅仅是个小小的臭货，甚至是废物……可你们大家——都是性变态！"

"她说什么？"美国人用英语问，他感到，经过丘尔梅尼亚耶夫的翻译，正在发生的事件到他这里都变了质。

"Perverts。"丘尔梅尼亚耶夫把"性变态"译成英语。

"噢——，我的上帝呀！②"

安卡突然轻轻一笑。她走到维捷克面前，把双手放在他的肩上：

"你呀，愚蠢的天才，你来这里干什么？快跑，离他们远远的，趁现在还没有变成他们这号人！快跑吧……你的长篇小说在哪儿？"

---

① "告密者"（стукач）在俄语中是"敲击者"的意思。丘尔梅尼亚耶夫故意把它歪曲为敲敲打打的"木工"。
② 原文为英语。

"在那儿。"维捷克不知所措,茫然向沙发上的报纸包点了一下头。

"啊哈,原来它在这里!"她跑过去,抓起纸包,远远地戏弄美国人说:"你需要这个三节绞竿吗?(这时候,丘尔梅尼亚耶夫吭哧了一下,因为这些话完全无法翻译。)那好,拿去吧!咱们马上就看一看,这手稿会不会燃烧呢?!"

当着目瞪口呆的众人的面,她把纸包投进了壁炉。纸包直接落在燃烧着的劈柴上,把火焰砸灭了。愕然惊叹之声在房间里隆隆滚过。

"喂,先生,我——不——知道——您——叫——什么——也——不想——知道,请把手稿给我拿出来!或许您已经习惯了让别人为您从火里取手稿?"

美国人带着一种旅游者惊心动魄的赞叹神情注视着这一切,大概就跟观看野人活吞眼镜蛇差不多。丘尔梅尼亚耶夫频频用手帕擦汗,什么也不给他翻译。安卡这时候又走到维捷克面前,又把双手搭在他肩上,凝视着他的眼睛,仿佛在努力从他的角膜上读取表达真理的微小字母似的。壁炉里的火经受打击之后恢复了活力,报纸的边缘迅速变成了深褐色。

"你说,愚蠢的天才,"安卡问道,"你非常心疼吗?这可是你的长篇小说呀!它即将化作灰烬⋯⋯如果心疼,我马上就给你取出来。取吗?"

"很可能不⋯⋯去他娘的吧,鬼小说!"维捷克豪放地回答,"让他娘的烧个精光算啦!"

"好样的!你在这帮性变态当中是唯一的男子汉!"她说着就狂热地吻他的嘴唇。

"有心智⋯⋯"我手足无措的门生只说出这么一句话来。我眼睁睁地看着他变成了我的情敌。

我似乎觉得,我的嘴唇也感受到了她那浸透着酒味的气息。于是我冲向壁炉,拿起了火钳⋯⋯

"你敢!"她厉声吼叫,"如果你这样干,咱们就一刀两断。"

"咱们已经一刀两断了!"

"不,你还不明白什么意味着一刀两……你只要取出来,到时候就知道啦!"

我停了下来。她脸上燃烧着疯狂的幸福之火。她从维捷克头上扯下头箍,从他手中夺过魔方,统统扔到了一边:

"愚蠢、不幸的天才,你应该逃离这些家伙!你应该藏起来!一切都糟透了!我听到父亲在电话里怎么说你啦!你愿意让我帮你躲起来吗?愿意吗?"

"很可能是吧……"

"咱们走!你怕我吗,愚蠢的天才?"

"勿以母羊奶煮……"

她不让他说完,拉着他就往外走。

"维捷克!"我大喊一声,"回来,不要跟她走,笨蛋。"

他不知所措地看了我一眼,放慢了脚步。

"不要听他的!"安卡说,"他嫉妒。他不过是个满腹妒意的庸人!喂,满腹妒意的庸人,你一直想写一部所谓的首要作品!把它取出来,据为己有吧!我们不心疼!咱们确实不心疼吧?"

"臭狗屎。"维捷克低声嘟哝了一句。

他们向门口走去。壁炉里的纸包已经完全为烈火包围。安卡突然在门口停下来哈哈大笑,然后急转过身跑向丘尔梅尼亚耶夫,当着万分兴奋的美国人的面,一把将军官表从《妇科椅上的女人》作者的手腕上捋了下来,然后又跑向维捷克,把手表给他戴上。

"现在完啦……走吧,愚蠢的天才!"

"她为什么把手表拿走呢?"肯迪先生惊诧地用英语问。

"那是她的护身符。"丘尔梅尼亚耶夫几乎是哭着用英语回答。

"噢!"

"你们站住!"我大吼一声,"站住,维捷克,你这个坏蛋!否则,我也要把你的老底揭穿!"

这既愚蠢，又有失体面，更主要的是，毫无意义。正所谓用空手吓唬刺猬！维捷克停下脚步，惊讶地看了看我，说道：

"勿以母羊奶煮它自己的羊羔！"

我握紧拳头向他扑去，然而刚跑了几步，就觉得嘴里有一股甜丝丝的铁锈味，眼前突然变黑，就像电影院里影片马上就要开映时那样。我失去了知觉。这是我一生中的第二次。第一次发生在童年，我因为被委以重任而自豪。区少先队召开大会的时候，我被安排举着队旗站在主席台上，我激动得晕倒了，但并没有扔掉手中的旗杆。我被抬到主席台后面的房间里，生平第一次喝了缬草酊。从那时候起，缬草酊的气味总会使我联想起为国尽忠。（记住！）

我苏醒过来大概是在几分钟之后。我坐在扶手椅上，娜斯佳解开我衬衫的扣子，正在给我做胸部按摩。奥杜耶夫则在卖力地往我嘴里灌伏特加。柳宾-柳布琴科正在扯纸包上燃烧的报纸，烫得他猛一缩手，就像抓了一个烤马铃薯。

"没什么……只是纸包烧了一点点，手稿完好无损！联邦德国作家施奈德根据火的方向性将其分成两种：'火-土'轴火，意味着色情；'火-水'轴火，与清洗和提升有关。我想，这里既有第一种，也有第二种。家里有别的文件夹吗？我把手稿放进去……"

"有，在书房里。"垂头丧气的丘尔梅尼亚耶夫挥了一下手。

柳宾-柳布琴科捧起烧煳了的纸包，向书房走去。我猛然一挣，想拦住他，然而奥杜耶夫和娜斯佳不让我从椅子上站起来。这时候，丘尔梅尼亚耶夫开始以哀怨的声音用英语向美国人解释。

"一个富于幻想的女人！"肯迪先生点点头，用英语说，"娜斯塔霞·菲里波夫娜[①]……真的！"

柳宾-柳布琴科回来了，满脸疑惑地把手稿递给了我。手稿已经放进了新的蓝色文件夹中，外面系着白色绦带。

[①] 娜斯塔霞·菲里波夫娜，陀思妥耶夫斯基《白痴》中的女主人公，她曾当着众人的面将十万卢布投入炉火中。

"不，请把手稿交给我！"美国人挥着手用英语说。

丘尔梅尼亚耶夫从我手中夺过文件夹，讨好地递给了肯迪先生。肯迪满意地把它放在腋下，然后友好地拍了拍主人的肩膀：

"我应该走啦。我担心赶不上飞机了。大家都再见吧！我们还会再见面的！"

他朝门口走去，丘尔梅尼亚耶夫紧跟在后面连声道歉。

"讨厌的洋鬼子！"奥杜耶夫望着他的背影说。

"为什么这样说呢？"娜斯佳反驳道，"一个非常招人喜欢的男子……"

"住口，毛丫头！"语境派领袖打断了她的话。

我从椅子上站起来，浑身酸痛无力。

"今天是个奇怪的日子！"柳宾-柳布琴科困惑地看了我一眼，舔了舔嘴唇说，"发生了多少出人意料的事情啊……"

"您期待的是另一种事情吗？"我问。

"说老实话，是这样……"

"那么，您能说些什么呢？"

"没什么。暂时没什么。我应该想一想。"

丘尔梅尼亚耶夫回来了，一副失魂落魄的样子。

"你们怎么看，"他用失去理智的眼睛看了看我们大家，"肯迪先生非常生气了吧？"

"恰恰相反，"柳宾-柳布琴科鼓励他，"你可以认为，贝克奖已经成了你的囊中之物！他还能在哪里找到这样的作家呢？"

"你这样认为吗？"未来的奖金获得者高兴了。

"那当然！"我肯定地说，"用奖金给自己买一块新手表吧，比如说，精工牌的！军官牌的走得太快！你追不上……"

二十四
集团军司令员佳京大街上的噩梦

在雅罗斯拉夫尔火车站,我从一个老爷爷手中偷偷买了一瓶伏特加和一瓶阿格达姆牌波尔图葡萄酒:我简直必须喝个烂醉才行。到家后,我铺上一张干净桌布,细心地切好面包、香肠,还有其他一些下酒菜,便一口接一口地喝起来,并有意识地轮流喝这两种不能勾兑在一起的饮料。我感觉很不好,唯一的出路就是使自己变得更糟糕。不过,一开始我当然觉得好了一些——我变得善良了一点,要知道,这非常有趣:布拉蒂诺竟拐走了卡洛老爹的老婆。叫人怎么能不笑破肚皮!我又喝了几杯,决定与日古托维奇共享这一滑稽可笑的新闻,顺便通知他:尽管实际上是我赌赢了,然而他从今天开始就可以使用我的住宅,准确地说,是从今天夜里开始。我甚至还想出来一个很不错的笑话。当你赌输了的时候,这很重要。笑话是这样的:轻佻的抹灰工可以领进家门——不过要小心,自由的石匠①绝对不行!电话不通。当然啦,肯定一清早就掐断了!波尔图有点甜,我便根据自己的口味往里面加伏特加,心里暗自称这种鸡尾酒为"卡尔卡河畔战役②"。

到底我还是输了!日古托维奇还未明白这一点,可我已经明白。

---

① 自由的石匠,即共济会会员。
② 卡尔卡河,现称卡利奇克河,1223年俄军与蒙古军队在这里开战,后者获胜。

爱舔嘴唇的理论家换文件夹的时候肯定发现了，根本没有小说，现在正到处散布消息。只是来得太快了！噢，太快了！人们还未来得及盛赞著名长篇小说《杯酒人生》的深刻性与浑厚有力的语体。严谨扎实的谋划被缥缈的偶然性碰了个粉碎。结果将会怎样呢？阿卡申可能会被捕，这是一。我肯定也要倒霉，特别是当他们弄清楚我发给大家的文件夹里其实都是白纸之后，这是二。戈雷宁在谢尔盖·列昂尼多维奇的支持下将掐断我的氧气供应，起码会有一段时间，这是三。饥渴已久的日古托维奇要把我的住宅变成婚外情小岛，这是四。马尔维娜与刚刨光的布拉蒂诺搞得昏天黑地，此刻他正用自己的木头肢体摧残她那碎布做的娇小身体！这是五！我试图想象，此刻安卡与维捷克正在做什么，设想"我的愚蠢的天才"和这条两腿修长的毒蛇，正在用所有能想象出来的淫荡姿势做爱。而能想出来的东西很多很多！比如，安卡正伴着法国作曲家拉威尔的曲子呻吟，因为她一贯是这样做的，这是她独特而不可模仿的叫床声。婊子！我抓起斟满"卡尔卡河畔战役"的玻璃杯就往墙上掷去。玻璃碎片迸射，满屋都是，壁纸上则留下一个褐色斑块，其形状颇似亚平宁半岛。我明白，应当找到她，打电话跟她大吵一通：现在我们真的全都结束了。而第一个这样说的是我。是我，而不是你！

电话打不通，一清早就被掐断了。

现在我该做些什么呢？做什么？我知道应该做什么。我到农村去，找科斯托若戈夫，向他和盘托出，关于我自己，关于安卡，关于维捷克，关于这次荒唐的打赌。他会用他那蓝蓝的眼睛看我一眼，原谅这一切。我给他说明，我做了怎样的抉择。终于做了抉择。他一定会夸奖我。不过，这时候我想起来了，写着他地址的那张字条早已丢失。这算不了什么！我到大街上去，逢人便问：这样的一个村庄在什么地方，鬼知道它叫什么名字，不过那里有一所学校，学校里连电铃都没有，可是有个总务主任，课间休息时间一到他就敲钟。那里还有一个标志：一棵古老的大榆树——进犯莫斯科的法国人曾在这棵大榆树上拴过战马。人们是善良的,他们会告诉我。总会有人知道嘛。如果科斯托若戈夫不原谅我,如果他坐着不抬眼睛……那怎么办?不,我不去找科斯托若戈夫,我另做打算。我要像魔鬼的帮手应该做的那样行事!于是我像歌剧中靡菲斯特[①]那样哈哈大笑。我将如何行事,我还不清楚,不过,不知为什么,我想把自己的决定告诉坏蛋奥杜尔耶夫。然而,电话打不通。

我到底想怎么办呢?等一等……答案很简单,甚至人人都懂,在文学作品中常有描述,它一下子就能使我摆脱一切痛苦。我搜索枯肠,想让它明确地展现在眼前,可是它有意戏弄人似的躲着我,仿佛一个从孩提时代起就熟悉的词,突然滚落进了记忆的暗隙。我继续喝着酒,每喝一杯,就更加接近这个快要被采纳,却总是把握不住也不能明确道出的决定。蓦地,我完全明白应该做什么了。我要杀死他们,他们两个!干掉他们。温暖的黑色幸福流遍了我的全身。我要与谢尔盖·列昂尼多维奇分享自己不可承受的幸福。只能与他分享。他也想杀死自己的妻子,虽然后来改变了想法,但他当然能理解并支持我。我伸手去够电话,不料失去了平衡,轰隆一声从椅子上摔了下来。

电话还是不通,而且我也爬不起来了……

我躺着,注视着壁纸上的褐色斑块。渐渐地,我的躯体一块一块地脱离了平躺在地板上的我,化作令人头晕目眩的一团团无血无肉、无一定形状的东西,急速飞向墙壁,融进这个像吸尘器一样贪婪地嗡嗡叫着的斑块。后来,在斑块的另一边,这些团块聚集起来,它们互相对接,粘连,又重新组成我,与此同时又像老鼠那样争吵、吱吱乱叫。我终于再度组合成一体了,最后归位的是磨磨蹭蹭的眼睛。于是我看到,我站在戈雷宁别墅的卧室里,在熟悉的大床前面,手里拿着白铜餐刀。他们躺在凌乱的床单上。不过,安卡被维捷克

---

① 靡菲斯特,《浮士德》中的魔鬼。

的脊背挡着，几乎看不见。维捷克的脊背又白又大，由于出了很多汗而褪了色，宛如闪亮的铁罐头皮。为了刺穿这副铠甲，双手必须使出全部力气，对准晒黑的脖子与白铁皮似的脖颈子的接合部。我抡起餐刀……"这没有用！"安卡轻轻地说。她像青蛙公主从带根树墩下面那样从阿卡申的身下往外看。她聚精会神地看着我。他也回头看我，但不说话，而且他的头能转一百八十度，似乎脖子是安在躯干上的销钉。"为什么？"我惊讶地问。"脱掉衣服——然后我就告诉你！"她建议道。"你又要骗我！""不，你脱！"

我边脱衣服边收腹，想显得更像竞技运动员一点。"你瘦了……"她叹了一口气。"为什么？"我把自己的问题重复了一遍。"因为你简直是在杀死自己……""为什么？""因为你们是暹罗连体双胞胎兄弟[①]！"她笑着说。"为什么？""天哪，你多么迟钝呀！维克多，给他看看。""好嘞——帕特里凯说咧！"阿卡申嘿嘿笑着站了起来。于是我看见，我们的的确确是暹罗连体双胞胎兄弟：从他毛烘烘的腹股沟处伸出一根正紧张抖动的紫红色脐带来，它结束于我的腹股沟处，在原来我的男根生长的地方。"先验的。"维捷克说。"怎么办呢？"我问。"什么怎么办呀？"安卡仰面躺在枕头上哈哈大笑，"跳哇！女孩子们非常喜欢跳绳！你忘啦？"

不，我没有忘记……我们院子里有两个女伴。她们把绳子一头拴在晾衣服的柱子上，她们当中的一个摇绳子的另一头，另外一个便跳。然后她们交换位置。这是真的。可这与我有什么关系呀？"怎么没关系呢？维克多，给他看看！"阿卡申抓住脐带的根部摇了起来，而我则像柱子那样站着。安卡下了床，开始像跳绳那样跳起来。先是双腿跳，然后是左右腿轮流跳，再后来是两腿交叉跳……跳得极为娴熟，一点也碰不到脐带。脐带带着啸声，在空中画出一道放射着红光的弧线。她的乳房上蹿下跳，她的银白色额发在扑面的气

[①] 暹罗（泰国）连体双胞胎兄弟，名叫恩与昌（1811—1874），为胸骨连体双生子。

流中飘扬……"喂,你站着干什么?"她气喘吁吁地说,"难道你什么都不想要吗?""我想要你!"我喊道。"要我?蠢家伙,要那样就必须割断脐带!世界上还从来没有人成功过。所有手术都以死亡告终。总有一个死去!""我不怕!""那就割吧!你有刀子嘛……割!"她喊道,同时越跳越高,甚至能悬在地板上方。"割呀,老骚狗!"维捷克吼道。他把脐带抢得越来越快。我把刀子一挥,被割断的脐带像两个消防水龙带的喷头,热血哗哗地涌出来,流得满床都是,把我们从头到脚都喷湿了。安卡用手掬起冒着热气的鲜血,贪婪地喝了起来。

我感到无比轻松,死了过去……

二十五
酒醒后血泊里的些许阳光

早晨，我奄奄一息。

似乎我从来未曾这样毫无节制地喝过酒，这样荒唐，这样不顾忌身体。醒来时我躺在地板上。我又躺了好长时间，尽量一动不动，甚至什么都不想。我极度虚弱。稍稍用力，甚至用心，甚至是试图集中心思，都简直要我付出生命的代价。嘴里干得嘎嘎响，头脑里是一团团奇形怪状的疼痛的云雾，胃里恶心得要命，仿佛有一条毒蛇拧着麻花盘踞在那里积蓄力量，随时准备喷薄而出……傍晚感觉稍好了一些之后，我爬到厨房，喝了一大袋一公升装的酸牛奶。后来我又挣扎着走进浴室，从自己身上洗掉了昨天的全部耻辱。我艰难地回到房间，打开电视，躺在沙发上便睡着了。这一夜我很幸运，什么也没梦见。

第二天，十二点前后，我醒了，知道自己已经能够有针对性地思考。虽然思维过程很像帕金森病患者企图把线穿进针孔的动作。我尽量不去想自己那个可怕的梦。我只是躺着，想不通我脑海里怎么能出现杀死他们两个的念头。为了什么？一般来说，怎么能杀死一个关系密切的人呢，即使他对不起你？关系不密切的人呢？不知道……不过，安卡曾是我最亲密、最爱的女人。实际上尽管我们在一起的时间不长，但曾是一个整体，不是在庸俗的空间-生理意义上，而完全是在另一种意义上，以另一种形式。这就像两种颜色融合在一起，比如说，蓝色与黄色吧，得出来的是新的绿色，鲜活的，发黏的，就像刚刚破苞而出的嫩叶……对，可能就是这样！维捷克呢？维捷克是扔在篱笆旁边的一块普通木柴，我把他雕刻成了一个可笑的会说话的人。我让他说什么，他便说什么。但这个人不听使唤，擅离岗位，自作主张，窥视手表……败类！当军官表戴在丘尔梅尼亚耶夫手上时，我只是一般地难过。现在我则难过得无法忍受。但我也不能为此杀人，除非杀的是自己……竟落到了这般地步！我吃力地站起来，关了电视机，当时电视里正在播放射箭比赛……于是，我想起一个有教育意义的故事。可是，我胡说些什么呀？当时我不可能想起这件事，它发生的时间要晚许多。不过，这其实又有什么区别呢！

从前，有一个普普通通的苏联家庭：他是一位有经验的工程师——程序编制员，业余时间就是看看电视，过着非常本分的生活；她是中学的高年级化学教师，身材匀称，喜欢运动，爱与学生们一起去徒步旅行……他们生活得平平淡淡，跟大家一样——攒钱买汽车，经营六平方俄丈[①]的别墅。其实，那上面暂时还没有什么，只有一间厕所，里面放着铁锹、耙子。孩子不着急要——为什么要受穷呢？现在人们一生孩子就都受穷！突然，1992年到了，就像黑夜的强盗。存折上的钱，约一千五百卢布，都蒸发了。而且丈夫工作的研究所开始裁员，他从研究员变成了普通工作人员。他心理不平衡，辞去了工作，但又找不到新工作。原来，咱们国家的程序专家比公共食堂里的蟑螂还多。他靠妻子的工资生活了一阵子，可是商店里的物价每天都涨，工资却不见增长。他们把别墅用地卖了，但这些钱也眼看着一天比一天少。通货膨胀，知道吗？丈夫以他人为榜样，决定也经商，此时他童年的朋友出现了。这是一个靠得住的人，水

[①] 约二十七平方米。

晶般诚实。他正在为一项可靠的商业活动筹集资金。计划蛮不错：凑一笔款子，飞美国一趟，采购一大批日用品，高价出手，利润平分。他们拿出卖别墅剩下的钱，又卖掉妻子保存在空黑鱼子罐头里的黄金首饰，更要紧的是，还向私人贷了款。这个人是他青年时代的朋友，大学在一起学习过。童年时代的朋友携款去了美国，再也没回来。而青年时代的朋友一等再等，后来就派来了索债人。他们晚上在楼梯下面候着丈夫，把他吓得魂飞魄散，给了他一个月的期限，说如果到期不还钱，就宰了他……

夫妻考虑过后，决定把两居室住宅换成一居室，用差价还债，生命价更高嘛。他们开始按照换房启事物色交换对象了，妻子突然离开学校，到新的工作单位上班。工作很好，工资高得吓人，是与石油及其他什么矿藏有关的部门，只是经常需要长时间出差。她甚至还为自己特意准备了一个长长的箱子。她为丈夫做好一大锅他爱吃的菜豆汤，足有五公升，炸了五十几个丸子，把这些都放进冰箱里，这才走。但这些食物在她回来之前早就吃完了，丈夫只得啃干粮，凑合一星期，有时甚至是两星期，脏衬衣①也攒了一大堆。刚开始时，还仅仅是在字面意义上……

公出期间，她从来不给家里打电话，说是经常在野外生活，很难联系上。回来的时候，她被晒得黝黑，风尘仆仆，忧伤的眼睛下面有两个黑眼圈。她说是因为太想家了。看见住宅像光棍之家那样脏乱，她不停地唉声叹气，马上动手搞起了卫生，洗啊，擦啊，炒啊，可口的菜，做菜豆汤，无微不至地关心丈夫。然后，自然是像久别重逢的夫妻那样，狂风暴雨般地做爱。宣泄完了，他们吸烟的时候，丈夫一般总是说："也许，你奔波够啦？让其他人去找这个鬼石油吧！""其他人……过日子靠什么呢？"她昏沉沉地问。"你是我的女超人！"他温存地亲着她的耳朵说。

---

① "脏衬衣"在俄语中可喻指私生活不检点。

她挣回来的钱确实非常可观。他们还清了债,甚至还为此与青年时代的朋友在私营餐馆里庆祝了一番。他们置办了服装,特别是丈夫——他从来不曾拥有过这样的西服和夹克。家具也换了。可以理解,也有了各种放映机、摄像机……丈夫不急于去工作,一直在等待有适合自己专业的好单位。他们就这样生活着,相对于以前,改善了不少。不过有一次,妻子出差回来时形容憔悴,一副病态,甚至还在医院里躺了一些日子。在这以后,他们的性生活也不行了:她总不大情愿,即使是久别之后。而他在这方面也不太坚持。原因是,妻子不在的时候,他,一位仪表堂堂的男子,穿得体面,兜里有钱,自然不会无人问津。他先是把姑娘们单个领回家,后来又结交了隔壁一个姣好、爱笑的丰腴女人。爱情谈不上,却有了近似于情人的亲密关系。她的丈夫好妒无比,又病态地多疑,所以他们经常在咱们这位男主人公的家里幽会,亏得有条件:两个人都不用上班,每天的工作时间都归他们支配。

有一天,妻子没从机场打电话便突然回来了:她没有电话卡,那玩意儿才刚兴起。她门铃也没有按,便如俗话所说,将他们逮了个正着。她进了门,放下皮箱,愕然站在那里,呆若木鸡。女邻居神经质地哈哈大笑起来,意思是:这种耸人听闻的奇遇,她以前只在法国电影里见过。妻子站着听了一会儿,拎起皮箱便直奔房门。把门锁好后,她便进了厨房。丈夫匆忙穿上裤子,跟在她后面,说马上就给她解释清楚。然而,在这种情况下,还有什么可解释的呢?

进厨房后,他愣住了:妻子打开自己的皮箱,只见在特制的麂皮格子里,放着被拆成部件的光学瞄准步枪。

"你带着这个干什么?"他小声问。

"钱不会白给,亲爱的。我按合同行事。这你应该想到的!"

这时他才恍然大悟。在他们认识之前,妻子就从事现代两项滑雪运动,由此可知,她用任何姿势都能准确射击。电视机里几乎每天都要谈到某些"白色连袜裤",即女神枪手们,她们战斗在德涅斯特地区,在卡拉巴赫,在阿布哈兹……

"他们可能会杀死你呀!"他惊呼道。

"有可能。不过还没有杀死。只是有一次我被六个人轮奸了。要不就是七个人,我记不清……他们本想枪毙我,结果我被自己人夺了回去。所以在这以后,我跟你……哦,这不要紧……现在已经无所谓了,因为我马上就要把你们像野狗一样枪毙!"在说这些话的过程中,她已经熟练地装配好步枪,上好了子弹夹。

"你说的是真话吗?"

"当然是真话!我马上就枪毙你们。干这样勾当的,应当枪毙。双双枪毙!"

"你能这样干吗?"丈夫问。他感到非常羞耻,甚至都不觉得害怕了。

"当然能。这很简单。她将是我的第三十四个。你是第三十五个……"

"要知道,你也……"

"我将是第三十六个。这没什么了不起的。走!"

妻子把他推进房间,用枪筒顶着他的胸膛,逼着他与女邻居并排坐在床上。女邻居吓瘫了,别说逃跑,连衣服都没想到要穿上,只披着一条床单。虽说她是个典型的只知道上床的傻女人,却也一下子明白了:正在发生的事十分可怕,于是号啕大哭起来。

妻子举起步枪,瞄准。

"不要叫!"丈夫绝望地说,"她是对的。换了我,也会杀了她,假如我从那里回来,遇上她同野男人……"

"你们两个都有病!"女邻居哭得更厉害了,"这里面有我什么事!这有什么了不起的?丈夫逮住我三次了,连一根手指头都没碰过我。他爱……爱我……"

妻子陡然把瞄准着他们的步枪扔到了墙角,跳到女邻居面前,打了她一耳光,接着又打了第二下,第三下,女邻居的脑袋只有左右摆动的份。后来她又抓住女邻居那半年未理过的鬈发,让她的后脑勺在意大利式铁床的靠背上狠狠地撞了几下,边撞边说:

"如果你丈夫这么爱你,母狗,那么你这个脏鬼干吗还要勾引别人的丈夫呢!啊?"

后来,妻子抓着她的头发把她拖到了过道厅,然后扯掉了床单,就那样将她一丝不挂地推到了楼梯平台上,随后又把她的衣服扔进了垃圾通道。不过,女邻居还是应付过去了。她告诉自己惊呆了的丈夫,她在电梯里被人扒光了。丈夫为了安慰极度悲伤的妻子,给她买了一件水貂皮大衣。而我们的女超人赶走情敌以后,不慌不忙地走进厨房,拆开步枪,将它们放进皮箱里,开始做丈夫喜欢吃的菜豆汤。她不再去任何地方了,而是回到了原来的学校,讲授化学课。丈夫则在家旁边卖《莫斯科共青团员报》。不过,女邻居总是不在他那儿买报纸。妻子却经常从学校跑来,用暖瓶和提盒给他送热乎乎的午饭。这个故事就是这样……

在房间里踱了一会儿步之后,我意识到:能使我彻底回归生活,成为名副其实的社会成员的,就像伟大的布尔加科夫[①]在这种情况下所建议的那样,只有一百克伏特加和作为下酒菜的肉焖圆白菜加油橄榄果。我想象自己如何从官家专卖的带金边的酒瓶中往小酒盅里斟伏特加,而没有任何恶心的感觉,只是嘴里有一股酸疼的甜味。我的肌体取得了胜利!

来到大街上,在强烈的阳光下,我眯起了眼睛。我吸了一口莫斯科初夏的空气,它有一种难以言喻的气息。空气中既弥漫着白杨嫩叶的味道,又有汽车排出的废气和从地下室冒出来的湿气。童年时期,当你长时间患流感后,第一次走出家门去门诊部的时候,你常有这样的体会。伙伴们在你生病期间甚至都长高了不少……

---

① 布尔加科夫(1891—1940),苏联著名作家,代表作为《大师与玛格丽特》。

中央文学家宫里的人对我还是那样,既好奇,又戒备。扎库松斯基把眼睛转向了别处。正在与其他送信人一起吃午饭的伊里斯金看到我,脸上的肌肉稍稍抽动了一下,表示欢迎。可我全都无所谓!对,同行们,我还活着,我没有进去,而且——我是自由的,现在我要吃午饭!我甚至还有钱:轮胎厂给了我稿酬!如果少先队再给我付款,那我就要像流动收款员那么富足了……

我坐下来,像常客那样,不打开菜单便开始环视四周,寻找服务员。娜久哈向我走来——她又戴上了餐厅的围裙,头上扎着镶花边的发饰。

"吃午餐还是喝点解醉酒?"她问。

"喝点解醉酒吧。怎么,原谅你啦?"

"原谅了……维捷克在哪儿?"

"按顺序办事!"我指责道。她甚至没有问我要什么就向厨房跑去。

我向四周看了看。诗人叶夫根尼·弗斯波洛申科与一位女士在一个角落里吃午饭。他挥舞着双手给她朗诵诗,同时还用火辣辣的目光审视着,看自己身上那件像报幕员服装一样闪着金光的紫色上衣对周围的人产生了怎样的印象。在旁边的餐桌上,一位著名的中亚诗人正按东方习惯吧嗒吧嗒地嚼着什么。他的诗歌主要写清凉的灌渠、绿色的村庄与恋爱中的棉农,但不知何故却只用俄语写作。奇怪的创作——这就像用荞麦粥做抓饭。我看不起这样的人!我尊重埃奇格利德耶夫,不管怎么说,他的那些破诗总还是用库梅尔语写的……

娜久哈已经扇动着单相思的翅膀,拿着一瓶酒朝我飞来:

"维捷克怎么啦?梅特丽哈跟我说了许多有关他的事!"

"你太性急啦!"我笑着说。她又跑回厨房去了。

我看了看酒瓶。它有点像化学烧瓶,某些人出于怪癖,在上面搞了两个金色的圆圈。我决定向自己证明,常见的酒精中毒还没有摧毁我的意志，肉焖圆白菜被送来以前，我不喝酒。这可不那么容易，为了转移注意力，我开始仔细偷听，伊里斯金那桌正在聊天。他们谈论的是：上面还没有下达任何指示，请愿书上的署名人这些天一直在接待室值班，轮流吃饭和上厕所。不能长时间离开，因为说不定什么时候上面就打来了电话——多一个坚定的拳头，多一个洪亮的声音，就能决定一个流派的命运……

肉焖圆白菜还没有送来。我估计自己对酒精的依赖程度已经得到了足够的考验，考虑到液体表面张力的规律，便给自己满满地斟了一盅酒，并"立即喝掉"，像韦涅季克特·叶罗费耶夫可能会说的那样。（看在上帝的面子上，千万不要与维克多·叶罗费耶夫混为一谈！）谁一生中哪怕只喝过一次，都会明白这种感觉：一股令人振奋的暖流在胃里产生，几秒钟后就温馨地流遍全身，然后便超越身体的界限，在我周围形成一团快活的蒸汽。它抖动着，宛如烧得滚烫的石头上方的热气。我刚咬下一块面包皮，就看见娜久哈。她把盛着我的肉焖圆白菜的小碗高高举过这帮文学恶棍的头顶——这是一只银白色的碗，它是对镇定自若的生命力的奖赏！（一定要记住！）

"喂，维捷克怎么样啦？没有被送去坐牢吧？"她放下碗问道。

"油橄榄果在哪儿？"

"还没送到，我说啦！"

"而他，正好相反，给运走啦……"

"去哪儿啦？"

"不知道……"

"谁运的？"

"一位女士。一位戴军官表的女士。"

"戈雷宁家的丫头！"娜久哈把手一拍，"我还以为厨房里的人胡说八道呢！"

"厨房里的人从来不胡说八道。"

"您是个傻瓜。我告诉过维捷克，让他别和您来往……到底还是混到一起啦！要是他出了点什么事，我非把热汤浇到您脑袋上不可！"

"你的威吓如桃花，你的玉面赛水仙！"这里引用的似乎是我自己的名句。

"呸，去你的吧……你来杯咖啡吗？"娜久哈问，开始用"你"来称呼我。

"那当然。"

她又走了。我兴致勃勃地向愁眉苦脸的扎库松斯基招招手。作为回答，他只摇了摇头，显得更加沮丧了。我要是他，非在粘苍蝇的带子上吊死不可！

"原来你在这里呀！谢天谢地！"气喘吁吁地站在我面前的是戈雷宁的秘书玛丽娅·帕夫洛夫娜，"我都想派信使找你去啦。电话你也不接，尼古拉耶维奇大发脾气，要求快点找到你。这时候伊里斯金来了，说你在餐厅……"

"那当然，一个真正的作家还能在哪里呢！出什么事啦？"

"不知道，不过有要紧事。走吧！"

"不行。不喝杯咖啡，我去不了。没有咖啡的午饭，就像没有死亡的生命……"

"喂，你要弄明白，尼古拉耶维奇是会打人的。走吧！"

于是我走了。没有喝咖啡。

二十六
举世瞩目的荣誉

戈雷宁的接待室里挤满了苦苦等待的请愿书署名人：他们已经在这里坐了三天，个个神情忧郁，形容枯槁。男人们胡子都老长了。女士们的妆容是在野战条件下完成的，相当粗陋，显然达不到美化的效果。代表团现在有四个了：大自然的卫士们也来了，带来一封抗议用不规范的语言污染太空的信。小斯维里多诺夫无所事事，加入了他们的行列。

在办公室，我遇上了一个奇怪的场面。

三个男人，戈雷宁、谢尔盖·列昂尼多维奇与茹拉夫连科，正在同奥莉加·爱玛努埃列夫娜做斗争。看来是这样的。著名的意识形态专家用自己的身体挡住"政府专线"，一只手扶着鼻子上的眼镜，另一只手在维持对老年人尊重（在当时的情况下尽力而为）的同时，正努力推开发起了进攻的俄罗斯诗坛老祖母。戈雷宁与谢尔盖·列昂尼多维奇一个抱着她的腰，另一个则抓住她的一只手，试图将她拖开，让她离危险的电话机远远的。奥莉加·爱玛努埃列夫娜以在她这个年龄实属罕见的力量极力抵抗着，想用那只尚可自由支配的手揪掉茹拉夫连科鼻子上的眼镜。与此同时，她还厉声大叫：

"让我打电话，我要告诉他一切……"

"他很忙。他不接电话！"茹拉夫连科一边劝，一边躲开老太婆锐利的爪子。

"您撒谎！您这是在隔断党的领导与基层的联系！"基皮亚特科娃喊道，"我要跟他说，米哈伊尔·谢尔盖耶维奇……"

"不要这样！"尼古拉·尼古拉耶维奇央求道，"什么都不要跟他说！"

"不——我要说——！"老太婆很坚定，像摔跤运动员那样拼命挣扎着。

"他什么都知道！都向他汇报过啦！"谢尔盖·列昂尼多维奇呼哧呼哧地喘着粗气劝她。

"不对，他不是什么都知道！他不知道维克多·阿卡申是多么卓越的作家！我应当给米哈伊尔·谢尔盖耶维奇读这部长篇小说的一个片段……"

"戈尔巴乔夫顾不上长篇小说！他要为整个国家负责！"茹拉夫连科又一次加入了对话。

我的出现多少使基皮亚特科娃清醒了一点。

"好吧，"她同意了，"我给他写封信……"

"太好啦。我转交。"意识形态专家茹拉夫连科说着喘了一口气，但为了以防万一，仍用身体护住"政府专线"。

"好，我写，"现在老太婆已经正视着我的眼睛说话了，"我要写：维克多·阿卡申是我们文学的骄傲！我要表示感谢，因为米哈伊尔·谢尔盖耶维奇理解这一点，并制止了对一个诚实之人的迫害。他不过是对人民说了早就该说的话！我要写……"

"最好用打字机打。"谢尔盖·列昂尼多维奇建议道。

"放开我！"

人们放开了她。她从小提包里取出带革命前花体缩写签名的小镜子，敷了一点粉，就走出了办公室，那姿态宛如一位在自己的王国巡视的女王，因不满意某属国城堡的接驾而悻悻然离去。尼古拉·尼古拉耶维奇如释重负地松了一口气，用毛茸茸的斗篷的一角擦了擦额头上的汗。这件斗篷是从前车臣作家协会送给他的。在这之后,他有些慌乱地看了看我,由此我预感到:这一次一切都会得到妥善解决。

"您传唤我啦?"我不动声色地问。

"我们邀请你来……"戈雷宁纠正道,"手舞足蹈吧,聪明人!事情过去啦!出乎意料吧?"

"很可能是……"我也未想到自己会这样回答。

"政治局召开了会议,"茹拉夫连科解释道,为防不测,他还没有离开"政府专线","利加乔夫要求严惩,直至流血。其他委员要求给予足儆效尤的惩罚。米哈伊尔·谢尔盖耶维奇认真听取了大家的意见,沉思了一会儿,然后说……"意识形态专家停了下来,疑惑地看了看谢尔盖·列昂尼多维奇。

"说吧,是自己人!"尼古拉·尼古拉耶维奇要他放心。

"可以信赖。"谢尔盖·列昂尼多维奇补充道。

"总之,总书记考虑了一会儿,说道:让作家们在自己的屎尿窝里对付吧!党,不是保姆,而是社会的导师。要永远记住这一点,利加乔夫同志!"

说完这些话,中央要员意味深长地看了看大家。办公室里鸦雀无声。戈雷宁与谢尔盖·列昂尼多维奇显然不是第一次听到这些话,但他们脸上还是都浮现出接触到重大政治机密时所特有的悲壮神色。

"您可知道,这些话意味着什么吗?"茹拉夫连科是对我说的,看来他已经跟其他在场的人解释过了,"这意味着党的文化政策的根本性转变。从监控与琐细的呵护过渡到共同创造:社会、思想和精神上的创造!这意味着,党充分信任自己的人民知识分子,并完全拒绝充当思想监护人的角色。这一角色是别有用心的西方思想反对派强加给我们党的!朋友们,这是新纪元的开始!"

"怎么,我现在要同形形色色的丘尔梅尼亚耶夫们接吻吗?"谢尔盖·列昂尼多维奇气恼地说,"也许,还要把科斯托若戈夫从察普利诺请回来，在车站为他举行欢迎仪式？还献花……咱们落到这般田地啦！"

"您会接吻的，如果党需要的话！至于科斯托若戈夫嘛，这倒是个主意。将来……还有，顺便说一下，米哈伊尔·谢尔盖耶维奇说如果人们已经公开在电视直播中骂我们的思想体系，那么，思想体系就必须改变！"

"必须改变的是人，而不是思想体系！"戈雷宁嘟哝了一句。

"您当真这样想吗？"茹拉夫连科不怀好意地从眼镜上方看了尼古拉·尼古拉耶维奇一眼。

"他是开玩笑。"谢尔盖·列昂尼多维奇解释说。

"我开个玩笑，"戈雷宁确认道，"这些信怎么办？这可不是开玩笑的事。他们只差在接待室晾内衣啦……"

"也许，告诉他们，咱们把信转给上面？把信收上来，再看一看……"谢尔盖·列昂尼多维奇建议说。

"不，同志们，你们什么都不明白！"茹拉夫连科激动地说，甚至把眼镜也摘下来了，"必须熟悉新思维！可你们还是一切照旧！"

"我明白了，"尼古拉·尼古拉耶维奇点了点头，"咱们召集积极分子开会。讨论这些信，拟一个请愿书。要严谨。要有概括性。把它公布在《真理报》上。"

"这样好一点，"中央要员赞许地说，"可是多元化在哪儿？米哈伊尔·谢尔盖耶维奇多次说过多元化……"

"多元化……"戈雷宁沉思着重复道，"关于多元化，他没有再详细谈一谈吗？"

"没有。他的任务是提出思想。而我们负责把它落实到人！"

"好，"谢尔盖·列昂尼多维奇点了一下头，"咱们召开四个不同的积极分子会议。在每个会议上讨论一封信。然后组成一个协调委员会，拟定一个请愿书。咱们把请愿书发表在《文学周报》上。"

"这就完全是另一回事了！"茹拉夫连科笑了笑，戴上了眼镜。

"这算什么多元化呢？"我插嘴说，根本未曾料到这些话将会让俄罗斯历史在构造上取得何等重大的进展。

"不要插嘴！"戈雷宁压低声音说，"如果能摆脱困境，你就该谢天谢地了……"

"为什么——不能插嘴呢！"意识形态专家鼓励地看了看我，"应当考虑各种观点，甚至是最出人意料的观点。您有什么建议呀？"

"你们把四封信全都发表——就万事大吉嘛！"

"喝酒啦？"谢尔盖·列昂尼多维奇说完就把鼻子往我这个方向伸了过来。

"喝了。"我承认。

"怎么样，这倒是个主意！"茹拉夫连科的眼睛一亮，"您这个人不笨。怪事，我和您没有再早一点认识。咱们就这么办！应当鼓励人民，强迫他们思考！就让他们发表好啦！咱们帮帮他们。给主编们打电话，通知他们不能放弃责任……要唤起作家的社会责任感！"

戈雷宁按了一下选择器的按钮，对玛丽娅·帕夫洛夫娜说：

"让他们进来！"

一分钟之后，办公室里便挤满了人。尼古拉·尼古拉耶维奇用忧郁的目光打量了一遍被太久的等候折磨得筋疲力尽的面孔，不过，他讲起话来相当地精神饱满：

"那么，是这样……穿短裤的时代过去了。党信任我们。咱们发表。"

"发表哪封信呢？"人群中有人怯生生地问。

"哪封信是什么意思？咱们全都发表！多元化嘛……"

"这才是咱们俄罗斯人的气魄！"梅德诺斯特鲁耶夫高声喊道，战友们却责怪地瞪了他一眼。

有一段时间，人们默默地思考着这几句话，力求领悟其中的隐秘含义，特别是最后一个陌生的、以"化"结尾的词。之后大家才动了起来，四个信封被小心翼翼地摆在"棺椁"写字台的边缘。这期间还发生了一点小小的混乱，因为涅奥尼林先放了一封信，后来佩列雷金又用另一封信把它换了。随后，他们又同伊里斯金协商了一番，最后把两封信都交了上去。于是有了五封信。

"哎，这不行！"戈雷宁说，"你们自己送到报社去。党信赖你们！"

"谁会接收呢？"人堆里有人问。

"会接收的！"茹拉夫连科意味深长地说，"会有专门的指示……"困惑不解的代表们收起信件，交头接耳地离开了办公室。

"这又是犹太人的恶作剧。"梅德诺斯特鲁耶夫临走前嘟嘟囔囔地说。

后来门又突然开了一条小缝，饱经世故的佩列雷金把脑袋伸进来说："可要是……"

"不可能！"茹拉夫连科断然否定。

我提前交代一下，请愿书事件到此并未结束。尽管有电话通知，主编们无论如何还是不能决定，为了让自己以后不受到牵连，到底应该发表哪封请愿书。为此专门召开了主编会议，茹拉夫连科在会上详细解释每个出版部门都应当有自己独特的社会政治面孔。因为所有报纸不仅是一副面孔，而且从来没有什么特征，于是又出现了新的问题。他们在会上做出了决定，规定哪家报纸或杂志今后将有什么样的嘴脸。应主编们的要求，这个历史性的决议还被相应地记录下来。遗憾的是，1991年8月，人民奋起反抗极权统治、夺取苏共中央档案的时候，这个记录失踪了。顺便提一句，领导这次突击行动的正是茹拉夫连科，他非常清楚什么东西保存在什么地方。统一的苏联媒体就这样发生了引人注目的分裂，分成共产主义的、爱国主义的、自由主义的和自然保护的……

"阿卡申在哪儿呀？"只剩我们四个人之后，谢尔盖·列昂尼多维奇若有所思地问。

与此同时，他朝戈雷宁看了看。戈雷宁正在往台历上记着什么。

"就是呀！"茹拉夫连科也表示关切。

"你们找他做什么？"我饶有兴致地问。

"什么叫做什么？"中央要员不胜惊讶，"咱们发表他的长篇小说嘛。已经与《新世界》谈妥了。他们特意在最近的一期为他预留了篇幅。《真理报》也将发表若干片段……咱们现在就选一下。手稿在哪儿？"

"马上就找到，"尼古拉·尼古拉耶维奇说完就开始打开各个抽屉寻找，"我把它塞到哪儿去啦？里面有个地方非常精彩，是谈多元化的……"

他说话的口气既自信又焦急，很明显，在疑虑重重的日子里，他曾尽力摆脱这部书稿。

"算啦，咱们以后再找吧，"茹拉夫连科摆了摆手，再一次看了看我，"您自己是写什么的？"

"写致敬信……有时候也写一些工厂的厂史……"

"致敬信？太有趣啦！什么样的致敬信呢？"

"一般要求写成诗体。您知道吗，当少先队员们出口成章的时候，是很难不令人高兴得落泪的！"

"诗体！"他高兴得叫了起来，"您没有为工会会议写过致敬信吗？"

"我……"

"这活儿不赖，不过也有人批评……"这时电话铃响了。

"找你。"戈雷宁朝谢尔盖·列昂尼多维奇点了一下头。

谢尔盖·列昂尼多维奇拿起听筒。听着听着，他的脸拉长了，同时也焕发出了光彩：

"嗬，他娘的……真想不到！真他娘的！我们落到何等田地啦……"

放下电话，他用异常严肃的目光扫视了我们大家一遍。

"嗯？"戈雷宁和茹拉夫连科异口同声地问。

"从纽约发来了密电，"他郑重地说，"一小时前，评委会一致通过，把贝克奖颁发给维克多·阿卡申的长篇小说《杯酒人生》……"

"丘尔梅尼亚耶夫呢？"戈雷宁急忙问。

"因社会立场不够积极而落选。"

我们面面相觑。这是我的胜利！我脑海中浮现出《共济会百科全书》摆在我书架上的画面，却感受不到丝毫的快乐。相反，我的心一阵一阵地酸痛，我预感到，内藏白纸的文件夹正在从国内丑闻转化为国际事件：贝克奖的章程规定，从决定通过之日起，获奖小说应当在一个月内印刷一百万册。我知道，必将有一桩丑闻，然而并非我所预料的丑闻。这是真正的灾难！我现在唯一能做的，就是在它尚未曝光之前不去想它。

"必须立即找到阿卡申！火速！"茹拉夫连科以不容置辩的口吻说道，还严厉地看了谢尔盖·列昂尼多维奇一眼。

"咱们能找到！"后者让他放心。

"根本用不着去找，"戈雷宁突然说，"他就待在我的别墅里……"

"在您的别墅？"中央要员惊讶得又摘下了眼镜。

"是啊！安卡要嫁给他。说不定已经嫁了……"

二十七
被欺凌的与被排斥的

三天以后，我送维捷克去纽约出席贝克奖的授奖仪式。其实，一开始并没有人邀请我去参加欢送会，我正坐在家里，面对着打字机滑架上的白纸，思考着"首要"作品的第一句话。我明白，只有工作才能使我摆脱精神上的痛苦与折磨。阿诺尔德还没有寄来"败德汤"，我内心充满了对人类发明的一切文字的厌恶，从结绳记事开始。我下了决心，在克拉斯诺亚尔斯克生产并装瓶的灵感到来之前，我至少要想出一句话来。然而，什么叫作"至少"呢？长篇小说的第一句话，是恋爱中的第一次接吻！它应当预示，你曾经沧海的身体，将在空前的憧憬中，骤然像孩子那样开始战栗。你最终得到的是见多识广的女人的身体，她在某种程度上受过性交训练，在如饥似渴的拥抱中，你将大汗淋漓，竭尽全力捍卫自己作为男人的尊严，但这并不重要。第一次接吻应当轻松而神秘，丝毫不能令人想起生物交媾的严酷现实。它应当为你所博得，就像一朵在市立花园里摘得的玫瑰花，你为了它，甚至向带着警笛的守护者塞过钱。最后，它应当新鲜、馨香，如果它散发着薄荷口香糖的气味，那就完啦，读者在第一页就会合上你的长篇小说。（别忘记！）

就这样，我坐着，幻想得到一口"败德汤"，满腔仇恨地在脑海里摆弄几十种、上百种开篇的第一句话。最短的只用唯一的一个词组成。最长的有八十三个词,它们组成长长的复合句,从句有一大串,宛如肩章上垂下来的穗带。它们全都是那样不可言说地令人讨厌与平庸。我已经开始考虑,是否要以一句关于一位著名女骑手奔驰在法国布洛涅林荫大道上的话来开始自己的长篇小说,这时我的门铃猛然响了。我扑过去开门,希望这是阿诺尔德的信使,不料却只是为戈雷宁开专车的司机。

"咱们走吧!"

"去哪儿?"

"舍列梅季耶沃2号机场。"

"干什么呀?"

"只盼咐来接您。"

……国际机场的离港候机厅里空寂而庄严,宛如一座祭祀祠堂。少数几个即将离境的人一律穿着高档进口风衣,手里拎着豪华皮箱。他们一见面就鞠躬,仿佛是老熟人。这不足为怪,因为他们同属于苏联人当中的特权帮,我则将其称为"定期出境族"。他们中大多数相互之间都有友好甚至是亲属关系。我经常发现,特权时常通过性的途径延续、传播。某个偶然出现在这里的工农代表团,仿佛绵羊一般,围着自己破旧的行李挤成一堆。看着这一雄伟壮丽的景象,他们感到既崇敬又恐惧。他们的领导显然属于强大的"定期出境族",正鄙夷地给他们发红色出境旅游护照,他们则怀着愚蠢的好奇心仔细欣赏着这些红本本。从来不曾有过护照的集体农庄的小伙子到城里去学习驾驶康拜因时,大概就是这样欣赏村苏维埃发给他的画着镰刀与锤子的证件的。在这一时刻,谁能相信,所有这些坚如磐石、花团锦簇的无上幸福仅剩下区区一年半时间。在机场神圣的石板地上,就像在雅罗斯拉夫尔火车站那样,很快就将横躺竖卧地睡着数以百计的人,他们准备飞往国外去定居、购物,或者不过是兜兜风?难道你能够相信,"定期出境族"不久后就要消失、腐烂,或者是溶解,就像罗马血统的贵族溶解在获得自由的乌合之众当中……

他们一行五人站在海关检查台旁边，检查台上摆着一个小牌，上面写着：

> 外事人员与官方代表团专用

安卡穿着紧身天鹅绒裤、短皮靴、柔软的麂皮夹克，一顶宽边细毡帽像牛仔那样盖在眼睛上方。稍稍旁边一点放着她色彩斑斓的运动提包。好吧，陪同丈夫赴纽约出席授奖仪式的夫人，在行李方面是可以有某些轻佻特征的！

由于骤然降了温，维捷克、戈雷宁、茹拉夫连科与谢尔盖·列昂尼多维奇都穿着相同式样的深蓝色芬兰风衣，而他们身旁的四个皮箱则宛如一窝稍稍长大了一点的猪崽。这就是说，四个人都要去美国啦？戈雷宁当然是代表团团长，作家协会的代表，青年天才的发现者。茹拉夫连科看来是作为世界文学研究所的使者加入的，几年前他确实在那里通过了博士论文答辩，题目为《尼·戈雷宁长篇小说〈超额奖金〉中队长-革新家的形象》。嗯，谢尔盖·列昂尼多维奇嘛，可以理解，是作为《文学周报》的特派记者加入代表团的，他不时拍一拍腰间的照相机皮套，它的晃动令他感到不习惯。

"喂，怎么回事？"戈雷宁一见到我就喊了起来，"因为你，我们要耽误登机了！专门派车去接你……"

"别说啦，尼古拉耶维奇，"谢尔盖·列昂尼多维奇安慰他，"时间还来得及。"

维捷克笑着向我走来，步态仿佛一条饱餐过主人晚饭的狗，既活泼好动，又心怀歉疚：

"我跟他们说，没有你，我就不上飞机。总的来说，如果不同你告别，我就不上飞机。"

"难道真的就不飞啦?"

"可能要飞……不管怎样,是去美国嘛。简直让人发疯!要知道,说实话,当你胡说要出国旅行的时候,我还不相信呢!给你带些什么回来?"

"带些自由的空气吧。"

"我是认真的!"

"我也是认真的。"

"你不该生我的气!"维捷克看着别处说,"你怎么说的,我就怎么做。不能怨我,这个……哦,事情闹成了这个样子。"

"那当然,"我答道,"你看,一切都如愿以偿!正像我许诺的那样:荣誉,出国旅行,最漂亮的女人……"

"先验的!"维捷克叹了口气,看了看军官表。

"手表怎么样?"我问,"走得嘀嗒响吧?"

"还行。我有过一块电子表,表盘上有个裸体大娘。那真是块好表啊!有次吊车工喝酒赢了我,我把表输给他了。我们也打赌。我差半茶缸……"

"这里面的事你什么也不懂。"

"我们这号人哪能懂呢!"

"算啦,你也别生气。到了那里,不要乱说话。如果有人要招募你,让他们都去见列昂尼多维奇……"

"这你已经告诉过我了。我,这个……我还想问一问。"

"问吧!不过我知道,为什么我不来,你就不想上飞机……"

"我想,你自己会说……"他低下了头。

"不。我现在不说。只有当那些在美国烤面包的高贵文学的后台老板,发现文件夹里装的是些像低能儿的良心那样纯洁的白纸时,再……"

"要是发现不了呢?"维捷克心怀希冀地问。

"肯定能发现。按照传统,颁奖后一个月,书就应当出来……那时事情就来了……"

"可怕！那怎么办呀？"

"没什么了不起的。当代表团的成员们在纽约的豪华房间里焦头烂额、一筹莫展的时候，你建议他们给我往莫斯科打电话。我会设法跟他们谈一谈。明白啦？"

"情绪矛盾……"维捷克琢磨着点了点头。

"那太好啦！祝你顺利着陆，奖金获得者！顺便问一句，你和安卡怎么样：你的词够用吗？"

"我……我怕她。"

"那就对啦：这是个可怕的女人，专门收藏男人的皮。有死前的遗愿、请求吗？"

"有……把这个交给娜久哈。"他把折成很小的一页纸交给我。

"好嘞——帕特里凯说咧！"我把字条塞进衣兜里，"别了，我的暹罗朋友！"

我紧紧拥抱维捷克，但立刻就把他推开了，因为戈雷宁正向我们走来。我们长时间话别使他不安。尼古拉·尼古拉耶维奇吩咐维捷克去提皮箱，然后把视线停在我郁悒不乐的脸上，显然是想鼓励我一下。不过，他说起话来却有点怪。

"不要忧伤，小伙子！写一部像样的东西，贝克奖也会给你。"他亲切地说。

"我正在写！"我信心十足地回答。

"是吗？"他又看了我一眼，不过这一次却带着妒意，"你知道吗，我也下了决心，一回来就请创作假，三个月！不对，不会给三个月，请两个月。写部长篇小说够啦。要玩儿命地干！要知道，我的全部才能都投入到开介绍信和写报告上去啦……情节我有。这就是力量！你写哪方面的题材？"

"关于生活……"

"是吗？"他不安起来了，"你写的也是这个?！噢，没什么，我反正要赶在你前面。对我来说,主要是——坐下来。我一旦坐下来,就是一个写作狂,推也推不开!"

"我真羡慕!"我叹了口气。

"你不要生我们的气。无论如何都没法带你去,虽然在书记处的全体会议上,大家都肯定你在这件事情上的贡献。你知道吗,前半年的外汇已经用完……让斯维里多诺夫这一家贪财鬼给花光了!"

"我明白。不过,为了防范不可预见的情况,我要求免除自己的一切责任……"

"这你就拉倒吧!第一,只有死亡才能免除一个苏维埃人的责任。第二,能有什么不可预见的情况呢?一切都预见到了!如果你是因为安卡而忧伤,那就不应该了。你应该高兴才是。他们登记了。茹拉夫连科是新郎方面的证婚人,列昂尼多维奇是新娘方面的证婚人。我们一回来便举行婚礼……我已经在中央文学家宫预订了宴会厅。你做好准备吧!"

他说完便走到旁边去了。

接着来的是意识形态专家茹拉夫连科。他同情地看了看我,说道:"您的感情我理解,然而要维护整个国家的利益。您同意吧?"

"可能是吧……"

"这样就好。我一回来就给您打电话。关于致敬信,有个很有意思的想法!时代要求做重大的校正。"

"您知道,我刚开始写长篇小说。恐怕……"

"没有必要害怕。"他安慰我说。

后来谢尔盖·列昂尼多维奇走到我面前。他十分沮丧。

"咱们到了何等田地啦……公出费一昼夜才给四美元!你想象得到吗?这仅够买一罐啤酒和一个汉堡包。他们还打算靠这点钱赢得冷战呢……你怎么这样闷闷不乐呀?"

"没什么。"

"你算了吧,没什么——说实话吧!"

"心里委屈。"

"当然委屈。你以为我就不委屈吗？我抓住了那个要炸列宁墓的白痴，光荣称号却给了局长……"

"我说的不是这个。"

"我明白。可你以为我就不委屈吗，当我当场抓住自己的老婆和那个先锋派胡狼的时候？你要挺住。她们全都一样……"

"我说的不是这个。"

"那是怎么回事呢？"

"告诉他们，把我的电话接通！"

"看我这个臭脑袋瓜子，给忘啦……好吧，我会从纽约打电话给他们的。不要生气！"

"你也是，如果有什么不如意的地方，不要生气……"最后一位是安卡。她亲热地吻了吻我的面颊。"笑一笑！"我笑了笑。

"好！我毕竟没有跟丘尔梅尼亚耶夫一起去嘛！"

"这并不让人感到欣慰……"

"不要闹情绪。咱们讲好了嘛：我就像奔赴战场，你就像在等待……"

"你可不要投降做俘虏呀！"我请求道。

"如果有什么事，我从俘虏营给你写信……不，也许我甚至从纽约就会给你打电话……"

"你们一定会给我打电话的！"

她惊诧地看了我一眼，用手在我脸上摸了一把，转身朝其他几个同伴走去。他们已经在外事人员与官方代表团专用通道前排上了队。

飞走吧，亲爱的鸽子们，我幸灾乐祸地想，你们甚至都不会想到，在大洋彼岸有怎样定时炸弹一般的礼物在等待你们。不公正应该根除。生活中当然没有，也从来没有过公平与正义。但是，如果不公正的现象得以消除，这个世界也就可以生活了！（记住！）

送我来机场的伏尔加已经不见了：这是苏维埃政权对人的经典态度。如果你有用，汽车在大门前恭候；必要性消失，请迈开两腿走吧。据说，一位政治局委员早晨没有看见窗下的黑色"政治局委员专用轿车"，心肌梗死立刻发作，死了。他断定自己被解除了职务。实际上，黑色专车不过是在途中撞上了制冷车。这非常有可能！回家途中，我先坐机场的班车，然后乘地铁。为了平复自己的委屈，我浓墨重彩地设想起几天后就应当爆发的国际丑闻。我看见美国报纸头版头条火辣辣的标题："世纪文学诈骗案！""给贝克先生文学趣味的一记耳光！""俄国熊可以相信吗？"我看见被撤销了一切职务的戈雷宁，我对他说："不要难过，尼古拉·尼古拉耶维奇，你现在可以尽情地写啦！"我看见无可奈何地忽闪着自己聪明的官僚眼睛的茹拉夫连科。我看见正在揪自己胡子的谢尔盖·列昂尼多维奇，他终于可怕地明白了，我们到底跌到了何等田地！走进自家单元的门洞时，我在想象中看见了安卡。她惨遭欺凌、侮辱，趴在我的肩头号啕大哭，边哭边再三重复说："我哪里知道，他不过是个系缆水手！我以为……"

她是怎样以为的，我最终也未弄明白，因为在我家的台阶上，垫着认真铺好的报纸，上面坐着不胜忧伤的日古托维奇。他的膝盖上放着两个包袱，一个略大，另一个略小。

"我电话打了又打……决定还是来一趟吧。"

"我的电话被掐啦。"我解释说。我打开门，请他进去。

进门后，斯塔斯酸溜溜地打量了一下房间。这里本来有可能成为他释放被束缚的性本能之地，不料却泡了汤。

"好吧，"他说，"《百科全书》我给你拿来了。你知道吗，到最后一刻我也不相信你能赢……"

"这是什么？"我指着大一点的包裹问。

"是床单，印度床单。我把它也带来了。也许，你买我的？不能拿回家——妻子不相信我会平白无故地买……"

"我买，"我点了点头，"多少钱？"

他说了个数，显然把送货上门的百分之十五的费用也算上了。不过，我没有还价就付了款。

"真不知道现在该怎么办才好！"日古托维奇忧郁地说。

"你愿意的话，我给你出个主意：去登记参加一个什么小组。"

"怎么，我是小孩子吗？"

"怎么就是小孩子呢？在英国，比如说，所有男子都参加某个俱乐部。你想一下，这有多么方便！老婆一问：'你去哪儿了？'丈夫回答：'俱乐部！'真的去哪儿还不是随心所欲。"

"老婆会去检查的呀！"

"奥秘就在这里。俱乐部应当是封闭的，无法检查。英国几乎所有俱乐部都是封闭的。所以，科幻爱好者俱乐部或轮船模型俱乐部对你不合适。必须找一个封闭的东西——某个健身蒸汽爱好者俱乐部，再比如，洗澡俱乐部……明白吗？"

"明白。你知道吗，这我也曾想过，当我读《百科全书》的时候。共济会对于我倒比较合适。那里也不让女人进去，除非在过节的时候。在平时，绝对保密，拒绝一切闲杂人等……"

"太棒啦！你设想一下，要是你那口子给你的共济会上级打电话……"

"是长老。"

"什么？"

"共济会的上司称作长老。"

"好啊，长老回答：'我不懂，女公民！我们这里对外保密！'你需要的正是这个。"

"这不用你说，我也知道。可是你要知道，科幻爱好者俱乐部很简单，去登记就行了……然而，共济会要怎样才能找到呢？他们可不发这样的海报：'戈尔本科夫文化宫从9月1日起开设共济会分会。登记时间为每日下午6点到晚上8点……'"

"你试着找过啦?"

"找过……下班后在东方影剧院附近守了几天,老婆差点宰了我!"

"为什么是在东方影剧院附近呢?"

"他们把分会所在地称为'东方'……"

"不,这太单纯了。他们未必会这样低级地暴露自己。这里必须机密一些……很可能在建筑物上有某些秘密标志。他们有哪些标志呢?"

"噢,有圆规、大铲、直角尺……总之是这类东西。"

"有这样的大楼!"我大声说,"在拉兹古利亚伊。你记得吗,楼很大,有圆柱,山墙上塑着各种工具?"

"那是工程建筑学院!"日古托维奇叹了口气,"我去过那里。一无所获。那里太热闹,大学生们成群结队,熙来攘往……"

"是吗……"我动开了脑筋,"那么咱们从另一个侧面找。5月1日你要干什么?"

"什么叫干什么?去游行啊。然后去岳母家做客。怎么回事?"

"是这么回事。共济会有什么节日?"

"当然有。6月24日,桦树节……对于他们,这天就相当于咱们的11月7日。成立纪念日。"

"啊哈!今天是几日?"

"21日。"

"也就是说,还有两天。现在你设身处地为他们考虑一下。假如夏天庆祝11月7日,没有妻子和岳母,你会怎样度过——在家里,还是在大自然当中?"

"当然是在大自然当中啦!暖洋洋的,可以洗澡,吃烤羊肉串。"

"是这——样。洗澡。烤羊肉串……这,当然,在哪里都行:坐车去休假区,就算庆祝啦。可共济会会员不是一般人,如果他们去野餐,也一定会选择一个特殊的地方,适合共济会活动。是不是这样？"

"是这样……"

"现在我们来想一想，在莫斯科，或莫斯科近郊，什么地方可以洗澡、烤羊肉串、搞一些共济会的活动呢？"

"不知道。"

"我知道！我上大学的时候当过导游。我知道这样的地方，就是察里津诺。第一，那里有不错的池塘，有小船，可以洗澡……第二，有一座古老的公园。第三，那里卖羊肉串。第四，这是最主要的，那里有一座未完工的巴热诺夫宫。叶卡捷琳娜一世[①]为什么下令禁止它建完呢？"

"对呀！《百科全书》里谈到：在装饰图案中使用了共济会的象征物……"

"那么，24号你就去那里，到了那里，再相机行事。不过，他们肯定在那里，这我毫不怀疑。逻辑——这毕竟是科学嘛！"

日古托维奇激动得甚至从椅子上跳了起来：

"我能认出他们来。他们有特殊的手势，圈内人都明白。喂，咱们一起去吧！"

"不，"我说，"我生活中的秘密够多的啦。其中之一近日就要公开，我将有许多麻烦事。你自己去吧，以后再告诉我怎么回事！"

"可惜……好吧，你先读一读《百科全书》，以后你会主动请求去的！"

"我先读一读……以后再看吧。"

就在这时，响起了经久不息的门铃声。

"我老婆！"日古托维奇脸都绿了。

然而，不是他老婆，而是阿诺尔德的信使，一个身强力壮的西伯利亚红脸汉子。他手里拿着一个塑料袋，鼓鼓囊囊的，很重，让

[①] 叶卡捷琳娜一世（1684—1727），彼得一世的第二个妻子。1725年起为俄国女皇。

人心里顿生希冀。我请他进来,哪怕只喝口茶也好。来人坚决拒绝进门,说无论如何也打不通电话,只得在上火车之前跑到这里来。我关好门,把提兜塞进鞋柜里,这才回到房间。

"是谁?"惊魂未定、气喘不已的日古托维奇问。

"邻居要烟来了!"我精神振奋地撒谎,不想同他分享能带来灵感的饮料,"你知道法国诗人兰波是怎样写巴黎的吗?"

"不知道……"

"在巴黎,每位侍役都是共济会会员。"

"真的吗?"

"那当然!"

其实,这句话是我从门厅走进房间时想出来的。

二十八
文学的终结

送走了欢欣鼓舞的斯塔斯，我想立刻喝一杯"败德汤"，然后就在打字机前坐了下来。打字机大概像士兵忠实的妻子那样，等我已等得心力交瘁。但是后来我想，写"首要"著作应该有个特殊的隆重的开始，最起码也要在好好睡一觉之后。有意思，我想，假如科斯托若戈夫得到一瓶神奇的"败德汤"，他是会享用它，还是会把它倒进洗脸池子里去呢？总的来说，能否在魔鬼的帮助下，成为上帝的助手呢？我想象，如何把写成的长篇小说给他送去（他的地址必须弄清楚，列昂尼多维奇可能知道），读完以后，他如何抬起像勋章上的珐琅那样亮晶晶的眼睛，看着我，向我微笑。后来我又折腾了好长时间，继续低声推敲着小说的第一句话。我大脑的其余部分则充满了像米奇基[①]那样幼稚的画面，都表明我未来的长篇小说如何获得全世界范围内的历史性成功。比如，加西亚·马尔克斯拍着我的肩膀，把自己的电动打字机赠送给我。或者索尔仁尼琴把我称作"极其真实的话语的圣餐盒"……已经睡意蒙眬了。我还在接受法新社的采访中断然拒绝授予我的贝克奖，理由是：像我这样的优秀作家（我无疑是这样的作家），不应该接受这样的奖金，因为，为了

[①] "米奇基"小组，1985 年成立的以德米特里·沙金为首的画家团体。

装普通文件夹里的一沓白纸,他们竟将奖金授予了别的作家。肯迪先生(不知为什么,采访我的正是他)哭了,把自己的日本产录音机摔到了墙上。他跪倒在地,按《圣经·旧约》说的那样,抱住我的双腿,哀求我接受奖金,不要让他的面包事业蒙羞。而我回答他说:"不,不,不!"伴随着拒绝,还有打在美国佬红色头顶的噼啪声。安卡看到我胡闹,便放开嘹亮的嗓门哈哈大笑,还把头用力向后仰……

早晨,我洗了个冷热大反差的淋浴,穿上干净的内衣,饱饱地吃了一顿早餐,然后打开了包裹。包裹里有两瓶熟悉的深琥珀色液体。它们看上去很正规,甚至还斜贴着标签"马鹿芳香酊剂。遵医嘱服用"。也许,雅利安英雄们的饮料,传说中的苏摩酒,并不是提取自植物,而是用鹿角制的?(记住并查清楚!)我拿了一个高脚玻璃杯,斟得满满的。可后来我又考虑到,长篇小说的写作可能需要很长时间,也可能会节外生枝(艺术现实总比作者的构思更宽广!),我又把半杯酒小心翼翼地倒回瓶子里去了。杯中剩下的酒我像品酒员那样细品慢饮,以便让身体充分吸收神奇的成分。就口感来说,"败德汤"有点像浸泡过鲱鱼的伏特加。不过,这种鱼不像原先那样来自远东,而是多来自大西洋,且经过了特别的腌制。我体内产生了一股韵味隽永的暖意。几分钟后,身体开始充满诱人的快意与魔幻般恐惧的预感。又过了一会儿,从潜意识的深处,像鼹鼠那样拨开书本机巧的沉积层与自主思考的垃圾,玫瑰色的爱欲幻景开始蠕动。它们浮到上层之后,突然像成熟的蛹,展开翅膀,变成了娇嫩的蝴蝶,它们的下腹毛茸茸的,十分诱人。蝴蝶越来越多,它们在我头顶飞舞,聚集成令人不安的热烘烘的云朵,然后又变成了一团乌云,不断集结着淫邪的威胁。最后,当乌云中,宛如第一次性高潮,准备爆发出不可抑制、能焚毁一切的闪电时,我全身放松,猛然深吸一口气,把手指按在了打字机的键盘上……

就在这时,沉默了一星期的电话响了。

"我给您接通啦!"电话局的姑娘愉快地通知我。她的声音颇像为索菲娅·罗兰配音的演员。

"谢谢。"我表示感谢,尽量不脱离自己沉迷的创作状态。

"您忙吗?"她关切地问。

"总体来说,是有点忙……"

"那我就不打扰您啦……虽然今天晚上我有时间……"

"这太好啦!"我说,觉得乌云开始变红,正缓缓落在乖巧而无耻的蝴蝶身上。

"也就是说,您的邀请依然有效?"她的话语中带着些微嗔怪。

"什么邀请啊?"

"有意思,难道所有作家都这样健忘吗?"

这时我想起来了,我曾轻率地邀请过她来喝茶。

"噢,那当然……您来吧!我会很高兴。我告诉您我的地址。"

"我有。一直是我给您打账单嘛……"

"那就不必客气!您来吧,咱们坐一坐,聊一聊!"

"您很健谈吗?"

"难说。不过女人一般都让我搞得很累!"我随便说了一句脑海里首先出现的淫词秽语。

"那咱们倒要听一听!"她戏谑地接过话茬说。

"百闻不如一见嘛!"我不由自主地轻狂开了。

"那咱们就见一见吧……好,再见!"

我放下话筒,但心里已经空荡荡的了。我甚至觉得,地板上躺着许多死蝴蝶,仿佛散落在地上的淫秽扑克牌。上七年级的时候,我用日本圆珠笔换过这样一副扑克牌。日本圆珠笔是一位学位申请人送给我的,妈妈给他打学位论文,他们之间似乎有过什么……至少在此之前和之后,妈妈再也没有给过我那么多的钱,让我去看电影或买冰激凌……论文通过答辩以后,学位申请人走了,去了自己故乡的城市。老雇主们一连几个月委婉地表示惊讶,为什么一贯严谨认真的妈妈竟打出那么多错误来。那副扑克牌我藏在衣柜里，塞在旧衣服下面，房间里只剩我一个人时才拿出来。纸牌是用照相纸做的，就是从西方淫秽杂志上剪下来的一些画面，把它们制作成相当粗糙的剪贴画——通过铁幕下的缝隙，这些淫秽杂志有时被塞进我们国家。丰乳蛇腰的银发姑娘有时候不够用，制作者便用业余为自己某个女友拍摄的照片充数。她伸开四肢，躺在自制落地灯下面的沙发床上。虽然她的乳房下垂，仿佛忧郁的爱尔兰犬的耳朵。她有个翘鼻子，傻乎乎的脸上浮现着售货员克扣顾客时的戒备笑容。然而，真正让我心荡神驰的正是这位裸体苏联女人，而不是杂志上的美女。如果要我完全洞开心扉的话，她就是我的第一个女人！不知为什么，我把她叫作英娜……这个名字中有某种诚挚而神秘的东西！有一次，我放学回家，发现扑克牌撒落在地板上，有英娜的那张牌被撕成了碎片。房间里浓烈的樟脑味几乎让人呕吐，看来妈妈在同衣蛾做斗争时，偶然发现了我的秘密。我把扑克牌收集起来，拿到外面，投进了别人家院子里的脏水桶。没有英娜，这些剪自杂志的美女绝对引不起我的兴趣……母亲装出若无其事的样子，我则更是如此。不过，从那时候起，她再也不让我晚上去电影院了……也许，她再也没有必要让我去电影院啦？慢慢地，她开始疾病缠身……

打完电话，我回到打字机前，把手指放在键盘上，灵感的激情连影子也没了，尽管我一再做深呼吸，让空气长时间滞留在肺里。我只好再喝半杯，然后又喝……腰胯间再一次充满了火辣辣的淫欲，可是，无论我怎样做深呼吸，从动物的低层次到精神生活的高层次的能量转换都没有发生。除了想用《圣经》中讲述的那种庸俗的方式把折磨我的冲动释放出来，我头脑里再没有任何新的念头……我突然想到，英娜早已经老了，也许已经死去。我突然理解了多年前妈妈发火的原因：要知道，看模样，英娜是她的同龄人呀！还有一个细节是我偶然悟出来的：被撕碎了的英娜与安卡一样，腹部都是那样富于弹性，那样吸引人，越往下，收缩得越窄……

这时电话又响了，似乎在努力补偿一个星期的沉默。这是柳宾-柳布琴科。

"我全都明白了，"他说，"绝妙至极！"

"您明白什么啦？"

"一切……咱们应当见见面。"

"什么时候？"

"越快越好！"

"好，"我说，甚至为有可能摆脱这个可怕的梦魇而高兴，"一个小时以后，在文学家宫。"

大概我的身体释放着特殊的生物波，因为迎面来的女人都惊恐不安地看我。无轨电车上有一个女大学生，不知什么，我把她想象成赤身裸体，并且在不停地扭动。她突然脸羞得像红布，气鼓鼓地转过身去，面对着窗户……

柳宾-柳布琴科在前厅里急坏了。他坐在一张小桌子旁边，两个拳头支着心事重重的脸。他的袖口过长，拳头根本看不见，由此让人产生一个印象，仿佛先锋派理论家用蹄子支撑着下巴坐在那里。一看见我，他便战栗起来，高兴得不停地舔嘴唇。我惊异地感觉到，他那一向甜腻腻的令人生厌的笑容也似乎突然有了不乏可爱之处。真够受的！我把手伸进裤袋里，在自己大腿上恶狠狠地拧了一把。

"嗯？"我走到他面前以后问。

"这绝妙至极！"他重复了一遍，"您当然知道，在神秘哲学中，空被定义为因物不存在而造成的、为建造天堂所需要的地方。是吗？"

"情绪矛盾。"我答道。

"很好！在埃及法老塞提一世的棺椁上有一幅'空'的画，是一个半满的容器。一个杯……我一下子就明白了长篇小说名称的微妙之处！但它是如此之深奥，根本没有料到……"

"那当然。"我矜持地点了点头。

"现在谈一谈页页全是空白的问题。它们是白色的。我甚至不准备详细论述盖农①的观点。他认为,白色是精神上的中心,即图列,也就是所谓的'白岛'——它是活人的国度,如果乐意的话,也就是天堂。顺便说一句,洛伊夫勒在关于神鸟的专著中把白鸟与色情联系在一起……您明白吗?"

"您问我这个吗?"我全身战栗了一下。

"不过还没有完。空白纸页,这是通向集体无意识的窗口。所以,长篇小说存在于作者的意识之中,而不存在于手稿的白纸之上,从而也就存在于集体无意识之中,像打开窗户那样打开书,便可以进入其间……明白吗?"

"很可能没有……"

"这事实上也无法理解,如果不把最新的理论成果考虑进去的话。最新理论把人的大脑解释为特殊的读取装置!于是,空白页首先就是为意识进入超意识而设置的密码——通向信息能的星团,那里无疑有您的维克多已经撰写而尚未抄写出来的长篇小说……"

"先验的……"

"您拉倒吧!长篇小说不仅可以不抄写,甚至可以根本不写。这并不重要!重要的是,揭示星际奥秘的密码,每个人在其中都能找到自己需要的东西。仅仅因为这个,便应该在普希金对面给维克多竖一座雕像!"

"请勿以母羊奶煮它自己的羊羔!"我很动情地说。

"我看,您也受到了阿卡申的影响,简直是在用他的语言说话!不过这是自然的事:跟天才生活在一起嘛……我希望,您将支持我对维克多所开创的创作方法的命名!就是:禁忌主义。"

"读音与未来主义差不多……"

---

① 即勒内·盖农(1886—1951),法国哲学家、作家,神秘传统主义代表人物。

"您说的哪里话呀？它来自 tabula rasa。您还记得罗马人这样说刮净的木板吧？您要明白！禁忌主义，不仅是向上提升我们的空白页的能量，还是禁忌，禁止对艺术形象进行任何文字记载！任何的……总之，我们就像对待'历史的终结'那样，对待'文学的终结'。阿卡申的发现的天才性就在这里，它可以与爱因斯坦的发现相提并论！现在我明白直播中他说的那句话的隐秘意义了！别的他也不可能说！"

"不可能。"我同意道。

"这就是：粪便。这是精神进化完成的象征，在我们这种情况下，就是'文学的终结'。懂吗？到现在我才明白他那句话的真正含义：'勿以母羊奶煮它自己的羊羔'……"

"什么含义呢？"

"天哪，我还以为您会更聪明些呢。奶是什么颜色？"

"白色。"

"对呀！把文学作品记载在纸上是不被允许的，这是禁忌，就像古代人忌食混合食品，忌食用羊奶煮的羊羔……这就意味着，即使是画在纸上的一个最单纯的符号，也将永远关闭我们通向宇宙信息场的道路！明白吗？"

"现在——明白了。"

"现在我明白了，为什么聪明的美国人宁肯选择维克多没有写出来的长篇小说，也不选择那个写作狂丘尔梅尼亚耶夫粗制滥造的东西。正义取得了胜利！这就是我要告诉您的一切。顺便说一句，关于这些，我写了一篇文章，《禁忌主义，或者文学的终结》。在我们国家当然不能发表……只能指望'境外出版社'。不过，我不打算利用庸才丘尔梅尼亚耶夫的帮助，而且他也不会答应。他会恼羞成怒……这是给他及其同类的一记耳光！如果您通过维克多……"

"把文章给我吧。"我点了点头说。

柳宾-柳布琴科把《中等畜牧业》杂志社的一个公函大信封递给

我,信封的角上用象征手法画着一头褐色母牛。

"用笔名?"我问。

"当然啦!"他诡秘地舔了舔嘴唇,"署名:阿夫坦季尔·古尔格诺夫。"

"好,"我赞成说,"不过,这件事任何人都不应该知道,您明白吗?任何人!"

"当然。"

"您留有备份吗?"

"看您说的!我时刻牢记,我们生活在什么样的国家……"

"关于您的这一发现,您对别人说过吗?"

"没有,您是第一位……"

"我请求您,暂时不要对任何人讲。丘尔梅尼亚耶夫可能会剽窃这个思想!他也写文章嘛。"

"这绝不能!我宁肯咬掉自己的舌头……"

二十九
强暴希望

收起文章以后,我就去小吃店喝咖啡,边走边想:如果柳宾-柳布琴科咬断自己的舌头,他还用什么舔嘴唇呢。一路上,我不停接受祝贺,简直累坏了,仿佛我是个幸运的父亲,儿子是天才,刚赢得国际小提琴大赛金奖。在前厅里,伊万·达维多维奇抓住我,把我拉到了一旁。原来,我与柳宾-柳布琴科聊天的时候,他一直躲在圆柱后面,耐心等待。他抓住我的胳膊肘,热烈而急切地说,他一分钟也没有怀疑过阿卡申的胜出,并为自己直接参与了他的世界性成就感到无比自豪!现在时间到了,应该极其自然地告诉社会舆论,是谁在西伯利亚白雪覆盖的村庄希梅季给了未来的贝克奖金获得者生命。伊里斯金甚至建议在西方用维克多的真实姓氏出版长篇小说,而不用被愚昧的希梅季村苏维埃主席糟蹋了的姓,这实质上是恢复历史的公正性。

"您这样认为吗?"

"当然。否则,西方批评界简直不能明白他的天才的境界。"

"先验的!"

"这里没有任何先验性的东西,朋友!只有这样才能对抗世上黑帮们的主张。您能理解我吗?"

"可能吧……"

"太好啦！让梅德诺斯特鲁耶夫这个鼠辈被自己的胆汁呛死吧！"

"情绪矛盾。"我点点头。

"我还想同您商量一下！我们的信，日内即将发表。我们非常希望，在信的下面，能签上贝克奖最新获得者的名字！您能理解我吗？"

"那当然。"

"您不反对吧？"

"绝对不！"

"您有点像您的朋友了。"分手的时候伊里斯金指出。

"与天才生活在一起，很难不受他的影响。"我解释道。

稍晚一点，在我快走到餐厅的时候，梅德诺斯特鲁耶夫抓住了我。他精力充沛，完全不打算让胆汁把自己呛死。

"咱们把他们彻底打败啦！"他粗声大嗓地喊道，还啪的一声在我背上来了一下，重若锤击，"没什么，让他们见识一下俄罗斯人的脾气吧！让伊里斯金这个恶棍愁得被无酵饼噎死……"

"情绪矛盾。"我点点头。

"顺便问一句，咱们维克多的父称是什么？"

"谢苗诺维奇……"

"太好啦！那就这样签署：阿卡申，维·谢，贝克奖金获得者……"

"签署什么呀？"

"什么叫签署什么呢！咱们的公开信《祝福吧，俄罗斯人民！》呀！难道咱们就白在戈雷宁的接待室里过夜啦？！要让人们都知道，是哪些人在为国是操心！你赞成吧？"

"很可能是……"

"你本人是在咱们这里受洗的吗？"梅德诺斯特鲁耶夫突然戒备地问。

"您问我这个吗？"

"请不要见怪!一切都让犹太复国主义者收买啦!嗯,再见……"他用拳头在我背上友好地捶了一下,走了。

在餐厅的门槛上,我又被斯维里多诺夫抓住了。他首先说了一大篇令人备受折磨的前言,其间他不知为什么还通知我,两个月后他们全家要飞往澳大利亚。然后他就邀请维捷克和我去为他女儿过生日。说考虑到阿卡申不在,特意把日期往后推了一星期。

"您来吗?"

"很可能来……不过……"

"不需要任何'不过'……我想让维克多和我女儿进一步认识一下,她懂三种语言!"

"他,在一定程度上,已经结婚了!"我提醒道。

"这没有任何意义!"他回答。

一走进餐厅,我就落入了扎库松斯基醉醺醺的怀抱。

"谢谢你,老朋友!"他嘟嘟囔囔地说着,感激地撞了撞我肩膀。

"为什么呢?"

"什么叫为什么呀!我写的关于咱们维克多的文章被公认为是最成功的!他们约我写整整一个系列。《文问》《文评》《苏俄》都向我约稿……甚至聘我去工作!你知道,一个什么样的时代已经到来!好像给文学颁发了自由证……现在具备我这样批判性思维水平的人将身价百倍!我可能要……同我喝一杯?"

"不,谢谢,你最好招待一下格拉吧!"

事情是这样的:在我们谈话的时候,巡查员格拉走近我们,在一旁恭恭敬敬地站着。听到我的话,他便说:

"多谢啦!值此胜出之际,请接受我最真挚的祝贺!"

"请坐!"扎库松斯基请他坐在自己的餐桌边。

"咱们没有那个习惯。"

"谈什么习惯不习惯呀,斟上酒就喝嘛!"我赞许地说,"坐下,享受一下吧!"

后来，人们告诉我，那一天格拉没有巡视各个餐桌，第一次同扎库松斯基坐了整整一个晚上。他们聊得十分认真，作为美学观点一致的标志，他与扎库松斯基周期性地紧紧拥抱在一起。谁能料到，这一坐将在祖国文学的命运中发挥决定性的作用呢！然而，在那一刻，我根本不认为这一切有任何意义，因为我的全部心思都集中在未来的国际性丑闻上，它一旦爆发，就将让我的冤家对头受到应有的惩罚。

我还没来得及在空餐桌边坐下来，娜久哈便飘然而至。

"吃午饭，还是醒醒酒？"

"吃午饭。"

"今天的红甜菜汤很好。"

我看了娜久哈一眼——她眼神温柔，但像是刚哭过。大概，在可耻的"败德汤"的作用下，发生了一件怪事：我完全不像往常那样看娜久哈，不像看一个熟悉的服务员那样。如果这样的服务员引起了你的好感，那么一般来说，你已经处于这样一种状态：拥抱成了回家的唯一运动方式，至于为了稳住身体而拥抱谁，是女人、电线杆子，还是警察，绝对已经没有区别。我看娜久哈就有一点异样，第一次注意到，她连衣裙下面的胸脯喘得不均匀，她的腰很细，大腿却引人注目地粗壮，口红涂得很厚的嘴唇诱人地颤动着，敷了粉的鼻翼则鼓了起来。这一切都以两只哭红的大眼睛为衬托！不折不扣的库斯托季耶夫[①]的画作！我突然有一种甜蜜的预感，我强烈地意识到，我就是一个能摧毁一切的复仇武器，应当享用这个被遗弃的女人。今天就享用，现在就享用！怎么样？在象棋中这叫作"兑子"。我又一次在评估一般审视着娜久哈：她的体形还是相当不错嘛！

"你寂寞吗？"我同情地问。

---

① 即鲍里斯·库斯托季耶夫（1878—1927），苏俄后印象派画家，擅长肖像画，画面绚丽。

"这从何说起呢？"

"你的维捷克飞走了。'别了，维克多·谢苗诺维奇！嗖的一下，走啦！'"

"得了吧……我早把他忘啦！"

"那我就把字条撕啦。"

"什么字条？"

"他让我转交给你的。临飞走之前。"

"给我！"她以紧张而冷漠的口吻要求道。

"我留在家里啦……"

"胡说！"

"作家不胡说，娜久哈，而是虚构。不过，具体到眼前，我说的是实话：忘在家里了。"

"给拿来！"

"明天。"

"今天。"

"怎么，我是你的投递员吗？为此我必须先回家，再回到这里来。然后再回家。本来我就忙得要死！"我巧妙地施加压力。

"我跟你一起去。"

"你在上班呀。"

"我请假。请一小时……"

"请两个小时吧。你还要对着字条哭一小时呢。假如某个女人像你对维捷克那样对待我，我会把她捧在手上——从浴室捧上床……"我说的是心里话。

"真的吗？"娜久哈突然用异样的目光看了看我。

大概在这一刻，我在她面前也不像餐厅里一个平平常常的守财奴——该给女服务员小费时他们不给，而是在她屁股上拍一下，以示鼓励。我大概还像一位堂堂的男子汉！

"当然是真的！"我大受鼓舞，"大概这位系缆水手出身的奖金获得者从来没跟你说过,在19世纪,为了你这样的脖子,男人们会用枪互相射对方!"

娜久哈脸红了。她摸了摸胸前带心形饰物的项链。连衣裙下面的乳房像苏醒的火山,突然颤抖起来。

"没说过……"

"你的眼睛像萨莫色雷斯的胜利女神,这他跟你说过吗?"

"没……没有!他在这方面一般不爱……多说……什么。"

"是这样!你还为他哭呢!你的一滴泪珠比一克拉雅库茨克钻石还值钱……"

当然,如此慷慨地向女人施以甜蜜而有效的奉承,只有处于失控的偏执状态下才有可能。而我,在"败德汤"的作用下,恰好处于这种状态……

"我立刻就来!"娜久哈声音有些嘶哑地说了一句,就跑着请假去了。

"好吧,维捷克,"望着她的背影,我说得很轻,但还是说出声来了,"咱们换着戴绿帽子吧,我的暹罗朋友!"

……在过道里,我就向娜久哈扑了过去。她身上散发着饭店里的炸丸子味和三八节发的那种香水味,可今天正是这些气味使我兴奋。

"等一等!让我脱衣服……"她一边脱风衣,一边犹豫不决地推我。

"我给你脱!"我喘着粗气说。

"你怎么啦?我不想这个……"

"可我想!"

"字条在哪儿?"她追问道,同时极力挣脱我的拥抱,"我马上就走……"

"哎呀,字条!它在这儿!"我从上衣兜里掏出一张折了又折的纸片。

"这就是说,你撒谎,说字条在家里!"娜久哈皱起了眉头。

"当然,我是撒谎!我当然撒谎,但为的是单独和你在一起。"

"呸,聪明人!你和干萝卜单独在一起吧,不是和我!你以为,我是端盘子的,就会随便和什么人上床吗?没有爱情,我干不来……拿字条来,机灵鬼!"

一般来说,从女人口中说出来的粗话总使我完全陷于无奈与失望,但不是今天。娜久哈的粗话使我激动得微微发抖。

"吻一下!"我命令她。

"吻谁?"

"吻我!"

"没门儿!"

"那我就撕掉!"我做出要撕碎字条的样子。

"好吧。"娜久哈犹豫了一阵,用手背擦去嘴唇上的口红,点了一下头。

她一开始吻得从容不迫,像姐妹的吻,但吻得长久……而且,娜久哈显然喜欢吃加了许多大蒜的辛辣食物,这简直唤醒了我体内的野兽,虽然平时一丁点儿大蒜就能使我从食肉动物变为可怜的素食者。娜久哈中断了吻,摸到我的手就想把字条抢过去,同时转身背对着我,似乎想脱身。于是我吻她的脖子,吻开始长头发的地方。她"啊"了一声,身体变软了。我加强主动性,把手伸到她的衬衫下面,企图把她的乳房和像狗鼻子那样冰凉的乳头握在手中。娜久哈在反抗,不过,由于脖子上吸血鬼似的吻和我夹在手指间的字条温柔地擦着她的皮肤,她的身体眼看着软了下去……

"你干什么?你干什么!"她的嘟囔声显得越来越无奈,推我手的动作越来越像似推似就。

在与男人几千年的交往中,女人创造出了一种特殊的秘密语言,普通言辞具备了别的含义,它暗示进攻者行动要更果断些,发出从前戏(可将之比作战场上的炮火准备)转为向敌人驻地发起纵深袭击的信号。根据我多年的观察,"你干什么"这句话意味着:准备扑向胸墙,投入战斗。而对于随后说的"蠢""笨蛋""傻瓜"之类的词语,我毫不犹豫,勇敢地将之视为发起进攻的信号。

"你干什么,笨蛋……"

我将自己的右手指向对方的火力点,没有遇到任何抵抗,因为对手把全部力量都放在了我的左手上。我的左手因为握着字条,行动能力被大大削弱了。结果,含有战略信息(这是我后来发现的)的司令部文件落到了几乎已经投降的娜久哈手中。然而,对这一事实,我甚至都没有给予注意,而是在估量,如何把后面的作战行动更方便地从过道转移到沙发床上去。是否有足够的力量把娜久哈抱到房间里去,如我自负地向娜久哈许诺的那样,我没有切实的把握……为保险起见,我开始把顺从的女客人温柔地往床的方向推。不料,她战栗的身子突然变僵硬了,我立刻就觉得,我抱着的是一具女游泳运动员的石膏像。我停止亲吻,从她的肩头望过去,看见了展开的字条。上面只写着一行字:

> 很可能是,而不是不。维捷克。

"撕掉它!"我命令道,同时粗鲁地梳理已经占领的火力点的周围地区。

"放开!"娜久哈压低充满仇恨的声音,要求道。

"不放开!"

"放开,恶棍!"

"不放。"

"你放——放!"

娜久哈猛地一挣,摆脱了我的搂抱。当我试图抓住她肩膀的时候,她扬起惯于端堆满盘子的托盘的手,一大巴掌打在了我的耳朵上，我一下子便飞到了墙脚。

"为什么？"

"为了一切！还要再来一下吗？"她整理着裙子问。

"完全够啦！"我捂着脸回答。

……她走了，砰的一声用力把门一摔，以至于不幸的地震多发的日本的某个地方可能都要发生地震。这时我才意识到自己的彻底失败：任何军事行动都毫无意义，如果对手拥有核武器的话。我用手摸着自己被打疼的地方，似乎嗅到了从手掌发出的已经失去的胜利的气味……这时门铃响了。

"有意思，"我想，"难道她把我当成受虐狂啦？"

为安全起见，我隔着门问：

"喂，你还要干什么？"

"你难道不是在等客人吗？"传来的是索菲娅·罗兰的声音。

上帝呀，我把女话务员给忘啦！不过，一切都对：男人的冲动是十分罕见而珍贵的能量品种，故而世界理性不能让它白白在空间消失。我拉开门闩。

"是我！"她亲热地说着，一下子就堵满了整个过道。

公正的上帝呀！当然，我早就有所猜测，为了我的一切过错，罪过、罪孽，终有一天我将受到严惩。然而，即便在最可怕的噩梦中，我也未曾料到，报应会以这种恐怖的形式降临……（忘却！）

三十
我为什么拒绝领奖

早晨,我一个人躺在床上。床被压得像个大弹坑。我发觉自己正在想:现在我终于明白,遭受性侵犯的女人为什么会要求对强暴者进行最严厉的惩处,有的还建议恢复那些中世纪的处决手段,如分尸、车裂和慢火烤死。电话响了。

"你还活着呀,小胖子?"索菲娅·罗兰的声音问。

"暂时还不清楚。正躺着……"

"睡吧!你应当好好休息,我强壮的小耗子!今天大家都说,我简直幸福得由内而外地光芒四射……"

"小心,不要把同事们照瞎了!"

"一位线路技师已经翻白眼啦!"她卖俏地说,"别激动,我把他赶走了。再见!我吻你,你知道吻哪儿。"

她挂断了电话。

对前程未卜的恐惧与担忧只能用工作来缓解。我心里还有一个微弱的希望,"败德汤"这种片面作用与我最近几天的感受有关。我决定摒弃头脑中所有多余的东西,把心思全部集中到"首要"上来。我喝了一杯"败德汤"代替早晨的咖啡,又喝了一杯代替午茶,代替午餐水果的还是它……由于经常呼吸不畅,我胸内隐隐作痛,而头脑里除了类似大地主的色情梦那样的贫乏幻想外便一无所有。我甚至写不出第一句话来。于是我决定给远在克拉斯诺亚尔斯克的阿诺尔德打电话。

听完我对他产品的含蓄抱怨,他委屈地问:

"那么,你到底对什么不满意呢?不上劲,是吗?"

"不,当然上劲,但是第一瓶嘛,这么说吧,还有附加效果……"

"烧心吗?"

"不,不是烧心,"再绕来绕去毫无意义,"正相反,写起东西来非常顺手!"

"这么说,你也发现啦!我一直在想,这是偶然巧合呢,还是的确有这个功效!你知道吗,有一次,我要注册一个集体企业,办营业执照,我估计需要用一星期……我喝了一杯,你想一想,所有文件一夜间都写出来了:章程、协商纪要——整整一堆……你呢?"

"同样如此!"我说,"一项挣外快的活儿几天就完成了……"

"这么说,确实如此!"阿诺尔德认真地说,"有这样一件事:我给在部队的弟弟寄了一瓶……他很快就要复员了,在军队里,你知道,让小伙子们服用溴剂,为的是便于管理。我想,让弟弟快点恢复,免得复员后丢人!你以为怎么样?这条壮汉两年间给母亲写了两三封信,这时候却成堆地写,一天两封,每封写十来页……你知道吗,详细描写如何站岗,如何数星星!我和妈妈使劲琢磨,这是怎么回事!现在明白啦……"

"那样的'败德汤'还有吗?"我讨好地问。

"没有了……卖完啦。那时候我们没有经验,按老方法,一只鹿角泡三升,现在嘛——技术提高了,能出二十升啦……采用了自动装置嘛!但更主要的原因是,那些是特殊鹿角,是方志博物馆注销的。它们在那里挂了四十几年……我认为,秘密也就在这里,就像斯特拉迪瓦里[①]的小提琴那样!你知道最好的小提琴是用什么木板制

---

① 斯特拉迪瓦里(1644—1737),意大利小提琴制作家。

作的吗？"

"用什么木板？"

"用棺材板……"

我战栗了一下。

"那么你就靠真本事写吧！要不你们在莫斯科自己都还不知道，你们能想出些什么名堂来呢！"阿诺尔德不无挖苦地说，"咱们的维捷克在那儿怎么样？"

"乘飞机去了纽约——领奖金去了。"

"据说他与戈雷宁的女儿结婚啦？"

"有那么回事吧……"

"哎呀，你和日古托维奇拿我打赌就好啦……我当时怎么就没明白呢！"

"这倒是真的。你是不会像他那样跟我打赌的……"

这时候听筒里沙沙地响了起来，索菲娅·罗兰的声音插进了我们的谈话：

"小胖子，对不起……晚饭买什么？鱼，还是肉？"

"我睡觉前不吃东西。"

"不，你应当吃！否则你会没劲的！"她坚持自己的意见。

"好，你想买什么就买什么吧。"

沙沙声消失了。

"她是谁？"阿诺尔德问。

"厄里倪厄斯①。"

"这个名字真怪。不过你不要慌！如果有什么事，我还可以给你寄'败德汤'！"

夜里，我躲在自己新女友（在心里我称她为"恐怖女郎"）山岭一般的身躯后面，听她说心里话：男人们经常被她的声音吸引，但

---

① 希腊神话中复仇三女神的总称。

是，当面一接触，追求者们便都销声匿迹，要不就绝对无用，几乎成了规律。我是唯一的真正的男人，而不仅仅是电话中的汉子！不错，她有怀疑，因为强势性别的苦闷代表有时也能建树一次性的功勋。有一位根据大赦令获释的经济工作者就是这样……（"你不嫉妒吧，小胖子？""哪能呢！"）于是现在，在第二次幽会的时候，她确信，我就是她一生都在等待的那个男子。她绝不会把我让给任何人，她甚至会不惜掐死一切情敌，就像掐死母鸡那样！"败德汤"的事我没告诉她。何必呢？说到底，每个女子一生中都有权哪怕享受一次误会的幸福。

我睡着了。我梦见索菲娅·罗兰的声音死死掐住安卡嘶哑的声音，临死前的安卡张着大嘴喘气……

清晨，五点钟左右，电话铃响个不停，将我吵醒了。

"喂。"我有气无力地说。

导线的另一端传来了打架的声音，还伴随着喊叫："让我说！"——"不，我说……"最后，听筒的膜片在尼古拉·尼古拉耶维奇愤怒声音的冲击下颤动起来：

"你这个败类是怎么搞的？为这事，我们要把你……"

我没来得及回答，因为话筒已转到了意识形态专家茹拉夫连科手中。冷冰冰的官僚腔注进了他的狂怒：

"亲爱的，我希望您明白，这场骗局会让您遭受怎样的威胁。您知道吗？"

他的问题我也没能回答，因为话筒又落到了谢尔盖·列昂尼多维奇手中：

"你知道吗，开设黄色音像厅在法庭上与设置匪巢同罪？如果再找到毒品……而毒品一定会找到的！我向你保证！"

"这一切对我来说都无所谓！"我冷漠地说。

"怎么会无所谓呢？在监狱，第一夜你就会被犯人们当作被动同性恋者，你知道吗？叛徒，你将永无出头之日！"

我看了看正在睡梦中动弹的女话务员,她是那么令人恐怖,便答道:

"我现在对一切都无所谓了……"

"怎么会对一切都无所谓呢?"

"就是这样。"我说着,被她在睡梦中的爱抚弄得几乎迷失了。

"那我们怎么办呢?"谢尔盖·列昂尼多维奇惊慌失措地说。

"不知道……你们自己说的嘛,再也不需要我了。你们就自己想办法吧……"

"这可是国际丑闻呀!出版商要手稿。我们暂时敷衍,说错把白纸当手稿放在文件夹里了……长篇小说在哪儿?"

"我手中一本也没剩下。全都给你和戈雷宁了。"

"我那一本已被当成外交文件送来了,也都是白纸!"谢尔盖·列昂尼多维奇气得呼呼直喘。

"戈雷宁那份呢?"

"他打电话给莫斯科,玛丽娅·帕夫洛夫娜看了,也都是白纸……"

"也就是说,你和他都是读了白纸就大加赞扬啦?"

"你怎么回事,他娘的,干吗揪住细节不放啊,要挽救大国的荣誉!贝克奖评委会的人也都竭尽全力向我们施压,说如果我们无法解释,他们便改变决定,把奖发给那个匈牙利人!"

"他们不是也不读作品就决定给他发奖吗?"我刻薄地问。

这时话筒又转到了茹拉夫连科手中。

"假如我处在您的位子,我就不会把注意力停留在战术细节上,而会集中在战略问题上!"

"比如说?"

"例子无须到远处去找。您知道,匈牙利是社会主义阵营的薄弱环节!那里可能发生灾变。匈牙利的知识分子现在已经有些资产阶级化了!把这项奖金授予匈牙利的持不同政见者,会彻底打破局势的平衡……"

听筒里再次响起尼古拉·尼古拉耶维奇的声音：

"我要勒死你！恶棍，你知道我没有时间阅读，我从早到晚，整天忙于给你们批物质帮助，批汽车，忙得团团转……你再找我申请物质帮助，我还批给你！"

然后又是谢尔盖·列昂尼多维奇的声音：

"长篇小说在哪儿？"

"你们向获奖者要嘛！"我挖苦地说。

"你的获奖者酗起酒来啦！就像在迪士尼乐园，与米老鼠在一起。而且，他不能做任何解释，只是像鹦鹉一样重复'先验的'，然后就哈哈大笑。稍稍给他施加点压力，他就耍无赖：'不要煮羊羔！'你把小说藏在哪儿啦，我以法律的名义问你?！"

"根本就没有什么长篇小说！这一切都是我编造出来的……"

"为什么呢？"

"为了打赌……我同一个人打赌，说我能把任何一个打工仔变成世界闻名的作家。你看——我做到了！"

"同哪个人？"

"这并不重要。我为一切负责。"

"会让你负责的！"谢尔盖·列昂尼多维奇无奈地威胁道。

接下来是一片沉默。这就是胜利。我惩罚了他们所有人。这就是我的奖金，真正的巨额奖金，永远用不完的奖金，同它相比，什么诺贝尔奖，什么贝克奖，统统不过是从人造圣诞树上摘下来的小玩具而已。

忽然，听筒里传来了安卡温柔而活泼的声音：

"你这样做是为了报复我吗？"

"可能是吧……"

"你获得了巨大成功。有才气。我从未感觉自己像这样傻过！这是你的杰作。首要的作品。就像有人说冯维辛①那样，你死吧，你再也写不出更好的来了……"

"我不再写了。"我叹了口气，表示同意，同时瞥了一眼小碗橱里黑乎乎没有效力的"败德汤"。

"你知道吗，为参加授奖仪式，我给自己买了件连衣裙，全白的，配一条深红色的腰带……"

"白的你穿合适。"

"他真的只是一个系缆水手吗？"

"是。"

"难道你就不能往他脑袋里塞三十个单词吗？和他无话可谈。你还记得吧，咱们俩彻夜长谈……你还为我朗诵诗歌！"

"记得。"

"还记得吗，你追求我的时候，写过什么样的诗呀？还记得吗？"

"当然……"我答道，"我全都记得。"

"还记得吗，你怎样给我打电话，对着话筒叹气？"

"当然记得。但这是后来，一切都结束了的时候……"

"傻瓜！谁跟你说，一切都结束啦？一切才刚刚开始……我要从战场上回家！够啦。放下武器！"

"真的吗？"

"我什么时候骗过你呀？"

"一直在骗。"

"对，的确是这样……但我骗的不是你，而是我自己！而且你也骗了我。咱们两清了。现在让我们从一张白纸开始吧……"

话筒猛然转到了尼古拉·尼古拉耶维奇的手中。

"从他妈的什么白纸开始啊？"他大声吼道，"我们这里有整整一文件夹子白纸！你要多少?！"

---

① 冯维辛（1745—1792），俄国作家，俄国社会喜剧的创始人。代表作为《纨绔少年》。

后来我又听到安卡温存的话语：

"爸爸心里着急，这可以理解！如果他被解除职务，那将是灾难：他早就不会写书了……我们将无以为生！我将挨饿……你乐意让我挨饿吗？"

"好吧！"我突然同意了，"从白纸就从白纸……你们还剩下多少美元？"

"我马上就去问……"

从听筒里传来了清账的声音、纸币的唰唰声，还有硬币的叮当声。

"三百二十五美元……阿卡申的奖金不包括在内。咱们国家要把它拿走。就连茹拉夫连科也无计可施！"安卡解释道。

"我想，这也够了。从文件夹里拿一张白纸，还有笔！"

"我拿啦。"

"现在写标题：阿夫坦季尔·古尔格诺夫。《禁忌主义，或者文学的终结》。写完啦？"

听筒里传来了谢尔盖·列昂尼多维奇颇感兴趣的声音：

"哪儿来的这么个古尔格诺夫呀？是柳宾-柳布琴科吧？"

"这不关你的事！"

"怎么会不关我的事呢？正好是我的事嘛。"

"现在我可要改变主意啦！"我发出了警告。

安卡缓和了气氛。

"你知道吗，"她叹了一口气说，"我在这里一直想你……"

"怎样想？"

"难道你忘啦——还怎样想……"

"不，我没忘……"

我眼睛里涌出了热泪。

"小胖子，你这么早就跟谁说话呀？"索菲娅·罗兰睡意蒙眬地问。恐怖女郎伸过手来抚摸我的头，把垫子压出了一个坑。

"我在自言自语。睡吧！"

"谁在你那儿呀?"安卡含着妒意问。

"是收音机……请记录!另起一段:'据戈特弗里德·贝恩的正确意见,写诗是把事物转移到不可理解的世界。可是,如果我们距离不熟悉的图象远一点,进入未知的领域,那无疑我们应当回忆起炼金术士的黑盐!虽然在荣格看来……'记下来啦?好,我说慢一点……"

当我口授完的时候,早晨的红太阳已经把自己撩人的光线照进了我的窗口。

"谢谢!"安卡说,"你——够朋友。我吻你一下吧。再见!"

这是她的最后一吻,甚至都不是飞吻,而是电话中的吻……(永远记住!)

三十一
空中尾声

1

我寂寞地望着舷窗：我们的飞机正在穿越一团团乳白色的雾。机翼仿佛鹅皮，披着无数的铆钉和同样无数的大水珠。只能根据水珠的抖动把它们与铆钉区分开。下方，在倾斜而抖动的机翼下面，可以看到希姆基水库。它是一个褐色的水洼，带一片黄色的浅滩。水库上的船只则像火柴盒。航程即将结束，飞机急速下降。我觉得头顶上有一片令人窒息的化妆品的云，便抬起了眼睛。

"有人向您问候！"空姐赏了我一个假笑。

"谁？"

"您的棕发朋友……他来你这儿了！那便是他！"

我回头一看，阿卡申正在将商务舱与经济舱隔开的帘帷后面向这里张望。他挖苦地笑着，向我伸出两根竖起的大拇指。他脸上的笑容又陡然消失，让位于无比的残忍，随即又转化为施虐淫笑的表情。他慢慢转动着岔开的两根大拇指，使它们朝下——古罗马人就是这样命令角斗士杀死对手的。后来，阿卡申哈哈一笑，演戏似的消失在了帘帷后面。

我的心紧缩得同鸡心一般大小了。

"他真爱开玩笑，"空姐笑着说，"他真是作家吗？"

"谁告诉您的？"

"他自己。图书馆里有他的书吗？"

"可能没有……"

"您也是作家吗？"

"您从哪儿看出来的呀？"

"您讲话几乎同他一模一样。"

"不，我已经不是作家了……"

"那么，你们是朋友啦？"

"暹罗朋友……"

"这是怎么回事呢？"

"您很快就会知道的……他喝酒啦？"

"是的。要了四次酒。他妻子甚至都骂他啦……"

"他妻子长什么样？"

"他和妻子一起旅行。您不认识吗？一位很招人喜欢的女士……"

"可他们离婚了嘛！"我不由自主地喊了起来。

"今天离婚，明天复婚……我就同丈夫离了两次啦。现在我们在一起住，没有登记……"

"这也有可能，"我点点头，"我们正在着陆吧？"

"是的。请系好安全带！他能给我签名吗？"

"不知道，可能吧，如果他还没忘记写字的话……我和他好久没见面了……"

"您也爱开玩笑！"

自从在舍列梅季耶沃 2 号机场与维捷克分手以后，我的确再没见过他。原因是他从纽约回国之前，我已经被迫逃离莫斯科。因为恐怖女郎以霸王龙般不可抗拒的步伐改变了我的命运。每天晚上，她都带着塞满食品的购物袋侵入我的住宅，把各式各样的锅同时放在四个炉架上。吃饱喝足之后，夜间的噩梦就开始了。我小心翼翼地采取措施，要分手，但她警告说，她要为我们的爱情而斗争：先杀死我，然后自杀。一开始我甚至同意了，后来一想，看到我那高大魁梧的男子汉尸体与她那令人沮丧的身体并排躺在一起，民警与证人可能会产生许多想法，就又改变了主意。但必须采取某种措施：一瓶"败德汤"已经喝完，而她那女性热核般的温情犹如沸腾的火山口，我很快就要在其中化为灰烬。

救星出现得十分突然，类似的情况倒也时常遇到：埃奇格利德耶夫到我这里来取译好的长诗《创造的春溪》。他正好奉命来莫斯科参加全苏区党委宣传鼓动局局长会议，讨论中央出版物上为何一下子出现了好几封作家公开信，讨论什么叫作"多元化"。他从会场直接来到我家，把译稿读了一遍，夸奖了一番，然后说，由于未来可能会突然发生革命性变化，关于这一点，会议上已经严肃向他们提了醒，长诗要彻底重写。会议结束前他就这样做了：

  改革的溪水一路欢歌向前，
  流过伟大祖国的辽阔土地。
  它们脚步匆匆，奔腾跳跃，
  注入革新的江河，
  江河顺应形势，
  把自己的洪流推向大洋，
  全人类积聚宝藏的地方……

我刚要拒绝，他突然邀请我去谢米尤尔金斯克，既是做客，又是工作。我同意了，但有一个条件：今天就走。

随后我就给日古托维奇打电话，告诉他，我要离开一两个月，为了巩固他的家庭幸福，我会把住宅钥匙留给他。他只要按时缴纳公共设施使用费，就可以使用我的住宅。然而，使我无比惊讶的是，斯塔斯拒绝了，说他现在根本没有时间，正在准备做圣事，除此之外，长老还交给他一项非常重要的工作，作为入会的考验！

"这么说，你找到他们啦？"我大声说，"你这个家伙竟然不露声色！"

"找到谁啦？"他蓦然醒悟，立刻用令人厌恶的神秘声调问。

"你不要装傻！我的就是《百科全书》中写的那些人！"我用暗语说，因为恐怖女郎惯于利用职务上的方便，接通线路，偷听电话交谈，用以发现情敌。

"什么《百科全书》呀？"日古托维奇装出稚童般的惊讶。

"说不定，关于维捷克·阿卡申你也一无所知吧？"

"阿卡申？阿卡沙……这好像是某种秘密的东西吧？"

"够啦！咱们两个，当然，也就没有打过赌啦？"我挖苦地说。

"今天你总是说一些怪话……"

"算啦，好一个会保密的无赖，祝你的长老永远长生不老！"我怒吼一声，啪地挂断了电话。好一副讨厌的共济会嘴脸！这以后还能为人做好事吗……

我把钥匙留给了邻居，答应按时把应缴的款汇来，并嘱咐他们不要把我的去向告诉任何人。我提前交代一下，邻居们不时会给我往谢米尤尔金斯克汇报，说有一位难以描述的女士，每天傍晚下班后，总要提着装得满满的购物袋，坐在我门前的台阶上放声大哭，震得墙皮唰唰直掉。天哪，为什么忠贞不渝的精神竟体现在这样一个女人身上呢？

在谢米尤尔金斯克，我住进了花园里的小屋。一到清晨，杏花就向我的窗户窥视。我坐公务车去上班——埃奇格利德耶夫安排我当区文化宫交际舞小组辅导员，不过我只从事文学活动，跳舞的事交给锅炉工——一个曾跳过芭蕾独舞的酒鬼——负责。后来，我与库梅尔语经典作家的合作采用了全新的形式：他在开会之余向我讲述他想写的诗，我立刻便拿出高水平的翻译来，省去了写原作与逐字逐行翻译的过程。埃奇格利德耶夫对我的工作很满意。为了不让我分心，他把自己的一个执行秘书划拨给了我，她叫埃奇格德尔。作为当地的姑娘，她干什么都是蹲着做，她烙的死面饼格外香。

一开始，谢尔盖·列昂尼多维奇在电话中向我汇报莫斯科的新闻——他应茹拉夫连科的请求找到了我。不过，后来联系便断了。发生在首都的事件我基本上是通过报纸、电视知道的。有一次，我从"自由"广播电台得知（在谢米尤尔金斯克，声音甚至比在莫斯科还清楚），贝克奖评委会最后还是出版了长篇小说《杯酒人生》，连同阿夫坦季尔·古尔格诺夫写的前言，小说获得了不可思议的成功。根据全美民意调查，在回答今年你读了什么书的问题时，百分之九十八的中学生和百分之八十四的大学生说，读了维克多·阿卡申关于改革的长篇小说《杯酒人生》。长篇小说也突然获得了巨大的商业效益：著名的摇滚歌手阿韦玛丽娅有一次接受电视采访，引起了轰动。她一边在床上不停地与自己的打击乐乐师做爱，一边回答问题，说她把最新的食疗配方记载到了阿卡申引起轰动的长篇小说的空白页上。美国人是真正的广告的孩子，从第二天起，数以万计的家庭主妇一律开始把自己的烹饪大事记载到获奖小说的豪华本上。贝克集团的人只得将追加出版的小说紧急投放市场。小说的超级封面上都印着色彩艳丽的简短文字："肉制食品配方""鱼制食品配方""素食品配方"……维捷克本来可以成为百万富翁，然而，那时候苏联作家在境外出书的稿酬全部被版权保护部门据为己有，发给作家的不过是一些零用钱。据说，这部小说的利润非常大，苏联政府用这笔资金为费奥尔多夫院士建了著名的前庭器官修复科学中心，该中心后来被劳动集体私有化，劳动集体的成员为院士本人、他的六位副手——都是科学博士，以及他的情妇兼女研究生们。

还有消息说，阿卡申从纽约回国时是孤零零一个人：安卡抛弃了他，与《花花公子》杂志签约拍系列照片，就留在了美国。一开始我还不信，但后来埃奇格利德耶夫从莫斯科带回一份最新一期《花花公子》。他是在党中央的特供书报亭买的，原来那地方现在也卖这些玩意儿了：从莫斯科真的刮来了清新的风啊！封面上赫然印着安卡的裸体照片，用一幅红旗半掩着。她手里拿着卡拉什尼科夫冲锋枪，手腕上则是熟悉得让人心痛的军官表。题词也惹人注目：改革小姐①。关于杂志里面的照片，我简直不忍心去回忆……

再补充一下，埃奇格利德耶夫从莫斯科回来时既高兴又焦虑。他说，正在酝酿革命性变革，也就是说，长诗还要彻底修改。我表示拒绝，推说想家了。可是他把舌头弄得吧嗒一响，狡猾地一笑，又拨给我一个女秘书，比第一个更年轻……不久，他被任命为库梅尔区党委第一书记，他完全没有时间了，我便从他的小兄弟们那里，即从区委第二或第三书记那里领取创作指令。

与此同时，形形色色的消息继续从莫斯科传来。邻居们说，那个怪女人继续每晚都出现，她坐着以泪洗面的那级台阶上，已经磨出了一个大凹坑。丘尔梅尼亚耶夫身上也发生了令人愕然、惊讶的事件，对此各家报纸都做了报道。两次未能获得贝克奖，他走向了极端：深夜，长篇小说《妇科椅上的女人》的作者手持铁锹出现在佩列皮斯基诺墓地上，要把自己屠夫祖父的遗骸从坟墓里挖出来，弄到别墅的大火盆里隆重焚烧，他要用这种野蛮的方法，向整个文明世界与贝克奖评委会宣示，他要同自己祖上的极权主义过去彻底决裂！他被抓住的时候正往别墅拖骸髅，人们把他制伏，送进了精神病院。现在他在那里拒绝吃别的东西，只吃大洋彼岸的酥脆面包，这是专门从美国大使馆为他弄来的。

更令人难以置信的事情发生在梅德诺斯特鲁耶夫与伊里斯金身上。利用公开性，他们终于得以出版自己的著作：前者出版了《黑

---

① 原文为英语。

暗势力》，后者出版了《愚昧》。这时爆出了可怕的丑闻。事情是这样的。伊里斯金在最后的时刻将犹太族出身的俄罗斯作家的名单塞进了书中。而且，天才的文学家、对俄罗斯文学做出了最大贡献的，他用黑体字标出来；才华稍差一点的，用细一点的黑体字；那些普普通通的，用一般的字体。如果您还记得的话，梅德诺斯特鲁耶夫的书中也有名单，于是伊里斯金便向法庭控告他剽窃，因为，尽管有点怪，但两个名单不仅在姓氏排列上，在黑体字的使用上，也一致到了可笑的程度。这是一场轰动一时的诉讼案，所有大众媒体都进行了跟踪报道。结果，梅德诺斯特鲁耶夫的剽窃得到了证实。据此，他因煽动民族不和罪被法庭判处三年强制劳动。

然而，事情到此并未结束。伊里斯金也开始遇到意想不到的麻烦。用黑体字标出来的作家对他的乖戾做法态度温和。用细一点的黑体字标出的不再同他打招呼，那些普普通通的作家则几次在中央文学家宫的黑暗角落里卑鄙地痛打不幸的伊万·达维多维奇。他把佩列雷金的姓搞错了，用的还是一般字体，结果，他多灾多难的脑袋差一点被佩列雷金的大提琴砸烂。受了侮辱的伊里斯金宣布，他无法在这个国家继续生活，便移居到了以色列，自己历史上的祖国。在那里，一开始他还一切顺利：给了他可观的退休金、住宅。可是，有一次，他在特拉维夫公共图书馆翻阅刚到的《星火》杂志，读到一篇文章——《集团军司令员佳京死亡之谜》。文章论证，内务部派进司令员卫队的秘密特工不叫达维德，更不叫达韦德，而叫达维特；根据某些资料，他出身于一个赤贫的穆斯林家庭。苏维埃政权刚在他的故乡建立，这个求知欲极强的漂亮小伙子便建立了第一批共青团组织的一个支部，并领导了脱下带面纱的长衫的运动。有一次，机灵的黑发美男子达维特想脱掉一位大地主的年轻妻子的长衫，不料遇到了麻烦，他奇迹般地逃脱了追杀。为关心干部的成长，他被招到"中心"。又经共青团组织的推荐，他被派进国家机关工作。在那里，他的工作做得卓有成效，直到参加那次要命的行动。那次行动的结果是，集团军司令员佳京与人民委员佩尔沃迈斯基乘坐的轿车从桥上坠落，两人刚刚在图哈切夫斯基元帅①的别墅里开完秘密会议，正返回市里。使局面尤其复杂的是，他们在内务部的秘密档案里发现了两封信。在第一封信中，人民委员佩尔沃迈斯基指控集团军司令员佳京与日本有秘密联系。在第二封信中，集团军司令员佳京对人民委员佩尔沃迈斯基做了同样的指控。在这两封信中，他们都揭发达维特是土耳其间谍。人民委员与集团军司令员分别娶了特鲁阿家的两姐妹，他们是连襟，而两姐妹原来又先后是亚戈达、叶若夫、贝利亚②的情妇，同时都与达维特有暧昧关系，如果再将这些考虑进来，那真是让人晕头转向啊……

　　伊里斯金也晕头转向了：这篇文章彻底改变了他！他陡然愤怒揭露特拉维夫的反阿拉伯政策，写了一部专著《迦勒底的真理》，书中卑鄙地论证，似乎阿拉伯人比犹太人对圣地拥有更多的历史权利。最后他甚至参加了地下原教旨主义组织，该组织唆使年幼无知的巴勒斯坦少年向以色列士兵投掷石块。组织被破获，伊里斯金被判多年的监禁。这一状况使两个老对头突然和解。伊里斯金与梅德诺斯特鲁耶夫成了囚禁在不同监狱里的狱友，他们互相交换长篇书信，最后在欧亚主义理念中走到了一起……

　　关于科斯托若戈夫的一点消息也传到了这里：戈尔巴乔夫想把他收罗到新思维的旗帜下面，甚至派以茹拉夫连科为首的代表团来察普利诺，但执拗的乡村教师却放狗去咬他们。从此以后，便无人再来打扰科斯托若戈夫了。

　　奥杜耶夫也出了洋相。在公开性的高潮中，他出版了一本闻名遐迩的书——《复活节前的星期日》。埃奇格利德耶夫也从莫斯科把这本书带来了。奥杜耶夫写他如何被人招募，如何出卖自己的朋友，而那些朋友，作为密探，如何出卖他。他们大家如何装作对此一无

---

① 图哈切夫斯基（1893—1937），苏联元帅，以叛国罪被处刑，后平反。
② 亚戈达（1891—1938）、叶若夫、贝利亚，先后任苏联内务部长，先后被处死。

所知的样子，在莫斯科的小餐馆坐在一起就放开胆子骂，各自回家以后又互相打小报告——每个人都向自己的监督人报告，他本人则向克格勃的一位笑眯眯的少校报告。这位少校时常在开工资之前向自己的情报员要钱。奥杜耶夫不久便成为全俄受迫害的知识分子基金会的多名主席之一。

然而，日古托维奇以完全不可想象的方式进入历史。甚至连看惯了风云际会的埃奇格利德耶夫讲起他的事来也是感慨万千。1991年8月，著名的天鹅湖叛乱①平息之后，一辆挂着窗帘的黑色伏尔加驶临"淘书偶得"书店。斯塔斯从柜台后面被带走之后再也没有回来上班，因为第二天他便当上了图书贸易部部长。有一次，他率代表团来谢米尤尔金斯克，出席第一部库梅尔语-英语词典的首发式。我也曾力所能及地参与了词典的编撰工作。他在主席团的席位上朝我亲切地点了点头。在举行宴会的时候，保卫人员没有放我进去见他，宴会后他便被送到什么地方去脱带面纱的长袖长衫去了。

我在谢米尤尔金斯克为埃奇格利德耶夫编辑他的十六卷文集，在那里生活了许多年。编完第十卷之后，已顺便成为库梅尔共和国唯一总统候选人的经典作家又赠给我第三位女秘书。那时我已经有四个孩子了，我的大房子就坐落在以帖木儿的名字命名的灌渠旁，然而，生活却越来越艰难了。当地居民的民族自觉意识越来越强，以致市场上开始有人骂我为俄国猪，而且不给找零钱……而在谢米尤尔金斯克附近，他们打出了第一口油井（谁知道呢，它竟也是最后一口油井），于是，库梅尔共和国的外交部部长，即埃奇格利德耶夫与第一个妻子生的第二个儿子，竟对俄罗斯外交部部长搞令人厌恶的种族主义恶作剧。武装冲突迫在眉睫。我的那些女秘书早已受到自己亲戚们的威胁，说要用石头砸死她们，因为她们和异教徒同居。这时候她们都带着孩子逃离了我。老板也不再发布有关写作的

---

① 1991年8月骚乱期间，苏联各电视台停播，一律播送芭蕾舞剧《天鹅湖》，人们因此将此次骚乱戏称为"天鹅湖叛乱"。

指示。而且，在谢米尤尔金斯克市中心的群众大会上，他当众宣誓，在叶利钦没有把俄罗斯外交部部长的人头装在绸袋子里给他送来之前，他的诗歌一行也不翻译成俄语。我明白，必须赶紧溜走。幸好邻居们传来了令人放心的消息：恐怖女郎几年来第一次没带着食品袋出现在我家门前，他们担心，她是不是出了什么事。于是，我决定回莫斯科。

我再次提前交代，埃奇格利德耶夫今天是库梅尔主权共和国的总统，兼总理、文化部部长、总检察长、议会主席和武装力量最高统帅。然而，在操劳国事和不断在最高层面上会晤美、法、英及其他国家的总统、总理的间隙，他还不忘诗歌，甚至还写了长诗《主权的春溪》。诗中抨击了俄国人的残忍与卑鄙，而这些俄国人与库梅尔人并肩生活了三百年，只是在20世纪中叶，在国际社会的压力下，前者终于被迫为后者创造出了文字……后来，莫斯科与谢米尤尔金斯克搞好了关系，签订了友好与互不侵犯条约。在我飞往西西里岛之前，埃奇格利德耶夫正在莫斯科为库梅尔共和国购买米格-29歼击机而奔走。他来到我家，请我看在老交情的分上，翻译他的长诗，许诺给我很高的报酬。我，大概您还记得，正处于物质困难之中。尽管如此，在读过需逐字逐行加注的长诗之后，我说：动用库梅尔共和国的全部黄金储备，也不足以支付我的稿酬。他生气了，骂我是俄国法西斯分子，坐上自己的林肯装甲轿车走了……

2

在一个阴雨连绵的夜晚，带着包裹与打字机非法越过库梅尔—俄罗斯边境之后，我坐上了驶向莫斯科的列车。在列车员推销的一大堆各式各样的报纸中，我买了一份色情周刊《深吻》，在上面猛然发现了恐怖女郎的照片,并得知,在国际"拇指姑娘"大赛中,她获得绝对胜利:著名诗人涅奥尼林领导下的评委会大为震撼,将冠军授予了她。著名的美国"畸形人大展"的经理与她签订了两年的世界巡回演出合同……"这位也成性感明星啦!"——我不胜愕然。

首都的乞丐与外国轿车之多使我从内心深处感到震惊。我的住宅里处处笼罩着厚厚一层杨花似的灰尘。碗橱里那瓶尚未开启的"败德汤",就是当年阿诺尔德给我的两瓶中的一瓶,像是地窖里的古代文物。我放下自己那点可怜的行李,就直奔文学家宫,仿佛归来的浪子,扑向母语的慈爱双膝……然而,坐在餐厅里的是一些肥头大耳的小伙子,他们穿着红色开司米短大衣和五彩缤纷的运动服。他们对文学的态度就等同于工兵的铁锹对民主的态度。在火车站,我把自己拥有的全部库梅尔货币(埃奇格尔)兑换成了卢布,刚好够买一杯咖啡和一片夹肉面包。给我倒咖啡的那位已明显见老的女服务员久久凝视着我的脸,最后终于认出我来。她哭了:原来,她已经有好几个月没见过活着的作家……

为了搞到哪怕是一丁点儿钱,我去了理事会。接待室里一切如故。严厉的玛丽娅·帕夫洛夫娜一开始也没认出我来,认出来之后,却一直不愿意放我进去见领导,推说他脾气暴躁,不喜欢来访者。最后她还是心软了,看在老相识的面子上,等诗人舍尔斯季亚诺伊从办公室一出来就让我进去了。舍尔斯季亚诺伊的脸上依然是那副无辜遭受尖桩刑的表情。

在戈雷宁的办公室里,在"棺椁"写字台的后面,坐着巡查员格拉,他穿着一身惊人地昂贵的西装。墙上挂着巨幅照片:叶利钦站在坦克的炮塔上,在下面忠心耿耿地扶着他大腿的是格拉与意识形态专家茹拉夫连科。

"您有什么事?"他看着我的额头问。

我做了自我介绍,这没有起到任何作用。我简单描述了自己凄凉的财务状况,委婉地暗示,他本人的生活阅历应该能让他理解,一个人囊空如洗的时候是何等痛苦。格拉困惑不解地看了看我,就像一位昆虫学家捕捉到了一只八条腿的蟑螂。后来他默默地从写字台里取出一些文件,不慌不忙地翻看起来。

"在战胜极权主义的白宫街垒战中的立功名册里没有您!"他最后说,"我们不能给予赈济。"

"我怎么没有功劳呀!"我恳求道,"电视直播事件不是吗?"

"什么事件?"

"怎么会这样呢?一切都是从那儿开始的嘛!您回想一下:维克多·阿卡申;长篇小说《杯酒人生》!"

"的确,是有类似的事……"他点了点头,"但是,尊敬的先生,难道我们能纵容每个在电视直播中闹事的人吗,那样一来,我们的钱连两天也维持不了!我无法帮助您。"说到这里,他打了一个嗝,又伸手从冰箱里取出一罐开了的图堡牌啤酒。

"马雅可夫斯基在哪儿?"我怅惘地问。

"哪个马雅可夫斯基呀?"

"从前在冰箱里有过几瓶……"

"对,是曾经有过……现在没了。兑鸡尾酒用了……"

这时候,政府专线电话响了。现在的电话机上已不是镰刀麦穗国徽,换成了双头鹰。

"请讲!"格拉摘下话筒说,"十二分感谢……深表同情……最好用大炮轰……咱们当然支持!一定!不,操心事依旧:五花八门的庸才都往这儿钻——就知道要钱……"

我仿佛被开水烫了似的跳出办公室,遇上了以佩列雷金为首的一个很大的作家代表团,他手里拿着打印稿。后来我才知道,这是著名的请愿书《处死败类!》。在请愿书中,文学家们援引几个世纪以来俄罗斯文学的人道主义传统,要求总统,为了加强民主,必须彻底粉碎他妈的议会,把最顽固不化的议员都吊死在莫斯科河两岸的灯柱上……

"喂，怎么样？"玛丽娅·帕夫洛夫娜问。

我只耸了耸肩。她想了想，建议我去找格拉负责分发人道主义援助的副手。我往旁边的办公室看了一眼，发现老斯维里多诺夫在里面。他以老官僚冷冰冰的殷勤态度接待了我，然后在电脑的键盘上毫无结果地敲打了老半天，后来又核对了自己的总账，最后才打开厚厚的一本登记册，上面写着"失踪作家"。在那里，他总算找到了我的名字。"我们差一点把您登记为已故作家！"他开了个没有丝毫笑容的玩笑，把一个盖有公章的领取证递给了我。

发放人道主义援助的地点设在一个宽敞的地下室，在一座铁门后面。门上挂着一个牌子，上面用英、俄两种文字写着：

> 作家国际人道主义救济中心

斯维里多诺夫的女儿在这里发放赠品。她明显成熟了，但青春痘却还没有消退。由于我多年未领，人道主义援助的赠品攒了一袋子，主要是五角大楼储备的过期罐头和饼干，漂亮的标签上用英语写着"赠给'沙漠风暴'的英雄们"。还有一个印着救世军标志的棉布背心……最初的一个时期，我就靠这些东西生活。

几天后，为了找工作，我试图与当年曾请我写少先队致敬信的雇主联系。然而，在前少年宫里已经办起了外汇兑换点兼脱衣舞厅和轮盘赌场，而为每一届民主俄罗斯党代表大会写童子军致敬信的完全是另一些人——无耻而放肆的年轻人。写厂史更是无从谈起：工人已经好几个月领不到工资了，我心爱的轮胎厂则已成了某位戈加拉泽的私有财产。他用一车小得像芸豆那样的格鲁吉亚橘子换得了这家企业，连同它光荣的过去。

我抱着试一试的心情，给奥杜耶夫打了个电话。但是他告诉我，娜斯佳抛弃了他，跟一个意大利旅游推销员跑了；为了养活两个孩子，他自己现在什么玩意儿都写，因此他无法在经济上帮助我，此刻他正急着去幼儿园接小儿子……

这样一来，我只得克服自己的虚荣心，下决心到部里去找日古托维奇。作为我们多年友谊的体现，我要奉还当年他输给我的《共济会百科全书》，再向他借点钱。岂料他已经不再是部长了，而是驻马耳他大使，不在莫斯科。只剩下了一条路：高价卖掉《共济会百科全书》，然而我很快就弄明白，自那时起它已再版几次，现在堆放在每座书亭里，早已蒙满了灰尘。这时我在垃圾箱里拣了一张《文学周报》，从而得知，我那爱顶撞人的老朋友扎库松斯基是它的主管。我上了公共汽车，在去编辑部的途中，我翻了翻《文学周报》，竟看到永不凋谢的奥莉加·爱玛努埃列夫娜·基皮亚特科娃的一首诗，《致白宫的老住户》：

人民政权的叛徒，
红褐色的畜生，
我愤怒地说，滚出去，
滚出白宫！
然后……

《文学周报》编辑部依旧设在苏哈列夫卡的那座楼里，不过，那里挤着许多办公室、办事处、旅游代办处，会议厅里办起了卫生洁具展销部。我得知，周报的全部人员现在都挤在主编室、接待室和邻近的两个房间里。我甚至还准备了一个搞笑的小故事，讲拥挤的好处，可他们却不让我进去见扎库松斯基，说他正在开编辑部会议。当女秘书用托盘往办公室送茶碗、酒杯的时候，我从门缝里看见办公室里有三个人：胖得难以想象的扎库松斯基，还有斯维里多诺夫家的母子。我明白了，再等下去毫无意义。

难道我们国家发生的这场噩梦，在回家的路上我想，完全就是为了让格拉之流的巡查员以及扎库松斯基与斯维里多诺夫们飞黄腾达吗？难道就是为了使其余所有人在这个先进经济思想的节日中失去一切吗？难道市场对文学的需要只是像埃及木乃伊对口服避孕药的需要吗？！不可能！要知道，还有科斯托若戈夫嘛……

仔细思考了眼下的局面之后，我决定重返自己最初的专业——历史教师。我想，最好是站在黑板前，面对低能的学生一声声地吼叫，最后死于心肌梗死，也强于靠面包与土豆苟延残喘。我已经物色了一所学校，它就在我家的街道对面。那里的校长是个很招人喜欢的女人，头发染成金黄色，胸脯高得像攻城槌。然而，她却直截了当地告诉我：现在工资少得可怜，年轻的女教师们被迫晚上到酒吧去挣外快补贴家用，仅仅因为对教育执着的爱，她们才继续留在学校。她们在第一节课之前匆匆赶往学校，身上脏兮兮的，睡眠严重不足——简直惨不忍睹！这些情况让我深受震撼，我知道自己未必能夜晚去酒吧打工，我把求职信留给校长以备万一，继续寻找工作。

我完全忘记说了，我回莫斯科是在1993年9月，在坦克攻打白宫的著名事件的前夕。虽然街谈巷议的全是零点方案，争论谁是民主的保障——总统还是议会，是掌握立法权的吸毒的车臣人好一点，还是掌握行政权的酒鬼州委书记好一点——对这些，我都不太感兴趣。我关心的是如何搞到钱。我决定先卖掉一部分作为人道主义援助得到的罐头，便听从邻居们的建议，来到卢日尼基的列宁体育场。这里已经成了巨型食品百货市场。在这里，我竟遇到了尼古拉·尼古拉耶维奇·戈雷宁。他站在那里，身上挂满了毛线手套，用经常在讲台上做报告从而得到良好训练的声音吆喝："韩国产的羊毛手套！什么颜色、规格的都有！"我拿着自己的罐头站在他旁边，我们聊了起来。

他的生意做得不赖。倘若行情不变，他计划再过半年便开一个自己的售货亭，甚至已经物色好了地点——地铁街垒站附近，离作家协会不远。戈雷宁还愉快地说，他在户外站着，已经彻底完成了长篇小说《超额奖金2》的构思，其中，与新的历史条件相适应，愤怒的工人们把顽固不化的厂长从窗户抛了出去，宣布工厂为股份公司。他给我讲述最后的场面时格外生动，看来依据的是自己从高层领导坠落到唐菖蒲花坛上的悲惨体验。

我向他打听安卡的情况。他变得阴郁起来，坦白地说，他自己也不太清楚，她在某个芭蕾脱衣舞厅上班，偶尔也寄钱回来。最后一次是托人从阿联酋带回来的……当她留在美国并与《花花公子》签订合同的时候，戈雷宁遇到了大麻烦，甚至有可能被解除职务。然而后来他得知，戈尔巴乔夫看到了以裹着红旗的安卡做封面的那一期杂志，笑得非常开心。尼古拉·尼古拉耶维奇非但保住了职务，还毫无缘由地获得了一枚列宁勋章。

"此刻谁还要这些叮当响的玩意儿呢！"尼古拉·尼古拉耶维奇叹了口气，"倘若我想到把文件资料藏起来，现在我就能像皇亲国戚那样生活了！我永远不能原谅自己……我这个老傻瓜活该落到这般下场——嘴啃草坪！"

关于维捷克，他也说不出什么准确消息。从美国回来后，阿卡申神气十足，胡乱签名，挥金如土，作为凯旋的英雄，自然每天晚上都在文学家宫痛饮。开始时，他自己拿钱酗酒，宴请三教九流的笨蛋无赖，动辄胡作非为，对着整个餐厅吼叫："讨厌的狼，不可用母羊的奶煮羊羔！"他总想教训教训那些怀疑《杯酒人生》独创性的人，而出于文学家的职业性尖刻，这种人随处都可能遇到。每逢遇到戈雷宁，维捷克一定会抓住他的上衣领子，称他为"老丈人"，向他讨酒钱，因为他自己的钱很快就挥霍一空了。

"他经常想念你！"尼古拉·尼古拉耶维奇意味深长地说，"他说，为了你对他做的那些事，他要把你踩死！他还抱怨说，他做系缆水手时很受人们尊重！"

在他撒酒疯的时候，唯一能驯服他的就是服务员娜久哈——戈雷宁继续说。("哦,你还记得吧?咱们餐厅里有那么一个女服务员,非常强壮灵敏。")她把他拖到洗碗间去,用湿抹布给他擦脸,让他清醒一点,教训他:"应该让你妻子看看你这副德行!"("她指的是安卡。")刚开始,人们还能对维捷克的胡闹给予宽容,毕竟是贝克奖金获得者嘛。可后来,莫斯科每个角落都开设了贝克面包店,作家们便开始抱怨和控告阿卡申的胡作非为,向戈雷宁递交控诉信的代表团成群结队而来!而阿卡申又和巡查员格拉展开了竞争。("看吧,现在他成了什么大人物?就是这样!")于是,格拉就暗中搞了他一下。恰好这时候柳宾-柳布琴科从普林斯顿回国小住——他自从为长篇小说作序之后名声大噪,被邀请到西方去居住与工作。他一看到维捷克,便跟从前一样,扑过去拥抱和亲吻。然而,维捷克却说:"我恨透了弗洛姆和卡夫卡!"说着就狠狠地臭骂了他一顿。("像咱们俄罗斯人那样,像工人农民那样!")卑鄙的格拉等的就是这个,他叫来了民警,阿卡申被拘留了十五天。从此阿卡申便不见了……接着娜久哈也不见踪影了:她被解雇了。某个有钱的坏蛋拍了她屁股一下,大概是从哪个文学家那儿学到了这种独特的手势,但她对这类接触极为反感,把热肉汤浇到了那个人的头上。对他们后来的命运,尼古拉·尼古拉耶维奇一无所知。

"安卡呢?"我再次问道。

"说安卡干什么……"他悲怆地说,"在贝都因人面前抬大腿哪。来信说,她累……在女儿身上失算了。我和老太婆培养了一个这样的女机枪手!我到死也见不到外孙子啦。我特意把半个别墅租给多子女家庭,虽说是别人家的孩子,可他们总也会到处跑啊。有时候弄错了也叫一声爷爷……"

市场即将关闭,商贩们开始把未卖出去的货物塞进背包,装上小车。民警们忙着把抓到的小偷往大客车里塞。戈雷宁买了我一听罐头,回去喂别墅里的猫。他握了握我的手,就走了。这是我一整天卖出去的唯一一听罐头!

　　囊中羞涩具备了慢性病的性质,渐渐,你开始认为它甚至不是疾病,而不过是自己肌体的某种精致的特点。我试图在大桥银行分行附近洗车,但一些学生相中了这个地方,警告性地把我捶了一顿。想给停车场当保安,人家也不用我。打算在那里谋职的情报总局的上校们已经排起了长队。最后,当我已经开始幻想自己拥有某种生理缺陷,以便参加类似"小矮人察赫斯"式的竞赛时,我突然交了好运:我谋求到了在售货亭为人卖货的职务。一连几天我的工作都很正常,我甚至还学会了欺骗顾客中的醉鬼与情侣们。可是,有一次,售货亭前来了一辆新雷诺牌轿车,下来一位衣着考究的男子,看不出是哪个民族的。他说:

　　"喂,小伙子,我和萨梅德玩轮盘赌输光了。他让我来取钱。拿钱来吧!"

　　萨梅德是我的老板,所以我没有多想,就把收的款悉数交给了他。傍晚,萨梅德本人来收款,于是真相大白。他当然没有派任何人来取款,来人是让整个莫斯科商业界头痛不已的骗子,专门欺骗新来的没有经验的售货员。萨梅德听完我的叙述,沉思着吧嗒了一下嘴,从衣兜里取出手机,吩咐道:

　　"到这儿来,有事!"

　　五分钟后,一辆日古利9型小轿车吱的一声停在售货亭前,三条壮汉从车里钻了出来。两个人穿着牛仔裤、黑色皮夹克和白色旅游鞋,第三个人看来地位稍高一些,穿着一件腰间扎紧的淡黄色风衣,一副大墨镜盖住了他的半张脸。

　　"收拾收拾他!但不要往死里弄!"萨梅德说完就离开了。

　　穿淡黄色风衣的人向我迈了可怕的一步,用杀人魔王似的恐怖动作摘掉了墨镜。

　　"是你?"我愣住了。

　　"我……"他也愣住了。

他是谢尔盖·列昂尼多维奇。我们拥抱在一起,然后就在售货亭里喝开了伏特加,聊了起来。原来,1991年他便被安全机关解雇了。那时,奥杜耶夫那本著名的《复活节前的星期日》刚出版,书中谢尔盖·列昂尼多维奇以列昂尼多·谢尔盖耶维奇的名字出现。他们一开始本来想把他送进监狱,但特尔-伊万诺夫救了他:特尔-伊万诺夫没有忘记,他之所以有今天应该感谢谁!失去工作之后,谢尔盖也长时间四处碰壁,受苦受穷,最后才谋到做萨梅德的保安部长的职务。现在似乎还过得去,孩子们在一天天长大,与妻子的关系也属正常。附带说一下,画家也从意大利回来过一次,("哦,你还记得吧?")非常感谢在困难时刻给予他的帮助。为了表示感谢,给他们画了一幅全家福——是用酸奶皮与剪碎的少先队的红领巾搅拌在一起画的。据说值很多钱!

"谢尔盖,你可不能卖呀!"我劝他。

"那还用说嘛!我怎么,没有同文化界一起工作过吗?我懂行!甚至连猫也不得不送给岳母了。噢,你怎么样?"他问道。

我也把自己的经历说了一遍。

"你可给折腾苦啦!"他同情地说。

我们开始回忆过去的黄金岁月,不由自主地把男儿的眼泪洒落在克拉科夫斯基化工厂生产的拿破仑式带馅甜点心上。我们不时哈哈大笑。特别是说到在纽约,当他们终于明白根本没有什么长篇小说,以后也不会有的时候,他们如何都傻了。

"你的脑袋——真他娘的棒!"谢尔盖赞叹道,"你如果在我们安全部门,肯定能当上将军!"

"是呀,也就能在红色普列斯尼亚澡堂附近看守梅赛德斯轿车啦!"

"不能在澡堂附近!澡堂附近经常发生枪战……我们要滑向哪里呀?滑向哪里?!"

我们喝几口白兰地,又喝几口啤酒,以便冲淡白兰地的怪味。

谢尔盖答应帮我了结货款被骗的事。要知道，因为这类失误，售货员往往要挨打，一直到把货款补足为止。有一个人为了活命，甚至卖掉了一个肾……他分析，这个肾反正迟早也要被打掉！不过，谢尔盖·列昂尼多维奇却不能许诺劝萨梅德别解雇我，承认这不在他的权限范围之内。在助手们的一再坚持下，他被搀扶着向汽车走去。他借给我两万卢布——相当于之前的二十五卢布……这时我才想起要问列昂尼多维奇的那件事：

"喂，你还记得科斯托若戈夫吗？"

一涉及他的专业，他的脸便显得清醒了：

"有这么个人……"

"他的地址还记得吗？"

"地址，接头地点，接头暗号……当然记得。他还有一条非常凶的狗。"

3

……公共汽车驶离车站，沿着坑坑洼洼的公路颠簸了三十来分钟，我来到了察普利诺。我要下车的那个站就叫"学校站"，但学校已不复存在，只有一座木头平房，很旧了。平房已经不是学校，而是什么商品批发仓库，两个醉醺醺的汉子正在搬运货箱，往带篷卡车上装，其中有旅游鞋、香烟和经过芳香化处理的安全套。

"学校在哪里？"我问。

"学校现在没有了……你知道的，学校关闭了。"比较清醒的那位说。

"他妈的关啦！"醉得更厉害点的那位补充道。

"为什么关闭了呢？"我感兴趣地问。

"孩子们没有。没有搞出来。只剩下七个。当然，把他们送到车站，坐车去上学。"

"那么榆树呢？"我问，"这里原来有一棵大树。法国人在上面拴过马……"

"那是法国人……你的榆树被锯倒啦！"

"他妈的锯倒啦！"醉得更厉害的那位进一步解释道。

"看见了吗，碍事，汽车开不到仓库跟前。油锯哗地一响，轰的一声，就没啦！"

"老师呢？原来有位老师，科斯托若戈夫哪儿去啦？"

"你的老师开枪自杀了！"

"怎么，自杀啦？"

"他妈的自杀……"

"算啦，你住口，"比较清醒的那位制止自己的伙伴，"用的是图尔卡猎枪。当然，对准心脏，脱掉鞋，用脚钩扳机……"

"他为什么自杀呢？"

"人们为什么自杀吗？因为心……他是个好人。给孩子们上完课，当然，给孩子们放了假，为的是不惊吓他们，然后才开了一枪。在信里还写，不要因为我的死指责任何人，当然，这是学徒找自己的师傅去了……片儿警让我看了那封信，他从他家拉走半汽车各式各样的书稿。真是个有学问的老师啊！"

"我是四级钳工，你懂吗?!"醉得厉害点的那位突然宣布说。

"这事已经很久了吗？"我问。

"埋他已经有两年了。"

"埋在哪儿啦？"

"埋在哪儿啦？当然在墓地上……"

……在荒草凄凄的小山冈上，没有任何墓碑，只有插在地上的一小块胶合板，上面用墨汁写的铭文已被雨水冲刷得模糊不清。早已被风撕碎、因雨打日晒而褪了色的纸花圈只留下了残骸。只有被编进花圈里的粗糙塑料玫瑰花依然保持着自己蓝蓝的本色。我给了装卸工们一点酒钱,便返回了莫斯科。

第二天,我坐在家里百无聊赖,没完没了的女士卫生巾电视广告看得我正昏昏沉沉,不料猛然撞上《商界圆桌》节目,主持人是著名的施特拉·什拉波别尔斯卡娅,电视广播界公开性的创始人。在围着圆桌而坐的大亨当中(世界小得宛如面包房的卫生间),我意外发现了一位老朋友,确切地说,是我更老一点的女朋友的丈夫。她钟情地尊重我,因为在我们热烈的爱恋结束之后(这发生在我离婚以后,但在安卡之前),不同于我对待众多前任的方式,我不是装作在商店排队时偶然与她结识的样子,而是把她嫁给了自己的熟人,一位写童话的好小伙子——那时候谁都写点什么。在文学家宫喝啤酒的时候,我顺口向他抱怨说,我第一次遇到这样一个女人,不在护照上做相应的标注就不能得到她爱的回报。为这种罕见的童贞意识所感动,他立即就同她结了婚。但最有趣的是,这条发情的雄鲑鱼掣得一支上上签:她原来是一位忠实、体贴和勤快的妻子。在安卡又一次无耻的背叛之后,当我处于性活动的空当期,趁她丈夫不在时,我去了她家,以便重续旧好。她放下正在洗的衣服,用湿毛巾在我脸上啪地抽了一下。我们哈哈大笑之后就成了朋友。而初出茅庐的童话作家(你看,竟成了百万富翁!),就像在侦探小说中描写的那样,决定在瞬间成熟。我找到她的号码,拨通了电话——我居然被邀请去参加他们结婚十周年的宴会。宴会两天后在布拉格饭店举行。

这是在 1993 年 10 月 4 日。我牢牢记住了这一天,因为正是在那一天,我撰写了第一首讽刺短诗,从而重新找到了自己在生活中的位置。我捧着用最后的钱买来的一束鲜花,走在躁动不安的莫斯科的街道上。无论是头戴钢盔、手握冲锋枪的士兵,茫然不知所措的民警,还是衣衫褴褛、拖着破旧红旗的人们,都与我无干。花束很棒:我低价买了一大抱雪白的石竹花,虽然花茎折断了,不过给我扎得那么好，这使得在我这种状况下本可原谅的欠缺也几乎一点都看不出来。

一张大餐桌上堆满了笑眯眯的炸乳猪，一条条大鲟鱼淹没在黑鱼子之中。桌子四周坐的都是名商巨贾与驰名的政治家。我认出了著名的人权斗士特尔-伊万诺夫，甚至努力捕捉他的目光，然而他却装出根本不认识我的样子。也许他确实忘记了我的存在。人们首先说的是一些华丽的祝酒词，后来某位极其风趣的人建议，何必闲聊浪费时间呢，还是每听到一声炮响就举起酒杯吧：从红色普列斯尼亚滨河街传来了闷声闷气的炮声——坦克恰恰刚开始炮轰白宫……这个主意受到了欢迎。当两次发射之间形成较长的停顿时，客人们便发起了火，着急起来，抱怨坦克手们办事拖拉……最后，炮轰完全停止了。后来我得知，正是在这个时刻，代表们举着双手被押出议会，又被踢进大客车。而一般的守卫者则被塞进红色普列斯尼亚体育场——在那里遭受折磨，被打死……

出现了与宴会不协调的冷场。有人醉醺醺地喊了一声"苦啊！"，要求结婚十年的那对接吻。但这个建议未被采纳，看来，在十年的恩爱生活中，当事人已经温存腻了。就像客人中的那一位，他吃腻了鱼子，特意向服务员为自己订了一份荞麦粥和肉饼——这是他当工程师时的主食……这时候，利用暂停的时机，我站起来，请大家注意，我要读自己的第一首讽刺短诗，它是我的即席创作，记录在餐巾纸上。手指着幸福的夫妻，我感情充沛地大声朗诵道：

> 夫妻结成的家庭关系，
> 比苏维埃联盟更牢固！

酒宴上响起了暴风雨般的掌声。尽管妻子一再躲闪，幸福的丈夫最后还是吻了妻子一下。"房产商"从餐桌旁边陡然跳起来，喊道：

"再来一个!"

我受到鼓舞,开始回忆各种讽刺短诗、顺口溜,文学家们在枯燥的生活中无不拿这些东西来消遣,只有个别的骗子才用它们充作语境主义诗歌的杰作。晚宴剩余的全部时间都被我的"再来一个"占用了。女士们格外喜欢我的《正告老光棍》:

> 可时间一到就会中风,瘫痪,
> 原先的青丝变成华发,
> 认定现在一个老婆就足够……
> 你可知道,老婆现在是否满足?

这时妻子们往生活伴侣的腰间推一把,向他们投去满含饥渴的狡黠目光。丈夫们则高度评价我的另一首叫作《为什么?》的小诗:

> 女人对男人一往情深,
> 不是为了官大权大,
> 也不为存款数目惊人,
> 到底为何,另有原因……

现在是男人们带着某种优越感望着自己的女人了,这总是使女士苦于弗洛伊德所发现的雌性情结,痛感自己先天缺失的不幸。不过,我真正的成功却是两行诗《见死神》。我喝完第八杯酒才想起这首诗来。这大概是因为快要到上最后一道甜食时,客人都有一种存在主义的穷途末路感。自古以来,酒足饭饱的人们总是这样。这首小诗是:

> "准备上路吧!"死神的骨骼嘎嘎响,说话含混不清。
> 我微微一笑,悄悄问她:"带点财宝行不行?"

"房产商"甚至哭了，骂自己是坏蛋，是卑鄙的杀人犯。他拥抱了我，声称从未听到过如此深刻的关于生与死的东西。说实话，我并不看重这个夸奖。我们文学界习惯于酒后盛赞舞文弄墨的同行，但第二天早晨就什么都不记得了。可是人们却突然开始给我打电话，邀请我参加形形色色的晚会，主要是朗诵讽刺短诗。我当然不会拒绝，不会放过饱餐一顿几天不饿的机会，甚至还能弄到点钱，可以对付着活下去了。我不必再到学校去上班，而且通过进一步交往，我发现女校长虽然有一对攻城槌般的乳房，却让我联想起被敌人攻克的要塞。（记住！）

我渐渐有了一批扶持者。我开始存钱，以备不时之需，或者像英国人喜欢说的那样，以备作阴雨天时之用。这时候我做了件不可原谅的蠢事，这你已经知道了：用自己的全部积蓄买了三Д股份公司的股票。我这样做是听从了一位混账仿效者的建议，我们是在莫斯科—阿斯特拉罕水上游时认识的。这家著名的股份公司称作三Д，是因为它的创建人、物理数学副博士叫季马，妻子叫季娜，爱犬则叫东尼亚[①]。起初股票不值几文钱，却允诺年底分巨额红利，我便上了钩……唉，生活总是这样，刚有所改善，立刻就又恶化！不过，说句公道话，有几个月我确实感觉自己是一位成功的食利者。然而，后来那个阴雨天就来了，确切地说，是雷雨天。它是从一件小事开始的：我的一位扶持者，银行家，走出澡堂时被枪杀。接着是另一位扶持者，连同自己的美洲豹牌轿车一起爆炸了，他是连锁小吃店的老板，在他的柜台下面可以买到带罂粟籽的好糕点。最后，火箭弹击中了节日的餐桌，我的好几位雇主正好坐在那里。除此以外，"房产商"得了重病……我的电话沉默了。缺钱的困窘像老朋友那样对我眨了眨它那橙黄色的毒眼，把我折腾得奄奄一息。于是我决定卖掉自己的股票。但是，为了卖股票，必须首先找到它们。问题是，

[①] 季马、季娜、东尼亚在俄文中均以字母Д开头。

结婚后我便养成了一个坏习惯:把钱与有价证券藏在书本里,而我的藏书有两千多册。在翻书架上的书的时候,我比平时更尖锐地感受到人生的短促:要知道,这些书的大部分我再也不会读了,即使我戒酒,不再同女人幽会,也不再写作——这首先要抛弃,一味地读,读,读……即使这样,不到一千册,就会被死神追上!在抖搂莎士比亚八卷集的时候,我发现,奥赛罗并没有像我一贯认为的那样,扼死苔丝德蒙娜,而是杀了她,确切地说,是先扼昏了再用剑刺死。这突然使我感到惶恐,我想起自己曾想杀死安卡……股票在《共济会百科全书》中找到了。生活充满了讽刺的象征与卑劣的巧合!

我向最近的三Д公司股票销售点走去,提前享受着饱餐一顿的快感:作为晚餐,要有饺子和罗亚尔牌酒。后来我又把酒换成了波兰仿制的德国罗斯牌伏特加,这样保险一些(因为它喝不死人,只不过早晨酒醒后会难受得要命)。走到销售点,我看到一大群人正在狂喊乱叫:"释放季马!"人群上方晃动着季马本人、他妻子季娜和他们的爱犬东尼亚的画像。东尼亚并非什么良种犬,这更加引人注目,招致普通股民的宠爱。与人们聊了几句,我弄清了发生在我自杀性翻找期间因而不为我所知的某些情况。而且,我的电视机两个月前就已经没有声音和图像了,我也没有钱修理。报纸我也不买,省下钱买最急需的饺子。

原来发生了这样的事件。咱们的总统,众所周知,是善于玩弄权术的人——说实在的,为此他才能被选上。可是喝了酒之后,他既能扒下自己身上的,也能扒下俄罗斯普通纳税人身上的最后一件衬衫。总统刚从巴基斯坦返回莫斯科。在巴基斯坦,他在最高档的地方纵酒作乐,据西方媒体报道,他甚至在观看杂技表演的时候跳上舞台,从呆若木鸡的杂技演员手中抢夺驯熟的蟒。就这样,回到莫斯科以后,他在极端疲惫的状态下召开了记者招待会。他无力说话,只能萎靡不振地点头。三Д公司的仇人利用这一状况,收买了一位记者。在这之前,此人以不为金钱所动著称,因为他开的都是天价。这位记者问疲惫不堪的总统:据说领导著名的三Д公司的季马是骗子和恶棍,是真的吗?总统当然是点头。第二天一早,所有报纸都登出了大字通栏标题:"三Д——为傻瓜赚钱!①""世纪大骗局""卑鄙的生意"等。著名财经专家在电视上发表演讲,说三Д公司的破产已不可避免,如果他昨天说了完全相反的东西,只是因为他今天说的是实话。

恐慌顿起。特警部队包围了股票销售点,不放任何人入内,以便特警们自己能兑换有价证券。兑换完自己的,收取高价好处费后,他们会放另一些惊恐万状的股民进去,这些人再出来时带着塞满卢布的背包,大得就像冰球运动员装运动用品的提包。两天后,季马的现金用完了,他未能想出更好的办法,便号召人民起义,反对点头总统,因此被捕,关进"水兵安静"监狱。在那里,他大概确实感觉到安静了许多。他妻子季娜逃到美国,躲进自己在圣巴巴拉近郊一座不大的城堡里。非良种狗东尼亚留在莫斯科人去楼空的住宅里,它没有任何办法帮助惊慌失措的股民。他们包围了三Д股份公司的总部,开列名单,组织点名,召集大会,给点头总统、全俄大牧首和联合国秘书长发电报,游行示威至克里姆林宫再返回来。然而,就连我这样的幼稚股民也明白:钱不会再有。我走近一群股民。他们正围着一大堆篝火疯狂地蹦啊跳啊,焚烧一捆一捆的股票。我想了想,也把自己的证券投进了火中。后来,我读了报纸上关于法庭审理的报道,才知道,除了其他活动,季马还派自己的代理人混进老百姓当中去,煽动他们大规模焚烧股票……

不过,这是后来的事。而当时,我走在回家路上,腹内空空,脑袋里一片空白。我关切地望着地下通道里的众多乞丐,知道这样的命运将在不远的将来等着我。在我们楼房的单元门口,我那样绝

---

① 在俄语中,"为""钱""傻瓜"这三个单词均以Д开头。

望地看着一位正在喂鸽子的熟悉的退休老太婆,以至于她掰了一块面包递给我,同时告诉我,来过一位女士,坐在我门口的台阶上等我。"她说什么啦?"我问,吓得两腿发软。"她说,以后还要来!"老太婆回答。

如果是恐怖女郎,我站在电梯里想,那我就应当跑,跑得越远越好。哪怕重返谢米尤尔金斯克也行。可是,我连到梅季希的钱也没有哇!我还在家门口就听到电话响了,然而,我久久没有勇气取下话筒,因为当年噩梦就是从电话铃开始的!后来我接听了,原来只是恢复了健康的"房产商"。他邀请我去西西里岛。我幸福得屏住呼吸,为体面,我停了一会儿才一口答应下来。不过,我似乎是在重复……

三十二
随风飘逝的人们
（后记）

……飞机的轮子在跑道上撞了一下，便向前冲去，在混凝土的接合处抖动了几下后慢慢停了下来。然后，它又像一条大鲨鱼一样，在领航鱼的引导下，跟在尾部写着"跟着我！"的汽车后面慢慢滑行起来。我耐着性子，等到机舱门一开，抓起皮箱就跟在离机的机长后面向外冲。想要阻拦我的空姐被我不客气地往旁边一推，便扑通一声跌倒在无人的座位上，无助地暴露出肥胖的大腿和裹在腿上的有蛇皮般花纹的连袜裤。自己是如何通过入境检查和海关登记的，我不记得了。我推说出境时忘记关闭电熨斗，哀求他们允许我不排队。我一进入境厅，一大群乱吵吵的出租车司机便扑了过来，要为我提供服务。我不讲价钱便跳进了第一辆汽车。

"后面有鬼追吗？"轿车骤然启动，留着库尔恰托夫院士式大胡子的司机问。

"很可能是！"

"那就闭上眼睛，我挂超光速挡啦！"

旧莫斯科人轿车哗哗地抖动着，风在门窗缝隙中呼啸。路旁的里程牌汇成了一群正在跳舞的小天鹅。（记住！）

"从哪儿来呀？"司机调低了录音机的音量，那里面正唱着一支悲哀的古典歌曲。

"从西西里……"

"啊，我知道。一个很好的小岛。我在那里出席过国际超导会议。七年前……浇乌贼鱼汁的章鱼肉通心粉吃过吗？"

"吃过……"

"可怕的破饭！"

"那当然。"

"您付里拉，还是卢布？"

"里拉。"

"您住哪儿？"

"集团军司令员佳京大街。"

"啊……现在叫第二弗兹德布林斯卡亚大街。那么——五万。因为高速，外加百分之二十……"司机想了想，补充道。

"不会亏待您的！"我许诺。

从后面突然传来疯狂的喇叭声。一辆稀蛋黄酱颜色的伏尔加轿车追了上来，维捷克把上半身都探到车窗外面，挥舞双手，用力喊叫。

"追您吗？"司机问。

"追我……"

"要干什么？"

"没好事！能脱身吗？"

"如果脱身，那才是奇迹！已经开足了马力。我要停车……"

"我双倍付款！"

"十倍也不行！像您这样的，我同事也拉过一个。乘客开枪自卫。他倒没什么，我同事的耳朵被打掉一只……现在无法戴眼镜。顺便说一句，他也是副博士！"

"我求您啦！我把一切都给您！"

"一切就不必啦！把钱放在小抽屉里。就这样，好。我马上向路边打方向盘。您跳出去,跑过田野,进树林……我有两位乘客就是这样跑的,为了不付款。准备!"

我一个跟头滚进路沟,把皮箱也丢了。但我顾不上这些,跳起来就向地平线上依稀可见的桦树林跑去。我身后响起了嘎的刹车声,还听到维捷克大声吼叫:

"站住,骚胡子!你反正跑不掉!"

我拼命跑,用胸膛冲开纠结在一起的高高的麦苗,两脚在看不见的垄坎上磕磕绊绊,心里恐怖地想,我跑不出多远……突然我绊了一跤,一个跟头摔倒在地上。我没有再往起爬。我躺着,脸趴在散发着告别味道的土地上,两手抱住头,眯起眼睛,等待了百了的时刻。很快就传来可怕的折断麦秆的声音,然后是逼近的脚步声。终于,急促而沉重的喘息声在我的上方响起。

"我说了,你跑不掉!"阿卡申说着用皮鞋踢了我的腰一下,"起来!"

"我不起来!你就这样打好啦!"

"我为什么要打你呀?"

"你自己知道。"

"啊哈,那就是说,还是有事呀!"

这时候又传来了拨动庄稼的唰唰声,什么人走到了维捷克身旁。也许,是出租车司机?我想,似乎于绝望中看到了一线希望。我睁开一只眼睛:与阿卡申的大皮鞋并排站着一双女式亮皮鞋,上面落了一层灰尘,还有几粒小种子。

"说,坏蛋,有什么事?"维捷克用可怕的声音喝道。

"不是给你说了嘛,什么事也没有!"那个女人反驳道。

好熟的声音啊。

"你撒谎!"阿卡申咆哮道。

"你最好住口,不务正业的家伙,"女人尖声尖气地喊道,"要不然,我马上把你的一切都抖搂出来!"

"好吧，你闭嘴！"维捷克和解地说，"就让他哆嗦几下吧，省得他以后再拿活人做实验！好一个蹩脚的李森科[①]……我为了他差点成了酒鬼！"

"去你的吧！如果不是他，我和你还不认识哩！"

"这倒是真的！你来看，说不定他一害怕就完蛋啦？"

女性温柔的手摸到我的耳朵，向上一拉，说：

"起来吧，不要怕！"

我站了起来。与维捷克肩并肩站着的是笑容满面的娜久哈。她稍稍胖了些，穿着一件极昂贵的连衣裙，这样的衣服只能在最廉价的意大利商店里买到。我觉得，她身上依然散发着永远不可消除的炸肉丸子的气味，只不过被法国香水稍稍改善了一些。

"请原谅！"她说，"在飞机上我刚认出你来的时候，傻乎乎地把你想用字条蒙我的事给他说了……当笑话说的，可他就发起倔脾气来啦！吃起醋来就没办法可想……"

"可什么事也没有呀！"我振作起来了。

"我给他说了多少次：没什么事。可他劲头上来啦！脾气跟我老婆母一样——下作得够呛。可平常他总是想念你！"

"对不起，"阿卡申笑着说，"我性子太急了……可我真的想你呀！"

"你撒谎！"我说。我慢慢回过神来了。

"绝对不是！"他反驳道。

"彼此彼此。"我承认道。

"情绪矛盾！"阿卡申紧紧握住我的手哈哈大笑。

我坐他们的汽车回莫斯科，一路上他们争着给我讲述这几年的遭遇。原来，当维捷克酗酒无度、同梅季希的酒友们搅在一起的时候，娜久哈心疼他，原谅并接纳了他。她祖母这时已经去世。一开

[①] 李森科（1898—1976），苏联农学家。

始凭老交情，他们就那样住在一起，后来怀上了孩子，娜久哈要求结婚。她通过《花花公子》莫斯科编辑部与安卡联系，找到了当时正在阿根廷巡回演出的安卡。安卡用传真寄来了同意离婚的证明信。她对自己是有夫之妇这个事实深表惊诧。这件事她早就忘得干干净净了。

"她的地址你还有吗？"我急忙问。

"哪来什么地址呀……似乎是巴比伦大酒店……"

后来发生了一件事。在装修房子的时候，他们发现了祖母的一个包裹，里面有老照片与证件。老奶奶出生于富商之家，然而，即便是在临死前要求孙女一定要为她举行教堂葬礼的时候，她也未曾提及这件事。她们那一代人啊！他们仔细端详那些贴在压纹纸板上的发黄照片时，发现了这张商人大家庭的全家福，背景是二层楼房，窗台上摆着天竺葵。楼房看着很眼熟。可不是嘛！就是那座独院小楼，里面是邮局和储蓄所。它离作家俱乐部仅有步行两分钟的路程。老奶奶的包裹里还有完好无损的房产购买证，证明这座楼房为商人涅斯莫尔卡耶夫于1907年从贵族寡妇别卡托娃手中购得。恰好这时报纸上开始刊登文章，说1917年没收私人财产的做法不公平——当时到处是胡作非为，无法无天，一片恐怖。

精力充沛的娜久哈去了莫斯科市人民代表苏维埃，那里一个不修边幅的大胡子拿她开了一阵子玩笑。他穿着牛仔裤，高领套头衫的肘部打着补丁。他说，1917年应当同布尔什维克展开殊死搏斗，进行"冰上远征"，而不是躺在温暖的炕头寻欢作乐。他说，既然漏掉了列宁和他乘坐的加封车厢，现在便无从索回自己的财产。否则，冬宫也必须归还给罗曼诺夫家族啦，顺便说一句，他们也有继承人嘛！但娜久哈不肯退缩，她去求见巡查员格拉，从格拉那儿又找到茹拉夫连科。茹拉夫连科帮了忙……

阿卡申夫妇就这样突然成了房产主。起初，他们把右面的几间耳房出租给外币兑换点和尼尔斯旅游公司，打算积攒些钱之后把房子装修一下，用它开设高档公共饮食企业。娜久哈想开一家兼营糕点甜食的比萨饼店，维捷克则想开办兼营"幸运筹码"轮盘赌的啤酒馆。他们这次飞往意大利，第一，想见自己的亲戚。这些亲戚是祖母妹妹的后人。她于革命前就嫁给了基扬蒂维利伯爵，他是意大利传奇英雄加里波第的侄曾孙。第二，为未来的家族企业物色家具与设备。然而，他们什么也没买，因为家庭内部未能达成一致……

实际上，在剩余的旅途中，他们一直在吵架，相互证明着自己计划的好处，在争吵中回了家。那座楼的底层曾是邮局和储蓄所，二楼是卧室，现在全都闲置着。原先挂招牌的地方留下的痕迹还清晰可见，有的地方墙皮脱落，露出了灰板条。只有楼房右侧的一角刚修缮过，被涂成了异国风情的天蓝色，仿佛破衣服上一块鲜艳的绸缎补丁。我们走过一个个空荡荡的房间。镶木地板上似乎有推土机在上面显示过身手。住户临走前运走了所有东西，只剩下破损的墙壁与铁暖气片。

"我们想把楼下搞成商用门市，楼上我们自己住。"维捷克解释说。

"苛捐重税让人头疼。"我摇了摇头。

"那就搞啤酒馆。还有轮盘赌……"

"那更厉害——是赌博行业。匪徒要来敲诈勒索！"

"卖孩子们吃的甜食怎么样？"娜久哈哀怨地问。

"卖甜食你们一定得破产……人们连买面包的钱都没有，洗车的孩子们则喝伏特加。我知道——遇到过！"

"那怎么办呀？你给想想办法吧！"娜久哈央求道，"你既然能把我的这个傻瓜变成作家，就不能想出个点子来吗？"

"如果想出来了，就给你们打电话！"我答应道。

我起身回家。莫斯科同往常一样，当你从远方归来时，她就像你出差回来时的妻子，亲切，又有一点陌生……我按老习惯，沿途在众多书摊前盘桓，在其中一个书摊上突然看到一本软封面的厚书，

《散文遗作》，尼·科斯托若戈夫著。书是由受害者基金会出的，灰色新闻纸，印数很小。奥杜耶夫在前言中说，科斯托若戈夫自杀身亡后，在他的写字台里发现了一批手稿，该书便是在这些手稿的基础上编选而成。我付了款，把书放进了皮箱。

在我们楼房的单元门口，一些退休的老太太正坐在长凳上痛斥院落邻居间的道德沦丧，一见我，便七嘴八舌地小声说，总有一位女士来找我，此刻她正坐在我们门口旁边的台阶上。又来啦！一开始我想逃跑。到哪儿都行：去主权国家的谢米尤尔金斯克，翻译埃奇格利德耶夫的长诗《主权的春溪》，抑或重返西西里，与研究加布里埃尔·邓南遮的行家一起洗盘子。后来，犹豫过一阵之后，我下了决心。不能总躲着我那有索菲娅·罗兰嗓音的恐怖女郎，她随着自己的"畸形人大展"也能在意大利找到我。所以，我应该再跟她最后谈一次，然后就听天由命吧！于是，我毅然决然地走进散发着不祥气息的门洞。

安卡斜倚着栏杆，站在楼梯平台上。她穿着黑色紧领长连衣裙，头发平滑地向后梳，拢成一个孤零零的髻。没有任何化妆品的痕迹，这使得她的脸有一种温柔而孤苦无助之感。

"你好！"她轻轻地说。我的出现竟没能使她动一下。

"你好！"我回答，心里感到既困窘又温暖。

"我回来了。"

"看见了……"

"我累了。"

"回来住多长时间？"

"再也不走了。"

我们进了门。住宅里弥漫着主人离开前遗忘在桌子上的面包的气味。房间昏暗，我打开灯，首先扑进我眼帘的是壁纸上那块像亚平宁半岛的污斑。

"到我这儿来！"她请求道，"我有要送给你的礼物。"

我走到跟前：

"什么礼物？"

她从小提包里取出一块手表。还是那块军官表，当初很时髦，现在看着却旧得可怜，只有闪光的金属表链像是新的。她把表链戴在我的手腕上，又从提包里取出一把小钥匙，把它插进表链上的一个小洞，转了一下。

"这就是你的礼物吗？"

"不是。"

她走到窗前，打开小气窗，把小钥匙扔了出去。

"好啦！"

"一生中从来没有人送过我这样贵重的礼物！我甚至不知道该怎样回报你！"

"男人能怎样回报女人呢？只能用爱情。请转过身去，我脱衣服……"

我转过身，便听见窸窸窣窣脱衣服的悦耳声音。我走进厨房，打开厨柜，找到那瓶落满灰尘、尚未打开过的"败德汤"。可不是嘛，像我这样的白痴男人如何能回报她这样优秀的女士呢？"败德汤"由于存放多年，变稠了，像糖浆，味道却像混入了一块鲱鱼的伏特加……我回来时，安卡已经铺好印度床单躺下，被子一直盖到脖子上。她用力眯着眼睛，那样子仿佛优等女生课间休息时要与高年级的坏学生接吻……（好比喻。记住！）

黎明时分，我做了一个梦。奇怪的梦。阿卡申夫妇的两层楼房变成了灯火辉煌的大饭店，它有一个怪名字：停滞期。而且招牌用电灯泡装饰着，就像 50 年代 11 月 7 日前装饰交通工具那样。一辆辆轿车驶向饭店，不知为什么，都是一些大马车似的海鸥牌轿车，都挂着粉红色窗帘。在大门口迎接他们的看门人穿着军服，佩戴着克格勃的领章。而指挥这一切的是谢尔盖·列昂尼多维奇，他佩戴着将军肩章与苏联英雄的金星勋章，不过那颗金星特别大，像大落地钟的摆锤。饭店内部装饰着紫红色的天鹅绒帷幕、雄伟的镀金雕塑品与红色的节日标语。军乐队铜光闪闪，正在演奏。这里还摆着我大学时期的自动啤酒机，一个个像童话中有生命的洗脸池。在闪光的玻璃啤酒杯上写着：大麦穗牌，165 克——15 戈比。娜久哈穿着有金银线饰物的毛料套装，严厉得像女子监狱的看守。她把客人带进大厅时，从"苏联报刊"亭旁边经过，身上挂满全部政府勋章和奖牌的尼古拉·尼古拉耶维奇正在亭子里卖发黄的报纸、领袖胸像、勋章和令人心烦的苏联国徽纪念章。左边是娱乐厅，那里的工作人员，像工会休养所里群众娱乐活动的组织者那样，密切注视着正兴致勃勃地下象棋的顾客，棋子有保龄球那么大。他们注视着人们如何套圈，把两条腿装在麻袋里赛跑……负责这一切的是兴高采烈的维捷克。

餐厅爆满，然而服务员们不慌不忙地来来往往，别出心裁地捉弄着顾客。餐桌上摆着有缺口的碟子、铝叉子、带棱的玻璃杯，酒瓶子上斜贴着画有鹿角的标签。这是"败德汤"。服务员大声重复着便条本上的记录："本店名菜'羊奶煮羊羔'——第一道菜。还要什么？快点想，我不能往厨房跑十次嘛！"顾客们获得罕有的满足，高兴得哈哈大笑。大厅尽头是一个不大的舞台，上面摆放着表现阿芙乐尔号开炮的布景。奥莉加·爱玛努埃列夫娜·基皮亚特科娃站在舞台上，像歌剧演员那样把手放在胸前，朗诵道：

　　我与你同甘共苦，
　　共享战斗的欢乐……

接着，乐队演奏起雄浑的苏联乐曲，安卡出现在舞台上。她用一幅绸布半掩着身体。观众们屏住呼吸，欣赏她的舞姿，透过抖动的红绸布，看她那柔软而无耻的裸体如何像火精一样时隐时现。最后她猛地一挣，从自己身上扯下红绸子，把它抛向大厅。安卡赤条条地站了片刻,冷若冰霜,高不可攀,宛如一尊大理石神像。然后,她垂下头,缓缓走向后台。疯狂的观众把红旗扯成碎条,留作纪念……

这时候我登上舞台。我站在那里,认真观察大厅。大厅里有许多熟悉的面孔:暗藏城府的格拉,肥头大耳的扎库松斯基,舔舌咂嘴的柳宾-柳布琴科,高度戒备的斯维里多诺夫全家,日古托维奇和他那像女大使一样矜持的太太,官气十足的埃奇格利德耶夫,眼露疯光的丘尔梅尼亚耶夫,醉醺醺拥抱在一起的梅德诺斯特鲁耶夫和伊里斯金,脸色阴沉的特尔-伊万诺夫,闻名遐迩的什拉波别尔斯卡娅,头戴猞猁皮帽子的乐天派阿诺尔德。娜斯佳在给她的新丈夫,一个孱弱的意大利人,讲关于我的什么事。奥杜耶夫不在,看来是在家陪两个孩子。然而,茹拉夫连科在这里,他正透过一副会计们常戴的那种眼镜从政府包厢里赞许地望着我……

"来首小诗!"他们喊道,"来首小诗!!"

我点头允诺,深深地吸了一口气,却突然惶恐地发现一首诗也不记得了。刚想起来就又忘记了。完全忘啦!我企图即兴对付点什么,以前也曾这样做过。我甚至想到:我被清风吹到某处,当上了主灶的大师傅……这当然算不上好诗,但对于即席致辞来说也凑合了。我受到鼓舞,刚想大声朗诵,却突然连这首小诗也记不起来了。忘记了一切……我额头上沁出了冷汗,无可奈何地向四下顾盼。赤身裸体的安卡用长毛绒帷幕掩住身体,从舞台后面张望,嘴唇无声地嚅动着,想提示我,可是我什么也搞不明白。维捷克从娱乐厅跑过来,也开始给我打手势,一开始手指做犄角状,后来又难过地伸出两根大拇指……毫无用处:我什么也不理解,无可奈何地哭了。我抽搭着放声大哭,把像硫酸那样有腐蚀性的泪水抹得满脸都是……我想入睡,想死,想消失,只求看不见自己的耻辱……

我醒了。

我脸颊下面的枕头全湿了。不过,可怜的泪水涟涟的失忆状态已经消失，取代它的是快活而又精力充沛。自从第一瓶能带来灵感的"败德汤"喝完以后，我再也未体验过这种状态。为了不惊动蜷缩成一团的安卡，我小心地下了床，跑进厨房。我从桌子上拿起一沓纸，由于迫不及待，手有些发抖。这是我写的关于吸血鬼党棍的那个糟透了的中篇小说。没什么，可以在背面写……然后，我开始忙不迭地找埃利卡牌打字机，但立刻又意识到，它早就摔坏了。算不了什么！找个什么能记的东西。我把科斯托若戈夫的书碰落在地上，我原本想在睡觉前读它的。我有一种感觉，仿佛这部小说我早已写完，后来把手稿烧了，现在只需要把它回忆起来……我能回忆起来！今天只要开个头，然后就去佩列皮斯基诺，到戈雷宁的别墅去，在那儿工作，工作，一直工作到喝完"败德汤"。我想，它够喝的。应该够。

"你干什么呢？"安卡似醒非醒地问。

"没什么，一切都好。睡吧！"

……我找到一个脏铅笔头，急忙往厨房跑。我面对白纸坐了下来，像练瑜伽功那样深吸一口气，立刻便认出了它——我等候多时的"首要"作品的第一句话。是的，首要的，主要的……你心爱的女人，你想写的书，还能有什么更重要的呢？我要开始写。不，不是写，而是用只有我自己明白的潦草字迹，把从昏暗的记忆中飘然来到充满灵感的光明之处的第一句话别在纸上，宛如夹住一只被捕捉到的战栗的蝴蝶："飞机爬上了一定高度，此刻像一只吃饱花蜜的熊蜂，正呼哧呼哧地喘着粗气，在空中拖着自己毛茸茸的躯体，飞向隐没在杂草丛中的可爱的洞穴……"杂草丛中——不好。草丛中……对，就是在草丛中！

佩列皮斯基诺

1994 年

《拾得手稿！》（出版者后记）

这部手稿落到我手中纯属偶然。有一次，在从文学家宫回家的路上，我对一片火灾遗址产生了兴趣。被焚毁的是著名的停滞期饭店，失火前，那里集中了整个首都的上流社会。我以前也曾怀着好奇心从这家喧闹的两层楼饭店旁边走过。人们常说，那里的娱乐厅似乎一夜之间就可以挥霍或输掉全部家产。饭店设在厨师街一座经过出色修葺的独院二层楼内。楼房的三角门梁上悬挂着一条通红的标语：共产主义——就是苏维埃政权加全国电气化！饭店附近，崭新的外国轿车总是排着长队。大门前的人行道上铺着豪华地毯，地毯两侧摆放着石膏塑的鼓手与号手，它们应该是从莫斯科近郊某个少先队夏令营里搬来的。代替门房在门口值勤的是身穿克格勃部队节日礼服的人。他们开着快活的玩笑，搜查面带笑容的客人，让男士面对墙站着，如果是女士，则要往她们貂皮大衣里面看一看。这是他们特有的幽默……

有一次，我拾到一张被人抛弃的饭店简介，它制作得跟搜查证差不多。我从而得知，就像最好的停滞时代那样，里面什么都有：从老式自动售酒机里可买到大麦穗牌啤酒，十八时以后供应饭店的招牌菜"羊奶煮羊羔"和败德汤牌伏特加——每人不超过二百克。娱乐厅也提供早被遗忘的享受——气枪靶场与裹麻袋跑。文艺节目中有苏联作曲家的集成曲和"红旗舞"（照片上是一个把带镰刀、锤子的红旗扔在脚下的裸体女郎）。此外，简介还保证"在整个晚会期间，有丰富的幽默、讽刺短诗和诗体即兴幽默对答"。例如：

生活——就是
金做的船桨。
只有在"停滞期"
才让人轻松神往！

进饭店去看一看，我当然连想都没想过——就凭我这点收入！可是，电视新闻中突然宣布，这家著名的饭店被焚毁了。一开始只不过发生了一起普通的枪击案，没有任何悲剧的征兆。后来，冲突一方的朋友带着火焰喷射器赶来，而消防队员则按惯例姗姗来迟。还有人员伤亡……在打量这座被烧得面目全非的建筑物时，我发现一个一半被烧焦的小手提箱式提包。它已被打开，所以里面没有任何值钱的物品，只有一个红色文件夹，它的绦带已经被解开。看来，有人看过，翻了几页，就随手扔了。扉页不见了，然而，我草草一翻就能明白，摆在面前的是文学作品，很可能是一部长篇小说。我把手稿带回家，读了一遍，坦白说吧，既感兴趣又同情，虽然我自己的文学生涯没有这样奇特，这样耸人听闻……

第一件事当然是寻找作者。我在报纸上刊登了启事：拾得手稿！我一等再等，毫无结果。我决定自己寻找它的作者。我们肯定见过面，要知道，小说描写的是我们文学界的生活，活跃在书中的许多著名作家用的都是真名实姓，甚至包括您忠实的仆人！还记得吧，那里面有一位大腹便便的共青团领导人，迈着碎步怯生生地跟在党委书记后面？你看，作者直接说的就是鄙人，因为那年代正是我在领导共青团作家组织。坦白承认有点丢人，可这是事实：由于坐的时间过长与不合理的饮食，那时候我的确长着一个不体面的大肚子。

可是现在我会锻炼，控制饮食，体态正常……

然而，无论我如何绞尽脑汁，推测谁是这部长篇小说的作者，并一再与同行们商量，都无济于事。至少有十位，甚至二十位文学家能够写出这样的作品来。可是谁也不承认。一位同行甚至大声喊道："哪个傻瓜肯在这样的谤书上署名啊！""怎么是谤书呢？它更像是讽刺作品。"我说。

最后，我决定用自己的名字发表这部小说，寄希望于：发现如此粗暴的剽窃时，作者一生气便将现身，如果他还健在的话。然而，我不想同整个莫斯科文学界吵翻，便用杜撰的姓名替换了真实姓名。还有，因为文件夹中没有扉页，我便想了一个书名，确定了体裁——讽刺小说。真实情况就是这样。现在剩下的只有等待结果了……

尤里·波利亚科夫
1995 年于佩列杰尔基诺